AMO JONES
Silent King
Elite Kings Club

Leserwarnung

*Dieses Buch enthält explizite Szenen, derbe Wortwahl, Gewalt und die Schilderung von sexuellen Übergriffen. Leser*innen, die derart heftige Darstellungen nicht lesen möchten oder durch sie an ein Trauma erinnert werden könnten, wird hiermit geraten, diesen Roman nicht zu lesen. Alle Handlungen zwischen Held und Heldin sind einvernehmlich.*

AMO JONES

SILENT KING

ELITE KINGS CLUB

Roman

Ins Deutsche übertragen
von Karla Stepenitz

LYX

LYX in der Bastei Lübbe AG
Dieser Titel ist auch als E-Book erschienen.

MIX
Papier aus verantwortungsvollen Quellen
FSC® C019821

Textredaktion: Ralf Schmitz
Umschlaggestaltung: © Birgit Gitschier, Augsburg
unter Verwendung eines Motivs von © Kuusik/istockphoto
Satz: Greiner & Reichel, Köln
Gesetzt aus der Adobe Caslon
Druck und Verarbeitung: C.H.Beck, Nördlingen
Printed in Germany
ISBN 978-3-7363-0973-9

1 3 5 7 6 4 2

Sie finden uns im Internet unter www.lyx-verlag.de
Bitte beachten Sie auch: www.luebbe.de und www.lesejury.de

PLAYLIST

Rihanna – Desperado
Amy Shark – Adore
Avenged Sevenfold – Hail to the King
System Of A Down – B.Y.O.B.
System Of A Down – Toxicity
Tove Lo – Talking Body
Pitbull, T-Pain – Hey Baby (Drop It To the Floor)
Halsey – Bad At Love
50 Cent, Eminem, Adam Levine – My Life
Fabolous, Keri Hilson – Everything, Everyday, Everywhere
A$AP Rocky, Drake, 2 Chainz, Kendrick Lamar –
F**kin' Problems
Halestorm – Familiar Taste Of Poison
Evanescence – Tourniquet
Monifah – Touch It
The Neighbourhood, French Montana – #icanteven
Usher – Nice & Slow
Keyshia Cole, Diddy – Last Night
Twista, Jamie Foxx, Kanye West – Slow Jamz
(feat. Kanye West & Jamie Foxx)
Trick Daddy & YoungBloodz Remix – T-Pain – I'm Sprung
Ja Rule, R. Kelly, Ashanti – Wonderful
Usher, Alicia Keys – My Boo
N.E.R.D – Everyone Nose
(All The Girls Standing In The Line For The Bathroom)
Usher – Climax

Breaking Benjamin – Crawl
Rihanna, Ne-Yo – Hate That I Love You
DJ Hit-Man – Bonnie and Clyde
Akon – Right Now (Na Na Na)
Linkin Park – A Place For My Head
Rains – Look In My Eyes
Godsmack – I Fucking Hate You
The Weeknd, Kendrick Lamar – Pray For Me
(with Kendrick Lamar)
Limp Bizkit – Behind Blue Eyes
Soulja Boy, Sammie – Kiss Me Thru The Phone
Baby Bash, Z-Ro, Berner, Baby E – Light Up Light Up
Tyga, Ty Dolla $ign – Move to L.A.
Rihanna – Sex With Me
2 Chainz, Ty Dolla $ign, Trey Songz, Jhene Aiko – It's A Vibe
Machine Gun Kelly, Kid Rock – Bad Mother F*cker
Jack Garratt – Water
Dead Obies – Get Dough
Miras – Something I Don't Know
ZAYN, Kehlani – wRoNg
Niykee Heaton, Migos, OG Parker – Bad Intentions
Niykee Heaton – Lullaby
Niykee Heaton – I'm Ready
Bad Wolves – Zombie
Skillet – Hero
Pop Evil – Torn to Pieces
Bullet For My Valentine – Your Betrayal
Jason Derulo – Stupid Love
Saving Abel – Addicted
Halestorm – I'm Not An Angel
Niykee Heaton – Infinity
J. Williams – Ghetto Flower

The Weeknd, Gesaffelstein – I Was Never There
The Weeknd, Gesaffelstein – Hurt You
Lauv – The Other
Imagine Dragons – Believer – Live/Acoustic
Imagine Dragons – Believer
The Weeknd – Call Out My Name
Halestorm – Innocence
Scars On Broadway – Whoring Streets

Für Amy:

Du bist eine Frau.
Du bist voller Kraft.
Wenn du dieses Buch gelesen hast, wirst du das begreifen.
Wir lieben dich, Mädchen, und wir passen auf dich auf.
#FuckCancer

RÜCKBLICK

Broken Puppet – Elite Kings Club

»Nein!«, schreie ich und sinke zu Boden. Ich schüttle den Kopf und ziehe mir an den Haaren; am liebsten hätte ich mir die Erinnerungen aus dem Kopf gekratzt.

»Madison!« *Wer ist das?* Es klingt wie Bishops Stimme. »Brantley ...«

Ich schaute zum Bett, schluckte und betrat langsam das Zimmer. Es war sehr groß. Geradezu riesig. Und es war dämmrig, fast dunkel. Auf einer Seite stand ein breites Bett. Das Herz hämmerte in meiner Brust, mein Hals fühlte sich wie zugeschnürt an. Während ich auf das Bett zuging, schaute ich es mir genauer an. Alle anderen Lampen im Zimmer spendeten kaum Licht, doch dort am Bett leuchtete etwas hell. Als ich noch näher herantrat, erkannte ich, dass dort eine Kamera auf ein Stativ montiert stand. Von ihr ging ein Lichtstrahl aus, der aufs Bett gerichtet war.

Ich runzelte die Stirn. »Was ...«

»Geh zum Bett, Silber.« Diese Stimme. Wie ich diese Stimme hasste. Mir war übel, ich hatte ein flaues Gefühl im Bauch. Etwas war falsch. Wie immer, wenn dieser Mann in der Nähe war. Ich hasste ihn, und doch gehorchte ich ihm, denn so hatte man es mir beigebracht. Auf Erwachsene musste ich hören, denn sie wussten,

was richtig war. Warum gab dieser Mann mir dann das Gefühl, schmutzig zu sein? Andere Erwachsene taten das nicht. Wenn er bei mir war, fühlte ich mich traurig und verletzt und zornig. Alles zugleich. Aber vor allem war ich verwirrt.

Ich trat ans Bett und blieb am Fußende stehen. Auf der Bettdecke lag zusammengerollt ein kleiner Junge. Er hatte nichts an. Warum hatte er nichts an? Ihm musste doch kalt sein.

»Aufs Bett, Silber!«, befahl Lucan mit erhobener Stimme. Ich zuckte zusammen und stieg rasch auf die weiche Matratze.

»Hi«, flüsterte ich dem Jungen zu. Er weinte. »Was ist denn los?«, fragte ich ihn. Warum war er so traurig? Ging es ihm genau wie mir? Löste Lucan in ihm die gleichen Gefühle aus?

Der Junge schluchzte und verbarg das Gesicht in der Bettdecke. »Geht weg!«, rief er aus, immer noch weinend. Offenbar war er nicht nur traurig, sondern auch zornig. Also ging es ihm vielleicht wirklich wie mir.

Ich blieb auf der Matratze sitzen. Lucan lockerte die Krawatte und richtete die Kamera auf uns. »Zieh dich aus, Silber.«

»Nein!«, schreie ich; mein Körper ist schweißnass. »Lass mich in Ruhe. Ich heiße nicht Silber. Ich heiße Madison! Madison Montgomery! Ich bin nicht Silber!« Ich wiege mich auf dem Schotterweg vor und zurück und versuche mich aus der Erinnerung zu befreien.

»Ich … Was ist mit dem Jungen?«

Lucan betrachtet den Jungen auf dem Bett und verzieht ein wenig den Mund. »Brantley, mach Platz für Silber.«

Ich reiße die Augen auf und fahre hoch, ohne auf die vielen kleinen Steinchen in meiner Haut zu achten. »Brantley!«, schreie ich.

Brantley dreht sich zu mir um. Seine Miene wird ausdruckslos.

Ich erbleiche am ganzen Körper. Der Schmerz, die Wut, die Traurigkeit, alles wird wieder lebendig. Plötzlich bin ich wieder das verängstigte kleine Mädchen von damals.

»Verdammt, wovon reden die beiden?«, fragt Hector mit dröhnender Stimme; er wirkt nicht mehr ganz so gelassen. »Was zum Teufel ist da eben passiert, Madison?«

Scheinwerferlicht streicht über die Blockhütte, doch ich achte nicht darauf. Ich achte auf gar nichts.

Und auf einmal überfällt mich Wut. Reine Wut, belebend wie ein Schuss Adrenalin. Ich strecke den Rücken und sehe endlich Lucan an. Den Mann, der mich als Kind missbraucht hat. Dem meine Eltern vertraut haben. Von dem ich geglaubt habe, ich könnte ihm trauen. Der mich mit seiner Autorität als Erwachsener dazu gebracht hat, sein Geheimnis zu wahren.

Den Mann, den ich töten will.

»Du!«, sage ich leise und drohend.

Lucan erwidert meinen Blick. Er sieht noch genauso aus wie damals. Nur viel älter. Sein Kopf ist kahl, auch im Gesicht hat er keine Haare mehr. Aber diese Augen. Sie werden immer das gleiche Gefühl in mir auslösen. Ich kann spüren, wie es sich in mir ausbreitet, genau wie damals, als ich ein kleines Mädchen war. Doch ich kämpfe dagegen an. Ich bin kein Kind mehr. Ich bin älter. Erfahrener. Und auch wenn diese Begegnung mit Lucan mir auf eine Weise wehtut, die ich vermutlich noch monatelang spüren werde, am Ende wird es sich gelohnt haben. Irgendwo hinter mir werden Autotüren zugeschlagen; auch darauf achte ich nicht. Meine gesamte Aufmerksamkeit gilt Lucan. Was sonst noch in meiner Nähe geschieht, blende ich aus.

In meinem Rücken nähern sich Menschen – oder zumindest eine Person; ich höre Schritte auf dem Schotter. Aber auch das ignoriere ich.

Lucan lacht leise. »Niemand wird dir glauben, Silber.«

Die Schritte verstummen.

Ein eiskalter Wind weht mir die Haare ins Gesicht. In dem Moment weiß ich es. Die Schritte stammen von Bishop und den Kings.

Lucan stürzt sich auf mich, packt mich an den Haaren und zieht mich mit dem Rücken an sich. Es geschieht so schnell, dass ich kaum blinzeln kann; als ich es dann doch tue, sehe ich die Jungs. Lucan zieht mich rücklings an sich und hält mir eine Pistole an die Schläfe. Flehend schaue ich Bishop an, doch der sieht nicht mich an, sondern Lucan. Unter seinen zornigen Atemzügen heben und senken sich seine Schultern.

»Was zum Teufel geht hier vor, Junge?«, fragt Hector ihn ruhig; dass mir Lucan jederzeit das Gehirn wegpusten kann, kümmert ihn offenbar nicht sonderlich. Mein Herz überschlägt sich; vor Angst habe ich am ganzen Körper Gänsehaut. Nein. Auf keinen Fall. Ich habe nicht all die schlimmen Erinnerungen überlebt und den ganzen Mist unterdrückt, um mich jetzt von Lucan umbringen zu lassen. Er hat mir schon so vieles gestohlen. Mein Leben wird er mir nicht auch noch nehmen.

Bishop macht einen Schritt nach vorn, den Mund drohend verzogen, die Augen pechschwarz. Diesen Blick habe ich noch nie gesehen. Es ist der Blick eines Raubtiers. Ich schaue an ihm vorbei, und dort steht Nate, in der gleichen Haltung, und lässt die Fingerknöchel knacken. Jetzt fängt er an, auf der Stelle zu hüpfen, als wollte er sich in einen Kampf stürzen. Die übrigen Jungs sind ebenfalls da, jederzeit bereit, wenn sie gebraucht werden. Ob sie die Hintergründe kennen oder nicht, eines weiß ich: Sie sind Bishop treu ergeben. Ohne Fragen zu stellen. Die *Elite Kings* in Bestform.

»Ah!« Lucan drückt mir den Pistolenlauf kräftiger gegen die Schläfe. »Keine Bewegung, verdammt. Da heute ohnehin Menschen sterben werden, möchte ich zunächst ein paar Dinge klarstellen, damit Silber weiß, woran sie ist.«

»Nenn mich nicht so«, zische ich drohend.

»Hey, ich tu dir einen Gefallen.«

»Scheiß drauf.«

Er lacht. Ich spüre seinen Atem im Nacken. Abscheu überwältigt mich, ich muss würgen und bin kurz davor, mich zu übergeben.

»Was zum Teufel geht hier vor?«, fragt Hector erneut.

Wo steckt Brantley? Das Ganze ist doch ein abgekartetes Spiel. Er und Khales sind nirgendwo zu sehen. Ich blicke mich noch einmal genauer um, so gut das in der Situation möglich ist, und richtig, beide stehen nicht mehr da, wo sie eben noch waren.

Hass.

»Fangen wir doch damit an. Erstens, kennst du eigentlich die Nachnamen dieser Jungen, Silber?«

Wie bitte?

»Was hat das damit zu tun, was du damals mit mir angestellt hast?«

»Darauf komme ich noch.« Er grinst. Seiner widerwärtigen Stimme ist anzuhören, wie viel Spaß ihm das alles macht. Eine komische Sache, das Altern. Stimmen verändern sich erst sehr spät. Lucans Stimme klingt noch genauso wie früher.

»Was hast du vor, Lucan?«, fragt Hector drohend. Sein Tonfall hätte eigentlich jeden einschüchtern müssen, doch Lucan spricht unbeirrt weiter.

»Hector und Bishop Hayes«, sagt er. »Hayes bedeutet übrigens ›der Teufel‹.« Als ich etwas fragen will, bringt er mich zum Schweigen, indem er mir den Mund zuhält. »Ihr haltet jetzt alle die Klappe und lasst mich ausreden, sonst erschieße ich sie, das schwöre ich.«

Dann räuspert er sich und fährt selbstzufrieden fort: »Wo war ich stehen geblieben? Ach ja, bei den Namen. Lucan und Brantley Vitiosus. Zur Bedeutung der Namen und ihrer Übersetzung ins Englische komme ich noch, wenn ich fertig bin.« Er lacht. Dann beugt er sich herab, bis seine Lippen meine Ohrmuschel berühren, und flüstert: »Du weißt ja, dass ich eine Vorliebe fürs Theatralische habe, nicht wahr, Silber?«

Eine erste Träne, gefolgt von Ärger und Wut.

Lucan redet weiter. »Max, Saint und Cash Ditio. Phoenix und Chase Divitae. Raguel, Ace und Eli Rebellis.« Bei den letzten zwei Namen lacht er. Unwillkürlich sehe ich Nate an. Chase und Cash halten ihn fest. Sein Blick ist tödlich. Auch wenn ich wegen des schwachen Lichts und der Tränen in meinen Augen nicht viel erkennen kann, ich spüre es verdammt deutlich.

Lucan redet weiter. »Nate *Malum*-Riverside.« Dann lacht er und beugt sich erneut zu meinem Ohr herab.

Ich schließe die Augen und schlucke die Galle hinunter, die durch seine Berührung in mir aufsteigt. »Johan, Hunter, Jase und Madison *Venari*.«

Ich erstarre. Das Blut weicht mir aus dem Gesicht.

»Hast du gehört, Silber? Du wurdest adoptiert. Du und dein wahnsinniger Bruder.«

Was? Meine Augen füllen sich erneut mit Tränen. Das kann nicht stimmen. Auf gar keinen Fall. Lucan verarscht mich. Mein Dad ist mein Dad und meine Mom meine Mom. Lucan ist so, wie er immer war.

Ich schaue Bishop an. Endlich erwidert er meinen Blick, und ich erkenne den Ausdruck in seinen Augen. So sieht er mich an, wenn wir allein sind. Er hat die Stirn gerunzelt und hält meinen Blick gefangen.

Es ist die Wahrheit. Und Bishop hat es gewusst.

Schluchzen erschüttert mich, die Knie geben unter mir nach. Lucan richtet mich grob wieder auf. »Vorsicht … Du kannst ja deinen Liebsten fragen, was diese Nachnamen bedeuten und was sie über die Pflichten der jeweiligen Kings-Familie aussagen. Aber eines muss dir klar sein, Silber«, flüstert er mir rau ins Ohr. »Wenn du über alles Bescheid weißt, bringen sie dich um.«

Das ist mir egal.

Ich wurde adoptiert. Mein gesamtes Leben war eine Lüge. Ich habe mich geirrt. Ich kann niemandem trauen. Nur Daemon. *Daemon.* Im Geist sehe ich sein Gesicht vor mir, doch es beruhigt mich nicht, sondern entlockt mir nur weitere Tränen.

»Jedenfalls werde ich es dir leichter machen und dir auch noch den allergrößten Knüller verraten!«, ruft Lucan aus und lacht hysterisch. Wieder beugt er sich zu mir herab, und ich warte; in der Stille höre ich nichts als meinen Atem.

»Du …«

Ein Schuss fällt. Lucan schreit auf, seine Hand gleitet von meinem Mund, er stürzt zu Boden.

Ich stehe da wie erstarrt, den Nachhall des Schusses noch in den Ohren.

Schmerz.

Zorn.

Wut.

Wut.

Wut.

Ich denke an das, was er mir angetan hat, und etwas Heißes steigt in mir auf. Wie er mich angefasst hat, als ich noch ein

Kind war. Was ich mit Brantley machen musste. Was Brantley mit mir machen musste.

»Stopp!«, rufe ich laut und schaue, ohne zu blinzeln, auf das Auto, das vor mir steht.

Stille.

Langsam drehe ich mich um, und dabei bemerke ich Bishop neben mir. Er kniet sich neben den blutenden Lucan auf den Schotterweg.

Ich lege den Kopf schief, schaue Lucan an und flüstere lächelnd: »Dein Schmerz tröstet meine Seele in ihrem Zorn.«

Lucan sieht mir fest in die Augen. »In deinen Erinnerungen werde ich weiterleben, Silber. Für alle Zeit.«

Ich beiße die Zähne zusammen, beuge mich zu Bishop hinab und lege Hand an seinen Stiefel. Dort trägt er ein Messer, wie ich weiß; ich taste danach. Ich kann spüren, wie Bishop erstarrt, weil er errät, was ich vorhabe. Aber bevor er mich aufhalten kann – falls er mich überhaupt aufhalten will –, habe ich die Messerscheide schon geöffnet, ziehe das lange Jagdmesser heraus und hebe es an. Zögernd folgt Lucans Blick der Bewegung.

»Siehst du das Messer?« Ich fahre mit dem Zeigefinger an der stumpfen Seite der Klinge entlang. »Das ist ein Feldmesser von *Fällkniven.* A1 Pro.« Ich grinse. Die Jungs stehen alle hinter mir – bis auf Bishop, der immer noch neben mir kniet –, und ich genieße es, dass sie mich voller Achtung beobachten; vielleicht auch voller Angst oder mit einer Mischung aus beidem. Sie wollen mir beistehen, doch das ist nicht nötig. Ich ramme Lucan das Messer ins Becken, bis ich spüre, wie die Klinge auf Knochen trifft. Lucan schreit, markerschütternd laut, und bäumt sich auf. Tränen laufen ihm übers Gesicht.

Ich beuge mich zu ihm hinunter, bis meine Lippen seine Ohrmuschel berühren, so wie er es mit mir gemacht hat. Sein

Blut rinnt mir über die Finger. »Weißt du was?«, flüstere ich lächelnd. »Da du so aufs Theatralische stehst: So ein Messer wird auch Überlebensmesser genannt.« Ich drehe die Klinge in der Wunde um. Meine Hände sind klebrig von seinem Blut. Es dämpft meinen Zorn, lindert den Schmerz, wie eine Eispackung den Schmerz einer Brandwunde lindert.

Ich ziehe das Messer aus seinem Unterleib, richte mich ein wenig auf und packe das Heft mit beiden Händen, um ihm die Klinge in den Kopf zu rammen. Das Feuer in mir soll endlich erlöschen; noch ist es nur ein wenig heruntergebrannt. Da taucht Brantley neben mir auf, entreißt mir das Messer und stößt es Lucan genau zwischen die Augen. Blut bespritzt mich. Ich schmecke es auf der Zunge.

Brantley schreit; die Adern an seinem Hals schwellen an, die Augen treten ihm fast aus den Höhlen. Ich hatte recht; auch er ist voller Zorn. Genau wie ich, wenn nicht noch mehr, denn schließlich war Lucan sein Vater.

Mein Atem beruhigt sich, und als Lucans Kopf zur Seite sackt und der Gestank seines Todes die Luft erfüllt, lasse ich mich schwer gegen Bishop sinken und lege den Kopf an seine Schulter.

Er schlingt den Arm um mich und küsst mich aufs Haar. Brantley zieht das Messer aus dem Kopf seines Vaters und sticht erneut zu. Und wieder. Und wieder. Ich zucke zusammen und verberge das Gesicht an Bishops Hals. Sein Geruch, sein ... alles. Bishop. Ich höre nur noch, wie Brantley mit dem Messer zustößt.

»Na komm, Baby«, sagt Bishop mit den Lippen in meinem Haar, als er merkt, dass Brantley nicht so bald aufhören wird.

»Also gut«, sagt Hector, und ich drehe mich in Bishops Umarmung zu ihm um, weg von der Stelle, wo Brantley es noch immer seinem Vater heimzahlt. »Das ist ja alles sehr nett, aber würde mir bitte mal irgendwer erklären, was zum Teufel hier los ist und warum meine rechte Hand tot auf der Erde liegt? Hast du gehört, Brantley? Er ist tot. Du kannst aufhören.« Hector hält kurz inne und betrachtet das blutige Etwas, das Brantley hinterlassen hat; dann zuckt er die Schultern, als würde er so etwas jeden Tag erleben. Tut er vermutlich auch. Eigentlich wirkt keiner von ihnen sonderlich erschüttert.

Bishop drückt mich an sich.

»Als Madison ein kleines Mädchen war, hat Lucan sie regelmäßig vergewaltigt.«

Hector zieht an seiner Zigarre, doch trotz seines gelassenen Auftretens kann ich ihm seine Wut ansehen. Was mich überrascht, schließlich ist er Hector Hayes. Ich hätte nicht gedacht, dass ihn so etwas stört. Offenbar erkennt er, dass ich ihm etwas angemerkt habe, denn er lacht.

»Lass es dir nicht zu Herzen gehen, Süße. Ich kann dich aus vielerlei Gründen nicht leiden.« Er sieht kurz seinen Sohn an und dann wieder mich. »Aber Vergewaltigung billige ich nicht.«

»Und …« Bishop zögert, spricht dann aber weiter. »… und Brantley auch nicht.«

Die Stechgeräusche sind verstummt; jetzt höre ich Schluchzen. Kein stilles Weinen, sondern etwas von der hässlichen Sorte. Ich drehe mich in Bishops Umarmung zu Brantley um.

Er hockt neben dem, was von Lucan übrig ist, hat die Arme um die Knie geschlungen und wiegt sich vor und zurück. Aus seinen Haaren, von seinem Gesicht, von seinen Händen tropft Blut, doch er wiegt sich immer weiter und schluchzt laut. »Ich hab das doch nicht gewollt. Warum? Warum hast du mich dazu gezwungen? So viele Male …« Er schüttelt den Kopf. Es zerreißt mir das Herz. Ich will zu ihm gehen, doch Bishop hält mich am Arm fest.

Fragend schaue ich ihn an. Er schüttelt den Kopf. »Nicht.«

»Wieso nicht? Es ist doch kein Wunder, dass er mich hasst, Bishop«, flüstere ich und sehe Bishop forschend in die Augen. »Irgendwem *musste* er die Schuld geben. Also hat er mir die Schuld an dem gegeben, wozu sein Vater uns damals gezwungen hat. Denn wenn es mich nicht gegeben hätte, wäre es nie passiert.«

Bishop schüttelt den Kopf. »Nein, Baby.« Dann schaut er an mir vorbei.

»Siebenunddreißig«, flüstert Brantley hinter mir. Sofort drehe ich mich zu ihm um. »Siebenunddreißig kleine Mädchen.«

Was?, würde ich gern fragen, doch ich habe Angst, dass er mich dann wütend anfährt. Also bleibe ich stumm, in der Hoffnung, dass er von sich aus weiterspricht. Was er auch tut.

Er sieht mich an. Da er auf der Erde hockt, leuchten ihm die Autoscheinwerfer ins Gesicht. Es ist so blutverschmiert wie seine Kleidung. In der Hand hält er noch immer das Messer. Er wirft es zu uns herüber; es landet neben Bishops Füßen. »Aber du hast trotzdem recht«, sagt er, steht auf und kommt um die verstümmelte Leiche herum. »Ich habe dich gehasst. Ich habe nie begriffen, wieso du hierher zurückgekehrt bist. Damals, als wir Kinder waren, bei meiner Geburtstagsparty, habe ich alle Kinder gehasst, nicht nur dich. Aber mein Vater sprach bereits darüber, was wir miteinander machen sollten.« Er hält kurz inne. »Als du dann an der *Riverside* angefangen hast, war ich mir zuerst nicht sicher, ob du dich an mich erinnerst. Anfangs dachte ich, du erinnerst dich genau, und du willst uns irgendwie verarschen, um dich für das zu rächen, was Lucan dir angetan hat.« Scheiße, das leuchtet mir ein. »Und außerdem …« Er holt eine Packung Zigaretten hervor, steckt sich eine in den Mund und zündet sie an. »… warst du für mich damals die Erste. Noch ein Grund, dich zu hassen. Dass ›Silber‹

von ›Silberschwan‹ kam, habe ich nicht begriffen. Verdammt dumm von mir, ich hätte die Verbindung sehen müssen. Aber ich dachte, der Name hätte mit deinen Augen zu tun. Jetzt sind sie dunkelgrün, aber als du ein Kind warst, waren sie silbern.«

Ich nicke. Das stimmt. Meine Augen waren schon immer seltsam.

Brantley kommt näher, den Mund voller Rauch. »Spürst du das?«, fragt er und legt den Kopf schräg.

Ich sehe ihm tief in die Augen. Und ein Gefühl des Friedens breitet sich in mir aus. Das Feuer des Hasses, das so viele Jahre in mir gebrannt hat, ist erloschen. Lächelnd nicke ich. »Ja.«

Er bläst Rauch aus. »Wenigstens einer von uns.« Er sieht mich aus schmalen Augen an.

Ich runzle die Stirn. »Hasst du mich etwa immer noch?«

Überrascht hebt er die Augenbrauen. »Nein, verdammt.« Er blickt sich um. »Es ist nur – ach, vergiss es. Dich hasse ich jedenfalls nicht. Mit dir habe ich meinen Frieden gemacht.« Dann lächelt er. Es ist das erste Mal, dass ich Brantley lächeln sehe, und es gilt mir. Am liebsten hätte ich mich auf ihn gestürzt und ihn umarmt, aber das wäre ihm bestimmt zu viel gewesen. Immer schön einen Schritt nach dem anderen.

Ich drehe mich um, lege die Arme um Bishop und schaue über seine Schulter Hunter und Jase an. Meine Brüder. Meine biologischen Brüder. Genau wie Daemon.

Hunter weicht kopfschüttelnd einen Schritt zurück, marschiert zum Auto und knallt die Tür hinter sich zu. Ich runzle die Stirn und lasse die Schultern hängen. Was ich eigentlich erwartet habe, weiß ich selbst nicht – jedenfalls nicht, dass Hunter so reagiert. Er war immer freundlich zu mir.

Jase starrt mich an; sein Blick lässt mich keine Sekunde los. Als es mir endgültig das Herz brechen will, lächelt er mich an. Und zwinkert mir zu. Das überrascht mich ebenfalls. Mit Jase war ich noch nicht oft zusammen, aber mir scheint, das wird sich bald ändern.

Die übrigen Jungs kehren ebenfalls zu ihren Autos zurück. Bishop legt mir einen Arm um die Schultern und sieht seinen Vater an. »Soll ich Katsia anrufen, damit sie *das da* beseitigt, oder machst du das?«, fragt er und deutet mit einem Nicken auf unser Zerstörungswerk auf der Schotterstraße.

Hector sieht erst mich an, dann Bishop. »Ich rufe sie selbst an.« Dann wendet er sich an mich. »Ich bin heute Abend aus einem ganz bestimmten Grund mit dir hierhergefahren, und dieser Grund war nicht das da.«

Ich lehne mich an Bishop, und er zieht mich an sich. »Obwohl ich dir erzählen wollte, dass deine Eltern dich adoptiert haben.« Er sieht Bishop an. »Aber weißt du, sosehr ich meinen Sohn liebe, heute Abend hat er etwas Schlimmes getan. Etwas, das gegen unsere Regeln verstößt. Im Grunde haben wir nämlich nur eine Regel, Madison.« Hector sieht wieder mich an, und mir läuft es kalt über den Rücken. »Jedenfalls, da du jetzt von Lucan erfahren hast, dass du adoptiert wurdest, ist es sicher nur fair, wenn ich dir stattdessen etwas anderes verrate. Zumal mein Sohn heute Abend so schießwütig war.«

Ich sehe Bishop an. Schießwütig?

Hector kommt mit den Händen in den Hosentaschen einen Schritt näher. »Das Initiationsritual der Kings ist dir vertraut?«, fragt er mich, und ich nicke. »Sehr gut. Dann weißt du sicher auch Folgendes …« Er winkt jemandem, der hinter ihm steht, und aus der Dunkelheit taucht Khales auf. Bishop erstarrt. Der Griff, mit dem er mich festhält, wird stahlhart. »Khales war Bishops …« Um mich dreht sich alles. Mir wird übel. Noch jemand tritt aus dem Schatten. »… und deine Adoptivmutter.«

»Lost is not a place. It's a soul in paralysis …
Waiting to feel moved.«

– Atticus

BISHOP

ALS ZEHNJÄHRIGER

»Ich möchte, dass ihr euch eine Mauer vorstellt. Eine kugelsichere Mauer, die niemand durchbrechen kann, auch wenn er noch so viele Waffen darauf abfeuert«, hatte Rob gesagt, während er vor uns auf und ab marschiert war. Wir sieben hatten uns schon immer nahegestanden. Ob wir nun verwandt waren oder nicht, diese Jungen waren meine Brüder. Ich hatte mich bewusst dafür entschieden, sie ins Herz zu schließen; Familienbande allein hätten das Gefühl der Brüderlichkeit niemals erzwingen können, das zwischen uns herrschte. Deswegen waren wir auch die schlagkräftigsten Kings, die es je gegeben hatte. Die Generationen vor uns waren oft zerstritten gewesen, hatte mein Vater gesagt, oder hätten darum kämpfen müssen, sich zu vertragen. Ob wegen eines Mädchens oder weil sie persönlich nicht gut zusammenpassten. So wie bei uns war es noch nie gewesen. In keiner früheren Generation war es je so geschmeidig gelaufen. Daher hatte man auch Großes mit uns vor.

»Eine Mauer?«, spottete Nate. »Du bist extra mit uns hergefahren, um uns irgendwas über Mauern beizubringen?«

Rob winkte zerstreut ab und marschierte weiter vor uns auf und ab, als wären wir Soldaten einer Armee. »Genauso eine Mauer sollt ihr jetzt in eurem Geist errichten. Aber bevor ihr damit anfangt, achtet darauf, dass außer euch noch sechs andere dahinter Platz haben. Nicht acht und nicht zwei oder irgendeine andere Anzahl von Leuten. Sondern genau sieben.« Er unterbrach sich und sah mich an. Ich war kein kleiner Junge. Für einen Zehnjährigen war ich sogar ziemlich groß, aber als ich jetzt zu Rob aufschaute, fühlte ich mich, als wäre ich gerade mal einen halben Meter groß. »Ihr müsst heute mit dem Bau dieser Mauer beginnen. Und ihr müsst daran arbeiten – ihr müsst üben, so eine geistige Mauer zu errichten. Denn wenn die Zeit eurer Initiation kommt, muss die Mauer felsenfest stehen. Sodass niemand mehr daran vorbeikommt. Denen hier dürft ihr trauen.« Rob deutete um sich. »Sonst niemand.«

»Was ist mit meinem Dad?«, widersprach ich. Die anderen Jungs starrten mich an, als wollten sie sagen: Verdammt, halt die Klappe! Denn Rob war furchterregend. Aber mir jagte man so schnell keine Angst ein.

»Nicht mal deinem Dad. Als er in deinem Alter war, ist er durch die gleiche Schule gegangen. Und die nach euch kommen, werden es auch.«

»Was, heißt das etwa, wir sollen Kinder in die Welt setzen?« Hunter verzog das Gesicht.

»Ja«, mischte Dad sich ein und kam hinter der Hütte hervor. Er trug einen seiner eleganten Anzüge. »Eines Tages werdet ihr Kinder haben.«

»Nein, danke. Ich will keine Kinder.« Dass ich mir nichts aus Kindern machte, hatte ich schon sehr früh begriffen. Es kam mir unwahrscheinlich vor, dass sich daran irgendetwas ändern könnte. Der Fluch des Einzelkindes, könnte man sagen.

»Ach, wetten, dass doch?«, spottete Eli. »Wetten, dass du mit Khales Kinder in die Welt setzt, sobald ihr sechzehn seid?« Er lachte schnaubend. Niemand sonst stimmte ein.

»Nein. Ich will keine Kinder.«

Mein Dad kniete sich vor mich hin und sah mir forschend in

die Augen. »Du wirst Kinder bekommen, mein Sohn, und zu deinem Glück habe ich schon die Richtige für dich gefunden.«

Ich zog die Stirn kraus. »Was? Wen?« Auch wenn ich nicht daran dachte, Kinder zu zeugen, wollte ich doch wissen, wer seiner Meinung nach zu mir passte.

Er griff in die Brusttasche seines Jacketts, holte ein kleines Foto hervor und drehte es um, damit ich es betrachten konnte. Es zeigte ein kleines Mädchen, ungefähr in meinem Alter, vielleicht jünger – falls sie nicht einfach sehr klein geraten war. Sie hatte welliges braunes Haar, Pausbacken, blaue Augen und ein strahlendes Lächeln. Auf ihren Wangen sah man ein paar Sommersprossen. In den Händen hielt sie ein Jagdgewehr. »Dieses Mädchen.«

»Dieses Mädchen?«, wiederholte ich zweifelnd. Mein Vater hatte wohl vergessen, seine Pillen zu nehmen. Die war nun wirklich nichts Besonderes. Da gab es an meiner Schule Bessere. Allerdings hatte sie etwas Widersprüchliches an sich. Etwas Unausgeglichenes, könnte man sagen. Und dann diese Augen. Ihr Blick schien den Abstand zwischen uns mit einem Schlag zu überbrücken. Dabei schaute sie mich nur aus einem Foto an. »Wer ist das?«

Dad sah mich kurz an, und dabei bemerkte er, dass die anderen Jungs versuchten, auch einen Blick auf das Bild zu werfen. Er schaute sie warnend an, faltete das Foto zusammen und steckte es wieder ein. »Eine Person, die genau dann in deinem Leben auftauchen wird, wenn du sie brauchst.«

»Als wäre es Schicksal?«, fragte ich. Eigentlich wusste ich gar nicht, was dieses Wort bedeutete, aber die Erwachsenen benutzten es ziemlich häufig.

Er lachte. »Nicht Schicksal. Karma. Dein Weckruf.«

1. KAPITEL

»Ach du Scheiße!«, stieß ich hervor und wich zurück, bis ich gegen einen harten Körper stieß. Ich wirbelte herum, begegnete Bishops Blick und suchte in seinen Augen nach einer Antwort, aber wie üblich verbarg er seine Gefühle hinter einer Mauer. Einer Mauer aus all den Toten vermutlich, die er auf dem Gewissen hatte. Sein Blick hatte schon immer etwas Lockendes gehabt, etwas, worauf ich innerhalb von Sekunden reagierte. Aber Bishop hatte mir zu viele Dinge zu lange verschwiegen. Ich wusste nicht mehr, ob ich ihm trauen konnte. Ich legte den Kopf schräg und betrachtete sein Gesicht, auf der Suche nach einer noch so vagen Aufhellung. Aber ich fand nichts. Mutlos ließ ich die Schultern hängen. Ich traute ihm nicht mehr. Keinem dieser Menschen konnte ich noch vertrauen. Meine Mutter – die in Wirklichkeit meine Adoptivmutter war – lebte noch. Sie hatte sich überhaupt nicht erschossen; und im Augenblick fiel mir dazu nichts weiter ein als: *Na, schöne Scheiße, dann bin ich also all die Jahre für nichts und wieder nichts gemobbt worden!* Was allerdings daran liegen mochte, dass Bishop und sie miteinander geschlafen hatten. Und dann fiel mir wieder ein, dass außer ihr noch jemand von den Toten auferstanden war. *Khales*. Nichts von alledem ergab irgendeinen Sinn. Wie üblich. Mein gesamter Körper fühlte sich taub an, ich spürte nur noch, wie meine Finger zitterten und meine Handflächen feucht wurden. *Du wirst dir jetzt keine Schwäche anmerken lassen.* Doch ich war heute mit so vielen Enthüllungen konfrontiert worden, von dem Blutvergießen ganz zu schweigen, dass mir nun alles zu entgleiten drohte. Ich verlor die Verbindung zu dem, was sich rings um mich abspielte. Konnte man einen anderen Menschen derart verrückt machen, dass dieser Mensch einen Nervenzusammenbruch erlitt? Oder war ich die Erste, der das passierte?

Hector steckte sich eine Zigarre in den Mund, zündete sie an und stieß eine Rauchwolke aus. »Madison, mein Sohn hat Khales nicht umgebracht. Das habe ich auch erst vor Kurzem erfahren.«

Ich wandte mich wieder Bishop zu. »Hast du *mir* nicht auch gesagt, du hättest sie getötet?« Es fiel mir schwer, nicht hinzuzufügen: *Aber du hast mir ja auch sonst eine Menge Scheiß erzählt.* Stattdessen stieß ich das ›mir‹ besonders heftig hervor, um zu signalisieren, wie wütend ich über diese erneute Lüge war.

»Also, das ist wirklich alles ganz großartig, aber deswegen bin ich nicht hier.« Khales trat einen Schritt auf uns zu.

Sofort fuhr ich zu ihr herum. »Komm bloß nicht näher!« Dann sah ich meine Mom an. Diese Person, um die ich nach ihrem angeblichen Tod jahrelang getrauert hatte. Zwischen ihr und meinem Vater musste vieles passiert sein, wovon ich nichts ahnte. Doch während ich bei ihrem Anblick ein solches Misstrauen empfand, dass mir fast übel wurde, vertraute ich meinem Dad nach wie vor. Auch wenn er mich in dieses Chaos gestürzt hatte, war ich davon überzeugt, dass er ein gutes Herz hatte. Nun ja, jedenfalls was mich betraf. Allerdings hatte ich mich in der Hinsicht auch früher schon geirrt, weshalb ich mir trotz allem nicht völlig sicher war. Das Ganze war mir einfach zu viel, es überforderte mich, meine Hand zuckte, meine Beine zitterten. Ein scharfer Schmerz durchfuhr mich, meine Knie gaben nach. Auf einmal hockte ich auf der Schotterstraße, und Steinchen bohrten sich mir in Handflächen und Knie. Lautlose Tränen liefen mir über die Wangen. Aus den Augenwinkeln sah ich, wie Bishop sich neben mich kniete und einen Arm um mich legte. Ich erstarrte. Geräusche, Gesprächsfetzen gingen in weißem Rauschen auf. Die vielen Enthüllungen, diese ganze unbekannte Welt, hatten mir jede Kraft geraubt – ganz allmählich, von dem Tag an, als ich zum ersten Mal die Marmorhalle der *Riverside Prep* betreten hatte. Der Luxus dort, der auf den ersten Blick nur Exklusivität signalisierte, erschien mir jetzt wie eine Warnung. Ich konnte förmlich spüren, wie mein Kopf das Denken einstellte. Ich hatte geglaubt, eine Mutter zu haben und dass sich daran nie etwas ändern würde; selbst nach ihrem Tod hatte ich das noch geglaubt. Und nun stellte sich heraus, dass ich nichts weiter gehabt hatte als ein paar falsche Versprechungen, eine billige Nachahmung all dessen, was man sich unter einer Mutter vorstellte.

Jemand packte meine Oberarme und begann mich zu schütteln. Ich sah Bishop an, sonst hatte ich nichts mehr zu geben. Nichts. Ich öffnete den Mund, um Bishop zu sagen, dass er mich von hier wegbringen sollte. Weg von all den Lügnern und Betrügern. *Aber ich traute ihm nicht.* Denn eines war mir trotz allem klar geworden: »Du hast sie geliebt.«

Er sah mir wachsam in die Augen. »Was?«

»Du hast sie geliebt.« Diesmal klang es nicht mehr wie eine Frage, sondern als wollte ich es mir nur noch einmal selbst bestätigen. Denn tief im Innern wusste ich es längst. Wenn er sie vor Jahren nicht getötet hatte, dann weil er viel für sie empfunden hatte.

»Madison.« Die Stimme, deren Klang durch die kalte Nachtluft trieb, war mir so vertraut, dass in meinem Gedächtnis Lichter aufflammten. Alte Wunden rissen auf.

Ich schloss die Augen. »Nicht.«

»Madison, eins musst du …«

Ich riss die Augen auf und fand endlich den Mut, dem Monster ins Gesicht zu sehen. Langsam, auf unsicheren Beinen, stand ich auf, wischte mir den Schmutz von der Hose und streckte den Rücken. Undeutlich nahm ich wahr, dass hinter mir ein Wagen hielt, doch ich achtete nicht darauf. Meine gesamte Aufmerksamkeit galt *ihr*. Ich trat einen Schritt auf sie zu und bemerkte, wie sie ängstlich um sich blickte; offenbar war sie keineswegs sicher, was ich als Nächstes unternehmen würde. Ich dachte daran, mich auf sie zu stürzen, aber heute Nacht war schon genug Blut vergossen worden. Und auch wenn diese Leute offenbar an derart drastische Szenen gewöhnt waren – ich war es nicht.

Meine Mutter hatte sich nicht verändert, jedenfalls nicht sehr. Das machte mich noch wütender. Vermutlich hätte ich mir gern vorgestellt, dass sie nach ihrem vorgetäuschten Tod wenigstens nicht im Luxus gelebt hatte, während ich um sie trauerte. Mein Blick fiel auf ihr Handgelenk. Sie trug eine Uhr aus Weißgold, und das Zifferblatt war mit derart viel Glitzer besetzt, dass selbst Flavor Flav neidisch geworden wäre. Oh ja, meine Mutter hatte definitiv ein protziges Leben geführt.

Ehe ich es verhindern konnte, drang ein hartes Lachen aus meiner Kehle. Ich war auf *alle hier* unglaublich wütend, aber mit *ihr* würde ich anfangen. »Weißt du, was ich mir eben gewünscht habe? Dass du deinen Tod nur deshalb vorgetäuscht und mich dazu gebracht hast, um dich zu trauern, um *dich* zu weinen, weil dich jemand gegen deinen Willen irgendwo festgehalten hat. Denn was wäre das für eine Mutter, die ihrer eigenen Tochter so etwas antut? Richtig? Aber wie es scheint …« Ich blickte erneut auf die Uhr; dann musterte ich meine Mutter von Kopf bis Fuß. Ich betrachtete das Seidentop, dessen

Ärmel ihre schmalen Arme umspielten, und die deutlich sichtbare Perlenkette um ihren Hals. Oh, und nicht zu vergessen das frisch aufgetragene erstklassige Make-up – *Chanel* vermutlich. Nein, kein verschmierter Lidstrich. Keine tief liegenden Augen, keine blauen Flecken, keine Narben. Einfach ein Luxusweib, das Zuneigung nur vortäuschte. »… brauchst du für deine Betrügereien gar keine Hilfe.«

»Madison …« Sie kam auf mich zu und streckte die Hand nach mir aus. Ich riss mich los.

»Nicht. Ich will dich nicht sehen. Auch nicht mit dir reden.«

»Madison«, donnerte jemand hinter mir. Ich erstarrte. Einen Moment lang brachte der Befehlston jeden Gedanken und jede Bewegung in mir zum Stillstand.

Dann drehte ich mich um und sah meinen Dad an. »Hast du es gewusst?«

Er beobachtete mich. Und auch wenn ich seinen Gesichtsausdruck nicht deutlich sehen konnte, das Scheinwerferlicht der parkenden Autos reichte für eine begründete Vermutung.

Ein kurzes Zögern, dann seufzte er. »Komm mit nach Hause. Dort erkläre ich es dir.«

»Madison …« Offenbar hatte Bishop beschlossen, sich ebenfalls einzumischen. Er griff nach meiner Hand.

Ich zuckte zurück. »Fass mich nicht an! Und hört gefälligst alle auf, dauernd meinen Namen zu wiederholen!«

Bishop biss die Zähne zusammen und ließ die Hände sinken. Ich ging davon, immer schön einen Schritt nach dem anderen, geradewegs zum Wagen meines Vaters. Dort ließ ich mich auf den Beifahrersitz gleiten.

»Willst du drüber reden, Kätzchen?« Nate musste nach mir hinten eingestiegen sein.

»Nein.« Mehr brachte ich nicht heraus. Manchmal wäre ich echt gern ein ganz normaler hormongeplagter Teenager gewesen. Ein Mädchen, das sich am Abend vor dem Schulball mit Akne herumschlug. Statt durch die Hölle gehen zu müssen.

Ich knallte die Haustür hinter mir zu und steuerte die Treppe an, ohne auf Nates und Dads durchdringende Blicke zu achten. Auf dem Weg nach oben nahm ich immer zwei Stufen zugleich, so eilig hatte ich es, den Schutz meines stillen Zimmers zu erreichen. Meine Höhle. Mich dort zu verkriechen hatte mir immer geholfen. Selbst wenn ich, so wie jetzt, auf einige Leute, mit denen ich unter einem Dach lebte, überhaupt nicht gut zu sprechen war.

Meine Gedanken drehten sich unaufhörlich im Kreis, wie in einem mit Lachgas besprühten Riesenrad. Vor dieser Nacht hatte ich gedacht, dass allmählich alles einen Sinn ergäbe. Teile des Puzzles fügten sich zusammen. Jetzt war alles, was ich zu wissen geglaubt hatte, wieder in winzig kleine Stücke zerschlagen worden – und nichts sah so aus, als könnte es jemals wieder zusammengesetzt werden. Aber hier lief ja sowieso immer der gleiche Film: Kaum hatte ich alle Bruchstücke zusammen und konnte mich daranmachen, sie miteinander zu verbinden, würde jemand kommen und sie mir aus der Hand reißen und über dem gesamten Pazifik verstreuen. *Irgendwer findet das wohl komisch.*

Als ich die Dusche aufdrehte, fiel mein Blick auf meine Hände. Die Haut war mit dunkelrotem Blut verkrustet. Ich atmete schwer; Panik breitete sich in mir aus. Ohne nachzudenken, stieg ich vollständig angezogen unter das kochend heiße Wasser. Dann fuhr ich mir mit den flachen Händen übers Gesicht, strich die Haare nach hinten und sah zu, wie sich das Wasser um meine Füße rot färbte. Tränen traten mir in die Augen und liefen mir über die Wangen. Ärgerlich wischte ich sie weg, zog mich aus und warf die Sachen neben dem Waschbecken auf den Fußboden. *Ich habe dabei geholfen, jemand zu töten.* Ich musste würgen, der Mageninhalt stieg mir in die Kehle. Rasch schlug ich mir mit der Hand auf den Mund, sprang aus der Dusche und beugte mich gerade noch rechtzeitig über die Toilette.

Als ich mir die letzten Spuren vom Mund wischte, kam Nate herein. »Kätzchen …« Er schloss die Tür hinter sich und lehnte sich dagegen, einen Fuß gegen das Türblatt gestützt. Die Zeiten, in denen es uns peinlich gewesen wäre, wenn der andere uns nackt überraschte, waren lange vorbei; ich zuckte nicht einmal mit der Wimper. Nate hatte mich schon häufig nackt gesehen, häufiger, als es sich für einen Bruder gehörte. Oder auch einen Stiefbruder.

»Nate, bitte«, flehte ich, griff nach dem Mundwasser, spülte und spuckte die Flüssigkeit ins Waschbecken. Dann klappte ich den Klodeckel runter und setzte mich darauf. »Ich hab dabei geholfen, jemand zu töten, mein Freund ist ein Lügner und besitzt einen eigenen gottverdammten Narnia-Schrank, nur dass ich dahinter nicht auf Löwen und solchen Scheiß gestoßen bin, sondern auf eine düstere und nebulöse Vergangenheit voller Geheimnisse. Über die er mir offensichtlich nichts verraten will. Dann meine Mom, die in Wirklichkeit gar nicht meine Mom ist, obwohl ich sie mein Leben lang dafür gehalten habe, von der ich dachte, sie hätte sich erschossen, dabei ist sie sehr lebendig – und mit meinem sogenannten Freund hat sie auch geschlafen. Habe ich irgendwas vergessen? Ach ja, ich bin gar keine Montgomery, sondern eine Venari, was bedeutet, dass mein gesamtes Leben eine einzige Lüge ist.«

Nate kam zu mir und umfasste mit der einen Hand meinen Arm; bevor ich protestieren konnte, schob er mir den anderen Arm unter die Oberschenkel und hob mich hoch. »Unter die Dusche mit dir, Kätzchen.« Da konnte ich mich nicht länger beherrschen. Schluchzer brachen aus mir hervor, Tränen liefen mir über die Wangen. Es war kein irgendwie einnehmendes Weinen. Es war sogar ziemlich hässlich. Von der Sorte, die Stoff für Memes hergeben.

Nate stieß ein Knurren aus, zog mich noch fester an sich und stellte sich mit mir unter die Dusche.

»Warum bist du so?«, fragte ich zwischen zwei Schluchzern und hob den Kopf von seiner Schulter, um ihm in die Augen zu sehen. Wasser prasselte auf meine Lider, doch das war mir egal. Ich ignorierte das Brennen in den Augen, weil es sich so gut anfühlte, ihn anzuschauen. Als wäre ich endlich zu Hause angekommen. Nate gab mir ein stärkeres Gefühl von Heimat als dieses ganze verdammte Haus. In dem Moment wurde mir klar, dass ich das alles überstehen konnte. Ich konnte es schaffen. Solange Nate und ich uns verstanden. Nur ihn zu verlieren, das würde ich nicht überleben.

Nate zögerte, als müsste er über seine Antwort nachdenken. »So bin ich nicht bei jedem.«

»Nur bei mir?«, fragte ich, obwohl ich die Antwort schon kannte. Nate war sehr wählerisch, wenn es darum ging, andere an sich heranzulassen. Das war Teil seines Charmes. Genau genommen waren alle Kings so. Vielleicht hatte es etwas mit ihrer Herkunft zu tun.

»Und bei …« Ich wusste, dass er an Tillie dachte, und schenkte ihm ein klägliches Lächeln, um ihm zu signalisieren, dass er ihren Namen nicht aussprechen musste. Ich wusste, dass er mich liebte. Einmal hatte er gesagt, er wäre in mich verliebt, und ich war nicht sicher, ob er nicht immer noch so empfand; doch wenn er sich entscheiden müsste, würde er ohne jeden Zweifel Tillie wählen. Zwischen ihnen war etwas entstanden. Sie verband etwas, das ich kannte, weil ich für Bishop ganz genauso empfand. Tillies Verschwinden hatte Nate tief verletzt. So tief, dass er nie darüber sprach. In gewisser Weise hatten wir auch das gemeinsam.

»Ich weiß«, unterbrach ich ihn flüsternd und tätschelte seinen muskulösen Oberarm. »Übrigens kannst du mich jetzt wieder absetzen.« Er tat, was ich wollte, und stellte mich vorsichtig auf die Füße. Sobald ich sicher stand, trat ich unter den Wasserstrahl, griff nach der Seife und spritzte mir etwas davon in die Hand. »Zieh das aus.« Ich zupfte am Bund seiner Basketball-Shorts. Sofort hob er die Hand und wehrte mich ab. Als ich zu ihm aufsah, lief es mir kalt den Rücken hinunter. Obwohl sein Gesichtsausdruck nach wie vor müde und träge wirkte, waren seine Augen dunkel geworden, und in ihren Tiefen glühte ein Feuer. In dem Moment begriff ich, dass hier Schluss sein musste. Mal wieder.

»Tut mir leid«, murmelte ich, wandte mich ab und spülte mir mit dem Rücken zu ihm das Haar aus.

»Du weißt, wie sehr ich dich will, Madison. Aber dazu wird es nie kommen. Besser, wir quälen uns nicht gegenseitig mit dem Unmöglichen.«

»Ich weiß«, antwortete ich leise und drehte mich wieder zu ihm um, wobei ich mein langes Haar zu einem Knoten schlang. Dann legte ich Nate eine Hand an die Wange und berührte seine Lippen mit meinen. Eigentlich sollte es die Art Kuss werden, mit der man sich von seiner ersten Liebe verabschiedet: harmlos, zurückhaltend, warm, weich, angenehm, *vertraut*, heiß, sinnlich, leidenschaftlich … *Oh, oh …*

Ich fuhr zurück und sah Nate forschend in die Augen, körperlich noch in dem Moment gefangen.

Nate stöhnte gequält und fasste sich in den Schritt. »Raus hier, Kätzchen, oder ich vögle dich dermaßen hart, dass du mich Bishop nennst.« Das wirkte, als hätte er mir Eiswasser über den Kopf geschüttet. Ich stieg aus der Dusche, wickelte mich in den seidenen Bademantel und putzte mir die Zähne. Als ich die Hand nach der Türklinke ausstreckte, fiel mein Blick auf die blutbefleckte Kleidung. »Was passiert eigentlich mit der Leiche?«

Das Wasser wurde abgedreht, und Nate kam unter der Dusche hervor – in seiner ganzen nackten Schönheit, wie ich aus den Augenwinkeln bemerkte. Er blickte ebenfalls auf den Kleiderhaufen, dann sah er mich an. »Um die kümmert sich jemand. Um das Zeug hier auch. Ich packe die Sachen gleich ein. Du bekommst sie nie wieder zu Gesicht.« Er sagte es so leichthin, als würde er über Fußball reden oder darüber, mit wem er letztes Wochenende geschlafen hatte.

»Man könnte meinen, du machst so was jede Nacht.«

»Jedenfalls oft genug.« Mehr sagte er nicht. Ich öffnete die Tür zu meinem Zimmer, ging zum Bett, riss die Decke zur Seite und glitt zwischen die kühlen, sauberen Laken. Mit dem Duft von Zitrone und Lavendel in der Nase drehte ich mich zur Balkontür um und richtete den Blick auf die in der Dunkelheit funkelnden Sterne. In dieser Nacht hatte ich einfach zu viel erlebt. Dinge, die ich mir nicht erklären konnte. Und Dinge, von denen ich nicht sicher wusste, ob ich sie mir überhaupt erklären wollte. Doch sie waren geschehen und waren so real wie die Sterne am Himmel. Ich konnte mich nicht davor verstecken oder davonlaufen.

Ich hatte geholfen, jemanden zu töten. Doch auch wenn meine Seele deswegen vielleicht unrettbar verloren war, begann morgen ein neuer Tag. Und um das, was heute Nacht geschehen war, würde ich keine Träne mehr vergießen.

2. KAPITEL

»Bishop …«, fing Dad an, während ich zusah, wie Madison und Joseph mit Nate davonfuhren. Wie üblich versuchte ich ihn zu ignorieren, aber das hatte noch nie funktioniert.

»Was ist?«, fuhr ich ihn an, holte das Telefon hervor und wählte die Nummer der Putzkolonne.

»Das hätte ich auch erledigen können, Junge.« Er deutete auf das Telefon. Ungerührt hob ich den Blick und sah ihn an. »Für solche Situationen hast du mich doch ausgebildet. Also tu bitte nicht so überrascht, wenn ich auf eigene Initiative handle.«

»He! Kumpel? Wir bringen Brantley nach Hause. Er braucht Ruhe und so«, rief Ace und riss die Tür seines Autos auf. Hunter und Jase waren längst fort, auch weil Hunter so wütend war, dass Madison sich als seine Schwester entpuppt hatte. Wenn ich es richtig mitbekommen hatte, waren die übrigen Jungs alle bei Ace und Eli mit eingestiegen.

Ich nickte. »Alles klar.« Um Brantley musste ich mich morgen kümmern und herausfinden, was in seinem Kopf vorging. Ich hatte mir schon eine Weile Sorgen um ihn gemacht, weil er ständig so angriffslustig war. Den Grund hatte ich allerdings nie durchschaut. Während der Ausbildung lernten wir auch, mögliche dunkle Flecken in unserer Vergangenheit zu verbergen, und das hatte Brantley offenbar getan. Wie tief seine Wunden gingen, hatte ich erst heute Nacht erfahren.

»B?« Als ich diese Stimme hörte, schloss ich unwillkürlich die Augen, und meine Kiefermuskeln erstarrten zu Stein. »Bitte, B …«

»Verdammt, halt den Mund!«, fuhr ich sie an, doch dann gestattete ich mir endlich, sie anzuschauen. »Alle beide!« Ich deutete von ihr zu Elizabeth. »Habt ihr auch nur die leiseste Ahnung, was für eine Scheiße ihr heute gebaut habt?«

»Genau genommen war ich das.« Mein Dad kam näher, strich sich das Haar zurück und öffnete den Hemdkragen. »Die beiden sind schon seit Wochen wieder da. Wir haben abgewartet, ob du einen Fehler machst. Und heute Abend bist du durchgedreht und hast auf jemand aus *meinem* Club gefeuert. So was tut man nicht ungestraft. Ob du mein Sohn bist oder nicht.« Er kam noch näher, beugte sich vor und flüsterte mir ins Ohr: »Du magst ein Monster sein, mein Sohn, aber vergiss gefälligst nie, bei welcher Bestie du gelernt hast.« Dann richtete er sich auf. »Also. Deine Mutter dreht gerade in Costa Rica, daher kann Khales bei uns wohnen.«

»Den Teufel wird sie!«, fuhr ich auf und versuchte meine Wut im Zaum zu halten. »Kommt überhaupt nicht infrage.«

»Doch«, erwiderte er sachlich und ging zum Range Rover hinüber. »Steig ein, Junge.« Irgendwas stimmte hier nicht. Er verschwieg mir etwas.

Wir stiegen alle ein, und als die Putzkolonne eintraf, fuhren wir los. Während der gesamten Fahrt zu Madisons Haus musste ich mir ständig auf die Zunge beißen. Ich wollte unbedingt herausfinden, was mit meinem Vater los war. Aber es gab einen Menschen auf der Welt, den ich noch nie durchschaut hatte, und das war er.

Elizabeth stieg aus und schloss die Tür. Ich drückte den Mittelfinger gegen die Scheibe.

»Ich muss bald mit dir reden, Hector.«

Er sah sie aus dem Augenwinkel an; dann nickte er langsam. »Klar. Du hast ja meine Nummer.« Wer meinen Dad nicht sehr gut kannte, hätte die durch den fehlenden Blickkontakt noch verstärkte stumme Botschaft zwischen den beiden wohl niemals bemerkt.

Als wir aus der Zufahrt bogen, drehte ich den Kopf ein wenig und sah ihn an. »Wann habt ihr zwei eigentlich angefangen zu vögeln?«

3. KAPITEL

13.

Rache

Seit ich das letzte Mal in diesem Buch geschrieben habe, sind viele Monate vergangen. Ich hoffe, dass es eines Tages der richtigen Person in die Hände fällt. Einem Silberschwan. Und ich bete, dass es nicht zu etwas wird, das die Könige für ihre eigenen Pläne benutzen. In den letzten Tagen habe ich darüber nachgedacht, wie ich mich an Humphrey rächen kann, aber dabei hatte ich mit meinem Zorn auf ihn zu kämpfen, weshalb ich einige unkluge Entscheidungen getroffen habe.
»Katsia …« Meine Dienerin Maree betrat den Raum, in den Armen mein neuestes Bündel Glück. »Ma'am, Humphrey ist von der Jagd zurückgekehrt.«
Mein Lächeln erstarb, und mir wurde flau. »Oh.«
Ich war noch nicht auf die Begegnung mit ihm vorbereitet. Trotzdem ging ich zu Maree und nahm ihr meinen Sohn ab. »Hallo, mein Lieber. Bist du bereit, deinen Vater kennenzulernen?« Ich konnte nur hoffen, dass ihm der Name Hector gefiel.

Wie bitte? Ich knallte das Buch so heftig zu, dass der Staub des letzten Jahrhunderts bis zur Decke emporflog. Aber es ergab alles einen Sinn. Dass Hector ein Verwandter von Humphrey und Elizabeth war, hatten wir schließlich schon gewusst. Und Hector war ein seltener Name; diese Übereinstimmung konnte kaum Zufall sein.

Ein scharfes Klopfen an der Tür riss mich aus meinen Gedanken. »Herein!«

Die Tür ging auf, und Nate schob den Kopf durch den Spalt. Sofort entspannte ich mich. »Seit wann klopfst du an?« Ich legte mich wieder flach hin, rutschte tiefer unter die flauschige Daunendecke und zog sie mir bis zum Mund. Nate kam ins Zimmer geschlendert, nur mit einem seiner *Calvin-Klein*-Slips bekleidet. Bei jedem Schritt spannten sich seine Muskeln. Und dann tat er etwas, womit niemand außer Nate durchgekommen wäre – er stieg einfach unter meine Bettdecke.

»Nate!« Ich verpasste ihm einen Klaps mit dem Handrücken. »Ich habe dich nicht in mein Bett eingeladen.«

Doch er glitt tiefer hinein und zog die Decke höher. »Seit wann brauche ich denn eine Einladung?«

»Was willst du hier?« Die Ereignisse der letzten Nacht wirkten noch immer nach. Doch auch wenn nichts von alldem einen Sinn ergab, spürte ich, wie ich mich innerlich allmählich erholte. Wobei die Betonung auf ›allmählich‹ lag.

Nate zog einen Arm unter der Decke hervor und schob ihn unter seinen Kopf. Dabei sah er mich an. »Ach, komm schon. Draußen ist Gewitter.«

»Na und?« Ich warf einen Blick auf den Wecker neben dem Bett. »Es ist acht Uhr morgens. Hast du denn gar nichts für die Kings zu erledigen?«

Seine Augen wurden schmal; dann verzog er die Lippen zu einem schmalen Grinsen. »Nein, Kätzchen. Ich bin ganz für dich da. Den ganzen Tag.« Jedes Wort sprach er klangvoll und mit Betonung aus.

Ich stöhnte auf und griff nach der Fernbedienung auf dem Nachttisch. »Dann musst du dir aber auch ›Wie ein einziger Tag‹ ansehen.«

Er rutschte lachend ein Stück zum Kopfende, schlang einen Arm um mich und zog mich näher an sich heran. »Du stehst doch gar nicht auf den Film.« Er kannte mich einfach zu gut.

Also schaltete ich stattdessen ›Banshee‹ ein und kuschelte mich an Nates warme, harte Brust. Mit dem Finger zeichnete ich das Totenkopf-Tattoo auf seinem Brustkorb nach und flüsterte: »Warum bist du nicht derjenige?«

Er zog mich fester an sich, und als ich zu ihm aufschaute, sah er mir forschend in die Augen. »Glaubst du etwa, das würde ich mich nicht auch fragen? Jeden Tag? Verdammt, Kätzchen ...« Einen Moment lang schaute er ins Weite, und ich betrachtete sehnsüchtig seine Kinnlinie und die weichen Lippen. *Warum sehe ich ihm auf den Mund?* Weil ich wusste, wie es war, diese Lippen auf meinen zu spüren? Weil ich sie noch einmal dort spüren wollte? Im selben Augenblick wurde mir bewusst, dass er mich wieder anschaute.

»Küss mich.«

»Mads, ich ...«

»Nate?« Ich seufzte schwer. »Küss mich.«

Er stöhnte rau, legte mir einen Finger unters Kinn, hob mein Gesicht an und küsste mich sanft auf den Mund. Mein Herz begann zu rasen, und ich spürte Schmetterlinge im Bauch. Ich legte Nate eine Hand in den Nacken, öffnete die Lippen und ließ seine Zunge ein. Zugleich neigte ich den Kopf zur Seite, damit Nate besser an mich herankam. Er schlang einen Arm um mich und stöhnte erneut, ein wilder Laut, den ich bis ins Innerste spürte. Ich schob ein Bein an ihn heran, bis es seinen Oberschenkel berührte. Eigentlich wollte ich nur herausfinden, wie weit ich gehen konnte, bevor er mir befahl aufzuhören, doch er griff nach dem Bein und zog mich auf sich, bis ich rittlings auf ihm hockte. Ich sah ihm forschend in die Augen. Ein kurzes Innehalten, ein schnelles Abwägen, was im anderen vorgehen mochte. Und dann, bevor einer von uns protestieren konnte, trafen sich unsere Lippen erneut. Ich fuhr Nate mit den Fingern durchs Haar, er zog mir das T-Shirt aus und warf es auf den Fußboden. Dann betrachtete er meinen nackten Oberkörper. »Verdammt, Kätzchen.« Ich spürte, wie ich rot wurde. Aus irgendeinem Grund war es diesmal anders. Im Grunde hatten Nate und ich natürlich immer gewusst, dass Sex in der Luft lag, nur hatten wir die Spannung gezügelt, weil wir zur selben Familie gehörten. Und bei dem Gedanken an Bishop wand ich mich innerlich; um nicht weiter darüber nachdenken zu müssen, küsste ich Nate auf den Hals, saugte an seiner Haut und biss hinein. Nate stöhnte, fasste mir ins Haar und zog mein Gesicht wieder zu seinem herauf.

»Wollen wir es wirklich machen? Und überleg dir sehr gut, was du jetzt sagst, sonst presche ich schamlos auf verbotenes Gelände vor.«

Ich biss mir auf die Unterlippe und nickte. »Er hat mir wehgetan, Nate. Er ist … zu weit gegangen.«

»Dann wird das jetzt ein Rachefick?«

»Was?« Die Frage war berechtigt; ich wollte mir nur etwas Zeit verschaffen, um über die Antwort nachzudenken. Lange musste ich nicht überlegen. »Natürlich nicht!«

Nate grinste. »Ganz sicher? Mir wäre das nämlich scheißegal. Du darfst aus jedem Grund, der dir lieb ist, an meinen Schwanz.«

Ich lachte leise, legte den Kopf in den Nacken und schlug ihm auf die Brust. »Nate!« Im selben Moment richtete er sich auf, nahm eine meiner Brustwarzen in den Mund und umkreiste sie mit der Zunge. Ich konnte spüren, wie er unter mir hart wurde, legte stöhnend den Kopf in den Nacken und umfasste erneut seinen Nacken. Dann begann ich mich langsam an ihm zu reiben. Ich beugte mich hinab und küsste ihn, saugte seine Zunge in mich hinein und biss ihm auf das Zungen-Piercing. Mit einer Hand tastete ich nach dem Bund seines Slips und schob die Finger darunter. Mich an ihm zu reiben weckte eine solche Lust in mir, dass mir Schweißperlen über die Haut rannen. Ich sah nur noch Nates Augen, in denen sich brennendes Verlangen spiegelte. Ich hörte nur noch unsere heftigen Atemzüge und ab und zu ein Stöhnen. Ich spürte nur noch Nates Hände auf meinem Hintern und meinen Hüften und dann seine Finger, wie sie langsam in mein Höschen glitten. Als ich ihm den Slip ausziehen wollte, drückte er seinen Daumen auf meine Klitoris. Alles in mir schaltete in den ersten Gang zurück und dann in den zweiten, dritten, vierten, fünften …

Da nahm ich eine Bewegung wahr. Ich schrie auf und griff panisch nach der Bettdecke.

»Oh, meinetwegen müsst ihr nicht aufhören …« Brantley kam einen Schritt näher und schob die Hände in die Hosentaschen. Zugleich legte er den Kopf schief, betrachtete mich von oben bis unten und nahm gierig in sich auf, was sich hier abspielte.

»Brantley!«, fuhr ich ihn an und schnippte mit den Fingern, um ihn aus seiner Spanner-Trance zu wecken. Nate hielt sich den Mund zu, doch ich konnte spüren, wie er unter mir vor Lachen bebte.

»Brantley!«, wiederholte ich im gleichen Tonfall.

»Hm?« Zerstreut hob er den Blick und sah mir ins Gesicht, worauf sich seine Augen noch mehr verdunkelten. Er legte die Stirn in Falten und fing an zu grinsen. Ich sah das düstere Grinsen, mit dem er mich immer bedachte. Das mir stets einen kalten Schauder über den Rücken jagte. Während meine Aufmerksamkeit noch ganz auf ihn gerichtet war, hob Nate das Becken, sodass sein Schwanz gegen meine Klitoris drückte. Unwillkürlich schloss ich die Augen und öffnete die Lippen. Meine Wangen glühten. Wieder entwich mir ein Stöhnen, ich biss mir auf die Unterlippe. Dann wurde mir wieder bewusst, was hier vorging, und ich riss die Augen auf und sah Brantley an. Wie ein Löwe, der seine ahnungslose Beute belauerte, bewegte er sich langsam rückwärts, ohne den Blick von mir abzuwenden, und stieß die Zimmertür zu. Ich sah Nate an. Eigentlich fühlte ich mich bei diesen Jungs sicher. *Mehr oder weniger*. Okay, bei Brantley nicht, aber bei Nate. Als Nate nickte, sah ich Brantley an und lächelte zustimmend. Sofort kam er aufs Bett zu, den Blick vor Verlangen getrübt. Er zog sich das T-Shirt aus und schleuderte es durchs Zimmer, wo es auf meinem landete. Seine Brust schimmerte golden. Beide Nippel waren gepierct. Die Muskeln an Brust und Bauch waren so definiert, dass man jede Linie mit Bleistift und Papier hätte nachzeichnen können. Auf der Brust trug er das Tattoo der *Elite Kings*, einen Totenkopf mit Krone, unter dem in geschwungener Schrift sein Nachname stand: *Vitiosus*. Dieses Kings-Tattoo war mir bei jedem der Jungs aufgefallen, den ich schon einmal mit nacktem Oberkörper gesehen hatte. Inzwischen wusste ich, dass das Gekritzel unter dem Totenkopf ihr lateinischer Name war. All diese Typen sprühten förmlich vor Sex-Appeal.

Ich spürte, wie die Matratze nachgab, und schloss erneut die Augen.

»Komm mal her, Mädchen.« Nate fasste mich am Kinn und zog mein Gesicht zu sich herunter. Während er mir mit seinen warmen weichen Lippen über den Mund strich, flüsterte er: »Einverstanden?« Ich schluckte meine Nervosität hinunter. Im selben Moment küsste Brantley mich auf den Nacken und löste damit neue Wogen in mir aus – nein, einen ganzen Tsunami. Ich erbebte, meine Knie wurden weich, zwischen meinen Beinen pulsierte es.

»Ja«, erwiderte ich stöhnend. Hinter mir glitt Brantley näher heran und malte mit Zunge und Lippen Kreise in meinen Nacken, wobei seine Brust immer wieder meinen Hintern streifte. Mit der einen Hand massierte er mir die Brüste und umspielte die Spitzen mit den Fingern. Ich spürte feuchte Hitze zwischen den Beinen und rieb mich noch drängender … Da flog die Tür auf.

»Hey, Mads, ich würde gern …«, fing Jase an, und ich griff wieder nach der Bettdecke. Bei leiblichen Brüdern machte ich echt einen Punkt. »Ach du Scheiße!« Jase hielt sich die Hände vor die Augen. Aber er blieb im Zimmer.

»Wenn du deinem Meer von Sünden nicht auch noch Inzest hinzufügen willst, Kumpel, dann verschwindest du besser und vergisst, was du gerade gesehen hast.«

Jase' Miene verhärtete sich. »Ich gehe nirgendwohin. Mads, zieh dir was an, verdammt. Ich warte unten auf dich.« Dann wandte er sich ab und ging hinaus. Die Tür knallte er hinter sich zu.

»Verflucht! Was muss ich eigentlich noch anstellen, um endlich flachgelegt zu werden?«, meckerte ich, schob mich von Nate herunter, stand auf und ging mein T-Shirt holen. »Echt jetzt«, murmelte ich vor mich hin. »Da bin ich von den zehn heißesten Typen umgeben, die die Welt je gesehen hat – na gut, zwei davon sind meine Brüder, also nur noch acht –, und bei dem einen oder anderen klingelt auch schon was bei mir …«

»Nicht nur bei dem einen oder anderen«, fiel mir Brantley ins Wort, aber ich sah ihn nur finster an und zog mir das T-Shirt über den Kopf.

»… aber ich schaffe es einfach nicht, mich flachlegen zu lassen. Mein Exfreund ist ein verlogener Mistkerl, meine Familie besteht aus lauter Irren, mein Bruder …«

»Stiefbruder. Falls *ich* jetzt an der Reihe sein sollte«, warf Nate ein, während er aus dem Bett stieg. Ich schenkte ihm ebenfalls einen finsteren Blick; dann verließ ich das Zimmer, folgte dem langen Flur und sprang die Treppe hinunter, immer zwei Stufen auf einmal, wobei ich weiter leise fluchte. Ich hatte nicht einmal Lust, mich ein bisschen zurechtzumachen, bevor ich nach unten ging: Das T-Shirt reichte mir bis an die Knie, und meine Haare sahen aus, als hätte ein Vogel darin genistet. Ich musste sie unbedingt mal schneiden lassen. Und färben. Es ödete mich an, als Brünette herumzulaufen, aber eine Blondine würde ich auch nie werden. Vielleicht fiel mir ja noch etwas anderes ein.

»Morgen, Sam«, rief ich munter wie in alten Zeiten, als ich in die Küche stürmte.

»Morgen.« Sie lächelte mir zu und ging zum Kühlschrank. »Was willst du denn zum Frühstück?«

»Hm.« Ich legte den Zeigefinger an die Wange. »Kannst du mir Waffeln machen?«

Sam zog skeptisch die Augenbrauen hoch. Bevor ich etwas sagen konnte, erschien Jase im Durchgang zum Wohnzimmer. Ich zögerte und deutete dann auf die Terrasse hinterm Haus. »Wir können uns da draußen unterhalten. Da sind wir unter uns.«

Er nickte. Ich folgte ihm ins Freie und schloss die zimmerhohe Glastür hinter mir. Dann rückte ich mir einen Stuhl zurecht, setzte mich und zog die Knie an die Brust. *Scheiße.* Ich hatte bemerkt, dass ich Brantleys Shirt erwischt hatte. Unauffällig schnupperte ich am Kragen. Sand, Leder, Zigaretten. Eine interessante Geruchsmischung.

Jase räusperte sich und setzte sich ebenfalls. »Das da …« Er deutete mit dem Daumen über die Schulter. »… spricht sich besser nicht rum.«

»Ich bin Single.«

»Wohl kaum …« Er warf mir einen Blick zu.

»Wolltest du deshalb mit mir reden? Um mit mir zu schimpfen wie ein echter großer Bruder?«

Er seufzte und strich sich mit der Hand über die kurz rasierten Haare. Sie waren wirklich sehr kurz; zum ersten Mal sah ich, dass er das Kings-Tattoo seitlich auf der Kopfhaut trug. »Nein. Ich wollte dir nur raten, vorsichtig zu sein. Du übst nun mal auf uns alle eine gewisse Wirkung aus – deshalb bin ich ja hier –, aber du solltest dir gut überlegen, was du damit anfängst. Wenn du mehr als einen willst, rede vorher besser mit Bishop.«

»Wenn ich *mehr als einen* will?«, fiel ich ihm ins Wort; seine Ausdrucksweise schockierte mich ein wenig.

Er zuckte die Schultern, als wäre es die einfachste Sache der Welt. »Es wäre nicht das erste Mal, dass wir uns ein Mädchen teilen müssen.«

»Was?« Jetzt war ich wirklich neugierig, wer dieses andere Mädchen sein mochte. Und ziemlich eifersüchtig, weil es vor mir schon eine gegeben hatte.

Offenbar merkte Jase mir diese Reaktion an – es wäre wohl auch schwer gewesen, sie zu übersehen –, denn er verbesserte sich: »Nicht in der Generation dieser Jungs. In unserer.«

»Deiner und Saints?«

Er lächelte schwach. »Ja, es gibt verdammt viel, worauf du noch nicht vorbereitet bist. Aber egal, eigentlich wollte ich nur sagen: Halt so etwas nicht vor Bishop geheim. Du spielst sonst mit dem Feuer, und am Ende gibt es noch Krieg.«

Jetzt seufzte ich auch. »Du hast ja recht.«

»Ich muss dich doch gar nicht erst fragen, welcher von den Kings deiner ist und es immer bleiben wird. Also halt dich an ihn. Bishop mag ein düsterer und grüblerischer Mensch sein, aber er empfindet sehr viel für dich, Madison. Nimm das nicht auf die leichte Schulter.«

»Er hat mich belogen«, flüsterte ich und schaute in die Weite, zu der Lichtung im rückwärtigen Teil des Grundstücks. Hinter dem Poolhaus begann ein Waldstück voll alter Bäume. Meine Gedanken entglitten mir, um dem aktuellen Problem zu entkommen.

»Stimmt, und er hat dir eine Menge verheimlicht. Wie man es ihm *beigebracht* hat, Madison. Vergiss das nicht, und bau nicht noch mehr Scheiß.«

»Ich kann ihm das nicht verzeihen. Er hat mit der Frau geschlafen, die ich für meine *Mutter* gehalten habe. Und seine Exfreundin ist auch nicht tot. Kann ja sein, dass er viel für mich empfindet, Jase.« Ich nahm meinen Mut zusammen und sah ihm in die Augen. »Aber ich bin nicht die Erste. Und nicht die Einzige.«

Er lächelte ein wenig; dann lehnte er sich zurück, denn Sam betrat die Terrasse, in den Händen ein Tablett mit Waffeln, Ahornsirup und Schlagsahne. Sie stellte alles auf dem Tisch ab, dazu Teller, Messer und Gabeln sowie Kristallgläser und einen großen Krug mit eisgekühltem Orangensaft. Ich deutete einladend auf das Essen, und Jase griff zu.

»Übrigens, du irrst dich«, erklärte er zwischendurch. »Du bist sehr wohl die Einzige.«

»Wieso bist du hergekommen?«, fragte ich, um das Thema zu wechseln, und goss Sirup auf meine Waffeln, die schon mit riesigen Stückchen Butter und mit Sahne beladen waren. Jase war ebenfalls mit einer Waffel beschäftigt, schaute aber immer wieder zu mir auf.

»Äh, echt jetzt?« Ungläubig sah er zu, wie ich mir die dritte Ladung Ahornsirup auf die Waffeln spritzte.

»Was denn?«, fragte ich unschuldig und leckte mir Sirup vom Daumen.

»Oh, Gott, genau der falsche Zeitpunkt«, murmelte Nate von der Terrassentür. Hinter ihm stand Brantley. Ich nahm den Daumen aus dem Mund und lächelte beiden sanft zu. »Kommt her, esst was. Sams Waffeln sind mörderisch gut.«

»Willst du denn auch eine Waffel zum Sirup?«, fragte Jase, immer noch nörglerisch. Dabei klappte er seine Waffel zusammen und aß sie mit den Fingern. Neandertaler. Ich funkelte ihn an.

Brantley und Nate machten es sich rechts und links von mir bequem und nahmen sich ebenfalls Waffeln.

»Kritisier gefälligst nicht meine Methode, Waffeln zu essen. Außerdem …«

»Wenn du so weitermachst, bleibt mir gar nichts anderes übrig. Ich sag nur Diabetes.« Er ließ seine Waffel auf den Teller fallen und leckte sich die Finger. »Ich bin wegen Hunter hier.«

Ich kaute langsamer; Nate und Brantley aßen ganz normal weiter. »Okay«, drängte ich Jase.

Er goss sich Orangensaft ein und trank einen Schluck. »Er ist gar nicht glücklich darüber, dass du unsere Schwester bist.«

Ich hörte auf zu essen und legte die Waffel auf den Teller. »Das habe ich gemerkt.« Dann schenkte ich mir ebenfalls Saft ein. Vielleicht hatte Hunter mich ja schon immer gehasst, und seine Umgänglichkeit war nur Fassade gewesen. Komisch, dass ich ihn mal für den Nettesten von allen Kings und Brantley für den Schlimmsten gehalten hatte. Wie sich so etwas in nur einer Nacht doch ändern konnte.

»Ich bin hergekommen, um es dir zu erklären.«

Ich wedelte auffordernd mit der Hand. »Okay.«

»Hunter ist wie die anderen …« Er sah die beiden durchdringend an.

Nate hielt im Essen inne, mit dem Mund voller Waffel und Sirup am Kinn, und blickte verwirrt drein. »Was denn?« Damit warf er Brantley einen Blick zu.

Brantley zuckte die Schultern. »Ich weiß.«

»Ich nicht!« Mir erklärte mal wieder niemand was.

»Wir wollen dir gar nichts verheimlichen, Madison. Von jetzt an erfährst du alles, was wir wissen.«

»Okay, also dann, könntest du bitte bei Hunter anfangen?«

»Er empfindet was für dich. Wie alle Kings. Ziemlich viel sogar. Als er dann erfahren hat …«

»… dass ich seine Schwester bin, ist ihm schlecht geworden.«

Jase' Miene wurde weich.

»Das hätte er mir auch einfach sagen können. Ich hatte nämlich auch schon mal an ihn gedacht.«

»Ach ja?«, hakte Nate nach und hob eine Augenbraue.

»Ja. Eigentlich wart ihr alle mit dabei. In einem Traum.«

Nate lehnte sich grinsend zurück. »Erzähl nur weiter, Kätzchen. Das macht Spaß.«

Ich zeigte ihm den Mittelfinger, woraufhin Brantley leise lachte. Seit letzter Nacht fühlte ich mich in seiner Nähe deutlich wohler. Als gäbe es zwischen uns eine tiefere Verbindung, seit ich über unsere gemeinsame Vergangenheit Bescheid wusste. Obwohl wir über diese Vergangenheit noch gar nicht gesprochen hatten.

»Das täte er nie. Er schämt sich zu sehr, und er ist viel zu stolz.«

»Na, dann weiß ich wenigstens, woher sie das hat«, murmelte Nate hinter seinem Glas hervor. Ich versetzte ihm unter dem

Tisch einen Tritt. Er funkelte mich an und sagte »Autsch!«, während er einen riesigen Bissen von seiner Waffel nahm.

Ohne Nates Kindereien weiter zu beachten, wandte ich mich erneut Jase zu. »Meinst du, er würde mit mir reden?«

Jase zuckte die Schultern. »Wir können ihn ja im Keller anbinden und dazu zwingen, dir zuzuhören.«

Lachend griff ich nach meiner Waffel, und Jase zwinkerte mir zu und aß ebenfalls weiter. Während wir zu Ende frühstückten, plauderten wir entspannt über die verschiedensten Dinge: die Party, die Nate am Wochenende schmeißen wollte, und dass wir nächstes Jahr alle aufs College wechseln würden. Erst da wurde mir bewusst, dass wir schon bald getrennte Wege gehen würden. Bei der Vorstellung, die Jungs nicht mehr in meiner Nähe zu haben, beschlich mich kalte Furcht, sodass ich schließlich fragte: »Äh, College? Wo …«

»Madison?« Beim Klang dieser Stimme fuhr ich zur Terrassentür herum.

»*Mutter*«, fauchte ich und ließ meine Waffel auf den Teller fallen.

Nun war mir der Appetit vergangen.

4. KAPITEL

ASAP Rocky rappte über ›Bad bitches‹, und mir lief bei jedem Klimmzug Schweiß über die Haut. Meine Finger umklammerten die glitschige Stange. *Vierunddreißig, fünfunddreißig.* In Gedanken rappte ich mit, dann löste ich meinen Griff und ließ mich auf den Fußboden fallen. Die Tür zum Fitnessraum wurde geöffnet, doch ich achtete nicht darauf. Ich wusste, wer das war. Zugleich wünschte ich mir, sie wäre es nicht. Während die Musik weiter die Stille verdrängte, ging ich zur Hantelbank, legte mich darauf und umfasste die Stange der Langhantel. Seit ich Madison kannte, war sie bestimmt zum hundertsten Mal wütend auf mich. Der Grund für ihre Wut war vermutlich das Verhalten ihrer Mom; dass ich ihr so lange nichts davon gesagt hatte, trug sicher auch dazu bei. Aber inzwischen kannte ich sie jedoch lange genug, um ihr anzumerken, dass sie vor allem verletzt war. Mit der wütenden Madison kam ich klar, aber mit der Madison, die ich verletzt hatte, begab ich mich auf unsicheres Terrain. Und dass ich Khales das Leben geschenkt hatte, dürfte ihre Wut noch beträchtlich gesteigert haben.

»B?«

Ich biss die Zähne zusammen, als Ärger in mir aufstieg. Also machte ich mich daran, die schwere Hantel zu stemmen.

»Ich weiß, du bist sauer auf mich.«

Ich legte die Hantel ab und setzte mich auf. »Da irrst du dich. Ich bin nicht wütend. Ich verstehe nur nicht, wieso du zugelassen hast, dass er dich findet.«

Seufzend setzte sie sich neben mir auf die Bank. »Ich hatte gehört, dass du eine Neue hast, und dann hat er …«

Ich wandte mich ihr zu. Mein Blick war hart. »Du hast dich aus Eifersucht enttarnen lassen?«

»Was? Nein. Nun ja, ich wollte nicht …«

»Überleg dir lieber genau, was du als Nächstes sagst …«

Sie stand auf und fuhr sich mit den Fingern durchs Haar. »Ach, Scheiße, ich weiß es doch selbst nicht, B! Früher hast du außer mir nie eine andere gehabt. Und jetzt erfahre ich, dass der Typ, den ich geliebt habe, der meine erste Liebe war, sich eine Neue gesucht hat. Was zum Teufel sollte ich denn machen? Warum hast du mir eigentlich nie von ihr erzählt?«

An meinem Auge zuckte ein Muskel.

Ich atmete scharf ein, stand auf und ging auf sie zu. Sie wich zurück; ich folgte ihr. »Du hast das nur aus Eifersucht getan?«

Sie blickte hektisch im Raum umher. Man konnte fast sehen, wie ihr Verstand versuchte, eine Entschuldigung aus der Luft zu greifen. »Machst du dir denn gar nichts mehr aus mir, B?«

Sie stieß mit dem Rücken gegen die Wand, und ich stützte links und rechts von ihrem Kopf die Hände auf, sodass sie gefangen war. »Jetzt hör mir mal ganz genau zu …« In meiner Tasche vibrierte das Handy. Ich holte es hervor, sah, dass es Nate war, und entsperrte es. »Was?«

»Tja, also, ich will am Wochenende eine Party schmeißen. Nach dieser ganzen Geschichte sind alle so mies drauf.«

»Wieso?« Mein Blick war weiter auf Khales gerichtet. Sie schaute auf meinen Mund, dann sah sie mir wieder in die Augen. Ich wusste genau, was sie vorhatte, aber wenn sie irgendeinen Mist probieren sollte, würde ich ihr die Lippen abreißen.

»Na ja, unserm Mädchen geht's nicht so gut ...«

»Meinem Mädchen«, verbesserte ich mit drohendem Unterton.

Khales blickte erneut nach unten. Sofort fasste ich sie an der Kehle. Ihr Gesicht verriet Schrecken.

Ich grinste. »Red weiter.«

»Tja, also, vielleicht musst du dich an den Gedanken gewöhnen, sie mit anderen zu teilen.«

Unwillkürlich drückte ich Khales die Kehle zu. »Was zum Teufel meinst du damit?«

Als Khales mir auf die Hand schlug, lockerte ich den Griff ein wenig.

»Sie ist sauer. So viel habe ich kapiert.«

»Nee, nicht sauer. Sie ist ... wie betäubt.«

»Was, weißt du jetzt etwa, was in ihr vorgeht?«, fragte ich scharf, ließ Khales los und entfernte mich von ihr. Irgendetwas hielt Nate vor mir geheim, und was immer es war, hatte besser nichts damit zu tun, dass die zwei schon wieder rumgemacht hatten. Meine Geduld war bald am Ende. Noch ein falscher Schritt von ihr, und ich würde das Handtuch werfen. Wieso sollte ich um sie kämpfen, wenn sie das gar nicht wollte?

»Es hat einen Zwischenfall gegeben ...« Nate räusperte sich.

»Was für einen Zwischenfall? Hat sie irgendwen umgebracht, oder ist sie gestolpert und hingefallen?«

Er räusperte sich erneut. »Äh, na ja, so eine Art Peyton-Problem ...«

Ich umklammerte das Handy. Peyton war Tillies ältere Schwester. Sie hatte mit Jase' Generation von Kings herumgemacht und gleich vier von ihnen um den Finger gewickelt. Nachdem die Typen endlich aufgehört hatten, sich ihretwegen zu prügeln, hatten sie beschlossen, sich Peyton zu teilen.

»Du, und wer noch?«

»Äh, Brantley.«

»Wie weit ist es gegangen?« Ich sah Khales ins Gesicht, dann musterte ich sie von oben bis unten.

»Ziemlich weit. Bis Jase reingeplatzt ist.«

»Das war's jetzt«, murmelte ich. »Ich bin fertig mit ihr, Junge. Seit sie hier ist, habe ich nicht ein Mal Mist gebaut, von Geheimhaltung und solchem Scheiß mal abgesehen. Aber sie hat sich jetzt schon zum dritten Mal jemand anders an den Hals geworfen. Von nun an ist sie dein Problem.« Ich begegnete Khales' Blick. Sie grinste triumphierend. »Ach, und Nate? Die Party gebe ich.« Dann warf ich das Telefon an die Wand, dass es in tausend Stücke brach. Khales zuckte erschrocken zusammen, fing sich aber schnell wieder. Ich wandte mich ab und streckte die Hand nach der Türklinke aus.

»Du bist viel zu gut für sie, B. Du hast ihr zu viel gegeben.«

»Halt deine verdammte Klappe. Und fass mich nicht an.« Ich drängte mich an ihr vorbei und ging hinaus. In gewisser Weise hatte sie natürlich recht. Ich hatte Madison zu viel Freiraum gegeben. Ich war weich gewesen, hatte zu viel für sie empfunden. Deswegen hatte ich ihr zu viel durchgehen lassen. Sie hatte mich schon bei unserer ersten Begegnung für ein Arschloch gehalten; nun, sie würde sich noch wundern. Ich stieg die Treppe hinauf, immer zwei Stufen auf einmal. Als ich das obere Ende erreichte, kam mein Dad aus dem Arbeitszimmer.

»Verrätst du mir, was du mit Khales vorhast?«

Er grinste und strich sich das Haar nach hinten. »Habe ich das je getan?«

Ich lehnte mich mit gekreuzten Knöcheln gegen die Wand des Treppenhauses. »Irgendeinen Tipp könntest du mir schon geben. Bevor ich sie umbringe.«

Sein Grinsen wurde noch breiter. Er wusste genau, dass ich das nicht tun würde. Obwohl ich es gekonnt hätte. »Das machst du ja doch nicht, mein Junge.« Dann ging er an mir vorbei und die Glastreppe hinunter. Im selben Moment betrat meine Mom die Eingangshalle.

»Oh, gut, endlich erwische ich euch beide mal zusammen. Kommt her und setzt euch, bitte.« Eine ziemlich dreiste Bemerkung, wenn man bedachte, dass sie ständig in der Welt herumjettete, um Filme zu drehen, aber egal. Ich ging wieder nach unten ins Wohnzimmer. Dort ließ ich mich in einer Ecke des Sofas nieder und legte ein Bein auf die Polster; das andere streckte ich von mir. Ich reckte den Hals und fuhr mir mit den Händen durchs Haar. Was zum Teufel war nur in Madison gefahren? Dass sie wütend war, konnte ich ja verstehen. Sicher hatte sie schwer daran zu schlucken, dass ich im Zuge meiner Initiation mit ihrer Mutter geschlafen hatte – vielmehr mit der Frau, die sie für ihre Mutter gehalten hatte. Und dann das mit Khales. Aber sie hatte mich ja nicht mal nach meinen Gründen gefragt. Gut, zu ihrer Verteidigung musste man sagen, dass sie vermutlich angenommen hatte, ich würde ihr die Gründe sowieso verschweigen, so wie alles andere auch. Aber das war nicht der Punkt. Khales stand unter meinem Schutz. Ich hatte sie schon immer beschützt, auch als wir noch Kinder waren. Damals waren wir unzertrennlich gewesen. Und sie war bei mir geblieben, als ich längst mit *Victoria's-Secret*-Models und Filmstars schlief. Ich hatte ziemlich viel rumgevögelt und ihr auch sonst eine Menge zugemutet – während ich Madison nie verarscht hatte, und trotzdem behandelte sie mich wie Abschaum. Sicher, realistisch betrachtet waren wir kein Paar, folglich hatte sie mich nicht betrogen, aber, verdammt, genauso fühlte es sich an. Wenn es stimmte, was Nate mir erzählt hatte, hatten sich die Jungs in meinem Revier herumgetrieben, und das würde Folgen haben. Was sie genau wussten. Niemand wilderte in meinem Revier. Und was mit Eindringlingen passierte, war bekannt …

Mein Dad setzte sich in seinen Sessel. Er glich dem Thron meiner Mutter – so nannten Mom und ich das Ding –, nur nicht weiß, sondern schwarz. Beide Sessel hatten hohe Rücklehnen, die Arme und Schultern umfassten.

Mom ging im Zimmer auf und ab, eine Hand in die Hüfte gestemmt, die andere am Kinn. Meine Mutter war wirklich schön. Sie hatte kinnlanges braunes Haar und klare, ausgeprägte Gesichtszüge. Weil sie ständig unterwegs war, standen wir uns nicht besonders nah. »Das gefällt mir nicht.«

»Was?« Dad griff nach einer Zigarre und schnitt sie an. Ich schaute zwischen den beiden hin und her.

Meine Mom blieb stehen und sah Dad scharf an. Oh, das konnte interessant werden. Ich setzte mich bequemer hin, lehnte den Kopf an das Rückenpolster der Couch und schaute zur Zimmerdecke hinauf.

»Du hast genau gewusst, dass ich diese Frau nicht ausstehen kann, und trotzdem hast du sie gerettet? Sie war …« Ihre Stimme bebte, Himmel, schwangen da etwa Gefühle mit? »Mit dem, was sie getan hat, werde ich niemals einverstanden sein, Hector!«

»Du bist nur deshalb nicht damit einverstanden, weil du nie Verständnis für unsere Art zu leben aufgebracht hast, Scarlet.«

Ihr Wortgefecht wurde leise und verklang. Auf einmal weckte mich Moms Stimme aus dem Schlaf. »Bishop!«

Ich setzte mich auf. »Was ist?«

»Schaff dieses Mädchen aus dem Haus. Ich kann sie nicht leiden.«

»Wen, Khales?«

Meine Mom sah mich nur an. Funkelte mich an, sollte ich vielleicht sagen. Ich verdrehte die Augen. »Tja, würde ich gern tun, aber sie ist auf Dads Einladung hier.«

Mom richtete ihre Aufmerksamkeit wieder auf Dad. »Bring

sie weg, Hector. Das meine ich ernst.« Dann griff sie in die Handtasche und nahm einen Schlüsselbund heraus. »Dies dürfte ein günstiger Zeitpunkt sein …«

Dad erhob sich und richtete sich zu seiner vollen Größe auf. »Jetzt noch nicht, Scarlet.«

Sie hob eine Hand, um ihn zum Schweigen zu bringen. »Sei still. Du triffst schließlich auch ständig Entscheidungen, ohne mich zu fragen. Das hier entscheide ich.« Mom wandte sich wieder mir zu, ihre zornige Miene wurde weicher. Sie lächelte sogar ein wenig. Dann warf sie mir den Schlüsselbund in den Schoß.

»Herzlichen Glückwunsch zum Geburtstag, mein Junge.«

Ich griff nach den Schlüsseln und betrachtete sie verwirrt. »Moment mal, welches Datum haben wir heute?«

Mom kam zu mir und setzte sich neben mich auf die Couch. »Ich weiß, es ist erst am Wochenende so weit, aber ich wollte dir die Schlüssel heute schon geben.«

Ich sah ihr forschend ins Gesicht. Zum ersten Mal fiel mir auf, wie müde sie wirkte. Rings um die Augen zeigten sich feine Fältchen, und ihre Grübchen sahen inzwischen eher wie Lachfalten aus. »Mom, ich brauche wirklich nicht noch ein Auto …«

»Es ist kein Auto.«

Das munterte mich auf. »Augenblick mal. Hast du mir etwa einen Jet gekauft?«

Dad kehrte uns den Rücken zu. »Ach du lieber Himmel.«

Mom kicherte und legte ihre Hand auf meine. »Dieses Jahr noch nicht, mein Liebling. Es ist eine Eigentumswohnung in New York City. Ein Penthouse. Für meinen Jungen nur das Beste.« Sie legte mir eine Hand an die Wange. Es schnürte mir die Kehle zu. In meinem Kopf überschlugen sich die Gedanken.

»Du hast mir ein Apartment gekauft?«

Sie nickte. »Genau! Das Beste, das ich in Uni-Nähe finden konnte.«

»Falls er überhaupt aufs College geht«, mischte Dad sich ein. Wir achteten beide nicht auf ihn.

Bevor ich mich bedanken konnte, legte Mom die Arme um mich und drückte mich. »Wann lerne ich eigentlich dieses Schwanenmädchen kennen? Ich bin ziemlich neugierig …«

Ich atmete schwer aus, lehnte mich zurück und ballte die Hand um die Schlüssel zur Faust. »Wahrscheinlich nie.«

»Was hast du angestellt?« Es klang vorwurfsvoll, und das aus gutem Grund. Schließlich kannte sie Dad und mich.

»Das ist es ja eben. Abgesehen davon, dass ich ihr einiges verheimlichen musste, habe ich alles richtig gemacht. Ich habe sie nicht ein einziges Mal betrogen oder sonst was Mieses angestellt.«

»Dinge zu verheimlichen ist keine Kleinigkeit, mein Junge. Ich vermute mal, dass sie das mit dir und Elizabeth herausgefunden hat. Und dann diese Nutte nebenan.« Da musste ich lachen. Es war einfach zu komisch, wenn meine Mutter Schimpfwörter benutzte.

Sie stand auf, drückte noch einmal meine Hand und schaute kurz zu Dad hinüber. »Was immer passiert ist, gib ihr Zeit. Aber lass dich auch nicht von ihr zum Narren halten.« Sie streckte den Rücken und zupfte ihre Bluse zurecht. »So, es tut mir wirklich leid, dass ich meiner Bilderbuchfamilie so bald schon auf Wiedersehen sagen muss, aber ich muss zurück nach L.A. Wir drehen dort.« Tja, wie üblich.

Kurz bevor sie das Zimmer verließ, rief ich: »Hey, Mom?«

Sie drehte sich um. »Ja?«

»Danke für das Apartment.«

5. KAPITEL

»Bishop hat mir eine Nachricht geschickt«, verkündete Nate, während er sich erneut den Teller füllte. Meine Mom war nicht lange geblieben. Entweder sie oder ich, hatte ich gesagt.

Jetzt lehnte ich mich auf dem Stuhl zurück und trank einen Schluck Orangensaft. »Und was sagt er?« Zu meiner Verwirrung war ich drauf und dran, ihm zu verzeihen. Ich hatte sogar Schuldgefühle, weil ich mich Nate gegenüber so unvernünftig benommen hatte. Nate war nicht der, den ich wollte. Brantley auch nicht. Und Bishop hatte immer wieder gesagt, dass er einschreiten würde, falls zwischen mir und einem der Kings etwas vorfiel. Dann flammte Wut in mir auf. *Er hat mit meiner Mom geschlafen, verdammt.* Das Ganze fühlte sich verquerer an, als ich mir eingestehen mochte.

»Die Party findet bei ihm statt. Er hat am Wochenende Geburtstag.«

»Oh.« Mehr fiel mir dazu nicht ein. Seit ich mit Nate allein war, hatte ich nicht mehr das Gefühl, mich irgendwie verstellen zu müssen. »An welchem Tag?«

»20. Juni. Und die Party steigt in seiner neuen Eigentumswohnung in der Stadt.«

»Moment mal, wie bitte? Er hat eine neue Wohnung?« Ich sank in mich zusammen. Inzwischen tat es mir leid, dass ich Nate und Brantley in meine Nähe gelassen hatte. Das war kindisch gewesen. Und unfair. Auch wenn ich wütend auf Bishop war, hätte ich anders damit umgehen sollen. Denn wenn ich ehrlich war, wollte ich keinen anderen Mann ranlassen. Und jetzt hatte er auch noch Geburtstag, und ich musste mir ein Geschenk für ihn überlegen.

»Schenk ihm einfach gar nichts«, sagte Nate, der offenbar meine Gedanken gelesen hatte.

»Warum?«

»Er macht sich nichts draus. Es nervt ihn bloß.«

»Pech für ihn.« Ich schluckte meine Schuldgefühle hinunter. »Aber was schenkt man jemand, der schon alles hat?«

»Ganz einfach«, antwortete Nate. »Du schenkst ihm gar nichts. Wie gesagt.«

Ich seufzte. Diese Frage machte mich im Verein mit meinem schlechten Gewissen einfach fertig.

»Kätzchen«, flüsterte Nate. Er rückte seinen Stuhl näher an meinen heran. »Ich weiß ja. Es ist schon in Ordnung.«

Ich schüttelte den Kopf und wischte mir eine verirrte Träne von der Wange. »Gar nichts ist in Ordnung, Nate. Ich hab Mist gebaut. Schon wieder. Im großen Stil.«

»Hey!« Er hob mein Kinn, sodass ich ihn anschauen musste. »Wir Jungs machen ziemlich viel herum, und bei der Chemie zwischen uns musste es doch irgendwann passieren. Das hat Bishop immer gewusst. Jeder von uns hat es gewusst …«

»Trotzdem. Ich hätte es nicht tun dürfen, Nate. Nicht mit dir.« Ich sah ihm in die Augen. »Du und ich, wir wissen beide, wenn wir es *wirklich* wollen.«

Er wurde ernst und lehnte sich zurück. Das Schweigen zog sich in die Länge. Normalerweise brachte man Nate nicht so leicht zum Verstummen, aber sobald man Tillie erwähnte, machte er dicht.

»Nate …«, drängte ich.

Er stützte die Ellbogen auf die Knie. »Irgendwas stimmt nicht an der Art, wie sie verschwunden ist, Mads.«

Mads, nicht Kätzchen. Es war ihm wirklich ernst.

Ich beugte mich zu ihm vor; das Haar fiel mir über die Schulter. »Ich weiß …«

Er schüttelte den Kopf und setzte sich wieder auf. »Ich habe sie nicht mehr gesehen, seit wir draußen in der Hütte waren. Es kommt mir vor, als wären seitdem Jahre vergangen.«

Augenblick mal. Wenn er sie seit damals nicht mehr gesehen hatte, konnte er nicht mitbekommen haben, dass sie mich im Krankenhaus besucht hatte. Ich runzelte die Stirn, dann stand ich auf.

»Ich, äh, ich muss kurz weg. Mit Daemon reden.«

»Er will dich nicht sehen, Kätzchen, das weißt du doch.«

»Ich muss es trotzdem versuchen. Nate. Er ist schließlich mein Bruder.«

Ohne Nate Gelegenheit zu weiteren Einwänden zu geben, kehrte ich ins Haus zurück, rannte die Treppe hinauf und folgte dem Gang bis zu Daemons Zimmer. Vor der Tür blieb ich stehen und lehnte die Stirn gegen das kühle Holz.

»Daemon?«, flüsterte ich und schlug mit dem Kopf leise gegen die Tür. »Ich brauche deinen Beistand.« Seit dem Vorfall in den Wäldern hatte Daemon nicht mehr mit mir gesprochen, und die wenigen Male, die ich ihn zu Gesicht bekommen hatte, hatte er noch abwesender, reservierter und verwirrter gewirkt als früher. Ich legte eine Hand auf den Türknauf und überlegte, ob ich nicht einfach die Tür öffnen und in Daemons Privatsphäre eindringen sollte. Am Ende wandte ich mich jedoch seufzend ab und lehnte mich mit dem Rücken gegen die Tür.

»Na gut, wenn du nicht aufmachen willst«, fing ich an und ließ mich zu Boden sinken, immer noch in Brantleys T-Shirt und den weiten Shorts, in denen ich schlief, »dann rede ich eben einfach drauflos, und falls du es nicht hören willst, hast du Pech gehabt.« Ich sollte ihn nicht provozieren. »Es ist wegen Bishop, Daemon. Ich weiß nicht, was ich machen soll. Und ich kann mit niemand sonst darüber reden, weil alle so voreingenommen sind, was ihn betrifft.« In der Hoffnung, dass meine Worte etwas bewirkten, legte ich eine Pause ein. Taten sie aber nicht. Also redete ich weiter. »Ich habe ziemlichen Mist gebaut. Er auch. Wir haben beide eine Menge Mist gebaut, und ich weiß einfach nicht, wie ich das zwischen uns klären soll. Immer wenn es so aussieht, als könnte es von jetzt an besser laufen, kommt irgendwas dazwischen, und wir sind wieder genau da, wo wir angefangen haben.«

Ich spürte einen Kloß im Hals; alle möglichen Gefühle wollten an die Oberfläche. »Ich empfinde einfach zu viel für ihn. Und er empfindet zu wenig für mich.« Bevor ich wusste, wie mir geschah, lief mir eine Träne über die Wange. Ich wischte sie ärgerlich weg. Dann lachte ich. »Jedenfalls, letzte Nacht habe ich erfahren, dass er mit meiner …« Ich hielt inne und verbesserte mich dann: »… mit Elizabeth geschlafen hat. Der Frau, die ich für meine Mutter gehalten habe. Es war Teil seiner Initiation. Und als wäre das noch nicht schlimm genug, hat er auch diese Khales am Leben gelassen, der Himmel weiß, aus welchem Grund. Ich habe nicht die geringste Lust, ihn danach zu fragen. Weil ich nämlich genau weiß, was er antworten wird.« Ich holte tief Luft. »Geheimnisse sind Waffen, und in dieser Welt …« Plötzlich kippte ich nach hinten, knallte mit dem Rücken auf den Fußboden, und mein Blick fiel auf … »Daemon?« Er ragte vor mir auf, eine Hand am Türknauf. Ich stützte mich auf die Ellbogen und stand auf.

»Ich … ich …« Jetzt war ich diejenige, der es die Sprache verschlug. Daemon wirkte noch angespannter als üblich. Das feine, unordentliche dunkle Haar stand ihm ungewaschen vom Kopf ab, er hatte sich seit mindestens zwei Tagen nicht mehr rasiert, die Linien um seinen Mund waren tiefer als vorher, und seine dunklen Augen – unheimlich wie der mitternächtliche Himmel in einer stillen, lichtlosen Nacht – blickten gequält. Er trug einen dunklen Kapuzenpulli und Jeans.

»Madison«, sagte er undeutlich, wie immer mit starkem Akzent.

»Daemon, ich …« Ich ging zu ihm und legte die Arme um ihn. »Gott, du hast mir so gefehlt!« Mir war kaum bewusst, dass meine Tränen sein Sweatshirt durchnässten. Daemon hielt sich steif; meine Umarmung erwiderte er nicht.

»*Adfui etiam …*«

Meine Übersetzer-App hatte ich nicht dabei, aber mir war ohnehin gleichgültig, was er gesagt hatte. Wichtig war nur, dass er überhaupt redete. Schließlich legte er mir doch einen Arm um die Taille und verbarg das Gesicht in meinem Haar.

»Es tut mir leid. Es tut mir so leid, Madison.«

»Pst …« Ich zog ihn noch fester an mich. Daemon war noch nicht lange Teil meines Lebens, aber ich hatte bereits bei unserer ersten Begegnung Bescheid gewusst. Und er ebenfalls. Zwischen uns hatte es sofort eine Verbindung gegeben. Inzwischen konnte ich mir ein Leben ohne ihn gar nicht mehr vorstellen. Vermutlich lag es daran, dass wir Zwillinge waren. »Das ist unwichtig. Es ist alles unwichtig. Dad wird dafür sorgen, dass die Anklage gegen dich fallen gelassen wird, und, verdammt, ich würde sogar unter Eid lügen und behaupten, jemand anders hätte geschossen, ich hätte ihn nur nicht genau gesehen – wenn du nur freikommst.«

Ich sah ihn an. Himmel, was für ein schöner Mensch.

»Madison, *amor perit.*« Mit dem Daumen wischte er mir sanft die Tränen ab. Dann beugte er sich zu meinem Ohr herab und flüsterte: »Liebe stirbt.« Ich musste unbedingt Lateinunterricht nehmen, denn die Jungs beherrschten es flüssig, und ich wollte ihren Unterhaltungen folgen können.

»Das habe ich inzwischen auch begriffen«, sagte ich ernst. Dann betrat ich Daemons Zimmer; er schloss hinter mir die Tür. Ich setzte mich aufs Bett und zog die Knie an die Brust.

»Hast du ...« Er verstummte, offenbar auf der Suche nach den richtigen Worten. Inzwischen hatte ich mich daran gewöhnt, dass er nur wenig Englisch konnte, und beendete seine Sätze oft an seiner Stelle.

»Ihm gesagt, dass ich ihn liebe?«

Er nickte und runzelte besorgt die Stirn.

»Nein.« Ich schüttelte den Kopf. »Und jetzt würde er es vermutlich nicht mehr hören wollen.«

»Warum?« Er kam zum Bett und setzte sich neben mich.

Ich streckte mich auf dem Rücken aus und schob die Hände unter den Kopf. »Ich hab wohl Mist gebaut. Irgendwie habe ich Nate geküsst. Schon wieder. Und Brantley auch. Dabei hätte ich mir gar nichts aus ihnen machen dürfen, und eigentlich will ich sie auch gar nicht, aber es gab auch schon Momente, in denen ich all diese Jungs gewollt habe. Aber Bishop liebe ich, er ist nicht zu ersetzen, in keiner Hinsicht, und trotzdem bin ich so wütend auf ihn, wegen des Lebens, das er führt, und weil er mir so viel verheimlicht hat. Und, lieber Himmel ...« Ich richtete mich ein wenig auf und stützte mich auf die Ellbogen. »... er weiß irgendwas über Tillie!« Mir war klar, dass sich mein unausgeglichener Bruder vermutlich nicht im Geringsten für meine Teenie-Probleme interessierte. Außerdem hatte er wahrscheinlich nicht die leiseste Ahnung, wovon ich redete.

Er war sichtlich erstarrt. Ich wandte mich ihm zu. »Daemon?«

Er schüttelte den Kopf und seufzte. »Sie ist in Sicherheit. Im Augenblick.«

»Was!« Ich schoss in die Höhe. »Was meinst du damit? Was weißt du darüber?«

»Zu viel«, sagte er nur, während er geistesabwesend an mir vorbeischaute. Dann legte er sich aufs Bett und rollte sich eng zusammen. Mir wurde es schwer ums Herz. Es ging ihm so schlecht, und ich konnte überhaupt nichts für ihn tun.

Schließlich überließ ich ihn seinen inneren Kämpfen und ging in mein Zimmer. Auf jeden Fall wusste er etwas über Tillie. Ich musste sie unbedingt sehen. Sie musste herkommen und dafür sorgen, dass Nate nicht durchdrehte. Ich ließ mich auf das ungemachte Bett fallen; dann zuckte ich innerlich zusammen. Das Laken dünstete Verrat aus, die Kopfkissen rochen nach Betrug. Schnell sprang ich auf und zog das Bett ab. Ich trug die benutzte Wäsche nach draußen und warf sie im Flur auf den Fußboden, dann ging ich zum Wäscheschrank, nahm frische Kopfkissenbezüge und Laken heraus und suchte nach einem Bezug für die Bettdecke.

»Komm schon«, murrte ich, während ich die Wäschestapel durchwühlte, aber ich fand einfach nichts. Frustriert ließ ich mich auf den Fußboden sinken und kämpfte erneut mit den Tränen. Was hatte ich nur für eine Scheiße gebaut.

»Alles okay?«, fragte Nate und gesellte sich zu mir. »Nimm's mir nicht übel, aber du siehst nicht gerade blendend aus.«

Ich schnaubte, wischte mir über die Nase und versuchte den Riesenkloß im Hals hinunterzuwürgen. »Ich … ich komm schon klar.« Dann sah ich ihn an. »Ich muss zu Bishop.«

»Also, ich glaube, das ist im Moment keine so gute Idee, wenn ich das sagen darf.«

Ich stand auf, stopfte alles in den Schrank zurück und schloss die Tür. »Ich fahre zu ihm, ob er mich sehen will oder nicht.«

»Äh, okay, gut, dann fahr ich dich hin.«

»Meinetwegen.« Eilig kehrte ich in mein Zimmer zurück und zog mich um. Ich entschied mich für eine hautenge hippe weiße Jeans und ein knappes schwarzes Top mit Spaghettiträgern, das einen Streifen Bauch frei ließ. Offensichtlich färbte Tatum allmählich auf mich ab. Apropos … Ich angelte das Telefon vom Nachttisch und tippte rasch eine Nachricht an sie.

Alles okay?

Seit der Party vor der katastrophalen letzten Nacht hatte ich nicht mehr auf Tatums Nachrichten reagiert. Ich hatte mich nicht einmal vergewissert, dass sie gut nach Hause gekommen war. Panik ergriff mich. Hektisch blickte ich im Zimmer umher.

»Es geht ihr gut.«

Als ich mich umwandte, sah ich Nate am Türrahmen lehnen.

»Oh Gott. Was bin ich nur für eine miese Freundin, Nate.«

Er schüttelte den Kopf, löste sich vom Türrahmen und kam ganz ins Zimmer. »Nein, bist du nicht. Seit der Party ist erst ein Tag vergangen, und du hast seitdem eine Menge schlimmer Sachen erlebt. Sei nicht so streng mit dir.« Er schob die Baseballmütze weiter nach hinten und funkelte mich frech an. »Auf geht's.«

6. KAPITEL

Ich wünschte, ich hätte mehr Zeit auf Haare und Make-up verwendet, statt vor lauter Sorgen aus dem Haus zu stürmen. So trug ich nur ein bisschen getönte Feuchtigkeitscreme und Maskara. Ich richtete mich auf dem weichen Ledersitz auf, fischte das kirschrote Lippenbalsam aus der Tasche und rieb mir etwas davon auf die Lippen, um kussbereit zu sein. Zu blöd.

Nate brachte seinen 2018er mattschwarzen Audi genau vor Bishops Haustür zum Stehen. Ich schob die Erinnerungen beiseite, die dieses Haus in mir weckte, und streckte die Hand nach dem Türgriff aus. Nate stellte den lauten Motor aus und legte mir eine Hand auf den Arm.

»Jetzt mal im Ernst«, sagte ich bissig. »Wie viel hat dich der Wagen gekostet?«

Er zuckte die Schultern. »Den habe ich geschenkt bekommen. Es wäre sehr unhöflich gewesen, ihn abzulehnen.«

»Verwöhntes Balg«, murmelte ich, während er die Fahrertür zuschlug. Dann stieg ich ebenfalls aus, wobei ich Bishops mattschwarzen Maserati GranTurismo bemerkte. »Hast du den Wagen etwa selbst frisiert und tiefergelegt? Was ist nur mit euch allen los? Ihr Jungs fahrt Autos, die eine halbe Million Dollar wert sind, trotzdem baut ihr sie noch um, als wolltet ihr bei ›The Fast and the Furious‹ mitspielen.«

Dabei betrachtete ich Nates neuen Wagen. Er sah wirklich gut aus, auch wenn er extrem niedrig auf der Straße lag. Die Räder trugen Spritzer von schwarzem Hochglanzlack, die Scheiben waren ebenfalls schwarz.

»Also erstens, meine liebe Schwester, hast du vergessen, dass wir alle Rennen fahren?« Nate hob die Augenbrauen und schloss die Beifahrertür. »Zum Spaß hauptsächlich und um Sachen für Daddy-Boss Hector zu transportieren.«

»Nein, das habe ich nicht vergessen, ich lauere nur immer auf Gelegenheiten, um euch mit meinen Millionen Fragen zu löchern. Ich sage mir, wenn ich immer nur eine Frage auf einmal stelle, seid ihr eher bereit, mir zu antworten. Wenn ich euch dagegen mit allen Fragen zugleich bombardiere, kriege ich es am Ende gar nicht mit, wenn ihr mir mal aus Versehen ein Geheimnis verratet. Ich bin eben gründlich.« Inzwischen hatten wir das Seitentor erreicht und steuerten auf Bishops Poolhaus zu. Dessen Architektur machte mich noch immer sprachlos. Es war ein Abbild des Hauptgebäudes, nur kleiner, und barg eine eigene Wohnung mit zwei Schlafzimmern, einem offenen Kamin, einer kleinen Bar und viel rotem Marmor. Die Treppe, die zu Bishops Schlafzimmer hinaufführte, war aus Glas. Auf einmal ließen mich meine Nerven im Stich, und ich blieb in stummer Panik stehen. Was, wenn er gerade mit Khales im Bett lag? Ich hätte es ihm nicht vorwerfen können, und doch wäre ich am Boden zerstört, das wusste ich einfach. Denn auch wenn ich mich in der Vergangenheit manchmal launisch benommen hatte, ich konnte mir nicht vorstellen, noch einmal einem anderen Mann zu gestatten, meinen Körper zu besitzen – und wenn ich in dem Moment noch so sehr neben mir stehen würde. Aber Bishop war nun mal ein Mann. Und er war, na ja, Bishop. *Scheiße.*

»Es wird schon gut gehen, Kätzchen. Was immer von jetzt an passiert, schluck es einfach.«

Ich runzelte die Stirn; dann sah ich Nate tief in die Augen. Dass ich ihm vertrauen konnte, beruhigte mich. Also nickte ich schnell. Ich würde es schon schaffen. Egal wie. Und es musste sein. Ich musste Bishop alles gestehen, zum Teufel mit den Folgen. Wir gingen weiter und betraten die schmale Veranda, die rings um das Poolhaus verlief. Mein Adrenalinpegel stieg. Während Nate klopfen wollte (dabei wusste ich genau, dass er nie klopfte, weder bei Bishop noch bei den anderen Jungs), drehte ich einfach den Knauf und stieß die Tür auf. Scheiß drauf. Ich war Madison Montgomery, und Bishop Vincent Hayes gehörte *mir*.

Aus der Küche drang Lachen zu uns, das plötzlich verstummte. Als Bishop ins Wohnzimmer kam, begann mein Körper zu prickeln. Er wirkte sauer, und wenn er sauer war, bot er immer einen großartigen Anblick. Er trug kein T-Shirt, sodass ich seine Brustmuskeln bewundern konnte; dann schaute ich auf seine Jeans. Sie saßen locker und hatten an den richtigen Stellen Risse und Löcher. Seine Füße waren nackt. Langsam ließ ich den Blick wieder nach oben schweifen. Bishop hatte sich eine Baseballmütze falsch herum aufgesetzt, aus der hier und da Haare herausstanden. Zwischen seinen Fingern baumelte eine Flasche *Jack Daniel's*. Schließlich sah ich ihm in die Augen. Sein Blick wurde hart, er bleckte die Zähne und atmete fauchend aus, während er mich zugleich angewidert von oben bis unten musterte.

Oh, Scheiße.

Er war mehr als nur sauer.

Bishop kam weiter in das kleine Wohnzimmer herein. Sein Gang erinnerte mich teils an einen Soldaten, der lässig in die nächste Schlacht ging, teils an einen unberechenbaren Schuljungen, dem alles egal war.

War er betrunken?

»Bishop?« Eine blöde Art, ihn zu begrüßen, aber etwas Besseres fiel mir nicht ein.

»Ach du Scheiße«, rief Nate schaudernd und machte die Tür schnell wieder auf. »Wir kommen besser später noch mal vorbei …«

Plötzlich spürte ich den überwältigenden Drang, einfach wegzulaufen. Anscheinend waren Nate und ich geradewegs in die Höhle des Löwen marschiert, und es sah ganz so aus, als wollte uns der Löwe in Stücke reißen. Das war die dümmste Entscheidung meines Lebens gewesen. Wie war ich nur auf die Idee gekommen, das Monster, das ich erschaffen hatte, auch noch zu reizen? Nun, dumm, wie ich war, hatte ich geglaubt, das Monster würde mir verzeihen. Aber Monster verziehen nie irgendetwas. Erst recht nicht die Monster, die Tattoos hatten und Maserati fuhren.

Ich versuchte meine Nervosität zu unterdrücken, doch als Bishop mir so nah kam, dass sein Brustkorb meine Brüste streifte, wich ich unwillkürlich vor ihm zurück. Dabei prallte ich mit dem Rücken gegen die Wand und riss ein Gemälde herunter.

Bishop beugte sich vor, bis sich unsere Nasen fast berührten. Ich kniff die Augen zu und schaffte es nicht, sie wieder zu öffnen. Ich konnte ihm unmöglich ins Gesicht sehen.

»Mach die verdammten Augen auf, Kätzchen«, zischte er böse, wobei seine Lippen leicht meinen Mund streiften. So sanft, dass ich darauf hereinfiel und die Augen öffnete. Ich erstarrte vor Angst. Seine Pupillen waren geweitet, sodass seine Augen fast schwarz wirkten. Sein Blick hatte etwas Unstetes, Durchgedrehtes, Wahnsinniges. So sah Bishop also aus, wenn er sich einmal nicht unter Kontrolle hatte. Er hatte immer gesagt, dass er sich nicht gern betrank, und irgendwie passte es auch nicht zu ihm. Er hatte sein Umfeld gern im Griff. Betrunken war er für mich unbekanntes Terrain; ich hatte keine Ahnung, was mich erwartete.

»Verschwinde, Junge«, sagte er nur, und obwohl die Worte Nate galten, sah er mir weiter in die Augen. Zugleich schob er langsam das Becken vor und drängte mich damit gegen die Wand. Er hob die Flasche an die Lippen, nahm einen Schluck, ohne den Blick von mir abzuwenden, ließ den Arm wieder sinken und stützte die freie Hand neben meinem Kopf gegen die Wand. Er roch wie Bishop. Nach Pfefferminz, Leder, einem Hauch Rasierwasser und Seife. Nur dass ich jetzt auch Whiskey wahrnahm. *Scheiße*. Als er merkte, dass Nate sich nicht rührte, bewegte er den Kopf in dessen Richtung. »Mit dir befasse ich mich am Wochenende. Auf unsere übliche Art. Jetzt verschwinde von hier, *Kumpel*.«

»Was ist denn hier los?«, fragte jemand scherzhaft dazwischen. Die Stimme kannte ich nicht. Ich versuchte an Bishop vorbeizuschauen, aber er versperrte mir die Sicht.

»Nee, nee, Kätzchen. Sonst kommst du bei dem da auch noch auf dumme Ideen.«

»Nate?«, flüsterte ich, den Blick auf Bishops Gesicht gerichtet. Ich hatte keine Chance, von hier zu entkommen. Also würde ich bei Bishop bleiben und es durchstehen. Außerdem, solange er in diesem Zustand war, wollte ich sowieso bei ihm sein und auf ihn aufpassen. »Mir passiert schon nichts.«

Nate schaute von mir zu Bishop und wieder zurück. In diesem Moment bemerkte ich deutlich das Machtgefälle zwischen den beiden. Wenn ich es nicht längst gewusst hätte, hätte ich spätestens jetzt erkannt, dass Bishop der Anführer war.

Bishop warf den Kopf in den Nacken, lachte und stieß sich von der Wand ab. Einen Moment lang drückte er mir dabei grob den Schwanz gegen den Bauch, dann richtete er sich kerzengerade auf. »Und ob ihr was passieren wird. Aber daran kannst du doch nichts ändern.« Jetzt ging er zu Nate. »Ich an deiner Stelle würde augenblicklich abhauen. Schließlich wissen wir alle, was passiert ist, als ich das letzte Mal so betrunken war. Oder?«

Nate atmete tief ein und sah mich an. »Falls es richtig schlimm wird, schick mir eine Nachricht. Trotz allem glaube ich nicht, dass er dir wehtut.«

»Du bist eben nicht sehr schlau, Kleiner.« Bishop grinste ihn an. Dann ging er zum Sofa hinüber.

Ich nickte. Es war nicht das erste Mal, dass Bishop mir Angst einjagte. Aber ich hatte mein ganzes Leben lang selbst bei größter Angst noch Licht am Ende des Tunnels gesehen.

Nate ging und schloss die Tür hinter sich. Jetzt endlich sah ich den zweiten Typen im Zimmer an. Er trug ebenfalls kein T-Shirt und wirkte etwas älter als Bishop. Sein Körper war muskelbepackt, überall zeichneten sich Venen ab, und er hatte einen langen, dichten dunklen Bart. Besonders alt sah er eigentlich nicht aus, jedenfalls hatte er einen schönen Körper und ein junges Gesicht. Vermutlich war er etwa dreißig. Er musterte mich, als wollte er sich eine Meinung über mich bilden; dann schnaubte er verächtlich, schüttelte den Kopf und lehnte sich, auf die Ellbogen gestützt, vor. Bishop zündete etwas an, das wie ein Joint aussah, zog daran und reichte es an den älteren Typ weiter.

Bishops Handy war mit der eindrucksvollen Musikanlage im Zimmer verbunden. Bishop nahm es und drückte auf *Play*, dann lehnte er sich grinsend auf dem Sofa zurück und stützte einen Fuß gegen den Couchtisch. Darauf lagen ein kleiner Spiegel mit einigen Lines Kokain und ein zusammengerollter Dollarschein. Verflucht. Die Musik setzte ein, es war ›#icanteven‹ von The Neighbourhood. Na toll. Und ich hatte noch eine ganze Nacht mit diesem Scheiß vor mir.

»Du solltest dir was anziehen, das ein bisschen mehr von dir sehen lässt, Kätzchen. Geh in mein Zimmer.« Er hielt kurz inne, sah mir eindringlich in die Augen und verzog den Mund zu einem bösen Grinsen. »Khales hat bestimmt ein paar von ihren Sachen dagelassen, als sie vorhin hier war.«

Der andere Typ fing an zu husten und zu lachen und schlug sich auf die Brust, während ihm Rauch aus Mund und Nase quoll.

»Ich bin gut genug angezogen, danke«, stieß ich hervor, ohne auf die brennende Eifersucht in mir zu achten.

Bishop sah mich von oben bis unten an. »Bist du nicht.«

Autsch.

Achte einfach nicht darauf. Ich setzte mich vor dem Kamin auf den Fußboden. Seit meiner Ankunft hier hatte ich Khales völlig vergessen. Jetzt hoffte ich, dass sie nicht unversehens hereinplatzte.

»Komm mal her, Kätzchen.« Bishop blickte sich nach mir um und klopfte auf den Platz neben sich. Gehorsam stand ich auf und ließ mich neben ihm aufs Sofa sinken. Die Anlage spielte ›Nice and Slow‹ von Usher. Ich zuckte leicht zusammen. Das war mir ein bisschen zu intensiv.

Der ältere Typ nickte mir zu. »Ich bin Justin. Ein älterer Cousin von dem kleinen Schisser da.«

Ich betrachtete ihn genauer. Aus dieser Entfernung konnte ich die silbrigen Narben auf seiner Haut erkennen. Quer über seiner Brust stand in Frakturschrift ›Verloren, nicht suchen‹. Gehörte er etwa zu den Verlorenen? Doch ich mochte nicht fragen, deshalb lächelte ich nur. »Ich bin Madison.«

Bishop schlang lässig einen Arm um mich und legte den Kopf in den Nacken, den Joint im Mundwinkel.

Justin lachte leise und griff nach dem zusammengerollten Dollarschein. »Ich weiß, wer du bist, *Schwan*.«

»Das habe ich schon vermutet.« Die langsame Musik brachte mich aus dem Konzept; am liebsten hätte ich stattdessen etwas Munteres gehört. Aus dem Augenwinkel nahm ich wahr, wie Bishop den Kopf in meine Richtung drehte.

»Was ist denn los, Kätzchen, magst du gar nicht mehr spielen?« Er wickelte sich ein paar meiner Haarsträhnen um den Finger; dann stand er auf und warf den Filter des Joints in den Aschenbecher. »Echt schade.« Er stieg die Treppe hinauf. »Zieh dich um, Justin.«

Justin sah mir erneut in die Augen. »Ich würd ja gerne sagen, war nett, dich kennenzulernen, aber dafür bin ich viel zu sauer auf dich, weil du ihm so was antust. Es würde mich echt wundern, wenn du die Nacht lebend überstehst.«

Er stand auf und streckte sich, als hätte er gerade keine Todesdrohung ausgesprochen. Dann verschwand er in dem kleinen Schlafzimmer hinter der Küche. Als die beiden endlich außer Sicht waren, atmete ich erleichtert auf und griff nach dem Handy. Nate hatte mir mehrere Nachrichten geschickt. Ich öffnete sie.

Er tut dir schon nichts. Scheiße, ich kann dir echt nicht helfen, Mads.
Melde dich. Alles ok?
Scheiße.

Ich schrieb schnell eine Antwort: *Alles ok. Wir gehen jetzt aus.* Danach öffnete ich die Nachrichten von Tatum.

Mann, ich glaub, ich bin immer noch betrunken.

Ich antwortete: *Wär ich auch gern. Leider muss ich auf jemand aufpassen.*

Ich schickte die Nachricht ab und tippte gleich noch eine: *Übrigens, falls ich verschwinden sollte, hat Bishop mich umgebracht.*

7. KAPITEL

Ich steckte das Telefon wieder in die Hosentasche, stand auf, sammelte die Gläser und leeren Flaschen ein und trug sie in die Küche. Die Flaschen warf ich in den Müll. Da ich wusste, wo alles war, nahm ich mir ein sauberes Glas und suchte im Kühlschrank nach etwas Nichtalkoholischem, das mich beruhigen könnte. Zu meinem Pech fand ich nur *Red Bull.* Ich nahm mir trotzdem eine Dose und riss sie auf.

»Hallo, Jungs! Jetzt bin ich auch fertig. Ja, ich weiß, ich weiß, aber Perfektion braucht ihre Zeit«, rief jemand im Wohnzimmer. Sofort trat ich mit der Dose an den Lippen und hochgezogenen Augenbrauen hinter den Küchenschränken hervor. Es war mir scheißegal, ob Khales mit Bishop geschlafen hatte, er gehörte trotzdem mir, und ich würde mich bestimmt nicht kampflos geschlagen geben.

Khales drehte ruckartig den Kopf. »Was machst du denn hier!«

Ich winkte ihr zu und senkte die Dose, damit sie sehen konnte, dass ich grinste. »Ja, ich freu mich auch, dich zu sehen, aber in einem Punkt muss ich dir widersprechen. Mit Perfektion hat das nichts zu tun. Es ist …« Ich legte den Kopf schräg. »Pseudo.«

»Verdammt«, fauchte sie und stemmte die Hände in die Hüften. »Wer zum Teufel hat dich eingeladen?«

»Ganz ruhig, Mädchen«, sagte Bishop lachend und kam die Treppe herunter, während er sich ein T-Shirt überzog. Statt der ausgewaschenen Jeans trug er jetzt eine dunklere Hose und außerdem Kampfstiefel. Die Mütze hatte er auch abgesetzt, und sein Haar sah wieder so aus wie gewohnt, unordentlich, aber sauber. Er schaute zu mir herüber. »Willst du wirklich in den Sachen da losziehen?« An dem irren Glanz in seinen Augen erkannte ich, dass er nach wie vor betrunken war. »Oben hängen noch Klamotten von dir.«

Khales trug einen Lederrock, der so kurz war, dass es beim Hinsehen wehtat, und dazu ein Croptop, ebenfalls aus Leder. Das glatte Haar reichte ihr bis zur Hüfte, und sie hatte reichlich Make-up aufgetragen. Bei dem Anblick schrumpfte ich innerlich ein wenig zusammen. Da konnte mein Outfit wirklich nicht mithalten. Und da Bishop das Thema jetzt schon zweimal angesprochen hatte, ging ich wohl besser nach oben und schaute nach, was er dahatte. Bishop setzte sich aufs Sofa, griff nach dem zusammengerollten Dollarschein und zog eine Line; dann putzte er sich die Nase und reichte den Dollarschein an Khales weiter. Sie nahm ihn grinsend entgegen und ließ sich neben Bishop nieder.

Scheiße. Ich wünschte wirklich, Tatum wäre bei mir.

Als ich Bishops Zimmer im oberen Stock betrat, fielen mir drei Dinge auf: Erstens, das Bett war zerwühlt, überall lagen Kissen und Decken herum.

Zweitens, auf dem Fußboden lagen zwei Handtücher, daneben ein Häuflein Frauenkleidung.

Und drittens, auf der Kommode war jede Menge Schminkzeug verstreut.

Der Fußboden gab unter mir nach, einen Moment lang wurde mir schwarz vor Augen. *Du hältst das aus. Vorhin hast du selbst mit zwei Typen geknutscht und rumgemacht. Alles okay.* Meine

Schuldgefühle ließen ein wenig nach. Ich war fast froh, dass ich jetzt etwas hatte, das ich Bishop vorhalten konnte, schließlich hatte er mir einiges vorzuwerfen. Mein Blick fiel auf das Kopfteil des Bettes. In der Lederbespannung sah man Kratzspuren. Die Bettwäsche war mit Lippenstift beschmiert.

Na und?

Ich merkte, wie in meinem Kopf etwas einrastete, und marschierte zu dem begehbaren Kleiderschrank. Erst fand ich nichts. Ich wollte etwas, das sexy aussah. Aber als ich zu den letzten Sachen kam, die ich bei Bishop gelassen hatte, stieß ich auf ein kleines BH-Top aus roter Spitze. Es war das ›verruchte‹ Top von Tatum. Spitzengewebe bedeckte die Brüste, die Spaghettiträger kreuzten sich auf dem Rücken und trafen dann auf einen schmalen Querriemen, der ebenfalls mit Spitze besetzt war. Es war sexy und scharf, genau die Sorte Top, die ich sonst *nie* trug, aber zum Teufel damit. Ich streifte mein zahmes Top ab, warf es auf den Haufen mit Khales' Kleidung und zwängte mich in das knapp sitzende Ding. Meine Jeans waren eng genug, die musste ich nicht wechseln; also löste ich als Nächstes mein langes dunkles Haar und wandte mich dem Make-up zu. Ich trug betont dick auf, wobei ich vor allem die Konturen betonte (was ich mir bei Tatum abgeschaut hatte), und benutzte dunklen Lidschatten. Ich umrahmte die Lippen und färbte sie dann dunkelburgunderrot, was meine grünen Augen zum Strahlen brachte.

»Scheiße!« Auf dem Weg zur Tür machte ich noch einmal kehrt, griff mir ein Paar silberne Riemchen-Sandaletten und stieg hinein. Die Absätze waren zum Glück nicht allzu hoch; ich würde schon damit zurechtkommen. Solange ich die Finger vom Alkohol ließ.

Während ich wieder nach unten ging, warf ich einen Blick auf mein Handy. Zugleich wippte ich im Takt der Musik mit dem Kopf, dass mir das Haar um die Schultern hüpfte. Gerade lief ›Devil's Night‹ von D12, was mich an die Halloween-Party in den Wäldern erinnerte …

Am Fuß der Treppe steckte ich das Handy wieder ein. »Okay, meinetwegen kann's losgehen«, verkündete ich. Dann blickte ich auf, denn abgesehen von der Musik hörte ich keinen Laut.

Bishops Blick war auf meine Brust gerichtet. Dann schaute er mir ins Gesicht. »Ich glaub, das wird mir noch leidtun.«

Khales warf das Haar nach hinten. Justin grinste mich über sein Glas hinweg an.

Die beiden gingen zur Tür, nur Bishop starrte mich weiter an. Er nahm noch einen Schluck aus der verfluchten Flasche.

»Können wir nicht doch darüber reden, Bishop?«

Er schnaubte. »Ausgerechnet jetzt willst du reden?«

Ich zuckte zusammen.

Er schüttelte den Kopf, nahm das Tütchen vom Tisch und steckte es ein. »Ab ins Auto, Madison.« Ich folgte ihm in die kühle Nacht hinaus. Sofort bekam ich eine Gänsehaut.

»Ich will was zu trinken«, murrte ich.

Bishop streckte den Arm nach hinten aus und reichte mir die Flasche. »Glaub mir, Kätzchen, die wirst du noch brauchen.«

Ich überlegte mehrere Sekunden lang, dann nahm ich die Flasche und setzte sie an die Lippen. Dabei musste ich kurz daran denken, dass mich noch vor gar nicht langer Zeit Bishops Lippen berührt hatten. Ich meinte es fast noch zu spüren. Gruselig?

Ich gab ihm die Flasche zurück. »Danke.« Vor dem Haus wartete eine Stretchlimousine. Ich sah gerade noch, wie Khales darin verschwand. Als wir das Auto erreichten, blieb Bishop stehen und drehte sich zu mir um.

»Warum?«

Scheiße. »Das alles hat sehr wehgetan.«

»Und da wolltest du mir auch wehtun?«, drängte er, den Kopf zur Seite gelegt. Dann kam er näher, griff mir mit beiden Händen ins Haar und riss meinen Kopf nach hinten, sodass mein Gesicht ihm ausgeliefert war. Es sah vermutlich nach Streit aus, wenn nicht sogar nach häuslicher Gewalt, aber egal. Bishop presste mir die Lippen auf den Mund und schob mir die Zunge in den Mund. Er küsste mich hart, dann löste er sich etwas von mir, nahm meine Unterlippe zwischen die Zähne und biss zu. Ich spürte den metallischen Geschmack von Blut. »Ich lasse nicht zu, dass mir jemand wehtut, Kätzchen, und ich schlag auch nicht zurück. Ich serviere Menschen ab.« Er grinste und ließ meine Haare los. Meine Kopfhaut pochte schmerzhaft. »Ab jetzt bist du mir scheißegal. Steig ein.«

In meinen Augen brannten Tränen, doch ich schob mich wortlos an ihm vorbei und stieg in die Limousine. Lachend setzte er sich neben mich. »Werde doch endlich mal wieder wütend, Kätzchen. Dann krieg ich nämlich immer einen Steifen. Nur dass ich heute Nacht nicht zu dir kommen werde.« Er hielt mir die Flasche hin. »Trink. Wie gesagt, du wirst es brauchen.« Ich nahm die Flasche und trank, ohne weiter darauf zu achten, worüber Khales und Justin sich mit Bishop unterhielten. Sehr viel Whiskey nahm ich allerdings nicht zu mir, weil ich nicht zu schnell den Überblick verlieren wollte. Dabei hätte ich Bishop nur zu gern vergessen. Aber so lief es zwischen uns nun mal. Es war schon immer schwierig gewesen. Anfangs war es auch schön, aber inzwischen herrschte eher Chaos. Wie ein Sturm, der nie aufhörte, ein Tsunami ohne Ende. Und ich war süchtig danach. Ich würde dem Sturm aller Gefahren zum Trotz immer weiter nachjagen.

Bishop lehnte sich im Sitz zurück und sah mich an. »Warum

tust du eigentlich so beleidigt? Schließlich kannst du jetzt jeden King haben, den du willst.«

Ich beachtete ihn nicht. Er war einfach betrunken.

Bishop lachte. »Da passt es doch gut, dass wir uns gleich mit allen treffen. Und keine Sorge, deine Freundin Tatum wird auch dabei sein.«

»Ich mache mir keine Sorgen, Bishop.« Das war natürlich Blödsinn, aber ich wollte Khales nicht sehen lassen, wie es zwischen Bishop und mir manchmal zuging. Also trank ich noch einen Schluck, dann beugte Justin sich vor und reichte mir den zusammengerollten Geldschein.

Ich blickte erst auf den Schein, dann auf das Tischchen zwischen uns. Als ich die Hand ausstreckte, stieß Bishop sie beiseite. »Nein.«

Ich biss die Zähne zusammen. Gut, ich hatte auch gar nicht vorgehabt, mir eine Line zu ziehen; ich hatte das Zeug aus dem Autofenster werfen wollen. Trotzdem. Gekränkt schwieg ich, bis der Wagen schließlich vor einem Club hielt. Vor dem Eingang hatte sich eine lange Schlange gebildet, von jungen Studenten bis zu Leuten mittleren Alters. Sogar ein paar Muttis waren dabei, denen man deutlich ansah, wie dringend sie eine Auszeit brauchten. Und nebenbei bemerkt, diese Frauen sollten immer als Erste in die Clubs gelassen werden. Dafür, dass sie sich mit kleinen Kindern abgaben, stand ihnen ein Ausgleich zu. Kostenloser Wein und Vortritt in allen Clubs.

Bishop öffnete die Wagentür und stieg aus. Als ich ihm folgte, sah ich, dass er bereits zu den Türstehern unterwegs war. Er redete mit ihnen, deutete auf uns und betrat dann den Club. Ich ging ebenfalls hinüber, in der festen Erwartung, dass die Türsteher mich abweisen würden, doch sie öffneten die Absperrung und ließen mich durch. Als ich die Eingangstür aufstieß, schlug mir laute Musik entgegen. In der Luft lag der vertraute Geruch von Schweiß und Alkohol. Über unseren Köpfen befanden sich Käfige, in denen getanzt wurde, und die Mitte des Raums nahm ein riesiger kreisrunder Bartresen ein. Ich hielt darauf zu. Sollte Bishop doch selbst auf sich aufpassen. Im Augenblick wollte ich nur noch alles vergessen, was sich heute ereignet hatte. Ich würde morgen mit ihm reden – hoffentlich –, oder doch lieber nicht. Himmel, ich war dermaßen durcheinander. Ich klopfte auf den Tresen. »Hey!«

Der Barkeeper kam zu mir. Er war ziemlich schräg gekleidet, hatte blaue Haare und trug Lederarmbänder und Kreolen. »Was kann ich für dich tun, Süße?«

Er wollte nicht mal meinen Ausweis sehen? Super.

»Ich möchte irgendwas Starkes.«

Er grinste. »Da habe ich genau das Richtige.« Ich leerte das Glas in einem Zug und bestellte das Gleiche noch mal und außerdem einen Wodka Lime Soda. Dann entsperrte ich mein Handy. Tatum hatte mir eine Nachricht geschickt.

Bin im Club. Schon da?

Mir wurde ein wenig schwindelig. *An der Bar. Komm her.*

»Buh!« Tatum packte mich von hinten. Lächelnd drehte ich mich zu ihr um.

»Hey!« Ich umarmte sie; fast hätte ich dabei die Beherrschung verloren.

»Alles in Ordnung?«, fragte sie nah an meinem Ohr. Ich schüttelte den Kopf.

»Eher nicht.«

Sie löste sich von mir, deutete auf meine Drinks und hob zwei Finger, zum Zeichen, dass sie das Gleiche wollte.

»Ich hab Bishop gesehen!«, brüllte sie mir ins Ohr.

Ich lächelte nur.

Sie beugte sich erneut zu meinem Ohr vor. »Er hatte ein Mädchen dabei! Soll ich ihr in den Arsch treten?«

Ich lachte. »Das war Khales! Mach dir wegen der keine Gedanken. Außerdem gehört sie mir …«

»Ach, ich dachte, Khales ist brünett?« Darüber musste ich erst einmal nachdenken. Schließlich zuckte ich die Schultern. Na gut. Tatum beugte sich wieder vor. »Schau nicht hin, aber sie sind alle direkt über uns, im VIP-Bereich. Du hast da auch Zutritt.«

Ich zuckte erneut die Schultern und leerte mein Glas. Wer hätte gedacht, dass das Leben derart beschissen sein konnte. Ich wiegte mich im Stehen vor und zurück, dann packte ich Tatum am Arm und zog sie mit auf die Tanzfläche. Gerade setzte ›Closer‹ von Chainsmokers ein. Wir tanzten, sahen uns an und stießen uns an und rieben uns aneinander. Was immer heute Nacht noch passieren mochte, ich hoffte, dass aus Bishop und mir noch etwas wurde. Ein paar Songs später kehrten Tatum und ich zum Tresen zurück und orderten weitere Drinks. In meiner Gesäßtasche vibrierte das Handy. Ich holte es hervor und sah Bishops Namen. Mein Herz klopfte.

Komm her.

Ich las es, ohne mich darum zu scheren, dass meine Wangen glühten. Oh Gott. Konnte man jemanden hassen und gleichzeitig lieben, ihn umbringen und zugleich mit ihm ins Bett gehen wollen? Reine Bishop-Magie.

Nein.

Ha! Dem würde ich es zeigen. Oh nein, ich war echt betrunken. Ich musste kichern. Der Ernst der Lage war mir auf einmal egal.

Lachend drehte ich mich zu Tatum um. »Mann! Wir müssen …« Plötzlich hing ich verkehrt herum über einer kräftigen Schulter. Mein Haar schwang nach unten, und vor dem Gesicht sah ich einen wunderschönen Hintern.

»Bishop!«, fauchte ich, aber er trug mich einfach weiter, hinauf in den VIP-Bereich. Dort warf er mich aufs Sofa und setzte sich neben mich, eine Zigarette im Mundwinkel, griff nach seinem Drink und stieß eine Rauchwolke aus. »Was hast du eben gesagt?«, fragte er beiläufig die Blondine, die nervös von mir zu ihm blickte.

Ich strich mir das Haar aus dem Gesicht und schubste ihn an. »Arschloch!«

»Achte nicht weiter auf sie. Eigentlich gefällt es ihr so.« Er blinzelte der Blondine zu, lehnte sich zurück und legte einen Fuß auf den Tisch. Ich blickte im Kreis umher und entdeckte sämtliche Kings, bis auf Nate und Brantley.

»Wo sind Brantley und Nate?«, fragte ich Bishop, wobei ich mir alle Mühe gab, Hunters und Jase' Blicken auszuweichen. Überhaupt herrschte eine eher angespannte Stimmung. Alle beobachteten Bishop, als wäre er Tony Montana und würde gleich wild um sich schießen. Vielleicht sollte ich meine Taktik doch ändern. Bishop war offensichtlich sehr viel wütender, als mir bisher bewusst war. Noch hatte er nicht völlig die Beherrschung verloren, aber er benahm sich eindeutig anders als sonst.

»Bishop«, flüsterte ich. Im selben Moment kam Tatum herein. Als sie Justin und Khales bemerkte, hob sie die Augenbrauen.

»Was machst du denn hier, du Miststück?«

Mein Mädchen. Frech wie sonst was.

Ich lachte. »Hau drauf, Mädel ...« Dann wandte ich mich erneut meinem drängendsten Problem zu und überließ es Tatum und Khales, sich zu streiten, wobei ich insgeheim jedoch hoffte, dass Khales zuschlug, denn dann hätte ich ihr eine reinhauen können. Oder zwei. Ich brauchte jetzt unbedingt einen Schluck Wasser.

Bishop lächelte die Blondine an, ohne mich weiter zu beachten, doch seine Miene war angespannt, und an seinem Hals pulsierte eine Ader. Er war wütend, so wütend, dass er eine Show abzog, um es zu verbergen. Als ich aufsah, begegnete ich Jase' Blick. Er schüttelte den Kopf und schaute besorgt zu Bishop hinüber.

Ich tat Folgendes: Ich schloss die Augen, öffnete sie dann wieder und senkte die Stimme. »Bishop?« Zugleich legte ich ihm eine Hand auf den Oberschenkel. Er versteifte sich, woran ich schwer zu schlucken hatte. »Können wir mal ein bisschen vor die Tür gehen?«

Es schien fast, als würden sämtliche Kings beobachten, was zwischen uns vorging. Das alles war nur meine Schuld. Also musste ich es auch wieder in Ordnung bringen. Bishop hatte aufgehört zu lächeln. »Verschwinde«, sagte er zu der Blondine, worauf die so schnell aufsprang, dass ich es kaum mitbekam. Dann wandte er sich mir zu. »Wir haben schon drüber geredet.«

»Haben wir nicht«, fuhr ich ihn an und sah ihm herausfordernd in die Augen. Er stand auf, packte mich an der Hand und zerrte mich hinaus.

8. KAPITEL

Auf dem Weg nach draußen hielt Bishop mein Handgelenk so fest umklammert, dass ich davon vermutlich blaue Flecken bekommen würde. Wir steuerten den Hinterausgang des Clubs an und betraten eine Gasse.

»Rede!«, sagte Bishop viel zu ruhig. Ich sah mich in der dunklen Gasse um. Niemand da. Es war kalt, aber wenigstens waren wir allein. Ausnahmsweise.

»Es tut mir leid.«

Er grinste höhnisch. »Es tut dir leid?« Vielleicht hätte ich das doch nicht sagen sollen. Scheiße.

»Ja!« Ich trat einen Schritt auf ihn zu. »Ich … ich hab einfach blind um mich geschlagen. Ich habe nicht … Ich will nicht … Himmel, Bishop, manchmal treffe ich halt saudumme Entscheidungen.«

Er drängte mich gegen die Wand, dass ich den Beton kalt am Rücken spürte, umfasste meine Oberschenkel und legte sich meine Beine um die Hüften. »Deine Bestrafung ist noch nicht zu Ende.«

»Bestrafung?«, wiederholte ich flehend und sah zu ihm auf. Mein Outfit lenkte ihn ab, sein Blick schweifte über meinen Körper.

»Genau. Und von Nate und Brantley will ich gar nicht erst anfangen. Dabei darfst du übrigens zusehen.« Er berührte meine Brust und strich mit dem Daumen über die Spitze. Ich atmete scharf ein. Bishop befreite die Brust aus dem Top, sodass sie von kühler Nachtluft umweht wurde, nahm sie in den Mund und biss kräftig zu. Dann richtete er sich auf und stellte mich auf die Füße.

»Wir gehen in eine Bar.«

»Was?« Ich stopfte meine Brust zurück ins Top. Dieser verdammte Neandertaler. Dann folgte ich ihm.

»Dass ich keinen Alkohol trinke, hat einen ganz bestimmten Grund, Kätzchen. Warum das so ist, wirst du gleich erleben.«

»Erleben? Ich habe schon genug erlebt. Können wir nicht einfach nach Hause fahren?«

Sein Gelächter hallte von den Mauern wider; es ging mir durch Mark und Bein. »Nein.«

Ich folgte ihm die Hauptstraße entlang, vorbei an Clubs und Restaurants, die auch nachts noch geöffnet hatten. Bishop zerrte sich das T-Shirt vom Leib und stopfte es sich in die Gesäßtasche; dann blieb er abrupt stehen, sodass ich gegen seinen nackten Rücken prallte. Ich vermied es, das Tattoo anzustarren, das großflächig seine Haut bedeckte. Unter dem Flügeltattoo im Nacken saß ein Totenkopf mit einer Krone, und im Genick war das Wort ›König‹ gestochen. Dieser Mann war purer Sex. Ich musste ihn nach Hause schaffen.

»Was ist denn jetzt?« Er benahm sich, als hätte er etwas Bestimmtes vor. Jetzt drehte er sich zu mir um; grellrotes Neonlicht flackerte über sein grinsendes Gesicht. Ich blickte in die gleiche Richtung wie er. »Oh nein …«

»Oh doch …«, ahmte er mich nach und überquerte die Straße – zum Teufel mit dem dichten Verkehr.

»Bishop!«, schrie ich und rannte ebenfalls auf die andere Straßenseite, wobei ich hupenden Autos ausweichen musste. Bishop öffnete soeben die Tür zu einem Tattoo-Studio. Rasch schlüpfte ich mit hinein. Aus einem Nebenraum tauchte ein großer Mann mit langem Bart und dem Abzeichen eines Biker-Clubs auf. Als er uns entdeckte, blieb er wie angewurzelt stehen und sah Bishop an. »Schneist du zufällig rein, B, oder willst du was?«

War ja klar, dass Bishop diesen furchterregenden Typ kannte. Warum auch nicht?

Bishop warf einen Blick über die Schulter und verzog die Lippen zu einem Lächeln. »Sie will was.«

»Ach ja?« Ich hob die Augenbrauen.

Der riesige, furchterregende Bikertyp sah mich ebenfalls an und grinste. »Was möchtest du denn, schöne Frau?«

»He, Augen weg.«

Der Biker lachte leise und deutete mit einem Nicken auf den Durchgang, aus dem er eben aufgetaucht war. Bishop ging vor, sodass ich seinen nackten muskulösen Rücken lockend vor Augen hatte. Wir passierten zwei kleine Arbeitsnischen, die jeweils unterschiedlich ausgestattet waren. Offenbar arbeiteten hier insgesamt vier Tätowierer. Im Vorbeigehen bewunderte ich die Fotos an den Wänden. Der Biker marschierte weiter geradeaus; seine Nische befand sich ganz am Ende des Durchgangs.

»Wow«, sagte ich, als ich die Fotos von Tattoos betrachtete. »Das ist ja irre.« Dann riss ich den Blick von den schönen Farben und grau schattierten Formen los und schaute auf die verstellbare rote Liege in der Raummitte. Der Biker setzte sich auf seinen Stuhl und griff nach der Pistole. Ich schluckte.

»Ich hab auch mal in einem Tattoo-Studio gearbeitet. In Neuseeland.«

»Ach ja?«, mischte Bishop sich ein und setzte sich auf den Stuhl neben der Liege. »Und? Muss ich hinfliegen und ihn mit auf die Liste setzen?«

Ich hüpfte auf die rote Lederliege und umklammerte die Kante. »Sei nicht albern. Dazu ist es nie gekommen.«

Lachend legte Bishop den Kopf in den Nacken, wobei sich seine wunderbaren Bauchmuskeln spannten. »Richtig, das war ja auch kein King. Hatte ich ganz vergessen. Du nimmst ja nur königliche Schwänze.«

»Bishop!«, fuhr ich ihn an; dann sah ich zu dem Biker hinüber. Er zog sich gerade Handschuhe an. »Tut mir leid, er ist ein bisschen …«

»Mir geht's bestens.« Bishop wandte sich ebenfalls dem Biker zu. »Lass mich das machen. Dafür hast du was gut.«

Der Biker hob die Augenbrauen und schaute von ihm zu mir. »Klar doch. Und du bist mir nichts schuldig.«

»Äh …« Ich hob einen Finger. »Hallo? Ich hatte noch gar keine Zeit, mir deine Sachen anzusehen, und ich weiß noch gar nicht, was ich will. Wie wär's denn, wenn ich was zeichne, und dein Biker-Freund überträgt das dann auf die Haut, und du machst das Tattoo.« Lieber Himmel, ich hatte wohl den Verstand verloren. Ich wollte mich wirklich von Bishop tätowieren lassen. Obwohl der nicht völlig nüchtern war. Normale Paare machten so etwas, weil es romantisch war, aber nein, wir nicht. Mich würde er aus Hass tätowieren.

»Nichts da, Kätzchen.« Bishop deutete auf die Liege. »Leg dich hin.«

»Himmel«, flüsterte ich und streckte mich aus.

Bishop legte mir eine Hand auf den Brustkorb und zeichnete mit dem Daumen zart eine Rippe nach. Ich spürte ein Kribbeln bis in die Zehen. Ich sah zu Bishop auf und begegnete seinem Blick. In diesem Moment geschah etwas zwischen uns. Das Herz schlug mir bis zum Hals. Dann durchbrach das Geräusch der Pistole die Stille und beendete unseren Blickkontakt. Bishop tauchte die Spitze in die Farbkappe und dehnte unter dem BH die Haut an meinem Brustkorb. Ich spürte ein scharfes Stechen und zuckte zusammen. »Himmel.«

»Stimmt«, mischte sich der Biker ein, stand auf und betrachtete die Stelle mit schräg gelegtem Kopf. »Da tut's weh, Süße. Dann bist du also auch Tattoo-Künstlerin?« Offenbar wollte er mich ablenken, damit ich nicht mitbekam, was Bishop mir da gerade mit meiner Erlaubnis in die Haut tackerte, wofür ich ihm äußerst dankbar war.

»Stimmt.« Ich räusperte mich und versuchte nicht auf den stechenden Schmerz zu achten. Die Pistole verstummte und lief wieder an. »Ich habe für den Besitzer gezeichnet. Entwürfe nach Kundenwünschen. Das hat mir total viel Spaß gemacht.«

»Warum hast du dann aufgehört?« Ich sah ihn nicht an; ich hatte viel zu viel Angst, mich zu bewegen.

»Na ja …« Ich seufzte müde. »Ich war halt auf der Flucht vor dem Psychopathen hier.« Der Biker lachte laut auf.

»Ah, verstehe. Irgendwann musst du mir mal ein paar von deinen Zeichnungen zeigen.« Offenbar hatte ich mich in ihm getäuscht. Der riesige Biker war überhaupt nicht furchterregend, sondern ein netter Mensch.

»Gern.«

Nach zwanzig quälenden Minuten verstummte die Pistole, und Bishop zog die Handschuhe aus.

»Gott, hab ich eine Angst.«

»Fertig.« Er stand auf, betrachtete sein Werk und begann finster zu lächeln.

Der Biker presste die Lippen zusammen; offenbar musste er sich das Lachen verkneifen. Ich stand auf und ging langsam zu dem Standspiegel am anderen Ende des Raums.

»Bishop!«, rief ich schrill und hörte ihn lachen. Unter meinem BH las ich die Buchstaben ›BVH‹. Tief durchatmen; ein und aus. Ich drehte den Oberkörper hin und her. Die Stelle gefiel mir jedenfalls, und er hätte ebenso gut ›BISHOP‹ tätowieren können. Eine subtile und doch eindeutige Methode, seinen Besitzanspruch anzumelden. Bishop trat hinter mich, sein sonnengebräunter muskulöser Oberkörper erschien neben meiner winzigen Gestalt im Spiegel. Ich blickte seinem Spiegelbild in die Augen.

Als er meinen Gesichtsausdruck sah, hörte er auf zu lachen. »Es gefällt dir.«

»Ich find's irgendwie geil.«

Das schien ihn ein wenig zu ernüchtern. Der Ausdruck in seinen Augen war jetzt weniger wild.

Ich klatschte in die Hände. »Ich bin dran!«

Er erstarrte. »Oh nein. Auf keinen Fall. Finger weg.«

Hinter uns fing der Biker an zu lachen. Ich machte kehrt und setzte mich auf den Stuhl, den Bishop eben benutzt hatte. Irgendwo in der Nähe setzte ›Behind Blue Eyes‹ von Limp Bizkit ein, und ich nickte im Takt, ein breites Grinsen auf dem Gesicht. Ich wusste schon, was ich tätowieren wollte; im Geist sah ich die komplizierte Zeichnung deutlich vor mir und konnte es kaum erwarten, sie in die Realität umzusetzen. Bishop näherte sich zögernd der Liege. Ich beugte mich zu dem Biker hinüber. »Er hat ziemlich viel getrunken, wir brauchen wahrscheinlich einen Haufen Wischtücher.«

Der Biker hob die Augenbrauen, offenbar verblüfft darüber, dass ich so gut Bescheid wusste. Dann streckte er die Hand nach den Papiertüchern aus und reichte sie mir.

»Jetzt kriegst du einen meiner Entwürfe zu sehen«, grinste ich. Bei der Vorstellung, mein Zeichen auf Bishop zu hinterlassen, wurde mir schwindelig.

Bishop legte sich hin und sah mich an. »Na, dann mach mal, Baby, gib dein Schlimmstes.« Vermutlich rechnete er damit, dass ich irgendetwas Gemeines anstellen würde. Aber Bishops Körper war die perfekte Leinwand; schon aus Respekt vor der Kunst hätte ich nie irgendeinen Blödsinn darauf gekritzelt, nur um mich zu rächen. Ich tauchte die Nadel in die Farbe, schaltete die Pistole ein und dehnte die Haut seitlich an Bishops Hals. Die Pistole vibrierte stark. Tätowieren war längst nicht so einfach, wie es aussah. Offenbar hatte ich Tattoo-Künstler immer unterschätzt. Bleistifte zitterten schließlich nicht. Aber sobald die Nadel Bishops Hals berührte, lief alles wie am Schnürchen. Von nun an konzentrierte ich mich auf meine Aufgabe. Eine Stunde später war ich fertig.

Ich setzte mich auf und reckte den Hals. »Fertig.«

»Verdammt.« Bishop grinste mich an.

Der Biker hatte sich in der Zwischenzeit einen Kaffee gekocht; jetzt kam er wieder herein. Als er das neue Tattoo entdeckte, blieb er stehen. »Ach du Scheiße.«

»Das überrascht mich jetzt nicht«, sagte Bishop und stand auf. »Dir ist schon klar, dass ich es dir heimzahlen werde, oder?« Er wirkte deutlich nüchterner als noch vor zwei Stunden. Meine müden Muskeln sagten mir, dass es inzwischen Mitternacht sein musste. Bishop ging zum Spiegel, und ich konnte sehen, wie sich sein Gesichtsausdruck veränderte, als er mein Werk betrachtete. Ich trat hinter ihn und besah mir das neue Tattoo ebenfalls. Es stellte einen Schwan dar, so schattiert, dass er silbrig wirkte. Auf dem Kopf trug er eine Krone, von der Splitter in alle Richtungen flogen; in der Krone steckte eine Gewehrkugel. Er strahlte Frieden, aber auch Intensität aus. Ich musste unbedingt ein Foto davon machen.

»Der ist verdammt klasse.« Bishop sah mir im Spiegel in die Augen.

Ich lächelte. »Danke.«

»Hey! Nur so nebenbei«, rief der Biker von der anderen Seite des Raums herüber. »Falls du mal einen Job brauchst, komm zu mir.«

»Danke.« Ich grinste zufrieden, auch wenn ich kaum auf das Angebot zurückkommen würde.

»Und wenn ihr beide mal wieder meinen Kram benutzen wollt, ist es mir auch recht.«

Boshaft grinsend sah ich Bishop an. Der lachte leise. »Mann, bring sie bloß nicht auf dumme Ideen.«

Kurz darauf gingen wir. Vorher erfuhr ich noch, dass der Biker in Wirklichkeit Malcolm hieß, und Bishop drückte ihm ein anständiges Bündel Bargeld in die Hand. Während ich draußen auf ihn wartete, klingelte das Handy in meiner Hosentasche. Ich zog es heraus und entsperrte es.

»Alles okay bei dir?«, rief Tatum ins Telefon.

»Ja! Alles bestens! Mit etwas Glück kann ich ihn jetzt nach Hause zerren.«

Sie lachte leise. »Mein Gott, hat der sauer ausgesehen. Mich fährt Nate nach Hause.«

»Ist er jetzt bei dir?« Ich streckte den Rücken. »Gib ihn mir mal.«

Einen Moment lang herrschte gedämpfte Stille, dann meldete sich Nate. »Hey, Kätzchen.« Seine Stimme klang müde und mutlos.

»Hey! Alles in Ordnung? Was ist los?«

Schweigen.

»Nate?«

»Na ja, nichts Besonderes, alles gut. Soll ich dich irgendwo abholen, ich mache sowieso gerade den *Uber*-Dienst?« Ich konnte mir lebhaft vorstellen, wie er bei den Worten Tatum anfunkelte. Die Arme. Dabei empfand sie so viel für Nate. Leider waren seine Gefühle schon anderweitig vergeben.

»Nicht nötig.«

»Ganz sicher?«, fragte er misstrauisch.

»Ja. Ich komm dann irgendwann nach Hause. Möglicherweise.«

»Also gut. Melde dich, wenn du mich brauchst.« Er legte einfach auf.

»Wie unhöflich«, murmelte ich und steckte das Handy wieder ein. Im selben Moment kam Bishop heraus, wobei er sich das T-Shirt über den Kopf zog. Gott sei Dank.

»Nach Hause?«, fragte ich hoffnungsvoll.

»Ja«, sagte er rau. Auf einmal sah er müde aus. Er holte sein Handy hervor und schickte eine Nachricht ab, dann sah er mich an. »Sie sind in fünf Minuten hier.«

»Okay«, antwortete ich, ohne den Blick von ihm abzuwenden. Einfach um irgendwas zu sagen. Zwischen uns herrschte eine so starke, so unverfälschte, so ungreifbare Spannung, dass ich genau wusste: Sobald wir bei ihm zu Hause allein waren, würde der Teufel los sein. Bishop schüttelte ungläubig den Kopf, riss den Blick von mir los und blickte stumm vor sich hin.

Als ich den Mund öffnen wollte, um noch etwas zu sagen, hielt die Limousine neben uns, und die hintere Tür schwang auf. Bishop stieg lächelnd ein. Ich zögerte und fragte mich, was ich da eigentlich machte.

»Verdammt, steig schon ein, Kätzchen!«

Also stieg ich ein.

9. KAPITEL

Da bereits sämtliche Kings und die Schlampe in der Limousine saßen, musste ich mich buchstäblich hineinquetschen. Die Schlampe saß neben Bishop, ich auf seiner anderen Seite. Mir fiel ein, dass es fast Mitternacht war, und ich gähnte. Ich fühlte mich wie zerschlagen, und die Lider wurden mir schwer.

»Bringst du mich nach Hause, Bishop?« Ich brauchte Schlaf. Sofort.

»Aber gern«, erwiderte Khales kichernd und legte Bishop eine Hand auf den Oberschenkel. Ich erstarrte; dann sah ich Jase an.

»Was habt ihr zwei Turteltauben denn so lange getrieben?«, fragte er lachend. »Immerhin lebt ihr noch, das ist doch schon mal was …«

»Wir haben uns Tattoos stechen lassen«, erklärte ich, als wäre nichts Besonderes passiert. Die Kings musterten mich von oben bis unten, dann war Bishop an der Reihe – und dann entdeckten sie den Schwan. Während sie darüber palaverten, sah ich aus dem Fenster und überließ mich der inneren Leere, die sich in mir ausbreitete. Ich hasste das Gefühl. Das Gefühl, dass ich Bishop nichts bedeutete. Ich wusste noch immer nicht, woran ich war. Und wie üblich lief alles nicht in meinem Tempo ab, sondern in Bishops.

»Der Mann ist ein echt durchgeknallter Künstler«, sagte Cash und deutete auf den Schwan.

»Danke«, murmelte ich und schloss die Augen. »Ich find's selbst gar nicht übel, aber soweit ich weiß, bin ich eine Frau.«

»Moment. Das hast *du* gemacht?«, rief Jase aus. Hunter, der neben ihm saß, blieb stumm. Vermutlich starrte er mich wieder finster an.

»Ja.« Ich öffnete die Augen und sah Bishop an. »Aber vorher hat er mir seine Initialen in den Brustkorb geritzt.«

Alle fingen an zu lachen. Bis auf Khales. Bishop hatte ihre Hand immer noch nicht weggeschoben. Jetzt sah er mir kurz in die Augen, dann legte er einen Arm um meinen Nacken, zog mich zu sich heran und presste mir die Lippen aufs Ohr. »Ich sollte es dir heimzahlen, Kätzchen. Verdammt gründlich, und das werde ich auch, weil mit so einem Scheiß einfach keine bei mir durchkommt. Aber fürs Erste …« Er ließ die Lippen abwärtswandern und leckte die empfindlichen Stellen an meinem Hals. Ich schloss erneut die Augen. »… werde ich noch ein bisschen mit dir spielen.« Dann richtete er sich wieder auf, bewegte den Oberschenkel von Khales' Hand weg und rief dem Fahrer zu: »Zu mir, Mann!«

Wenig später hielt der Wagen in der Zufahrt zu Bishops Heim. Bishop und Khales stiegen aus. Ich blieb sitzen; ich brauchte Schlaf und etwas zu essen.

»Kätzchen …«, sagte Bishop drohend.

»Ich bin müde! Können wir das Katz-und-Maus-Spiel bitte auf morgen verschieben? Mir ist gerade nicht nach Kämpfen.«

»Steig aus. Sofort.«

Ich schimpfte vor mich hin, verabschiedete mich aber von den Jungs. Nach dem Aussteigen beugte ich mich jedoch noch einmal ins Wageninnere und sah Hunter unverwandt an. »Wir sprechen uns noch!« Dann schloss ich die Tür und ging an Bishop vorbei auf das Seitentor zu. Nach ein paar Schritten drehte ich mich zu Khales um, meinen müden Füßen und Augen zum Trotz. »Verpiss dich!«

»Wie bitte?« Sie schaute Bishop an. Sein Blick war auf mich gerichtet.

»Sie hat recht. Verschwinde.«

»Aber …«

Er sah sie an. »Verschwinde. Das hier geht nur sie und mich etwas an.«

Ich wölbte grinsend die Augenbrauen und musterte Khales von Kopf bis Fuß. »Wir wollen doch nicht, dass du Blutspritzer auf dein hübsches Outfit bekommst.«

Bishop schnaubte und schüttelte den Kopf. Ich wandte mich ab, schlenderte zum Poolhaus hinüber und öffnete die Tür. Als ich merkte, dass er mir nicht gleich folgte, knallte ich die Tür hinter mir zu. Was zum Teufel lief da eigentlich zwischen den beiden? Es musste mehr dahinterstecken als der Umstand, dass sie früher mal befreundet oder was auch immer gewesen waren. Eins stand für mich fest: Khales musste für Bishop von Wert sein, sonst wäre sie nicht mehr am Leben. Ich kramte in der Speisekammer, stieß auf eine Tüte Kartoffelchips und riss sie auf. Dann hüpfte ich mit dem Hintern auf die kleine Kücheninsel. Mich überfiel heftiger Heißhunger.

»Bishop! Ich bin auf dem Sprung nach L. A., kannst du bitte …« Die Stimme kam näher und verstummte, wohl weil die Sprecherin mich entdeckt hatte.

»Tut mir leid.« Ich leckte mir Salz von den Fingern. »Ich bin nicht Bishop.« Zugleich blickte ich mich nach der Sprecherin um – und erstarrte. Die Frau war wunderschön. Sie hatte rasiermesserscharf geschnittenes kurzes Haar, das ihr bis zu ihrem kantigen Kinn reichte, Augen von der Farbe dunklen

Honigs, und ihre Haut wirkte von der Sonne gebräunt. *Ach du Scheiße.* Scarlet Blanc, Bishops Mutter, der Filmstar. Und ich hockte hier auf dem Küchentresen, immer noch nicht ganz nüchtern, kaute Kartoffelchips und leckte mir Salz von den Fingern.

Sie verzog die Lippen zu einem Lächeln. »Da mein Sohn normalerweise keine Mädchen mit nach Hause nimmt, sind Sie vermutlich Madison?«

Peinlicherweise lächelte ich jetzt auch noch strahlend; und natürlich konnte ich den Mund nicht halten. »Also, *eine* Ausnahme gibt es.« Ich verdrehte die Augen. »Tut mir leid. Ich bin immer noch ein bisschen betrunken, und es war eine lange Nacht, die übrigens noch gar nicht vorbei ist … und ich rede dummes Zeug. Ja, ich bin Madison, es freut mich sehr, Sie kennenzulernen. Normalerweise würde ich Ihnen jetzt die Hand geben, aber da ist Salz und Spucke dran, darum ist es vermutlich besser …« Sie fand mich unmöglich. Ich sah es ihr an.

Doch da fing sie an zu lachen, wobei sie ihre ebenmäßigen Zähne zeigte. »Schon gut. Nicht nötig. Ich wünsche mir schon seit Längerem, Sie mal kennenzulernen.«

»Wirklich?«, stieß ich ein wenig zu schrill hervor, während ich mich ängstlich fragte, weshalb sie mich ›seit Längerem‹ kennenlernen wollte.

Sie nickte. »Ja, natürlich. Das Mädchen, das meinen Sohn zur Weißglut gebracht hat. Meinen unnahbaren und unerschütterlichen Sohn, sollte ich vielleicht sagen …« Strenge Worte, doch ihr Tonfall war freundlich. Dann hörte ich, wie die Eingangstür geöffnet wurde und wieder zufiel.

Bishop kam herein. Als er uns bemerkte, hielt er inne. Seine Mutter zwinkerte mir zu, dann richtete sie den Blick auf ihn. »Lad sie zu Thanksgiving ein. Der Rest der Familie würde sie bestimmt auch gern kennenlernen.« Im Durchgang zum

Wohnzimmer blieb sie stehen. »Ach ja, und das andere da ist kein Mädchen. Ich glaube, so jemand nennt man … Schlampe?« Damit ging sie hinaus. Ich schaute ihr sprachlos nach. Dann musste ich lachen.

Bishop entriss mir die Tüte Kartoffelchips.

»Hey!«, schimpfte ich, doch er griff hinein und nahm sich eine Handvoll.

Ich sank müde nach vorn und ließ die Schultern hängen. »Dabei habe ich solchen Hunger. Und deine Mutter ist umwerfend.«

Bishop stopfte sich weiter Kartoffelchips in den Mund, ohne den Blick von mir abzuwenden. Vielleicht sollten wir den Krieg einfach hinter uns bringen, so im Stil von ›Mr und Mrs Smith‹.

Ich kaute auf der Unterlippe und hörte auf zu lächeln. »Es tut mir wirklich leid, Bishop, okay? Ich habe Mist gebaut. Das weiß ich.«

»Wie weit habt ihr es getrieben?« Er ging zum Kühlschrank, nahm sich eine Flasche Wasser und kehrte an seinen Platz zurück.

»Hm, gar nicht *so* weit. Ein paar Küsse. Streicheln.« An seinem Kiefer zuckte ein Muskel. Schluss jetzt! Aufhören! »Äh, es hat keine drei Minuten gedauert. Dann kam Jase ins Zimmer.«

»Und wenn er *nicht* reingekommen wäre?«

Okay, offensichtlich war das für ihn der entscheidende Punkt. »Ich wäre nicht viel weiter gegangen, Bishop.«

»Und das soll ich dir jetzt glauben, ja?« Er stellte die Wasserflasche neben meinem Oberschenkel ab; ich spürte das kühle Kondenswasser auf der Haut. Auf einmal fühlte sich mein Mund wie ausgedörrt an. Ich griff nach der Flasche.

»Du hast allen Grund, mir nicht zu glauben.« Allmählich brummte mir vor lauter Schlafmangel der Schädel. »Aber Bishop, für mich ist das alles noch so neu. Ich hatte gerade erst allen möglichen Scheiß über mich selbst erfahren. Da habe ich halt einen Fehler gemacht, okay?«

Er sah mir forschend in die Augen. »Ja, das hast du schon mal gesagt.«

»Was zum Teufel soll ich denn machen!« Ich merkte nicht einmal, dass mir Tränen über die Wangen liefen. »Ich finde heraus, dass meine Mom gar nicht meine Mom ist, und, ach ja, der Typ, den ich liebe, hat sie gefickt, und außerdem hat er jahrelang seine erste Liebe versteckt gehalten – keine Ahnung, was diese Schlampe dir bedeutet –, statt sie *umzubringen*, wie es von ihm erwartet wurde!« Ich sackte in mich zusammen; meine Lider wogen Zentner. Erschöpft glitt ich vom Küchentresen. »Ich geh jetzt schlafen.«

Ich wollte mich an ihm vorbeidrängen, doch er griff nach meiner Hand und zog mich an sich. Dann hob er mein Kinn und sah mir forschend in die Augen. »Du liebst mich?«

Ich blickte hektisch in der Küche umher. Hatte ich das wirklich gesagt? Scheiße. Ja, hatte ich.

Mutlos zuckte ich die Schultern. »Ja, Bishop. Ich dachte, das wäre offensichtlich. Ich bin müde.«

Er legte mir einen Arm um die Schultern, und ich ließ mich von ihm die Treppe hinauf und in sein Schlafzimmer führen. Inzwischen dröhnte mir derart der Kopf, dass ich mich bäuchlings auf die weiche Decke fallen ließ. Dann schloss ich die Augen und schlief auf der Stelle ein.

10. KAPITEL

Ich wurde von einem entfernten Summen geweckt, doch meine Augen wollten sich einfach nicht öffnen. Ich dachte gar nicht daran, jetzt schon wach zu werden. Schließlich war es immer noch dunkel. Oder hatte ich nur die Augen geschlossen? An meinem Hintern vibrierte etwas. Stöhnend tastete ich nach dem störenden Ding.

»Du bist hoffentlich tot.«

»Madison.« Daemon? Sofort setzte ich mich auf.

»Alles in Ordnung?«

Schweigen.

»Daemon!«, rief ich ins Telefon.

»Ja, ja, es geht mir gut. Ich brauche … Ich muss weg. Bist du bei Bishop?«

Ich nahm das Telefon ans andere Ohr und stieß Bishop an, um ihn aufzuwecken. Inzwischen kannte ich meinen Zwillingsbruder so gut, dass ich meist erraten konnte, was er ausdrücken wollte.

Bishop öffnete die Augen und blickte mich an. Unfair. Total unfair. Er sah viel zu gut aus, um einen Kater zu haben. Die Morgensonne schien auf sein dunkles Haar, sodass es leuchtete, als würde es vor Hitze glühen. Seine vollen Lippen sahen weich und glatt aus, seine schimmernde Haut war makellos. Als er sich die Lippen leckte, erschienen in beiden Wangen Grübchen.

»Hm, was ist?« Er legte mir einen Arm auf den Bauch; die Augen fielen ihm schon wieder zu.

»Daemon. Er braucht jemand, der ihn irgendwo hinfährt, und hat gefragt, ob ich bei dir bin.«

Sofort öffnete er die Augen, entriss mir das Telefon und fing an, Latein zu sprechen. Dieser Typ hatte echt eine mörderische Wirkung auf mich. Noch schärfer hätte ich es gefunden, wenn ich verstanden hätte, was die zwei da redeten.

Bishop legte auf, glitt aus dem Bett und verschwand im Bad. Ich stieß die Bettdecke weg, zog mich aus und trat unter die Dusche. Dampf hüllte mich ein. Seufzend schloss ich die Augen und ließ das heiße Wasser auf meinen Körper prasseln. Es spülte alle Spuren der letzten Nacht fort. Dann legte Bishop mir die flache Hand auf den Bauch, und ich erstarrte. Er drückte zu und berührte mit den Lippen meinen Nacken.

Ich schauderte, kalter Schweiß brach mir aus; trotzdem reckte ich den Hals, damit Bishop besser an mich herankam. Er ließ die Hand weiter nach unten gleiten, fasste mir zwischen die Beine und drückte mit dem Daumen meine Klitoris.

Ich biss mir auf die Lippe, um nicht laut aufzustöhnen. In meinem Bauch zündete ein Feuerwerk. Das schaffte nur Bishop. Nur er hatte die Macht, mich zu entwaffnen und zugleich in Hochspannung zu versetzen. Während er mir mit der Zunge über den Nacken leckte, begann er mit meiner Klitoris zu spielen. Er schob einen Finger in mich hinein und zog Kreise in mir; ich krallte die Zehen in den Boden und straffte den Rücken. Mit der anderen Hand strich er mir über den Bauch und die Brüste. Er kniff grob zu und biss im selben Moment in den Nacken. Wellen der Euphorie durchfluteten mich; gleich würde ich in Flammen aufgehen. Ich wollte mich zu ihm umdrehen, doch er packte mich bei der Kehle, und ich spürte seine Lippen am Ohr.

»Nein, Kätzchen. Du bewegst dich nur, wenn ich es dir sage. Und du wirst auch keinen Mucks von dir geben, es sei denn, ich fordere dich dazu auf.« Bishop war im Bett immer schon dominant gewesen. Etwas an seinem rauen Tonfall verriet mir jedoch, dass mehr als seine männliche Herrschsucht dahintersteckte. Er drückte mir die Kehle zu. »Haben wir uns verstanden?«

Ich nickte, ließ die Augen geschlossen und rieb mich weiter an seinen Fingern. »Ja.« Da ließ er mich los und stieß mich aus dem Weg. Schlagartig verschwand die Lust, die sich in mir aufgebaut hatte. Seine Berührung war nur noch eine Erinnerung. Dumm, wie ich war, sehnte ich mich nach mehr.

»Gut. Zieh dir was an. Wir bringen Daemon zum Flughafen.«

»Äh …« Doch bevor ich antworten konnte, hatte er die Dusche bereits verlassen. Ich griff nach der Seife und wusch mich im Eiltempo, ziemlich wütend, weil er mich erst heiß gemacht und dann hängen gelassen hatte. Irgendwas sagte mir, dass das zu meiner *Bestrafung* gehörte. Und wie ich Bishop kannte – inzwischen kannte ich ihn ziemlich gut –, war dies erst der Anfang. Es würde noch schlimmer kommen. Allerdings würde er sich mit mir bestrafen, weil er so auch keinen Sex bekam.

Es sei denn …

Ich stellte das Wasser ab, griff nach einem Handtuch und wickelte mich darin ein. Im Schlafzimmer ging ich zu Bishops Schrank und wühlte in den Sachen, die mir gehörten – oder Tatum. Schließlich fischte ich abgeschnittene Jeans und ein weites cremefarbenes T-Shirt heraus, zog mich an und stieg in meine *Vans.* Dann löste ich mein Haar, damit es offen über den Rücken fiel.

Als ich das Fußende der Treppe erreichte, blieb ich wie angewurzelt stehen. Khales saß auf dem Sofa und aß Crunchys.

»Also, echt jetzt«, murmelte ich und verdrehte die Augen. Da ich allmählich genug von ihr hatte, marschierte ich weiter in die Küche. Dort stieß ich auf Bishop. »Warum ist die immer noch hier?«

Er stürmte an mir vorbei zum Ausgang. Ich folgte ihm und zeigte der Schlampe im Vorbeigehen den Mittelfinger. Bishop ließ mir den Vortritt nach draußen. »Sie hat im Haupthaus übernachtet.«

Moment mal. Wie bitte?

»Wieso?«

An Bishops Kiefer zuckte ein Muskel. Wir gingen zu seinem Maserati. »Weil sie sonst nirgendwohin kann. Und weil mein Vater es so will.« Ich öffnete die Beifahrertür, ließ mich auf den Sitz gleiten und schnallte mich an.

»Ich brauch was zu essen.«

Er ließ den Motor an und fuhr los. »Sobald wir Daemon am Flugplatz abgesetzt haben.«

»Am Flugplatz?« Ich hob fragend eine Augenbraue. »Warum will mein Bruder zum Flugplatz?«

»Wieso stellst du immer noch so viele Fragen?«

»Wieso hältst *du* immer noch so viel geheim?«

Er grinste, als hätte er Spaß an meiner Schlagfertigkeit; dann wurde er ernst. »Ich werde dir jetzt etwas verraten, aber es darf niemand erfahren, dass du schon über diesen Ort Bescheid weißt.« Er legte den dritten Gang ein und sah kurz zu mir herüber. »Habe ich mich klar genug ausgedrückt?«

»Ich hab's begriffen«, erwiderte ich ungerührt. Inzwischen war ich es gewohnt, Geheimnisse wahren zu müssen. Auch wenn ich, was Bishop und mich betraf, schon so manche falsche Entscheidungen getroffen hatte, von den kostbaren Geheimnissen seiner Welt hatte ich noch nie etwas ausgeplaudert.

»Daemon stammt von einer Insel namens Perdita. Das ist Latein und bedeutet …«

»… verloren«, ergänzte ich, weil ich das Wort aus den Übersetzspielen auf meinem Handy kannte.

Er nickte und bog in meine Straße ein. Ausnahmsweise ärgerte es mich, dass wir so nah beieinander wohnten. Bishop schien in mitteilsamer Stimmung zu sein, und das war dermaßen selten und unerhört, dass ich mich gern daran gewöhnt hätte.

Er hielt vor dem Automatiktor und wartete, bis es sich öffnete.

»Die Insel liegt am Rand des Bermudadreiecks, aber niemand weiß von ihr. Dafür hat mein Dad gesorgt.«

»Dein Dad?«, wiederholte ich fragend; dann versetzte ich mir innerlich einen Tritt. Das war im Augenblick nicht so wichtig. Das Tor öffnete sich. Ich wandte mich Bishop zu. Ich brauchte noch mehr Antworten. »Erzähl weiter. Bevor Daemon einsteigt.«

»Das Leben auf der Insel wird unter der Leitung von Katsia, der die Insel auch gehört, von den Verlorenen organisiert. Madison, auf dieser Insel geschehen Dinge …« Wir hielten vor der Haustür, und Bishop sah mir fest in die Augen. »… die du niemals verstehen würdest. Es ist der Kernbereich der *Elite Kings*.«

»Augenblick!« Ich versuchte meine Gedanken zu ordnen. Das alles war ziemlich verwirrend. Zugleich war ich aufgeregt, weil Bishop so offen mit mir sprach. »Ich dachte, die Höhle läge auf eurem Land? Die Höhle im Buch?«

»Ach, die *Höhle* schon.« Sein Blick wurde hart. »Aber nach dem Krieg sind alle nach Perdita gezogen. Alle unsere Familien haben sich dort niedergelassen. Bis sie ihren früheren Besitz in den Hamptons und in New York zurückgewonnen hatten.«

Während ich ihn noch verblüfft und mit offenem Mund anstarrte, trat Daemon aus der Haustür und kam auf uns zu. Er trug alte Jeans, ein weißes Polohemd und eine rote Fliege. Eine interessante Kombination, typisch Daemon. Er stieg hinten ein, und ich drehte mich zu ihm um. »Bishop hat mir ein bisschen was erklärt, wenn auch nicht alles. Bist du sicher, dass du das machen willst?«

Er legte den Kopf schräg und blickte kurz auf meinen Mund, dann sah er mir in die Augen. Diese verdammte Sprachbarriere. Ich holte das Handy hervor und rief *Google Translate* auf. Unzuverlässiger Mist, aber wenigstens eine kleine Hilfe.

Bishop verdrehte die Augen und gab Gas, dass mein Kopf gegen den Sitz prallte. »*Vos certus vos volo facere?*«

Ich spürte ein Ziehen im Bauch, und meine Beine spannten sich. Es war *mein* Geheimnis, wie sehr es mich anmachte, wenn Bishop Latein sprach. Verdammt noch mal.

Daemon nickte und lächelte mir angespannt zu. Ob es an unserer Verbindung als Zwillinge lag oder nicht, auf jeden Fall merkte ich seinem Lächeln stets an, dass sich dahinter etwas anderes verbarg. Etwas, das jederzeit an die Oberfläche kommen konnte. Ich hoffte nur, dass er mir dann erlauben würde, diese Last mit ihm zu teilen. »Ich bin sicher, *soror mea*.«

Als ich das Wort eintippen wollte, tat Bishop mir den Gefallen und übersetzte. »Es bedeutet ›meine Schwester‹.« Danach schwiegen wir, und wenig später erreichten wir den Flugplatz. Bishop reichte dem Wachmann seinen Ausweis, das Tor öffnete sich, und wir fuhren hindurch. Gleich darauf hielt Bishop an, und ich schluckte.

»Lass mich raten.« Ich verdrehte die Augen und öffnete die Tür. »Deiner ist der schwarze Jet mit der goldenen Krone.«

Bishop setzte eine Aviator-Brille auf und stieg aus. Helles Sonnenlicht fiel auf seine gebräunte Haut. Er grinste mich an, dass sich seine Grübchen zeigten. »Dads Jet. Aber stimmt.«

Ich warf mich Daemon in die Arme. »Irgendwie hole ich dich aus dieser Scheiße raus, versprochen, okay? Fürs Erste ist es vermutlich besser, wenn du für eine Weile verschwindest, aber wir sehen uns bald wieder.«

Er runzelte, offensichtlich verwirrt, die Stirn. Ich zog ihn einfach erneut an mich. »Ich liebe dich.«

Erst erstarrte er, dann legte er mir einen Arm um die Taille, drückte mich und küsste mich aufs Haar. »*Te amo*.«

Mein Herz wurde weit; ich bekam weiche Knie. Was ›amo‹ bedeutete, wusste ich aus anderen Sprachen. Daemon ließ mich los. Ich sah zu, wie er an Bord der Maschine ging. Bishop saß schon wieder wartend im Auto. Also stieg ich ebenfalls ein.

»Bist du sicher, dass das eine gute Idee ist?«, fragte ich, während ich mich anschnallte.

Bishop fuhr zum Ausgangstor. »Ist es. Jetzt, da die Anklage vom Tisch ist, hat er die Chance, sich mit Katsia zu einigen.«

Moment mal. »Was? Ich denke, er haut wegen der Anklage ab!«

Bishop schüttelte den Kopf und lenkte den Wagen friedlich auf den Highway, der zu uns nach Hause führte. »Nein. Die Anklage ist selbstverständlich fallen gelassen worden.« Als ich nicht antwortete, sah er mich kurz von der Seite an und seufzte. »Madison, Daemon ist nicht einfach irgendein Verlorener. Er ist *der* Verlorene überhaupt. Er ist ihr Prinzeps. Er hat seine Pflichten. Ein anderes Leben kennt er nicht. Das darfst du ihm nicht einfach wegnehmen. Ich weiß, diese Welt ist neu für dich, aber ein paar Sachen musst du einsehen. Wobei dir gleichzeitig klar sein sollte, dass du niemals *alles* erfahren wirst. Es ist nun mal, wie es ist. Du bist ein Silberschwan, Madison. Du kannst froh sein, dass du noch lebst. Erst recht, dass man dich frei mit uns herumlaufen lässt.« Ich sank ein wenig in mich zusammen. Auf einmal fühlte ich mich wie ein Kind, das ausgeschimpft wurde.

»Ganz schön hart. Aber ich hab's kapiert. Und übrigens, wieso *bin* ich noch am Leben?«

Erst grinste er, dann lachte er leise. »Was glaubst du wohl?«

»Das warst du?« Ich war so aufgeregt wie ein kleines dummes Mädchen.

Bishop verdrehte die Augen. »Du nimmst das viel zu wichtig. Aber gut, ja und nein. Zu einem großen Teil verdankst du es deinem Dad. Und ein bisschen mir. Und außerdem, na ja …«

»Na, was denn jetzt?«, fuhr ich ihn an; diese Erklärungen im Schneckentempo raubten mir den letzten Nerv.

»Meinem Dad.«

11. KAPITEL

Als wir nach einem Zwischenstopp bei *In-N-Out* vor meinem Elternhaus aus dem Wagen stiegen, legte Madison erneut mit ihren Fragen los. Mich störte das nicht. Solange sie mich nicht fragte, weshalb ich sie von ihrem Zuhause fernhielt.

»Was hast du damit gemeint, dass dein Dad beteiligt war?« Sie stopfte sich Pommes in den Mund. Bevor sie alle aufessen konnte, nahm ich ihr die Tüte weg. Dann griff ich nach meinem Burger.

»Genau das, was ich gesagt habe.«

»Okay. Sprich nur in Rätseln.«

»Das war nun nicht gerade der Da Vinci Code, Madison«, schimpfte ich, während wir auf die Seite des Hauses zusteuerten, auf der man den Pool erreichte. »Wart's ab. Ich erzähl es dir schon noch.«

»Na gut!«, gab sie verärgert zurück. »Dann will ich aber über Tillie reden.«

Ich hörte kurz auf zu kauen. Vor diesem Moment hatte ich mich gefürchtet, auch wenn ich natürlich wusste, dass die Frage irgendwann kommen würde. Inzwischen waren wir am Haus vorbei, und ich entdeckte meinen Dad am Pool. Er unterhielt sich mit Justin. Ich blieb so plötzlich stehen, dass Madison von hinten gegen mich prallte.

Ich zeigte zum Poolhaus. »Warte da drinnen auf mich.«

Auch wenn Dad mit dazu beigetragen hatte, dass Madison und ihr Vater noch lebten, in dem Punkt wollte ich seine Geduld lieber nicht zu sehr auf die Probe stellen.

Madison sah erst Dad an, dann mich.

»Sofort«, fuhr ich sie an und blickte vielsagend zum Poolhaus.

Sie verdrehte so ausdrucksvoll die Augen, dass ich ihr am liebsten eine geknallt hätte, dann stürmte sie in Richtung Poolhaus davon. Dieses Mädchen trieb mich noch zur Weißglut. Sobald sie die Tür hinter sich geschlossen hatte, ging ich zu Dad und Justin hinüber. »Was ist los?« Dabei beobachtete ich sie genau, während ich in den Burger biss.

Dad holte eine Zigarre hervor, zündete sie an und inhalierte. »Jetzt verstehe ich endlich, was hinter der ganzen Scheiße mit Khales steckt.«

»Was denn?« Ich hörte kaum hin, denn Dad klopfte verdammt gern auf den Busch. Es machte ihm einfach Spaß, allen möglichen Mist zu reden, bevor er endlich zur Sache kam. Er verfügte über sehr viel Macht – vermutlich war er der einflussreichste und mächtigste Mann im ganzen Land. Man kannte ihn nicht nur in der Unterwelt – sein Spitzname dort war *Patronus*, das lateinische Wort für ›Pate‹ –, sondern er hatte auch großen Einfluss auf die Justiz. Vermutlich gab es keinen zweiten Mann auf dieser Welt, der so mächtig und gefährlich war wie er. Mächtiger als der Präsident. In dem Punkt unterschätzte Madison ihn. Schon deshalb würde ich sie immer vor ihm beschützen müssen. Hauptsächlich vor ihm.

Er reichte mir ein kleines Foto. Ich nahm es in die freie Hand und warf einen Blick darauf. Dann leckte ich mir das Fett von den Fingern und sah die beiden mit einem perfekt einstudierten Pokerface an.

»Und?« Ich zuckte die Schultern.

»Und?«, rief mein Dad aus. Scheiße. »Du hast Khales versteckt, weil sie von dir schwanger war?«

Ich blickte von einem zum andern. Als mir klar wurde, dass sie keine Witze machten, fing ich an zu lachen. Es stimmte schon, auf dem Foto war Khales schwanger, aber … »Das Kind war nicht von mir.« Ich sah meinem Dad fest in die Augen. »Was du genau weißt.«

Er wich meinem Blick aus und wandte sich an Justin. »Verschwinde.« Justin wirkte zwar verwirrt, doch er ging auf der Stelle ins Poolhaus. Man hatte ihn gleich nach der Geburt zu den Verlorenen gesteckt. Er war ein echter Soldat. Einer der besten. Wie für den Krieg geschaffen.

Dad rieb sich das Kinn. »Wann ist das passiert, verdammt noch mal?«

»Na ja, ungefähr sechs Monate nachdem du deinen Schwanz in sie reingesteckt hast.«

»Für kluge Sprüche haben wir jetzt keine Zeit, Junge.«

»Hey, ich wollte dich nicht kritisieren. Ich meine, es war zwar schon ein bisschen krank, wenn man bedenkt, wie alt sie war …«

»Sie war sechzehn. Nicht zwölf.«

»Eben«, erwiderte ich ungerührt. Sicher, er war nicht hässlich. Sein grau meliertes Haar war von goldblonden Strähnen durchzogen. Er trug es an den Seiten kurz und oben lang und glatt nach hinten gekämmt. Außerdem hatte er einige Tattoos, unter anderem das gleiche Flügel-Tattoo im Nacken wie ich. Solche Flügel standen nur *dem König* zu. Nur jemand aus unserer Familie durfte sie tragen. Was bedeutete, dass entweder mein Cousin Spyder oder ich eines Tages ein Kind in die Welt setzen mussten.

Oh nein.

Dad seufzte und strich sich übers Haar. »Scheiße. Seit wann weißt du davon?«

Lachend legte ich den Kopf in den Nacken. »Was? Das habe ich *immer* gewusst. Du warst scharf auf junge Mädchen, und sie wollte sich an mir rächen. Nur dass es mir nie was ausgemacht hat. Bis sie gemerkt hat, dass mich ihre Spielchen mit dir völlig kaltließen, war sie schon schwanger, und es war zu spät.«

»Was ist aus dem Kind geworden?«, fragte er, ohne darauf einzugehen, dass sie nur mit ihm gevögelt hatte, um sich an mir zu rächen. Was durchaus stimmte. Mir war aber auch klar, dass Khales im Laufe der Zeit Gefühle für ihn entwickelt hatte. Er für sie vielleicht auch, wobei ich mir da nicht sicher war, und ich hatte bestimmt nicht vor, mich mit dieser Scheiße näher zu befassen. Am Ende brachte Mom sie noch um. Andererseits hatte sie vielleicht auch schon immer Bescheid gewusst, und das war der Grund, warum sie Khales nicht mochte. Meine Mom konnte ganz schön hart sein. Aber unter ihrem kalten Auftreten verbarg sich ein Herz. Da hatten wir wohl etwas gemeinsam.

»Es ist tot.« Das war nicht gelogen. Khales hatte spät in der Schwangerschaft eine Fehlgeburt gehabt.

Dad versteifte sich und sah mir schnell ins Gesicht. »Sicher?«

Ich zuckte nicht mit der Wimper. »Völlig.« Dann biss ich erneut in den Burger. »War's das jetzt? Ich habe zu tun.«

»Mit Madison?« Als er ihren Namen in den Mund nahm, kam ein Schwall Gift mit an die Oberfläche. Wieder wurde mir bewusst, wie stark mein Wunsch war, Madison zu beschützen. Am liebsten hätte ich meinem Dad eine Klinge in den Hals gerammt, nur weil er ihren Namen aussprach. Genau deshalb musste ich mir gut überlegen, wie ich bei ihr weiter vorgehen sollte.

Sie war die einzige Person auf der Welt, die genug Macht über mich hatte, um mich aus der Bahn zu werfen. Das gefiel mir nicht. Ich war Bishop Hayes, verdammt. Ich hatte immer alles im Griff. Außer bei ihr.

»Genau.« Dann sah ich ihm ins Gesicht. »Sie stellt keine Bedrohung dar.«

Er verzog den Mund zu einem selbstgefälligen Grinsen. »Ich habe nichts dergleichen behauptet.«

Klar doch.

Ich wandte mich ab, ging zum Poolhaus und öffnete die Tür. Dann hielt ich inne. Madison und Justin saßen lachend auf dem Sofa und sahen sich irgendwelchen Mist im Fernseher an.

Justin fing meinen finsteren Blick auf. »Ganz ruhig. Wir unterhalten uns nur.«

Ich knallte die Tür zu, schlenderte in die Küche und holte mir was zu trinken aus dem Kühlschrank. »Ich hab nichts gesagt.« Dass Justin Madison mochte, überraschte mich nicht. Es war leicht, sie gern zu haben. Anfangs hatte ich geglaubt, es läge nur daran, dass sie auf eine auf den ersten Blick unauffällige Art heiß war. Sie hatte es nicht nötig, einem ihre Schönheit aufzudrängen. Und sie *war* schön. Außerdem sprunghaft, sexy, seltsam, ungewöhnlich. Sie liebte Waffen und hatte ein freches Mundwerk. Das alles war verdammt verwirrend. Madison hatte mich gleich beim ersten Anblick durcheinandergebracht, einfach weil sie so ganz anders war, als ich es erwartet hatte …

12. KAPITEL

Ich wollte gerade aus dem Haus, da hörte ich meinen Dad reden. Sofort blieb ich stehen. »Er wird nichts davon erfahren, und dabei bleibt es.« Seine Stimme klang längst nicht so ruhig und beherrscht wie sonst; vielmehr bebte sie am Ende jeder Silbe. Ich kehrte um, in der Hoffnung, mehr von der Unterhaltung belauschen zu können. Da meldete sich seine Stimme erneut, diesmal scharf. »Bishop?«

Scheiße.

Ich grinste, obwohl er mich gar nicht sehen konnte. »Ja?«

»Hör auf rumzuschnüffeln und komm her. Sofort.« Wie üblich befolgte ich seine Anordnung, öffnete die Tür zu seinem Arbeitszimmer und trat ein. Mein Dad saß mit Rob Rodriguez vor dem großen Fenster, durch das man auf den Eingang zu unserem Haus und die lange Zufahrt hinausblickte. Verglichen mit dem übrigen Haus wirkte Dads Arbeitszimmer immer etwas altmodisch. Es war ein hoher Raum, ganz in Mahagoni gehalten und mit einem Bücherregal, das im dunkel gebeizten Holzboden verankert war und bis zu den Deckenbalken reichte.

»Ja?« Ich schloss die Tür hinter mir, ging zu ihnen hinüber und setzte mich in den Sessel neben Rob. Dad saß zurückgelehnt in seinem roten Ledersessel, eine Zigarre im Mund. »Ich muss etwas Wichtiges mit euch bereden. Es geht um ein neues Mädchen. Bestell alle her.«

Auch wenn ich mir nicht erklären konnte, warum zum Teufel er dieses neue Mädchen überhaupt erwähnte, nahm ich das Handy aus der Gesäßtasche und tippte eine Gruppennachricht an alle Kings.

Dad hat ein Treffen angesetzt. Bei mir. Sofort.

Danach ließ ich das Telefon auf dem Oberschenkel liegen, achtete aber nicht auf das Vibrieren, mit dem die Bestätigungen eingingen, sondern richtete meine gesamte Aufmerksamkeit auf Dad. »Warum ist das so wichtig?« Ich war mit Geheimnissen groß geworden; vermutlich hatte mich das zu dem gemacht, der ich jetzt war. Aber ohne dass mir das je bewusst geworden wäre, hatte man mich auch darauf vorbereitet, nach dem Tod meines Vaters das Zepter in die Hand zu nehmen. Es klopfte, und zögernd betraten Eli, Nate, Brantley, Hunter, Cash und Chase den Raum. Fragend blickten sie von meinem Dad zu mir.

»Kommt schon rein, Jungs.« Auch wenn ich keineswegs sicher war, was Dad plante: Dass jemand dabei sterben würde, stand für mich fest. Allerdings keiner von uns. Das hätte gegen die Gesetze verstoßen. Ja genau, wir hatten unsere eigenen Gesetze.

»Es gibt da etwas, das ich noch keinem von euch erzählt habe. Nicht einmal Bishop. Na ja, einmal habe ich es angedeutet … Jedenfalls, es sieht fast so aus, als wäre ein Silberschwan davongekommen. Wir wissen, aus welcher Familie das Mädchen stammt; eigentlich wissen wir auch sonst alles über sie. Nur nicht, wie sie aussieht. Wie es scheint, gibt es kein einziges Foto von ihr. Sie gehört eurer Generation an. Deshalb wollte ich, dass ihr Bescheid wisst.«

»Wie hast du davon erfahren?«, fragte ich, während ich mich im Sessel zurücklehnte und mir mit dem Zeigefinger über die Oberlippe strich. Vermutlich war Dad ja einfach paranoid – wie gewöhn-

lich. Wer so ein Leben führte, musste zwangsläufig paranoid werden. Nur dass seine Paranoia meist zu Blutvergießen führte.

Mein Dad blickte kurz zu Rob hinüber, dann schaute er wieder mich an. »Aus einer sehr wertvollen Quelle. Wir sind schon dabei, den Fehler im System aufzuspüren, sodass wir die Sache ein für alle Mal aus der Welt schaffen können. Aber nur damit ihr Bescheid wisst, Jungs: Für die Beseitigung werdet ihr zuständig sein.«

»Was? Das gehört nicht zu unseren Aufgaben …«, fing ich an, ziemlich verärgert darüber, dass ich noch jemanden auf meine Abschussliste setzen sollte. »Ich bin schließlich kein Verlorener.«

Dad beugte sich vor. Sein Blick war hart. »Du tust, was ich sage, Junge.« Dann lehnte er sich wieder zurück und setzte seine gewohnt gelassene Miene auf. Mein alter Herr war definitiv ein Psychopath. »Betrachte es als Test.«

»Also gut.« Ich stand auf. »War's das?« Er nickte und entließ uns mit einem Handwedeln. Wir schwiegen, bis wir bei unseren Autos ankamen. Der Erste, der etwas sagte, war Nate. Wer sonst.

»Also, ich kann bei dem Drama nicht voll mitmachen. Meine Mom hat sich diesen neuen Typ angelacht, und wie es scheint, zieht dessen Tochter heute bei uns ein. Da kann ich doch nicht mit Blut im T-Shirt nach Hause kommen. Am Ende kriegt sie noch einen Schreck.«

»Ist sie denn heiß?«, mischte Eli sich ein, während er auf den Rücksitz von Nates Pick-up stieg.

Nate zeigte ihm den Mittelfinger. »Weiß ich nicht, Wichser.« Ich verdrehte über ihr dummes Gerede die Augen, entriegelte mein Auto und stieg ein. Mein Handy machte ›Ding‹. *Eine Nachricht von Adriana.*

Fehle ich dir?

Ich schrieb zurück: Meinem Schwanz.

Dann trat ich aufs Gas, schoss an den übrigen Jungs vorbei und raste mit ihnen zur Schule.

Am nächsten Tag vergingen die Schulstunden ärgerlich langsam. Ich hätte schwören können, dass sie jedes Jahr länger dauerten. Als wir alle zusammen im Atrium saßen, fing Nate plötzlich an: »Mann, ohne Witz, meine neue Stiefschwester ist echt heiß. Mega. Typ Madison Beer. Außer dass sie keine Ahnung hat, wie heiß sie ist. Andererseits spielt sie gerne mit Waffen. Also lass ich lieber die Finger von ihr. Denke ich. Aber verdammt noch mal, mit so einem hübschen Arsch unter einem Dach zu wohnen. Ihre Mom …« Mehr hörte ich nicht, denn gerade betrat ein Mädchen das Atrium, allein, mit einem Essenstablett. Sie war neu hier, so viel war offensichtlich. Das wusste ich nicht nur, weil ich jeden an der Riverside Prep kannte, einschließlich Sozialversicherungsnummer, sondern weil sie sich auch durch die Art verriet, wie sie dichtmachte und das Tablett umklammerte. Sie hatte langes dunkelbraunes Haar, helle Haut mit einem Hauch von Exotik und wunderschöne, lange Beine, perfekt geeignet, sie mir um die Taille zu schlingen. Und dann, ganz langsam, schweifte ihr Blick zu mir, und sie sah mir quer durch den Raum in die Augen, als hätte sie meinen Blick gespürt. Wie ein Beutetier spürte, wenn es von Löwen beobachtet wurde. Ich hielt den Blickkontakt aufrecht, und es war toll zu beobachten, wie in ihren Augen ein Sturm aufzog. Ein Zyklon der Kategorie 5 hätte dagegen alt ausgesehen. Ihre Wangen röteten sich; dann setzte sie sich rasch zu Tatum an den Tisch. Die blöde Tatum. Der Nervensäge musste endlich mal jemand klarmachen, was Sache war. Dann schüttelte ich den Kopf. Es irritierte mich, dass so ein Schulmädchen es derart mühelos schaffte, meine Aufmerksamkeit zu erregen. Ich griff nach meinem Handy und schickte Adriana noch eine Nachricht.

Neun Uhr, bei mir.

»Ach, da ist sie ja!« Nate deutete auf den Tisch, an dem sich das heiße Mädchen niedergelassen hatte.

Nee. Unmöglich.

»Das da, Mann. Das ist meine neue Stiefschwester. Mit der würde ich gern ein bisschen spielen.«

»Mit ihr spielen? Wie denn?« Ich bekam schon bei dem Wort ›spielen‹ einen Ständer.

Nate sah mich vielsagend an. »Weißt du doch.«

»Tja, nimm's mir nicht übel, aber als wir uns das letzte Mal ein Mädchen geteilt haben, wäre die Ärmste dabei fast draufgegangen. Also wenn du deine neue Stiefschwester nicht umbringen willst, würde ich sagen, lass es lieber.«

Nate lachte leise. »Ich weiß nicht. Irgendwie ist sie anders.«

Ich verdrehte die Augen. Nates Aufmerksamkeit zu wecken war nun wirklich nicht schwer. Nate festzuhalten war unmöglich, aber ihn zu kriegen war leicht. Ich wandte mich wieder meinem Telefon zu. Als ich lässig den Blick hob, sah ich die Neue über eine Bemerkung von Tatum lachen, und Kälte breitete sich in mir aus.

Dieses Lächeln. So vertraut, so …

»Scheiße.«

»Was ist?«, knurrte Brantley. Sein Blick war immer noch auf die Neue gerichtet, und seine Miene war so finster, als wäre dieses Mädchen eine einzige Beleidigung für ihn.

»Sie ist der Silberschwan.«

Brantley zuckte keineswegs zusammen, sondern starrte die Neue weiter wie gebannt an. Nate atmete scharf ein, Eli sprang auf, Hunter, Chase und Cash gaben die unterschiedlichsten Geräusche von sich. Da begriff ich.

Ich kannte dieses Mädchen.

Meine Mutter kannte sie auch.

Mein Vater ebenfalls.

Aber woher kannte ich sie?

Eine Pommes traf mich im Gesicht und riss mich aus meinen Erinnerungen. Was nur gut war, wenn man bedachte, was als Nächstes passiert war. »Erde an Bishop.«

»Wir geben eine Party. Ursprünglich wollte ich den Ring bei *Backyard Bucks* dafür mieten, aber jetzt habe ich eine bessere Idee.«

Justin sah mich besorgt an. »Mann, ich habe nur …«

»Du weißt, wie es läuft.« Mehr musste ich dazu nicht sagen.

»Wie was läuft?«, fragte Madison zerstreut, während sie die Schuhe von den Füßen schüttelte und die Beine unter den Hintern zog. Wenn ich es nicht schon vorher gewusst hätte, in diesem Moment hätte ich es begriffen: Mir war völlig egal, was dieses Mädchen angestellt hatte. Oder was sie demnächst anstellen würde. Und auch wenn meine Gedanken und Gefühle, was sie betraf, schon immer widersprüchlich waren, stand eines felsenfest: Ich würde jedes Arschloch kaltmachen, das ihr zu nahe kam. Mit ihr fühlte sich alles richtig an. Klar, das war ein beschissenes Klischee, aber genauso war es mit Madison nun mal. Sie entlockte mir Dinge, von denen ich nicht mal ahnte, dass sie in mir steckten. Nur durfte sie das jetzt noch nicht erfahren. Bis ich sicher war, dass ich ihr vertrauen konnte, musste ich meine Gefühle durch eine Mauer schützen. Ich hatte noch nie jemand mein Herz geschenkt. Nicht nur weil es mir immer schwergefallen war, genug zu empfinden, sondern auch weil mir klar war, dass sich kein Mensch je über so ein ausgelutschtes, lebloses, kaputtes Ding wie mein Herz freuen würde.

»Was passiert, wenn man etwas anfasst, das mir gehört.«

Madison erstarrte. Sie sah erst Justin an, dann mich, dann öffnete sie den Mund. »Was? Was meinst du damit?«

Justin beschloss, sich einzumischen. »Lässt du die Party hier steigen?«

Ich schüttelte den Kopf und legte einen Fuß auf den Couchtisch. »Nee. In meiner neuen Wohnung.«

»Oh, hat deine Mommy dir was Nettes geschenkt?« Justin grinste.

»Du hast eine eigene Wohnung?«, rief Madison aus. »Ach, warte mal, stimmt, das hat Nate ja schon erwähnt.«

»Genau. Mom hat mir eine Wohnung in der Stadt gekauft. Nicht weit von der Uni.«

Madison blickte auf ihre Hände und spielte mit den Fingern. »Gehst du an die NYU?«

Ich zuckte die Schultern. »Schon möglich. Mom war auch da. Und ihr Vater und so weiter.«

Madisons Handy machte ›*Ding*‹. Sie zog es aus der Tasche, las etwas vom Display ab und schoss in die Höhe. »Ich muss nach Hause.« Ich sah Justin an. Er wusste, weshalb ich Madison hierbehielt: Damit Nate ihr nicht verraten konnte, was bei der Party passieren würde.

»Ich fahr dich hin.« Falls Nate Zicken machte und doch etwas ausplauderte, würde er nur umso härter bestraft werden.

Ich rannte die Stufen zu unserem Hauseingang hinauf und stieß die Tür auf. »Dad!«, rief ich und marschierte geradewegs in sein Arbeitszimmer. Er hatte das Telefon am Ohr, doch als ich hereinkam, sah er augenblicklich zu mir herüber. »Ich rufe zurück.«

»Dieses Mädchen«, sagte ich schwer atmend.

»Ja?« Er schien interessiert.

»Das ist dasselbe Mädchen, von dem du mir vor Jahren ein Foto gezeigt hast, oder?«

Mein Dad grinste. »Bist du ihr etwa begegnet? Geht sie auf eure Schule?«

Ich nickte. »Ja.«

»Dann weißt du ja, was du zu tun hast.«

»Du hast keine Ahnung, wie sie aussieht?«

Er schüttelte den Kopf. »Nur wie sie mit zehn ausgesehen hat. Warum? Ist sie hässlich? Nicht dein Typ?«

»So was in der Art«, log ich. »Ich werde tun, was nötig ist.«

13. KAPITEL

Auf dem Weg nach Hause machte ich bei einem Geschäft halt und holte mein Geschenk für Bishop ab. Es war echt nichts Tolles, und vermutlich würde es ihm auch nicht gefallen, aber etwas Besseres war mir nicht eingefallen. »Nate!« Ich war überhaupt nicht gern wieder zu Hause. Es war wunderbar gewesen, ein bisschen Zeit anderswo zu verbringen. Vielleicht war es auch einfach wunderbar gewesen, mit Bishop zusammen zu sein. Keine Ahnung. Vermutlich beides.

»Hey, Kätzchen!«, rief Nate und kam die Treppe herunter.

Ich drehte mich zu ihm um. »Hey!« Dann holte ich das Telefon hervor. »Dad hat mir eine Nachricht geschickt. Er will was mit uns besprechen?«

Nate lächelte ein wenig angestrengt. »Stimmt. Weil deine Mom wieder aufgetaucht ist und so.«

»Wo steckt sie eigentlich?« Ich ging in die Küche, um mir etwas zu trinken zu holen. Keinen Alkohol, sondern Milch. Im Kühlschrank fand ich Milch mit Schokogeschmack; ich nahm die Packung heraus und schenkte mir ein Glas ein.

Nate rückte sich einen Barhocker zurecht. »Sie kommt auch.«

»Was!«, fuhr ich auf. »Ich will sie nicht sehen, Nate. Nie wieder. Wenn's nach mir geht, kann das Miststück einfach zu den Toten zurückkehren.«

»Wunderbar, vielen Dank, Madison. Gut zu wissen, dass dein Vater dir doch noch beigebracht hat, dein loses Mundwerk unter Kontrolle zu halten.« Ich zuckte nicht mit der Wimper, als meine Mutter sowie mein Vater und Elena reinkamen, sondern trank weiter kühle, cremige Milch und hielt den Blick auf Nate gerichtet.

Schließlich stellte ich das Glas ab. »Hat jemand was gesagt?«, fragte ich Nate. Er musste ein Lachen unterdrücken. Dann blickte er über die Schulter und versteifte sich.

»Madison. Komm mit, Süße.« Mein Dad deutete Richtung Wohnzimmer. Im Unterschied zu Bishops Haus war unseres eher im traditionellen Stil gebaut. Das Wohnzimmer schloss an die Küche an und war durch drei große weiße Säulen von ihr getrennt. Mich erinnerte das immer an moderne griechische Gebäude.

»Geht es dir auch gut, Liebes?«, fragte Elena und legte mir einen Arm um die Schultern. Ich hatte sie von Anfang an gemocht, seit unserer ersten Begegnung vor fast einem Jahr. In der Hinsicht war sie wie Nate. Warmherzig und offen. Die beiden strahlten etwas aus, das den Wunsch weckte, ständig in ihrer Nähe zu sein.

»Wenn die da erst weg ist, geht's mir bestimmt wieder gut.«

Elena presste die Lippen zusammen. »Das kann ich verstehen, Madison. Es tut mir leid.«

Ich schenkte ihr ein schwaches Lächeln. Es gefiel mir, wie gut sie damit zurechtkam, dass Dads Ex von den Toten auferstanden war. Auf jeden Fall deutlich besser als ich. Ich setzte mich aufs Sofa; neben mir streckte Nate sich aus, legte mir einen Arm um den Nacken und zog mich schützend an sich. Auf den ersten Blick wirkte er völlig entspannt, doch die Haltung, die er eingenommen hatte, verriet mir, dass er sich jederzeit auf meine Mom stürzen konnte. Dafür liebte ich ihn umso mehr.

»Können wir das hier bitte schnell hinter uns bringen? Die letzte Nacht war ziemlich anstrengend.«

Nate versteifte sich ein wenig, doch ich achtete nicht darauf. Ich wollte, dass meine Eltern sich beeilten, damit dieser ganze Mist bald vorbei war.

»Zuallererst einmal, Madison: Dein Vater und ich hätten nie gewollt, dass du uns irgendwann hasst. Wir …«

»Augenblick!« Ich hob eine Hand. »Einspruch. Ich hasse *dich*. Dad hasse ich nicht, und das werde ich auch nie. Er hat getan, was er konnte. Das tut er immer noch, auch wenn er …« Die Worte blieben mir im Hals stecken; fast wäre ich an ihnen erstickt. Seit ich Bescheid wusste, hatte ich es noch nie laut ausgesprochen. Ehe ich es verhindern konnte, lief mir eine Träne über die Wange. Doch Nate fing sie mit dem Finger auf. Wir sahen uns an. Er hob langsam den Finger an den Mund und leckte die Träne ab. Zugleich schlang er den Arm noch fester um mich.

Ich wandte mich wieder Dad und Elizabeth zu. »… nicht mein leiblicher Vater ist.« Ich räusperte mich. »Er hat seine Elternrolle besser erfüllt, als *du* es jemals könntest.«

Sie zuckte zusammen; dann lehnte sie sich im Sessel zurück und strich sich mit beiden Händen übers Haar. Dabei blickte sie wie auf der Suche nach einer Eingebung hektisch im Zimmer umher. Schließlich seufzte sie. »Sicher bist du wegen der Sache mit Bishop wütend.«

»Wag es nicht, seinen Namen auszusprechen«, fuhr ich auf und funkelte sie aus schmalen Augen an.

»Was ist denn mit Bishop?«, fragte Dad und sah sie von der Seite an.

Grinsend lehnte ich mich an Nate. Ich war mit dieser Entwicklung aus gutem Grund sehr zufrieden. Elizabeth sah Dad an, dann wandte sie sich wieder mir zu. »Nicht so wichtig. Hör zu, es gibt etwas, das du noch nicht über ihn weißt …«

Ich schnaubte. »Oh, da gibt es garantiert eine *Menge*. Den Versuch, alles zu verstehen, habe ich schon vor Monaten aufgegeben.«

Mein Dad fragte erneut nach. Elena setzte sich derweil neben Nate, die Hände locker auf den Knien.

Elizabeth sah meinen Dad an. »Ich war Teil seiner Initiation.«

Dad erstarrte.

Auch Elena horchte sichtlich auf. Bisher hatte ich mich nie ernsthaft gefragt, wie weit sie in alles eingeweiht war.

Ich beugte mich zu ihr und flüsterte: »Hast du von diesem ganzen Mist gewusst?« Aus irgendeinem Grund hatte ich immer angenommen, das sei nicht der Fall. Dabei gehörte ihr Sohn schließlich auch zu den Kings.

Sie lächelte ernst. »Ja, Liebes.« Mehr sagte sie nicht dazu. Was ich verstehen konnte: falscher Ort, falsche Zeit. Trotzdem, ich hätte wirklich gern erfahren, wer Nates Vater war. Nate sprach nie über ihn – niemand hatte ihn je erwähnt. Gerade das machte mich neugierig. Doch ich würde Nates und Elenas Privatsphäre respektieren. Wenn sie wollten, dass ich es erfuhr, würden sie es mir schon sagen.

»Verschwinde.« Mein Dad hatte in weite Ferne geschaut; jetzt sah er Elizabeth direkt an.

Sie schluckte. »Erst muss ich noch etwas mit euch besprechen.«

»Dann beeil dich lieber. Sonst jage ich dir noch eine Kugel in den Kopf. Und diesmal wirklich.«

»Oder ich. Inzwischen treffe ich deutlich besser. Vielleicht weil ich so viel Wut mit mir herumtrage«, ergänzte ich ruhig.

Sie zuckte erneut zusammen und begann überstürzt zu reden. »Hört zu. Bevor ihr Lucan umgebracht habt, wollte er euch noch etwas sagen, nämlich dass Bishop und Madison füreinander bestimmt waren.«

»Das klingt aber ziemlich dramatisch. Selbst für deine Verhältnisse.« Ich verdrehte die Augen.

»Woher weißt du das?«, fragte Nate rau.

Als sie Nate anschaute, wurde ihre Miene weicher. Ich legte unwillkürlich den Kopf schräg und versperrte ihr den Blick. »Wenn du ihn anrührst, wenn du nur ein einziges Mal mit deinen falschen Wimpern in seine Richtung klimperst, bringe ich dich eigenhändig um.«

Nate malte mit dem Daumen Kreise auf meinen nackten Arm. Ich bekam eine Gänsehaut.

Elizabeth wandte den Blick ab. »Ich weiß es seit Madisons Geburt. Es war einer der Gründe, warum wir sie aufgenommen haben. Johan und Jamima konnten sie nicht behalten, aber Hector war nur damit einverstanden, dass sie zu uns kam, wenn wir einen Blutschwur leisteten, dass Bishop und sie eines Tages ein Paar werden und sein Erbe antreten würden.«

Ich runzelte die Stirn, dann fing ich mich wieder. Jedenfalls gab ich mir den Anschein.

Als sie merkte, dass keiner von uns ihren Anfall von Ehrlichkeit unterbrechen wollte, fuhr sie fort: »Also haben wir diesen Blutschwur geleistet. Alle, auch dein Vater, dem du so reinen Herzens vertraust.«

»Und wenn sie doch nicht bei Bishop gelandet wäre? Hm? Angenommen, sie hätte sich *mit mir* eingelassen? Denn damit das klar ist: Eine Zeitlang wäre sie zu haben gewesen, und es gab ein oder zwei Gelegenheiten … Nicht böse sein, Papa.« Nate lächelte meinem Vater entschuldigend zu. Dabei fiel mir auf, wie lässig beide inzwischen miteinander umgingen. Ob sie sich angefreundet hatten? Mein Vater reagierte mit einem schwachen Lächeln, dann starrte er erneut Elizabeth an.

Sie schüttelte den Kopf. »Nein, daraus wäre nichts geworden. Sie brauchte Bishop an ihrer Seite. Nur so kann sie ein normales Leben führen.«

»Ein normales Leben? Was zum Teufel soll das denn heißen? Wir reden hier nicht über die Steinzeit, sondern über das einundzwanzigste Jahrhundert. Heutzutage hat niemand mehr die Macht, so etwas durchzusetzen.« Noch während ich es aussprach, begriff ich, dass es doch nicht ganz stimmte. Diese Leute waren sehr viel mächtiger, als man auf den ersten Blick erkannte.

Elizabeth seufzte wieder, und ich musste mich zusammennehmen, um sie nicht zu fragen, ob sie einen Inhalator brauchte. »Madison«, sagte sie traurig. Hilfe suchend schaute ich meinen Dad an. Nate umklammerte meinen Oberschenkel, aber mir war nicht klar, ob er mich trösten oder warnen wollte.

Mein Dad senkte den Blick; und in dem Moment kam alles zum Stillstand. Erst stierte ich vor mich hin, dann bekam ich weiche Knie. Hätte ich nicht gesessen, wäre ich zu Boden gesunken.

»Es tut mir leid, Madison«, fuhr Elizabeth fort, »aber man hatte ihm *befohlen*, sich mit dir zu befassen. Anfangs warst du ihm egal. Er hat sogar gesagt, wenn du nicht mitspielst, würde er dich eigenhändig umbringen. Dann hat sich alles irgendwie geändert. Er muss gemerkt haben, dass du ziemlich hübsch bist, oder er fand dich interessant – jedenfalls hat er versucht, dich vor Hector zu verstecken. Zusammen mit den anderen Kings. Offenbar gingen sie davon aus, dass Hector dich nur von einem Foto kannte, das aufgenommen wurde, als du zehn warst. Deshalb dachten sie, sie kämen damit durch. Nur dass Hector …« Sie unterbrach sich.

Ich vergaß meine Umgebung. Erinnerungen stürmten unablässig auf mich ein, als würde immer wieder derselbe schlechte Film in mir ablaufen. In weiter Ferne hörte ich Nate etwas sagen, vermutlich um mich in die Gegenwart zurückzuholen, doch es war zu spät. Was Elizabeth mir erzählt hatte, ergab bereits zu viel Sinn.

»Erklärst du es ihr, oder soll ich das übernehmen?«, fragte Nate vom Rücksitz aus selbstzufrieden.

Bishop warf ihm im Rückspiegel einen mörderischen Blick zu. »Die Nacht, in der wir zusammen waren.«

»Welche Nacht?«

»Beim Autorennen.«

»Alles klar.«

»Erinnerst du dich an den Mann in der Tiefgarage?«

»Ja.«

»Ich dachte, er würde dich nicht erkennen, aber er hat *dich erkannt.« Er schaltete in den zweiten Gang zurück, trat das Gaspedal durch und fuhr auf dem Highway stadtauswärts.*

»Und wer war das?«

Ganz kurz schaute Bishop im Rückspiegel Nate an, dann blickte er wieder nach vorn. »Mein Vater.«

14. KAPITEL

Ich atmete scharf ein und sprang auf. Sofort griff Nate nach meiner Hand. »Madison, ganz so war es nicht …«

Ich schüttelte den Kopf und sah meine Mutter an. »Das interessiert mich nicht mehr. Egal, wie dieses beschissene Leben weitergeht.« Ich wischte mir die Tränen aus den Augen. Das Herz tat mir weh. *Er hat mich immer nur bemitleidet.* »Es spielt keine Rolle. Ich bin daran gewöhnt.« Ich sah meinen Dad an. »Warum sind wir wieder hergezogen? Du hast doch gewusst, wie gefährlich das ist.«

»Ich liebe dich, Madison.« Er schob die Hände in die Hosentaschen. »Aber ich bin nun mal an dieses Leben gebunden. Das Ganze war mir ehrlich zuwider. So sehr, dass ich weggefahren bin, um nicht zusehen zu müssen, wie das Schicksal seinen Lauf nahm.« Er seufzte und rieb sich den Kopf. »Mir ist dann schnell aufgefallen, wie Bishop dich angesehen hat. Es war offensichtlich, dass er etwas für dich empfindet. Und ich habe bemerkt, wie gut du dich mit Nate und den übrigen Kings verstehst. Da wurde mir klar, dass uns Veränderungen bevorstanden.«

Ich war sprachlos. Dabei hätte ich die anderen gern angeschrien, doch die Worte blieben mir im Hals stecken. Mein Mund war wie ausgedörrt, ich bekam kaum Luft.

Mein Dad stand auf und wies zur Tür. »Verschwinde aus

meinem Haus, Elizabeth. Und komm nie wieder her.« Warum er so wütend auf sie war, konnte ich mir nicht erklären, schließlich musste er ihr geholfen haben, ihren Tod vorzutäuschen. Aber egal. Ich wollte es gar nicht wissen.

Ich lief in mein Zimmer hinauf, ließ mich aufs Bett sinken und rief Tatum an.

»Ich hasse dieses Leben.«

»Was?«, fragte sie benommen. Anscheinend hatte ich sie geweckt. »Ich bin gleich bei dir.«

»Das musst du nicht«, stieß ich halb erstickt hervor und versuchte, den Schmerz in mir in Schach zu halten.

»Scheiße«, fluchte sie und unterbrach die Verbindung. Ich legte die Hand mit dem Handy neben mir ab und ließ meinen Tränen stumm freien Lauf. Mein Leben war so kaputt. Immer wenn ich glaubte, ab jetzt könnte es gut laufen, schmetterte jemand den nächsten Ball ins Spielfeld. Als ich daran dachte, wie Bishop ständig in meiner Nähe geblieben war, spürte ich Druck auf der Brust. Er hatte selbst gesagt, sein Vater hätte einigen Anteil daran, dass ich noch lebte. Das alles ergab auf schreckliche Art einen Sinn. Aber ich wünschte, ich hätte es nie erfahren.

Es klopfte leise an der Tür. »Ich bin's, Mads.«

Ich stand auf und ließ Tate ein, dann schloss ich die Tür ab, ließ mich wieder aufs Bett fallen und wischte mir ärgerlich die Tränen ab.

Sobald ich etwas klarer sah, deutete ich auf die Taschen in ihrer Hand. »Was hast du da?«

Sie hielt die Taschen in die Höhe. Erst da fiel mir auf, dass sie die Pyjamahose mit den kleinen Einhörnern trug. Ihre Füße steckten in flauschigen Pantoffeln, das blonde Haar war unordentlich hochgesteckt. Ich lächelte, voller Dankbarkeit, weil ich eine so tolle Freundin hatte. Tatum hüpfte zu mir aufs Bett, nahm mir das Handy weg und schaltete es aus. Dann kuschelte sie sich unter die Zudecke.

»Mehr brauchen wir nicht. Jetzt halten wir es bestimmt zwei Tage hier aus. Was für ein Glück, dass wir Sommerferien haben. Stell dir vor, wir müssten zur Schule. Morgen ist Montag.« Sie deutete auf meine Kleidung. »Falls du das vergessen haben solltest. Essen hast du ja offenbar auch vergessen.«

»Tate!«, schimpfte ich lachend.

Sie zuckte die Schultern. »Also?«

Ich griff in eine der Taschen und holte eine Tüte Kartoffelchips hervor. »Ich habe gerade einiges an Mist erfahren.« Während ich redete und redete, sagte Tatum kein Wort, sondern saß still da, einen großen Napf Eiscreme auf dem Oberschenkel. Als ich fertig war, reichte sie mir das Eis und wühlte erneut in der Tasche.

»Irgendwelche Kommentare?« Ich war besorgt. Sonst hatte Tatum immer eine Menge zu sagen. Hatte ich meine beste Freundin überfordert? Das musste es sein. Sicherlich hatte sie allmählich genug von meinem verrückten Leben.

Schließlich holte sie einen Joint hervor, nahm ihn in den Mund und zündete ihn an.

»Tate!« Unwillkürlich blickte ich zur Tür. Normalerweise hätte ich Einwände erhoben, aber mein Dad hielt sich am anderen Ende des Hauses auf. Außerdem hätte es ihn vermutlich gar nicht interessiert. Schließlich konnte er nicht über einen Mord hinwegsehen, ohne mit der Wimper zu zucken, und sich anschließend darüber beschweren, dass ich Gras rauchte.

Ich nahm den Joint entgegen und inhalierte. Es war das erste Mal seit dem Ausflug in den Wald, dass ich rauchte.

Tate legte sich lang auf den Rücken. »Und du und Bishop?«

Ich zuckte die Schultern und gab ihr den Joint zurück. »Ich

weiß auch nicht. Na, jedenfalls habe ich ihm ein Geburtstagsgeschenk besorgt.«

»Zeig her! Wann feiert er denn?« Sie saugte Rauch in die Lungen.

»Morgen Abend.«

»Wir fahren hin und mischen den Laden auf.«

Ich nickte. »Wir mischen den Laden auf.« Ich streckte die Arme aus. Inzwischen fühlte ich mich schon etwas besser.

Ich wachte davon auf, dass Tatum ihren Hintern an mich drückte. »Hör auf. Du weißt doch, wie geil ich morgens immer bin«, murmelte sie verschlafen.

Ich lachte leise und setzte mich auf. »Hab ich nicht vergessen. Was würdest du heute denn gern machen?«

»Hm.« Sie legte den Zeigefinger auf die Wange. »Erst mal den Jungs aus dem Weg gehen. Abgesehen davon, was immer du willst.«

Da sie die Jungs erwähnte, erinnerte ich mich meiner Sorgen. Ich war … Verdammt, ich hatte keine Ahnung, was ich empfand. Am ehesten fühlte ich mich verraten. Bis heute hatte es keiner von ihnen für nötig gehalten, mich einzuweihen. Das tat weh. Wenn diese Geschichte nicht der Hauptgrund gewesen war, dass Bishop sich so mit mir befasst hatte und dass wir, nun ja, das geworden waren, was wir waren, warum hatte er es mir dann nicht einfach gesagt? Ich ging zum Schrank und nahm meinen weißen Bikini heraus.

»Am liebsten würde ich schießen fahren. Vielleicht da, wo ich Katsia begegnet bin.«

»Nee.« Tatum stand auch auf. »Das wäre mir heute echt zu heftig. Da können wir auch nächste Woche noch hin.« Sie zog einen roten Bikini aus der Tasche. »Heute hängen wir am Pool ab und betrinken uns.«

»Wir können uns nicht tagsüber schon betrinken, Tate. Schließlich wollen wir heute Abend eine Party stürmen.«

»Scheiße.« Sie rieb sich die Schläfen, als wäre ihr das eben erst wieder eingefallen. »Okay, gut.« Sie zog sich nackt aus und streifte das winzige Etwas über. Konnte man das überhaupt einen Bikini nennen? Es sah eher aus wie ein *Mardi-Gras*-Schlampen-Outfit. »Dann lassen wir uns eben erst später ganz langsam volllaufen. Anfangs nur Cidre. Kurz bevor wir losziehen, steigen wir auf harte Sachen um.«

Lachend schüttelte ich den Kopf. »Der Plan gefällt mir.« Als wir nach unten gingen, kam Nate aus seinem Zimmer.

»Hey!«, fuhr er mich an, aber ich verdrehte nur die Augen und achtete nicht weiter auf ihn. »Madison!«, rief er. »Du kannst mich nicht ewig ignorieren.« Ich zeigte ihm über die Schulter hinweg den Mittelfinger und steuerte auf die Küche zu.

»Essen können wir auslassen«, sagte Tatum, während sie ihre riesige Sonnenbrille aufsetzte.

»Du vielleicht«, murmelte ich, griff nach einer Müslischale und schüttete etwas von Jimmys berühmtem selbst gemachtem Granola hinein. Die besten Cerealien aller Zeiten. Als ich durch die Küchentür ins Freie trat, spürte ich warmen Sonnenschein auf der Haut.

Zufrieden atmete ich die frische Morgenluft ein. »Das wird ein toller Tag.«

»Na, hoffentlich«, schoss Tate zurück. »Ich muss dringend mal flachgelegt werden!«

Ich lachte, wischte mir über den Mund und ließ mich auf einer der Liegen nieder. »Wie steht's denn zwischen dir und Nate?« Anfangs hatte ich stark auf die beiden gesetzt, aber dann hatte ich beobachtet, wie Nate sich Tillie gegenüber verhielt. Im Unterschied zu Tatum. Man konnte erkennen, dass er Tatum nur benutzte. Während Tatum sich etwas aus ihm zu machen begann. Da Tillie seit mehreren Monaten verschwunden war, hatten Tatum und Nate sich irgendwie geeinigt, aber seit ihrer ›Aussprache‹ war nichts mehr zwischen ihnen gelaufen. Vermutlich hatte Nate kalte Füße bekommen.

»Bring mich nicht zum Lachen. Ich habe kein Bauchmuskeltraining eingeplant.«

Ich schnaubte und legte den Kopf in den Nacken. »Wir werden dich heute Abend schon flachgelegt kriegen. Bist du eigentlich Bishops Cousin Justin schon mal begegnet? Der ist gar nicht übel.«

»Wir stehen auf verschiedene Typen.« Sie wedelte mit der einen Hand, während sie sich mit der anderen das Bein einölte.

Ich schüttelte den Kopf. »Ich weiß nicht. Ich glaube, er wird dir gefallen.« Ich stellte die leere Müslischale auf dem Boden ab und schaltete das Musikdock ein. Evanescence mit ›Everybody's Fool‹. Ich streckte mich lang auf dem Rücken aus und ließ den Sonnenschein in meinen Körper sickern.

»Mads!« Jemand schubste mich am Arm an. Langsam schlug ich die Augen auf. Helles Sonnenlicht umgab mich, und als ich den Kopf hob, bemerkte ich, dass Tatum mir einen Joint hinhielt. »Es ist zwei Uhr. Du hast den halben Tag verschlafen. Ich habe überlegt, ob ich dich wecken soll, aber dann habe ich es gelassen. Was hast du dieses Wochenende nur angestellt, dass du so viel Schlaf brauchst?« Sie stand auf und tauchte mit einem Kopfsprung ins Wasser.

»Himmel, weiß ich auch nicht. Ich habe versucht, auf Bishop aufzupassen, aber das hat mich fertiggemacht. Und am Ende habe ich noch das hier abgekriegt.« Ich deutete auf das Tattoo an meinem Brustkorb.

Tatum wischte sich das Wasser aus dem Gesicht und fing an zu lachen. »Du hast deinen Besitzer gefunden, Mädchen.«

Ich zuckte die Schultern. »Seins ist größer. Außerdem hat er zwei.«

»Er hat zwei?« Sie hob die Augenbrauen und stieg aus dem Pool.

Ich nickte, dann lachte ich leise. Endlich fühlte ich mich richtig wach. Tatum verschwand hinter der kleinen strohgedeckten Hütte neben dem Pool, in der die Bar untergebracht war, und tauchte mit mehreren Flaschen wieder auf. »Elena und dein Dad sind nicht da. Nate auch nicht. Nur wir und diese armen, unschuldigen Flaschen Wein.«

Ich biss mir auf die Lippe. »Gib her.«

Sie schnappte erschrocken nach Luft. »Auf gar keinen Fall. Ein bisschen Stil muss sein.«

»Wann hatten wir jemals Stil?«

Sie stutzte, dachte kurz nach und nickte. »Auch wieder wahr. Trotzdem, ich will unbedingt ein paar von den Cocktails ausprobieren, die ich neulich auf *Pinterest* entdeckt habe.« Oh nein. Tate und ihre *Pinterest*-Sucht.

»Na gut.« Ich ging zum Pool, sprang kopfüber ins kühle Nass, stieß mich vom Boden ab und schwamm zur Oberfläche. »Hauptsache, meiner wird stark!« Tatum fing an zu tanzen, dann schüttelte sie sich, tanzte weiter und wechselte schließlich die Musik. Sie bewegte sich in einem Tempo, dass mir davon schwindelig wurde. Ich stemmte mich am Beckenrand hoch, trocknete mich ab und ging zu ihr hinüber.

Genüsslich stöhnend trank ich den ersten Cocktail aus. Er schmeckte weich wie Seide. »Verdammt, lecker! Was war das?«

»Ein *Milky Way*. Aber pass auf, der enthält dermaßen viel Alkohol, dass er einen leicht umhaut.« Sie mixte sich noch einen, dann kehrten wir zu den Liegen zurück und drehten die Musik lauter.

»Weißt du was?« Tate hob vielsagend die Augenbrauen. »Ich finde, du solltest mit ihm reden. Vielleicht nachher.«

Ich zuckte die Schultern. »Habe ich auch vor. Nur nicht gleich. Im Moment will ich noch ein bisschen sauer auf ihn sein.«

Sie hob das Glas. »Darauf trinke ich.« Dann griff sie nach ihrem Handy und rutschte zu mir herüber, um ein Selfie zu machen. Ich schielte, streckte die Zunge raus und zog eine Grimasse; Tatum machte einen Kussmund. Grinsend lud sie das Foto hoch.

»Was hast du geschrieben?«

Tate war für ihre Bildunterschriften berühmt: Sie waren entweder supertrocken oder total abgedreht, dazwischen gab es bei ihr nichts. Und immer brachte sie die Leute zum Lachen. Ich war längst nicht so aktiv auf *Facebook* oder anderen sozialen Medien wie sie. Mit *Snapchat* hatte ich erst vor ganz kurzer Zeit angefangen, aber auch da vergaß ich ständig, Fotos oder Videos hochzuladen.

»›Die Schöne und das Biest haben's gut.‹ Mit einem kleinen Cocktail-Emoji.«

Ich hielt mir vor Lachen den Bauch. »Du bist so blöd.«

Sie zuckte die Schultern. »Schon möglich. Aber du liebst mich trotzdem.«

Da hatte sie recht. Ich liebte sie wirklich.

Ungefähr vier Cocktails später stiegen wir die Treppe hinauf. Wir waren zwar nicht dicht, aber dass wir etwas getrunken hatten, merkte man uns vermutlich schon an. Ich fühlte mich großartig. Während ich über eine Bemerkung von Tatum lachte, taumelten wir in mein Zimmer. »Ich brauche was zum Anziehen, das Bishop in den Wahnsinn treibt.«

»Mensch, Mädchen, hast du etwa Spaß daran, ihn wütend zu machen? Der Mann ist lebensgefährlich. Einen Tiger sollte man nicht unnötig reizen.«

»Also, Spaß macht es mir schon. Aber ich bin auch sauer auf ihn. Ich brauche einfach Antworten.«

Sie seufzte. »Kann ich dir nicht verdenken.« Sie brachte ein paar mitgebrachte Kleidungsstücke zum Vorschein. Nachdem ich mich mit dem langweiligen Inhalt meines Kleiderschranks befasst hatte, drehte ich mich frustriert zu ihr um, und mein Blick fiel auf das langärmelige Kleid aus durchsichtigem Netzgewebe, das sie in die Höhe hielt.

»Was ist das?« Ich zeigte darauf. So etwas Unanständiges hatte ich noch nie gesehen. Mit anderen Worten: Genau das richtige Outfit für mich!

Tatum warf mir das Kleid zu. »Aber zieh ein Tanktop oder so was drunter an«, murmelte sie, doch ich stand schon wieder im Schrank und suchte einen knapp geschnittenen schwarzen Spitzen-BH heraus. Die Riemchen würden sich deutlich von der Haut meiner Brust abheben, davon abgesehen bestand das unanständige Ding nur aus Spitze. Vor lauter Freude drehte ich mich stehend hin und her. Perfekt. Dann hielt ich inne. Was zum Teufel sollte ich als Höschen tragen? Normale Unterwäsche kam nicht infrage, schließlich wollte ich nicht ermordet werden. Also nahm ich eng sitzende lederne Boy-Shorts aus der obersten Schublade.

»Gehören die dir?« Ich hielt sie Tatum vor die Nase.

»*Da* sind sie!« Sie wollte danach greifen. Ich drückte die Shorts an mich.

»Die ziehe *ich* an.«

»Na gut«, murrte sie und griff nach einem weißen Kleid. »Dann ziehe ich *das* an.«

»Gute Idee.« Ich nickte und ging ins Bad. »Weiß steht dir.«

Als ich meine Kosmetik auf dem Schränkchen ausgebreitet hatte, öffnete sich die Tür zu Nates Zimmer. Inzwischen war ich so daran gewöhnt, dass ich kaum auf Nate achtete, sondern das Oberteil meines Bikinis öffnete und mir nur einen Arm vor den Busen hielt.

»Was ist?«, fuhr ich ihn an.

»Wollt ihr auch zu der Party?«

»Ja.« Ich streckte eine Hand aus und drehte das Wasser an.

»Ihr könnt bei mir mitfahren. Hast du was von Bishop gehört?«

Ich schüttelte den Kopf. »Nein. Ich hab aber auch länger nicht mehr aufs Handy geschaut.«

Nate funkelte mich an. Rasch stieg ich unter das dampfend heiße Wasser. »Sonst noch was?«, rief ich, ärgerlich darüber, dass er nicht verschwand.

Die Antwort war ein Türknallen.

Daemon

Eins, zwei, drei, vier, fünf, sechs … sechs … sechs …

»Still jetzt!«, brüllte ich die streitenden Stimmen in meinem Kopf an. Dann schlich ich den dunklen, bedrückenden Gang entlang, eine flache Hand an der feuchten Betonwand, und lauschte auf jedes Geräusch.

In einem der Zimmer hörte man jemand tief atmen. Es war eins von vielen Zimmern in diesem Quartier. Die Insel war in mehrere Quartiere unterteilt, wobei die Einteilung davon abhing, aus welcher Familie man stammte und wie wichtig man für die Elite war. Dies hier war das Königsquartier, auch Quartier Regium *genannt. Außerdem gab es die Quartiere* Secundus, Tertium *und schließlich* Nihil. *Der Name jeder Sektion verriet ihre Aufgabe. Auch das Königsquartier war, was der Name vermuten ließ. Ich schob mich näher an die Tür heran, hinter der die Geräusche zu hören waren, und legte ein Ohr an das mattweiße Holz.*

Wieder hörte ich tiefes Atmen, dann einen leisen Schrei.

»Genau, immer weiter so. Sie schaffen das. Pressen.« Die Tür öffnete sich. Vor mir stand Jaysena, eine der Krankenschwestern der Insel.

»Sir.« Sie verbeugte sich. »Ist alles in Ordnung?« Sie hielt den Kopf gesenkt, den Blick auf den Boden gerichtet. Ängstlich. Fügsam.

›Ruhe!‹, rief ich in Gedanken. Inzwischen gelang es mir besser, die Stimmen unter Kontrolle zu halten.

»Ja. Was geht hier vor?« Sie begriff sofort, was ich meinte, deutete in den Raum hinter sich und machte Platz, sodass ich hineinschauen konnte.

»Ein Schwan, Herr.«

Ich legte den Kopf schräg. In dem Zimmer hockte ein Mädchen mit pinkfarbenem Haar, das ihr bis zur Taille reichte. In den Armen hielt sie einen in eine Decke gewickelten Säugling. Sie sah mich an und flüsterte: »Bitte sag noch niemandem etwas davon. Ich bin die beste Freundin deiner Schwester. Mein Name ist Tillie.«

15. KAPITEL

»Fertig.« Ich strich mir übers Haar. Heute Abend wollte ich es glatt und offen tragen. Wie eine Klinge, an der sich ein paar Kings blutende Wunden holen sollten. Offenbar hatte mich der Alkohol inzwischen voll im Griff. Ich nahm das Handy von der Kommode und schob es in meinen BH. Mein durchsichtiges Outfit war garantiert tödlich. Nüchtern hätte ich so etwas niemals angezogen.

»Ich bin auch fertig«, sagte Tatum undeutlich. Sie schien ziemlich wacklig auf den Beinen.

»Das wird ein super Auftritt«, sang ich leise vor mich hin. Da ging die Zimmertür auf, und Nate glotzte mich an.

»Was zum …« Er verstummte und betrachtete mich genauer. Mit offen stehendem Mund. Sein Blick flog von meinem Gesicht zu meinen Brüsten, zu meinen Füßen und dann wieder nach oben. »So kannst du nicht losziehen, Schwesterlein.«

Ich drängte mich an ihm vorbei. »Ich kann tun, was ich will.« Zu dritt verließen wir das Haus. Ich setzte mich in Nates Audi auf den Beifahrersitz.

Nate ließ kopfschüttelnd den Motor an. »Das bringt dir nur Ärger ein, Mädchen.« Doch es war mir egal. Im Augenblick war ich betrunken und sehr mit mir zufrieden. Seit ich Bishops Haus verlassen hatte, hatte er sich nicht mehr bei mir gemeldet; auch deshalb war ich in, na ja, unvernünftiger Stimmung.

Trotzdem, das Geschenk für ihn hatte ich dabei. Wir drehten die Musik laut und bewegten uns im Sitzen zum Rhythmus der Musik. Ich wählte den Song ›Sex with Me‹ von Rihanna, und Tatum sang hinter mir mit, wobei sie jedes Wort einzeln betonte, als wäre sie geistig nicht ganz da. Als Nate merkte, was sie tat, fing er an zu lachen. So wurde es eine muntere Fahrt. Und es dauerte nicht lange, bis Tate ihr Handy zückte und ein Foto schoss.

»Lächeln!«

Ich drehte den Kopf, dass mir das Haar über die andere Schulter fiel, grinste in die Kamera und machte das Siegeszeichen. Nate zeigte der Kamera den Mittelfinger, ohne den Blick von der Straße abzuwenden.

»Was hast du geschrieben?«, fragte ich, als wir die Stadt erreichten.

»›Inzest kann so gut sein.‹«

»Tate!«, fuhr ich sie an, aber Nate lachte, bis ihm die Tränen kamen. Er hörte gar nicht mehr auf.

»Jase hat es schon geliked.«

»War ja klar«, murmelte ich, während wir in eine Tiefgarage einbogen.

»Dass Bishop so ein Fünfsterne-Penthouse hat, war auch logisch.«

Nate lachte leise und stellte die Gangschaltung auf P. »Tja, das war die Untertreibung des Jahrhunderts. Warte ab, bis du die Wohnung gesehen hast.«

Wir fuhren mit dem Fahrstuhl nach oben; Nate tippte einen Code ein, mit dem man bis zu Bishops Penthouse gelangte. Die Tür öffnete sich, und vor uns erstreckte sich ein Meer von jungen Leuten, die zu lauter Rockmusik tanzten. Ich hätte das Penthouse gern ausführlicher bestaunt, doch es war einfach zu voll. Soweit ich erkennen konnte, war es wie ein dreistöckiges

Loft geschnitten. Ich ging zum Rand der kleinen Plattform, die man vom Fahrstuhl aus betrat, und sah mich um.

Nate deutete hinter sich. »Es gibt sogar ein Basketballfeld.« Er zwinkerte uns zu. Dann verschwand er. In letzter Zeit benahm er sich irgendwie merkwürdig. Noch merkwürdiger als gewöhnlich.

Ich stieg die zwei Stufen zum Foyer hinunter, nahm einem Kellner, der gerade vorbeikam, ein Glas ab und trank einen großen Schluck. Dabei spürte ich, dass ich angestarrt wurde, doch ich achtete nicht darauf, sondern suchte weiter nach Bishop. In diesem Moment setzte ›It's a Vibe‹ von Ty Dolla Sign ein. Unwillkürlich verdrehte ich die Augen. Offensichtlich war Nate zur Musikanlage vorgedrungen.

Ich fädelte mich durch die Menge und stieg die Stufen von der Foyer- und Küchenebene zu dem offenen Wohnzimmerbereich hinunter. Da entdeckte ich Bishop. Er saß lang ausgestreckt auf dem Sofa. Sein Oberkörper war nackt. Bei jeder Bewegung spannten sich die Muskeln an seiner Brust und setzten seine Tattoos in Bewegung. Er hatte sich ein rotes Tuch um den Kopf gebunden, und seine Jeans sahen aus, als hätten sie ein bisschen zu viel Sonne abbekommen. Da er sich so lange nicht bei mir gemeldet hatte, versuchte ich mir nicht anmerken zu lassen, wie genau ich ihn betrachtete. Und ja, er trank wieder. Als ich seinem Blick begegnete, hatte ich plötzlich das Gefühl, als würde mir alle Luft aus den Lungen gesaugt. Machine Gun Kelly begann einen Rap über einen ›Bad Motherfucker‹. Bishop hob eine Flasche an die Lippen. Dabei sah er mir weiter in die Augen und setzte ein träges Grinsen auf. Eigentlich hatte ich auf eine stärkere Reaktion gehofft. Den Neandertaler in Aktion zum Beispiel. Stattdessen war ich abgeblitzt. Himmel. War er etwa immer noch sauer wegen der Sache mit Nate, Brantley und mir? Vermutlich hatte er das Recht dazu, schließlich war ich bisher noch billig davongekommen. Andererseits kannte ich Bishop. Er handelte stets mit Überlegung. Er tat nichts ohne Grund, und er setzte seine Pläne gekonnt um. Oder hatte ich ihn doch ein bisschen weichgeklopft? Doch noch während ich es dachte, erkannte ich, wie unmöglich das war. Jemand wie Bishop bekam man nicht klein. Er war … unzerstörbar.

Also tat ich, was jedes normale, beschwipste Mädchen in meinem Alter getan hätte. Ich riss mich von seinem Anblick los und ging auf die Suche nach meiner Komplizin. Während ich die Menschenmenge zu umschiffen versuchte, ärgerte ich mich erneut darüber, dass ich Bishops neue Eigentumswohnung nicht in Ruhe besichtigen konnte. Ständig kamen weitere Gäste, vor allem Frauen, Männer blieben in der Unterzahl. Überraschung. Wieder einmal fragte ich mich, was Bishop im Schilde führte; doch als ich die unterschiedlichen Möglichkeiten durchdenken wollte, spürte ich ein Kribbeln in den Zehen, und meine Knie wurden weich. Vielleicht hätte ich doch nicht so verdammt früh am Tag mit dem Trinken anfangen sollen. Auf der Suche nach einem Raum, in dem ich der Menschenmenge eine Weile entkommen konnte, stieß ich eine schwarze Doppeltür auf. Das Zimmer dahinter war vermutlich Bishops Schlafzimmer. Das Bett sah aus, als würde es mitten im Raum schweben, an der Wand gegenüber hing ein riesiger Fernseher, und vor mir befand sich eine Glaswand, die Aussicht über die Stadt bot. Decken und Laken waren aus schwarz-roter Seide, das kleine Sofa in der einen Ecke war mit blutrotem Leder bezogen und erinnerte an einen Thron. Viel mehr enthielt das Zimmer nicht – das gesamte Penthouse hatte etwas von einem Atelier. Jedenfalls wirkte es nicht eben warm und einladend. Ich wich langsam zur Tür zurück. Ich wollte hier weg. Es tat mir leid, dass ich überhaupt hergekommen war. Tate mit ihren blöden Ideen. Langsam machte ich noch einen Schritt nach hinten – und stieß gegen einen harten, muskulösen Körper. Ich schrie leise auf und fuhr herum. Vor mir stand Hunter und sah mich aus dunklen Augen finster an.

Mein Herzschlag beruhigte sich ein wenig. »Hey.« Mein Verhältnis zu meinem neu entdeckten Bruder war nicht besonders; ich war nach wie vor unsicher, wie ich mich in seiner Nähe verhalten sollte.

»Wir können uns ebenso gut auch jetzt unterhalten.« Er wedelte mit einer großen Flasche Bourbon, schob sich an mir vorbei und ging zum Fenster. Einen kurzen Moment lang erwog ich, einfach zu flüchten, aber dazu wartete ich schon zu lange auf eine Gelegenheit, mit Hunter zu reden. Seit er herausgefunden hatte, dass wir Geschwister waren, benahm er sich mehr als nur abweisend. Also folgte ich ihm zum Fenster hinüber und betrachtete ihn von Kopf bis Fuß. Er sah gut aus, wie alle Kings. Er trug Jeans und ein schwarzes Hemd, das so eng saß, dass man fast die Umrisse seiner Armmuskeln erkennen konnte.

»Es tut mir leid.« Es war das Erste, was mir einfiel. Ich hatte so etwas echt nicht drauf, schließlich war ich mein Leben lang Einzelkind gewesen.

Hunter schnaubte und hob die Flasche an den Mund. »Was genau tut dir leid, Madison?« Dabei sah er mich nicht an, sondern blickte unverwandt auf den dichten nächtlichen Verkehr in den Straßen der Upper East Side hinab.

»Weiß ich auch nicht.« Ich schaute in die gleiche Richtung. Die Spannung zwischen uns knisterte beinahe hörbar. »Dass es mich gibt?« Gegen meinen Willen entschlüpfte mir ein leises Lachen. Sofort fuhr er zu mir herum.

»Findest du das etwa komisch?«, fragte er vorwurfsvoll und sah mich aus schmalen Augen an. Sein Blick fiel auf meine Lippen, dann wieder auf meine Augen. »Ich wollte dich haben. Aber dann stellt sich heraus, dass das Mädchen, das ich mir beim Wichsen vorstelle, meine *Schwester* ist …« Er grinste böse. »Das macht mich wohl noch perverser als Brantley. Und das will was heißen.« Er schaute wieder aus dem Fenster.

»Du bist doch nicht pervers, Hunter«, sagte ich leise und versuchte den Kloß in meinem Hals hinunterzuwürgen. »Und du warst auch nicht der Einzige, der sich so seine Vorstellungen gemacht hat …«

Hunter erstarrte. Ich nutzte die Gelegenheit, entriss ihm die Flasche, setzte sie an und legte den Kopf in den Nacken. Warme Flüssigkeit rann mir durch die Kehle. »Einmal …« Ich musste lachen; mir wurde bewusst, wie schlimm sich die Geschichte anhören würde. Ich wischte mir einen Rest Whiskey von den Lippen und gab Hunter die Flasche zurück. Dabei konnte ich spüren, wie er mich beobachtete. Er wartete auf mein Geständnis. »Einmal habe ich *sehr* intensiv von euch allen geträumt. Im Geist habe ich dich schon gefickt. Also bin ich noch schlimmer als du.«

Es blieb lange still. Ich schaffte es nicht, ihm in die Augen zu sehen. »Und wenn du irgendwem davon erzählst, bringe ich dich um.«

Plötzlich lachte er so laut, dass es in dem kalten Zimmer widerhallte. Ich fuhr zu ihm herum und sah, dass er sich Tränen von den Wangen wischte. »Also gut, ja, jetzt fühle ich mich schon ein bisschen besser. Aber ich sage dir, in meiner Fantasie habe ich dich auch gefickt.« Danach kehrte so etwas wie Frieden zwischen uns ein. Die Atmosphäre war deutlich entspannter als noch vor wenigen Sekunden.

»Erzähl du mir von Daemon, dann erzähl ich dir von deinen leiblichen Eltern.«

Das hatte ich nicht erwartet. Über meine leiblichen Eltern hatte ich nicht viel nachgedacht, hauptsächlich weil ich bisher nicht dazu gekommen war. Mein Leben war eine Art Enzyklopädie, in die ständig neue Informationen eingetragen wurden, sodass ich es unaufhörlich ändern und umschreiben musste.

»Also«, fing ich an. »Allzu viel weiß ich gar nicht über ihn, weil er erst vor kurzer Zeit in mein Leben getreten ist, aber eines steht fest, bei ihm gehe ich ganz nach dem Gefühl. Vermutlich so ein komisches Zwillingsverhältnis. Es ist schwer zu erklären. Ich kenne ihn und *kenne* ihn zugleich nicht. Das ergibt natürlich überhaupt keinen Sinn. Es ist mehr eine instinktive Verbindung. Er spricht kaum Englisch, dafür fließend Latein – wie ihr alle, nur besser. Ist nicht böse gemeint …«

Lachend hob er die Hände. »Hey, kein Problem. Er ist ein Prinzeps der Verlorenen. Latein ist seine Muttersprache.«

»Echt merkwürdig«, erwiderte ich zerstreut. »Na, jedenfalls ist er irgendwie … anders. Das habe ich ziemlich schnell begriffen.« Hunter trat ein paar Schritte zurück und ließ sich aufs Bett fallen. Ich drehte mich zu ihm um, lehnte mich an die Glaswand und rutschte nach unten, bis ich auf dem Fußboden saß. »Was genau mit ihm los ist, weiß ich nicht. Aber Bishop und die anderen sagen auch ständig, dass er anders ist.«

Hunter sah mir forschend ins Gesicht. »Ich will dich nicht belügen, und ich werde dir auch nichts verheimlichen, weil ich nämlich den Eindruck habe, dass du dafür schon viel zu tief in dieser Scheiße drinsteckst. Darum tue ich dir jetzt einen Gefallen und versichere dir, dass Daemon wirklich anders ist. So könnte man es nennen.« Mir fiel fast die Kinnlade herunter. Da wollte tatsächlich mal jemand offen mit mir reden. Während Hunter weitersprach, beobachtete er aufmerksam mein Gesicht, als würde er auf eine bestimmte Reaktion warten. »Man könnte sagen, er leidet an einer Form von Schizophrenie. Nur noch bedrohlicher.«

»Schizophrenie?«, wiederholte ich stockend.

Hunter nickte. »Eine besonders schlimme Form. Er trägt sechs ›Stimmen‹ mit sich herum. Nur dass es eigentlich gar keine Stimmen sind.«

»Okay.« Mit dieser Neuigkeit konnte ich überhaupt nichts anfangen. Andererseits wollte ich meinen neuen Bruder auch nicht enttäuschen. Und es sollte ihm nachher auch nicht leidtun, dass er so offen mit mir geredet hatte. »Was sind sie dann?«

Hunter sah mich ernst an. »Dämonen.«

»Bitte was?« Ich legte den Kopf schief. Seine Antwort traf mich völlig unvorbereitet. »Dämonen gibt es nicht.«

»Nicht für dich und mich und die meisten anderen Menschen auf der Welt. Aber für Daemon sind sie real, Madison. In seinem Kopf sieht es wirklich finster aus. Darum haben wir ihn nicht einfach zu dir lassen wollen. Und darum sind wir auch sicher, dass er derjenige ist, der auf dich geschossen hat.«

Der Schmerz ließ mich kurz die Augen schließen. Tief im Innern hatte ich immer Zweifel gehabt. Die Beweise sprachen für sich; ich hatte mich nur geweigert, sie zu sehen. Ich hatte einfach nicht glauben wollen, dass Daemon mir wehtun würde. Und das hatte er auch nicht getan. Trotzdem spürte ich jetzt einen scharfen Stich im Herzen. Es tat eben doch weh.

»Ich weiß«, flüsterte ich rau und wischte mir die Tränen von den Wangen. »Ich habe gewusst, dass er es war. Ich habe es wohl einfach nicht wahrhaben wollen. Und ich glaube bis heute nicht, dass er mir etwas antun will.«

»Vermutlich hast du recht«, stimmte Hunter mir zu. »Er *will* dir nichts antun. Aber er ist eben nicht immer Daemon, Madison.«

Das traf mich tief. Würde es mir je gelingen, eine echte Beziehung zu meinem Zwillingsbruder aufzubauen? Oder war er dafür zu krank? Es brach mir fast das Herz.

»Na, jedenfalls, erzähl mir von deinen Eltern.«

Hunter schnaubte. »Also, ich wünschte, ich könnte behaupten, dass sie als Eltern einfach großartig sind und dich bestimmt mit offenen Armen empfangen werden, aber Tatsache ist, Dad ist fast ständig geschäftlich unterwegs, und meine Mom ist krank.«

»Krank?« Ich senkte den Kopf.

Hunter nickte. »Ja, sie hat nur noch wenige Jahre zu leben.«

»Das tut mir leid«, murmelte ich. Diese Jungs und ich hatten viel mehr gemeinsam, als uns allen lieb war.

Er zuckte die Schultern. »So ist das Leben. Jase und ich sind schon als Kinder zu den Kings gekommen. Im Grunde hat Jase mich großgezogen. Mein Dad hat nur das Geld beigesteuert.«

»Dann sind die Kings alle so? Wenn sie älter werden, interessieren sie sich einen Scheißdreck für ihre Kinder?«

Er lachte leise. »Kann schon sein. Wie dieser Bruch zustande kommt, weiß ich auch nicht, aber es stimmt schon, in den meisten Fällen läuft es so. Außer bei Hector.«

»Was?« Ich schaute skeptisch. »Der ist ein guter Vater?«

»Der allerbeste. Auch wenn er ein furchterregendes Arschloch ist, würde er für seinen Sohn alles tun. So jemand könnten wir alle gut gebrauchen.« Wieder war ich in Versuchung, mich nach Nates Vater zu erkundigen, aber es wäre ziemlich mies von mir gewesen, Hunters guten Willen auf diese Art auszunutzen. Nate würde es mir schon sagen, wenn er so weit war. Oder ich würde ihn irgendwann dazu zwingen.

»Was mich zum nächsten Thema bringt«, verkündete Hunter, stand auf und fasste mich an der Hand. »Es gibt da was, das du dir ansehen solltest. Und zwar jetzt. Es wird dir nicht gefallen, das muss ich gleich dazusagen, aber es tut mir leid, Bishop will nun mal, dass du dabei bist. Und auch wenn ich unser Kennenlernen echt genossen habe, gehört meine Loyalität ihm.« Diese Jungs mit ihrer verdammten Loyalität.

16. KAPITEL

Ich folgte Hunter aus dem Zimmer und den langen Flur entlang. Da nicht mehr ganz so viel Gedränge wie vorher herrschte, kamen wir deutlich besser voran. Hunter bog scharf nach links ab und öffnete eine weitere Doppeltür, diesmal aus dunkel gebeiztem Holz. Dahinter stieg mir der Geruch von Gummi und Schweiß in die Nase. Mein Blick fiel auf die dicht gedrängte Menschenmenge in der Mitte des Raums. Die Leute riefen, jubelten und kreischten, die Arme hoch in die Luft gestreckt, Plastikbecher in den Händen.

»Was ist denn da los?«, fragte ich skeptisch, den Blick auf die Menschenmenge gerichtet.

»Das hier ist Bishops Basketballhalle. Heute Nacht dient sie allerdings als Kampfarena.«

»Oh nein«, murmelte ich kaum hörbar.

»Oh doch.« Hunter nahm wieder meine Hand.

»Wer gegen wen?«, fragte ich, während wir auf die Leute zugingen. Die Menge verteilte sich gerade ein wenig, sodass wir relativ leicht durchkamen.

»Brantley und Nate gegen Bishop.«

»Was!«, schrie ich auf und beschleunigte meine Schritte.

»Ganz ruhig, Schwesterchen. Sie müssen nun mal für ihre Taten geradestehen.«

»Aber Nate macht Kampfsport! Außerdem sind sie zu

zweit.« Noch während ich sprach, öffnete sich die Menschenmenge noch ein wenig mehr, und ich sah, was sich vor mir abspielte. Bishop holte gerade mit der Faust aus und traf Nate mit solcher Wucht, dass man ein lautes Krachen hörte. Dann verpasste er Brantley einen Roundhouse-Kick in den Bauch. Ich hätte schwören können, dass ich Rippen brechen hörte. Am liebsten wäre ich dazwischengegangen, hätte sie angeschrien und dem Ganzen ein abruptes Ende gemacht, aber ich wusste, dass mir das nicht zustand. Diese Jungs lebten nach ihren eigenen Regeln und Ritualen. Dass ich sie nicht verstand, machte sie nicht ungültig. Außerdem hatte ich den Verdacht, dass es hier um mich ging.

»Die bringen sich noch um«, zischte ich Hunter zu. Trotzdem konnte ich den Blick nicht abwenden, nicht einmal als Nates Blut spritzte. Er versuchte Bishop mit einem linken Haken anzugreifen, doch der blockte den Schlag ab und landete einen weiteren Treffer. Die Zuschauer stöhnten vernehmlich auf. Ich erstarrte. Das Blut gefror mir in den Adern.

»Nee.« Hunter grinste. »Die spielen nur.« Er sah mich an. »Hoffentlich hast du nicht erwartet, dass dein Stiefbruder noch mal so nett zu dir ist.« Dann beobachtete er das Ende des Kampfes. »Der wurde nämlich gerade ziemlich deutlich verwarnt.«

Ich mochte nicht länger zusehen, deshalb zog ich mich rückwärts in die Menge zurück, in die Richtung, aus der wir gekommen waren. Schließlich wirbelte ich herum und stürmte zur Tür hinaus. Nach dem Lärm dort drinnen dröhnte die plötzliche Stille in meinen Ohren. Hier draußen war niemand mehr. Vermutlich beobachteten alle Bishop, als wäre er ein Löwe im Zirkus. Und dies *war* ja auch sein Zirkus. Die Jungs waren die Affen, und Bishop Vincent Hayes war ihr Anführer.

Sein Penthouse war sehr viel luxuriöser, als ich es vermutet hätte. Ich hatte zwar gewusst, dass Bishop Geld hatte und aus einer reichen Familie stammte, aber das hier war selbst für seine Verhältnisse extrem. Ich steuerte auf den Fahrstuhl zu und drückte ungeduldig auf den Knopf. Dann noch ein paar Mal. Es wäre toll gewesen, wenn der Aufzug heute mal nicht getrödelt hätte. Und wo zum Teufel steckte eigentlich Tatum? Sie war einfach verschwunden.

»Willst du schon weg?« Meine Finger verharrten vor dem Fahrstuhlknopf.

Dann zuckte ich, ohne mich umzudrehen, die Schultern. »Du hast mehr als genug Gesellschaft, Bishop.« In diesem Moment wurde mir bewusst, wie nüchtern ich inzwischen war. Pech – schließlich hatte ich nur so viel getrunken, um meiner ersten Liebe, meinem Highschool-Quälgeist, gegenübertreten zu können. Bishop war mein Kryptonit; nur war ich nicht Lois Lane, und er war nicht Superman. Was war er dann? Eine Sucht, von der ich nicht loskam. Keine Entzugsklinik konnte mir helfen, denn ich wollte gar keine Hilfe. Ich war süchtig nach dem brennenden Schmerz, der sich in mir ausbreitete, wenn Bishop mir wieder einmal das Herz brach. Weil ich einige Male eine andere Seite an ihm entdeckt hatte, die es wert war, sich das Herz brechen zu lassen. Sie war es wert, sich auf ihn einzulassen. Unsere Liebe war zwar giftig, aber auch so viel stärker als ich, dass ich für ein allerletztes Mal mit ihm selbst den Tod riskiert hätte. Ich hatte keine Angst vor dem Tod. Angst machte mir die Vorstellung, nie mehr zu spüren, wie seine warme Hand nach meinem Herzen griff, um es dann in tausend Stücke zu brechen. Kurz und gut, ich war ein hoffnungsloser Fall.

Und deshalb drehte ich mich schließlich zu ihm um, obwohl sich im selben Moment die Fahrstuhltür öffnete. Als ich die Platzwunde unter seiner rechten Augenbraue und die blutende

Unterlippe sah, presste ich die Lippen zusammen. Er trug immer noch kein Hemd, und ich sah, dass er sich das Tanktop in die Gesäßtasche gestopft hatte. Seine Füße steckten in Springerstiefeln. Sein muskulöser Körper glänzte schweißnass. An diesen prachtvollen Anblick würde ich mich wohl nie gewöhnen. Er war einfach zu viel für Durchschnittsaugen. Schließlich sah ich Bishop in die Augen. Ich wartete auf eine überhebliche Antwort, auf irgendeine witzige Bemerkung. Aber es kam gar nichts. Nur sein ausdrucksloser Blick, der mir nichts verriet. So unbewegt hatte Bishop mich seit unserer ersten Begegnung nicht mehr angeschaut.

Die Fahrstuhltür schloss sich wieder. Je länger Bishop und ich uns ansahen, desto mehr wuchs in mir das Gefühl, dass der Raum nicht genug Sauerstoff enthielt. Die Wände schlossen sich immer enger um uns, die Ränder meines Blickfelds wurden dunkel. Ich sah nur noch ihn. Seine Augen, mit dem beängstigend leeren Ausdruck, Augen, die mich in ihren Bann schlugen und meine Oberschenkel unter Strom setzten, während es mir zugleich kalt den Rücken hinunterlief. Die geschwungene Oberlippe mit der Vertiefung in der Mitte und die etwas vollere Unterlippe. Die klare, harte Kinnlinie, als hätte ein griechischer Gott sein magisches Schwert daran geschärft. Bishop. Wie sollte der genetische Zufall so jemand zustande gebracht haben?

Ich erwachte aus meiner Betäubung und räusperte mich. Die Welt bewegte sich wieder in Echtzeit. Ich machte einen Schritt auf Bishop zu und legte ihm eine Hand an die Wange. Er schaute auf meinen Mund.

»Bevor ich gehe, wische ich dir das Blut ab.«

Er antwortete nicht. Auf der Suche nach irgendeinem Hinweis, irgendeiner Reaktion, betrachtete ich sein Gesicht, doch wieder traf ich nur auf den leeren, verschleierten Blick. Also hakte ich meinen Zeigefinger unter seinen, ein vorsichtiger Versuch, herauszufinden, wie viel er in diesem Zustand zulassen würde. Er hatte immer noch nichts gesagt. Ich konnte spüren, wie er erstarrte, dann legte er die Stirn in Falten; doch als ich dachte, er würde mich wegschicken, schloss er den Finger enger um meinen und zog mich an sich. Ich ignorierte die Blutspritzer auf seiner Brust. Mit der freien Hand hob er mein Kinn an.

»Ich. Teile. Nicht. Madison. *Nie.*«

Ich spürte einen riesigen Kloß im Hals. Also ging es immer noch darum. »Ich …«

Er schüttelte den Kopf, schloss die Finger um mein Kinn und sah mir durchdringend in die Augen. Dann streifte er mit den Lippen meinen Mund. »Nie.«

Ich schluckte und nickte. »Okay.«

Da presste er mir die Lippen auf den Mund. Explosionsartig erwachte mein Körper zum Leben. Die Knie gaben unter mir nach. Bishop legte einen Arm um mich, ließ die Zunge in meinen Mund gleiten und strich damit über meine Zunge. Als er sich von mir löste, war ich außer Atem und hatte einen metallischen Geschmack im Mund.

»Ich schick die Leute weg.« Er küsste mich erneut auf den Mund. Ein Hauch von einem Kuss, und doch ging er mir mehr zu Herzen als all die anderen Küsse, mit denen Bishop mich in Besitz genommen hatte. Auf einmal war ich Wachs in seinen Händen. Während er mich aus dem Foyer- und Küchenbereich hinausführte, fiel sein Blick auf Jase. »Sag allen, sie sollen verschwinden.«

Jase sah erst ihn an, dann mich; dann grinste er. »Wie lange soll es diesmal lieb und nett zugehen?« Bishops Arm lag um meine Schultern, ich konnte spüren, wie sich die Muskeln darin spannten. Erst dachte ich, Jase' Bemerkung wäre der Grund, doch dann zog Bishop mich noch fester an sich und küsste mich auf den Scheitel.

»Ist es irgendwann mal *nicht* um sie gegangen?«

Jase grinste noch breiter; sein Blick flog zwischen Bishop und mir hin und her. »Vermutlich nicht.«

Mein Herz wurde weit. In den Beinen spürte ich jedoch eine solche Müdigkeit, dass ich mich dankbar von Bishop zu der Treppe geleiten ließ, die vom Wohnbereich aus nach oben führte. Eigentlich hatte ich den Raum, den ich vorhin betreten hatte, für Bishops Schlafzimmer gehalten, aber offenbar stimmte das nicht.

»Hey!«, rief Jase, als ich die Hand aufs Treppengeländer legte. Wir blickten uns um. Bei Jase standen nun auch Hunter, Nate und Brantley. Alle wirkten fröhlich und aufgedreht, und alle grinsten sie uns an. Zum ersten Mal, seit Bishop von meinem Fehltritt erfahren hatte, herrschte so etwas wie entspannte Stimmung. Da begriff ich, weshalb Bishop sich heute so verhalten hatte. Nicht nur um den anderen etwas zu demonstrieren, sondern auch um den Frieden innerhalb der Gruppe wiederherzustellen. Das Vertrauen. Diese Jungs waren wie Brüder, und anders als Mädchen griffen sie nicht zu bissigen Bemerkungen. Sie trugen ihre Streitigkeiten im Ring aus, prügelten sich ein bisschen und kamen so darüber hinweg. In ihrer Welt war das vermutlich die einzige Methode, als Gemeinschaft zu überleben. Alles ergab einen Sinn.

»Das ist immer noch meine kleine Schwester!«

»Unsere!«, verbesserte Hunter und stieß Jase an.

»Meine auch, ihr Ärsche«, ergänzte Nate, sah sie finster an und holte sich dann etwas zu trinken aus dem Kühlschrank. Allmählich kehrten auch die übrigen Gäste in den Wohnbereich zurück, und die Stille füllte sich mit leisem Stimmengewirr.

Bishop schnaubte verächtlich. »Mir doch egal. Sie gehört Bishop. Ihr Blick sagt es, ihr Körper sagt es, sogar …« Er hob mein Kleid so weit an, dass alle seine Initialen auf meinem Brustkorb sehen konnten. »… ihre Haut sagt es.«

»Ihr Herz auch, irgendwie«, fiel ich ihm ins Wort und zwinkerte den anderen zu. Für Bishop war, was ich für ihn empfand, sowieso kein Geheimnis mehr, und ich war ziemlich sicher, dass alle anderen ebenfalls Bescheid wussten, darum machte ich mir keine Gedanken, ob ich mich mit diesen Worten vielleicht etwas zu weit vorwagte. Jedenfalls zog Bishop mich noch enger an sich und stieg mit mir die Treppe hinauf.

»Um Onkel zu werden, sind wir aber noch zu jung!«, rief Nate uns nach. Bishop zeigte ihm übers Geländer hinweg den Mittelfinger, und ich schüttelte darüber lachend den Kopf. Das wäre ein Albtraum gewesen. Doch die Worte gingen mir nach … Wollte ich überhaupt Kinder haben? Jetzt wäre auf jeden Fall der falsche Zeitpunkt dafür.

»Wow.« Staunend schaute ich mich in dem wunderschönen Schlafzimmer um. Das Zimmer, das er in seinem Elternhaus bewohnte, war ganz in Schwarz gehalten; es passte zu einem unausgeglichenen Teenager. Dieses Zimmer dagegen war hell. Die Wände gingen gerade noch als weiß durch, passten aber perfekt zu den perlmuttweißen Möbeln. Ein attraktiver, sauberer Kontrast. Obwohl das Zimmer nur sparsam möbliert war, wirkte es warm und einladend. Das Bett stand ganz links, sodass man von der einen Seite aus auf die Stadt hinausblickte und von der anderen Seite ins untere Stockwerk. Ich fand es toll. Vor der Wand, die sich dem Bett gegenüber befand, brannte ein Gasfeuer, und der Widerschein der Flammen füllte den Raum mit dunklen Orangetönen. Ich seufzte leise.

»Es ist wirklich schön hier, Bishop.«

Als er nicht antwortete, sah ich ihn an. Er beobachtete mich.

Einen sehr merkwürdigen Ausdruck auf dem Gesicht. So hatte ich ihn noch nie erlebt, und das machte mich ein wenig nervös. Bishop konnte mir nach wie vor Angst einflößen, und vermutlich würde das auch immer so bleiben. Er war nun mal so ein Mensch. Bis ins Mark. Das war keine Fassade, das war er selbst. Er war, wie er war, und er würde sich nie verstellen, damit sich andere Leute wohler fühlten. Entweder man nahm ihn, wie er war, oder aber man ließ es bleiben. Nichts würde ihm je etwas ausmachen. Ihm konnte niemand etwas anhaben – das machte seinen Charme aus, und deswegen hatte man Angst vor ihm.

»Was ist?«, fragte ich und verschränkte nervös die Finger.

Er schüttelte den Kopf und fuhr sich durchs Haar. Dann setzte er sich auf die Bettkante, beugte sich ein wenig vor und stützte die Ellbogen auf die Knie.

Ich ging zu ihm, setzte mich neben ihm auf die Matratze und wartete stumm darauf, dass er etwas sagte. Irgendetwas. Ich sehnte mich schon so lange danach, dass er sich mir öffnete. Aber wann immer er es getan hatte, war das Ergebnis nur gewesen, dass ich in seiner Seele noch dunklere Abgründe entdeckt hatte. Es war ein Versteckspiel ohne Ende.

»Verdammt, Madison«, stieß er so leise und so gefühlvoll hervor, dass es mich fast umgehauen hätte.

»Was habe ich jetzt wieder angestellt?« In Gedanken begann ich in meinem Gedächtnis zu wühlen. Angefeuert von meiner alten Freundin, der ewigen Angst, blätterte ich Seite um Seite um und versuchte mich davon zu überzeugen, dass ich nichts falsch gemacht hatte.

»Hör auf.«

Da war zum Beispiel dieser Vormittag, wo ich ein paar böse Bemerkungen über …

»Madison.« Er legte mir eine Hand an die Wange, drehte meinen Kopf zu sich herum und sah mir eindringlich in die

Augen. »Hör auf, habe ich gesagt.« Mit dem Daumen strich er leicht über meine Unterlippe. »Hör endlich auf, ständig meine Handlungen zu hinterfragen.« Nach kurzem Zögern fuhr er fort: »Normalerweise würde ich jetzt sagen: ›Lass es sein, du durchschaust mich ja doch nie.‹ Aber inzwischen ist mir klar geworden, dass das …« Er grinste. »… eine gottverdammte Lüge wäre.«

»Wie bitte?«

»Es wäre eine Lüge.« Als er den Daumen still hielt, vermisste ich die raue Liebkosung sofort. »Und das liegt an dir, Madison. Du bist die einzige Person auf der Welt, die mich je durchschaut hat. Die einzige, bei der ich sicher bin, dass ich ihretwegen töten würde. Und du bist das einzige Mädchen auf der Welt, dem ich je gehört habe.«

»Dem du *gehört* hast?«, flüsterte ich, den Tränen nah. Ich hatte keine Ahnung, wie ich mit dieser Seite von Bishop umgehen sollte. Winzige Blicke darauf hatte ich früher schon erhaschen können, aber jedes Mal war es mir wieder entglitten, bevor ich es begriffen hatte oder genießen konnte. »Du gehörst mir?«

Er verzog die Lippen zu einem Lächeln. Es wirkte weder überheblich noch selbstzufrieden, sondern echt. »Ich habe dir schon immer gehört, Madison. Das weißt du auch.«

Wusste ich es?

Ich kaute auf meiner Unterlippe, wandte den Blick von Bishop ab und schaute aus dem zimmerhohen Fenster. Falls ich über Nacht blieb, würde ich auf dieser Seite schlafen. Ich wollte auf keinen Fall zerstören, was gerade zwischen uns entstanden war; trotzdem musste ich noch etwas wissen, bevor ich den nächsten Schritt wagte.

»Kann ich dich was fragen, ohne dass du wieder ausrastest?«

»Alles«, erwiderte er leise.

Ich atmete tief durch. »Ich weiß von dem Abkommen zwischen dir und deinem Vater.«

Stille.

Ich redete weiter. »Deshalb muss ich eines wissen, und ich werde dich nur einmal danach fragen.« Endlich wandte ich mich ihm wieder zu. »Ist das hier echt, oder ist es ein Spiel?«

Er sah mir forschend ins Gesicht. »Madison, kommt dir alles zwischen uns – die Verbindung zwischen uns und was wir seit unserer ersten Begegnung erlebt haben – etwa unecht vor?«

Darüber musste ich nicht lange nachdenken. »Nein. An meinen eigenen Gefühlen habe ich auch nie gezweifelt. Aber ich bin mir unsicher, was deine angeht.«

Er legte einen Arm um meine Taille und hob mich auf seinen Schoß, sodass ich rittlings auf ihm saß, das Gesicht ihm zugewandt. Dann umfasste er mit beiden Händen meinen Hintern und drückte. »Ich verstehe selbst nicht, was ich für dich empfinde. Das war von Anfang an so. Wenn es sich jemals ändern sollte, wirst du die Erste sein, die es erfährt.«

Ich lächelte und legte ihm eine Hand an die Wange. Auch wenn es nicht ›Ich liebe dich‹ gewesen war, kam es der Sache ziemlich nahe. Glücklich schlang ich einen Arm um seinen Nacken.

»Also kannst du jetzt bitte ein paar Stunden lang auf meinem Schwanz reiten, damit wir endlich schlafen können?« Ich warf lachend den Kopf in den Nacken. Bishop zog mich auf die Matratze hinunter und zerrte an meinem Kleid. »Das Teil ist verdammt sexy, Mads.« Er strich über den Netzstoff.

»Gefällt es dir?«

Er sah mir ins Gesicht. »Klar, das wird eins meiner Lieblingskleider. Ausziehen musst du es aber trotzdem.« Er warf es quer durchs Zimmer, legte die Hände auf meinen Rücken und zog meinen Oberkörper zu sich herab.

»Warte mal!« Ich stemmte eine Hand gegen seine Brust. »Das hätte ich fast vergessen.« Ich wölbte den Rücken, bis ich in die Gesäßtasche langen konnte, und holte die Panzerkette aus Weißgold hervor. Der Anhänger war eine Gewehrpatrone, in die *BVH + MMV* eingraviert war. Eine aufdringliche Geste. Ich hatte schreckliche Angst.

Er nahm die Kette, sah mir forschend in die Augen und betrachtete dann wieder die Kette. »Baby …«

»Herzlichen Glückwunsch zum Geburtstag.«

Er wickelte sich die Kette um die Faust und küsste mich hart. Dann löste er sich von mir. »Legst du sie mir um?«

Ich nickte, stand auf und nahm ihm die Kette ab. Sobald ich sie um seinen Hals befestigt hatte, drehte er sich zu mir um und stieß mich wieder aufs Bett. Ich lachte auf, aber nur kurz; dann biss er in eine Brustwarze. Ich legte stöhnend den Kopf in den Nacken. Sein harter Schwanz drückte gegen meine Klitoris; langsam rieb ich mich an ihm. Er legte mir die Hände um die Hüften und drückte kräftig zu. Sein Blick wurde glasig, er leckte über seine Unterlippe. Es war unglaublich sexy. Er sah mich lächeln; seine Augen wurden schmal, dann warf er mich auf den Rücken. Ich schrie auf. Er beugte sich zu meinem Hals herab, winkelte mit dem Knie eins meiner Beine an, leckte über mein Schlüsselbein und drang in mich ein.

Offenbar gefiel ihm mein Geschenk.

17. KAPITEL

»Ich möchte, dass ihr euch eine Mauer vorstellt. Eine kugelsichere Mauer, die niemand durchbrechen kann, auch wenn er noch so viele Waffen darauf abfeuert«, hatte Rob gesagt, während er vor uns auf und ab marschiert war. Wir sieben hatten uns schon immer nahegestanden. Ob wir nun verwandt waren oder nicht, diese Jungen waren meine Brüder. Ich hatte mich bewusst dafür entschieden, sie ins Herz zu schließen; Familienbande allein hätten das Gefühl der Brüderlichkeit niemals erzwingen können, das zwischen uns herrschte. Deswegen waren wir auch die schlagkräftigsten Kings, die es je gegeben hatte. Die Generationen vor uns waren oft zerstritten gewesen, hatte mein Vater gesagt, oder hätten darum kämpfen müssen, sich zu vertragen. Ob wegen eines Mädchens oder weil sie persönlich nicht gut zusammenpassten. So wie bei uns war es noch nie gewesen. In keiner früheren Generation war es je so geschmeidig gelaufen. Daher hatte man auch Großes mit uns vor.

»Eine Mauer?«, spottete Nate. »Du bist extra mit uns hergefahren, um uns irgendwas über Mauern beizubringen?«

Rob winkte zerstreut ab und marschierte weiter vor uns auf und ab, als wären wir Soldaten einer Armee. »Genauso eine Mauer sollt ihr jetzt in eurem Geist errichten. Aber bevor ihr damit anfangt, achtet darauf, dass außer euch noch sechs andere dahinter Platz haben. Nicht acht und nicht zwei oder irgendeine andere Anzahl von

Leuten. Sondern genau sieben.« Er unterbrach sich und sah mich an. Ich war kein kleiner Junge. Für einen Zehnjährigen war ich sogar ziemlich groß, aber als ich jetzt zu Rob aufschaute, fühlte ich mich, als wäre ich gerade mal einen halben Meter groß. »Ihr müsst heute mit dem Bau dieser Mauer beginnen. Und ihr müsst daran arbeiten – ihr müsst üben, so eine geistige Mauer zu errichten. Denn wenn die Zeit eurer Initiation kommt, muss die Mauer felsenfest stehen. Sodass niemand mehr daran vorbeikommt. Denen hier dürft ihr trauen.« Rob deutete um sich. »Sonst niemand.«

»Was ist mit meinem Dad?«, widersprach ich. Die anderen Jungs starrten mich an, als wollten sie sagen: Verdammt, halt die Klappe! Denn Rob war furchterregend. Aber mir jagte man so schnell keine Angst ein.

»Nicht mal deinem Dad. Als er in deinem Alter war, ist er durch die gleiche Schule gegangen. Und die nach euch kommen, werden es auch.«

»Was, heißt das etwa, wir sollen Kinder in die Welt setzen?« Hunter verzog das Gesicht.

»Ja«, mischte Dad sich ein und kam hinter der Hütte hervor. Er trug einen seiner eleganten Anzüge. »Eines Tages werdet ihr Kinder haben.«

»Nein, danke. Ich will keine Kinder.« Dass ich mir nichts aus Kindern machte, hatte ich schon sehr früh begriffen. Es kam mir unwahrscheinlich vor, dass sich daran irgendetwas ändern könnte. Der Fluch des Einzelkindes, könnte man sagen.

»Ach, wetten, dass doch?«, spottete Eli. »Wetten, dass du mit Khales Kinder in die Welt setzt, sobald ihr sechzehn seid?« Er lachte schnaubend. Niemand sonst stimmte ein.

»Nein. Ich will keine Kinder.«

Mein Dad kniete sich vor mich hin und sah mir forschend in die Augen. »Du wirst Kinder bekommen, mein Sohn, und zu deinem Glück habe ich schon die Richtige für dich gefunden.«

Ich zog die Stirn kraus. »Was? Wen?« Auch wenn ich nicht daran dachte, Kinder zu zeugen, wollte ich doch wissen, wer seiner Meinung nach zu mir passte.

Er griff in die Brusttasche seines Jacketts, holte ein kleines Foto hervor und drehte es um, damit ich es betrachten konnte. Es zeigte ein kleines Mädchen, ungefähr in meinem Alter, vielleicht jünger – falls sie nicht einfach sehr klein geraten war. Sie hatte welliges braunes Haar, Pausbacken, blaue Augen und ein strahlendes Lächeln. Auf ihren Wangen sah man ein paar Sommersprossen. In den Händen hielt sie ein Jagdgewehr. »Dieses Mädchen.«

»Dieses Mädchen?«, wiederholte ich zweifelnd. Mein Vater hatte wohl vergessen, seine Pillen zu nehmen. Die war nun wirklich nichts Besonderes. Da gab es an meiner Schule Bessere. Allerdings hatte sie etwas Widersprüchliches an sich. Etwas Unausgeglichenes, könnte man sagen. Und dann diese Augen. Ihr Blick schien den Abstand zwischen uns mit einem Schlag zu überbrücken. Dabei schaute sie mich nur aus einem Foto an. »Wer ist das?«

Dad sah mich kurz an, und dabei bemerkte er, dass die anderen Jungs versuchten, auch einen Blick auf das Bild zu werfen. Er schaute sie warnend an, faltete das Foto zusammen und steckte es wieder ein. »Eine Person, die genau dann in deinem Leben auftauchen wird, wenn du sie brauchst.«

»Als wäre es Schicksal?«, fragte ich. Eigentlich wusste ich gar nicht, was dieses Wort bedeutete, aber die Erwachsenen benutzten es ziemlich häufig.

Er lachte. »Nicht Schicksal. Karma. Dein Weckruf.«

Auf dem Frühstückstresen vibrierte das Handy und störte mich beim Kochen. Da meine Eltern immer viel unterwegs gewesen waren, konnte ich das ganz gut; zumindest einfache Sachen wie Toast, Eier und Speck.

Da ich nicht mehr brauchte, beschränkte sich mein Können

darauf. Ich griff nach dem Handy; als ich sah, dass es Mom war, stellte ich es laut.

»Ja?« Ich griff nach dem Pfannenwender und schob die Spiegeleier herum.

»Ich wollte mich nur vergewissern, dass du das Mädchen nicht verschreckt hast.«

Ich schnaubte. »Das passiert nicht so schnell.«

Sie antwortete nicht gleich, sodass ich nachschaute, ob die Verbindung noch stand. »Bishop, wie viel weiß sie?«

Ich sah nach den Speckscheiben im Backofen und leckte mir den Saft von den Fingerspitzen. »Genug, aber noch nicht alles.«

»Und wie viel willst du ihr verraten?«

»Alles.«

»Bishop«, sagte sie warnend. »Einiges solltest du ihr natürlich erzählen. Aber alles könnte mehr sein, als sie im Moment verkraften kann.«

»Ich hätte gedacht, dass du das genauso siehst wie ich, Mom. Schließlich hat Dad dich ewig im Unklaren gelassen, und zu mir sagst du ständig: ›Halt nicht so viel geheim, Junge‹.«

»Zu ihrer eigenen Sicherheit, Bishop. Du kennst doch deinen Vater. Muss ich mehr sagen?«

Ich schlug die Ofentür zu und seufzte. »Musst du nicht, nein. Aber wenn es darauf ankommt, werde ich schon mit ihm fertig.«

»Mein Sohn, der edle Ritter …« Ich hörte ihrem Tonfall an, dass sie es nicht böse meinte; allerdings hörte ich auch, dass sie sich Sorgen machte. Sie hatte Angst. Aus gutem Grund. Meinem Dad stellte man sich nicht in den Weg. Trotzdem, wenn es doch einmal einen Menschen geben sollte, der das tat, dann wäre ich das. Sosehr ich ihn respektierte und so viel mir normalerweise an seiner Anerkennung lag, wenn es um Madison ging, waren mir alle anderen Menschen gleichgültig. Sicher war ihm das klar.

»Wo steckst du eigentlich?« Ich schaltete den Ofen aus und nahm die Pfanne vom Herd.

»Ich bin auf dem Weg nach Hause. Den Grund erkläre ich dir, wenn ich ankomme. Bist du in der neuen Wohnung?«

»Ja. Ich muss jetzt Schluss machen. Lass uns bald mal reden.«

»Okay. Ich liebe dich, mein Junge.«

»Ja, gleichfalls, Mom.« Ich legte auf und schob das Handy in die Hosentasche. Dabei ging mir auf, dass ich meiner Mutter noch nie ausdrücklich gesagt hatte, dass ich sie liebte. Andererseits gehörte sie zu den Frauen, die auch so Bescheid wussten.

»Du kochst? Und das hast du mir die ganze Zeit verheimlicht?« Madison lehnte im Durchgang zur Küche.

Ich grinste. »Hat dir vermutlich das Leben gerettet.« Sie fuhr sich mit den Fingern durchs Haar und strich es sich aus dem Gesicht. Es fiel ihr offen um die Schultern. Dann bemerkte ich, dass sie eins meiner T-Shirts trug.

Ich sah sie scharf an. »Hast du da drunter noch was an?«, fragte ich und deutete mit dem Pfannenwender auf ihre Beine.

Sie blickte nach unten, umfasste den Saum des T-Shirts und zuckte die Schultern. »Äh, nein?«

Ich ließ den Wender in die Pfanne fallen und ging auf sie zu. Sie lächelte, aber ihre Miene drückte auch Überraschung aus. Gut. Sie hatte auch Grund, sich seltsam zu fühlen. Ich fasste ihr unter die Oberschenkel und hob sie hoch. Sie schlang mir die Beine um die Taille und schmiegte sich an mich. Ich küsste sie auf die Lippen, schob ihr die Zunge in den Mund und saugte an ihrer Unterlippe. »Verdammt, schmeckst du gut, so früh am Morgen.«

»Ja klar.« Sie verdrehte die Augen. »Ich hab mir ja auch die Zähne geputzt.«

Ich musste lachen. Ihr Hang zur Ehrlichkeit hatte mir schon immer gefallen. Es tat gut zu sehen, wie wenig es sie kümmerte, was andere von ihr dachten. Das Sounddock schaltete sich ein und spielte ›Killing Strangers‹ von Marilyn Manson. Grinsend trug ich Madison zur Arbeitsfläche und legte sie darauf. Ihr Hinterkopf knallte auf den Marmor. Sie stöhnte auf, und ihr Blick wurde glasig.

»Hat das wehgetan?«, fragte ich und hob die Augenbrauen.

Sie biss sich auf die Unterlippe und schüttelte den Kopf. »Nicht wirklich.« Sie lag ausgestreckt auf der Arbeitsfläche, ich stand zwischen ihren Beinen. Ich packte sie an den Oberschenkeln und zog sie an mich, bis ihr Schritt gegen meinen Schwanz drückte. Dann ließ ich die flachen Hände nach oben gleiten und schob ihr das T-Shirt über den Kopf hinauf, sodass sie nackt vor mir lag. Ich trat einen Schritt zurück und betrachtete jede einzelne Kurve ihres schlanken, sonnengebräunten Körpers. »Du bist so verflucht schön.«

Sie wurde rot. Verdammt, war das toll. Ich fand es großartig, dass ich nur mit Worten so viel bei ihr bewirken konnte.

»Moment mal. Ich habe Hunger.« Sie wollte sich aufsetzen. Ich stieß sie zurück.

»Ich auch.« Ich beugte mich vor, strich mit den Lippen über die Innenseite ihrer Schenkel und leckte darüber. Sofort gab sie jeden Widerstand auf, ließ sich nach hinten sinken und bog den Rücken durch. Mit der Zungenspitze zog ich Kreise um ihre Klitoris, und als ich ihren Geschmack spürte, vergaß ich alles. Ich schloss die Lippen um ihr empfindliches Zentrum und schob einen Finger tief in sie hinein. Sie stöhnte, kniff in ihre Brustwarzen und bog sich mir noch weiter entgegen.

Ich richtete mich auf, wobei ich den Daumen an ihrer Klitoris ließ und sie streichelte. »Warte mal kurz.« Ich ließ sie los, leckte mir die Finger ab, ging zum Gefrierschrank und nahm einen Eiswürfelbehälter heraus. Madisons Augen leuchteten auf, ihre Wangen begannen zu glühen. »Das habe ich noch nie … Ist das gefährlich?«

Ich lachte leise. »Nein. Kein bisschen.« Ich knallte den Behälter auf die Arbeitsfläche, dass die Eiswürfel in alle Richtungen hüpften, nahm einen zwischen die Finger und strich damit innen an ihrem Oberschenkel hinauf. »Mach die Augen zu, Kätzchen.«

Ich drückte die Zunge auf die Klitoris und schob den Eiswürfel in sie hinein. Sie keuchte und wölbte den Rücken. Ich schob den Eiswürfel tiefer hinein und spürte, wie sich ihre inneren Muskeln spannten. Schmelzwasser lief mir über die Finger. Mit der Zunge malte ich ihr Kreise auf ihre Haut, was sie noch mehr verwirrte. »Ich … Ich …«

»Komm, Baby. Jetzt.«

Sie stöhnte, dann fühlte ich, wie sie um meinen Finger herum zu pulsieren begann. Schweiß lief ihr über die glatte Haut. Sie öffnete die Lippen, ihr Blick wurde glasig. Ich richtete mich auf, zog sie noch näher an mich heran, spreizte ihr die Beine und stieß den Schwanz tief in sie hinein.

»Das mit Mrs Winters ist irgendwie komisch«, bemerkte Madison zerstreut, während sie an einem Bissen von ihrem Bagel kaute. »Ich habe sie nicht mehr gesehen, seit sie Tate und mir damals die Pässe beschafft hat.« Dann erstarrte sie, hob den Kopf und blickte mich scharf an.

»Wow!« Abwehrend hob ich die Hände. »Sieh mich nicht so an. Ich habe mit ihrem Verschwinden nichts zu tun.« Wir aßen schweigend weiter. Es war nicht gelogen. Ich hatte Tinker nicht dazu gezwungen, sich aus dem Staub zu machen. Nachdem sie herausgefunden hatte, dass ich wusste, wo Madison war, wäre sie in jedem Fall weggerannt. Aber verdammt blöd von ihr zu glauben, ich hätte keine Ahnung, dass *sie* Madison geholfen hatte.

Als wir aufgegessen hatten, zogen wir uns an. Als Madison die Treppe herunterkam und sich die Haare zu einem Pferdeschwanz band, griff ich nach den Autoschlüsseln.

»Wo fahren wir denn hin?«

»Wir bringen dir bei, wie man kämpft.«

Sie erstarrte, eine Hand noch an den Haaren. »Was? Wieso?«

»Weil die anderen Kings und ich vielleicht nicht in der Nähe sind, wenn du mal in Schwierigkeiten gerätst. Seit allgemein bekannt ist, dass du zu uns gehörst, bist du eine lebende Zielscheibe. Ich will nichts riskieren. Nicht wenn es um dich geht.«

Sie schien über meine Worte nachzudenken. Dann zuckte sie die Schultern und gab sich unbeeindruckt. »Dafür habe ich die Glock.«

Ich zwang mich, nicht die Augen zu verdrehen. »Das ist ja auch gut so, aber selbst auf eine Glock sollte man sich nicht zu sehr verlassen. Die Scheißdinger sind nämlich nicht immer zur Hand, wenn man sie braucht. Aber soll ich dir mal sagen, was immer griffbereit ist?«

»Das leuchtet mir ja ein. Ich weiß halt nur nicht, ob mir Nahkampf liegt.«

»Wir sorgen schon dafür, dass es dir liegt.« Ich steckte die Autoschlüssel in die Gesäßtasche und ging zum Ausgang. »Nun komm schon, Prinzessin.«

Sie zeigte mir den Mittelfinger.

18. KAPITEL

»Ich will aber nicht …«, jammerte ich wie ein schlecht gelauntes Kleinkind. »Jetzt mal im Ernst. Das ist doch nicht fair!« Wir waren wieder zur Hütte hinausgefahren. Die Sonne brannte. Ich trug eine Yoga-Hose, dazu ein weites Tanktop. Es war deutlich *zu* weit; ich drehte den Stoff zu einem Knäuel zusammen und stopfte ihn mir in den Sport-BH.

»Ach kommt schon, das macht bestimmt Spaß!« Das war Nate. Er grinste mich von seinem Sitzplatz aus an. Sie waren alle da. Nate, Jase, Hunter und Chase saßen auf den Baumstämmen rings um die Feuerstelle, die Augen hinter Sonnenbrillen verborgen, stopften sich Kartoffelchips in die Münder, tranken Bier und erweckten den Eindruck, als wollten sie sich einen Kinofilm reinziehen. Bishop, Brantley, Eli, Cash und Saint standen im Halbkreis um mich herum. Alle waren sie entsprechend gekleidet: nackte Oberkörper und Jeans in unterschiedlichen Farben. Einige abgetragen, andere nicht, wieder andere …

»Madison!«, fuhr Bishop mich an.

Ich sah ihn an. Seine Augen waren schmal. »Was ist?«

»Pass auf, wo du hinsiehst.«

Ich wurde rot. Mir war gar nicht bewusst geworden, dass ich sie so offensichtlich wie unabsichtlich abgecheckt hatte. »Eigentlich habe ich mir nur eure Jeans angeschaut«, murmelte ich verärgert. Dann reckte ich den Hals. »Ich weiß echt nicht, ob das eine gute Idee ist.« Saint hatte ein paar Bodenmatten ausgelegt, was bewies, dass ich neulich recht hatte: Er war der Schlaukopf der Bande.

Auf der langen unbefestigten Privatstraße hörte man ein Auto, das sich schnell näherte. Sofort waren alle hellwach. Die Jungs sprangen von den Baumstämmen auf, und Bishop stellte sich ohne Hast vor mich. Dann entspannten sich alle und murmelten genervt. Wegen Bishop konnte ich nichts sehen, aber ich hörte eine bekannte Stimme und lachte.

»Wenn ihr glaubt, ihr könnt sie verprügeln, ohne dass ich dabei zusehe, habt ihr euch geschnitten.«

Ich kicherte. »Tate, bitte sag, dass du Wodka oder so was mitgebracht hast.« Irgendwie hatte ich das Gefühl, dass dieser Ausflug von Alkohol und dubiosen Entscheidungen geprägt sein würde. *Ach, übrigens, ich habe einen neuen Freund, das heißt, so neu ist er gar nicht, und offiziell haben wir es auch noch gar nicht bekannt gegeben. Scheiße. Ist er überhaupt mein Freund?*

»Kätzchen!«, mahnte Bishop drohend und deutete auf meine Arme, die ich, überhaupt nicht kampfbereit, hängen ließ.

»Ach, Mensch, ich hab echt keine Lust«, jammerte ich.

Neben mir wurde leise gestritten. Ich schaute hin. Tate und Nate zankten sich um eine Tüte Kartoffelchips.

»Also ehrlich«, sagte ich. »Ich meine, Nate hätte ich das ja zugetraut, aber dir doch nicht.« Ich funkelte Tate an.

Sie schaute sich mit Unschuldsmiene um und leckte sich Salz von den Fingern. »Ach, komm.« Sie verdrehte die Augen. »Du hast all diese Typen um dich, und ich bin seit Wochen nicht mehr flachgelegt worden. Da will ich wenigstens zusehen dürfen. Das wird der reine Porno.«

»Pervers ist das gar nicht.« Ich wandte mich erneut dem grinsenden Bishop zu.

»Das ist sogar total pervers. Und ich stehe dazu.«

»Augenblick mal«, sagte Nate und starrte sie an. »Du hast seit mir keinen Schwanz mehr abgekriegt?«

Sie wurde so rot wie ihr Ferrari. Ich genoss es, dass sie sich mit ihrem Mundwerk mal wieder in die Scheiße geritten hatte.

Tate zuckte die Schultern. »Na und? Ich bin eben wählerisch.«

Jase musterte sie von oben bis unten. »Also, wenn du willst, bringe ich das in Ordnung. Kann natürlich sein, dass du einen richtigen Mann nicht überstehst …«

Nate zeigte ihm den Mittelfinger.

Ich rieb mir mit der flachen Hand die Stirn. »Scheiße. Meine Familie und meine Freunde: lauter Idioten.«

Aus dem Riesenlautsprecher neben Nate ertönte Musik. Das Stück kannte ich schon von einer ihrer Partys: ›Get Dough‹ von Dead Obies.

Eine Stunde später tropfte mir der Schweiß vom Körper, und Bishop lag auf meinem Rücken und drückte mein Gesicht in die Matte. »Okay! Ist gut! Scheiße!«

Er rieb seinen Schritt an meinem Hintern. Ich wurde rot. »Hör auf …«

Bishop war während des gesamten Kampftrainings hart geblieben – und das bezog sich nicht auf seinen Schwanz. Vermutlich würde ich noch wochenlang blaue Flecken an Armen und Hintern haben. Mit Brantley war es nicht viel anders gelaufen. Einmal wäre ich, während ich mich aus seinem Würgegriff zu befreien versuchte, fast ohnmächtig geworden. Die beiden nahmen das Ganze wirklich ernst. Aber jetzt war ich müde und verschwitzt, und ich hatte Durst. Allerdings nicht unbedingt auf Wasser.

»Können wir vielleicht nächste Woche weitermachen?«

»Nein.« Bishop rollte sich von mir herunter und stand auf. »Wir müssen hier draußen übernachten …«

Ich blickte von einem zum andern. »Und warum?« Auf einmal konnte ich kaum glauben, dass ich nicht längst gefragt hatte, weshalb alle Kings hier herumsaßen. Bishops Handy meldete sich; er nahm es aus der Hosentasche und entfernte sich ein paar Schritte. Ich wandte mich an Nate und Jase. »Jetzt mal im Ernst. Was ist los?«

Nate blickte an mir vorbei. »Was ist?«

Ich schaute in die gleiche Richtung und sah Bishop vor mir.

»Morgen brechen wir auf.«

»Wir brechen auf?«, fragte ich und sah mich um. »Wohin?«

»Komm mal her …« Er winkte mir, und ich folgte ihm, meine Finger mit seinen verschränkt. Er setzte sich auf einen Baumstamm und nahm mich auf den Schoß. »Wir müssen nach Perdita.«

Einen Moment lang saß ich still da und dachte über seine Worte nach.

»Drei Fragen«, meldete Tate sich ein Stück entfernt. »Was ist Perdita? Kriegt man da Margaritas? Und sollte ich meinen Bikini einpacken?«

»Die kann ich dir alle drei beantworten«, fuhr Nate sie an. »Nummer eins: Du kommst nicht mit. Nummer zwei: Du kommst nicht mit. Und Nummer drei: Du kommst nicht mit.«

»Echt jetzt?« Sie verdrehte die Augen. »Dabei kann ich mich noch genau erinnern, wie du letzte Woche gekommen bist.«

»Mein Gott«, murmelte Jase und stand auf. Ein paar von den Jungs lachten, aber ich achtete kaum auf Nate und Tate, so sehr war ich inzwischen an ihre Kabbeleien gewöhnt. Wobei es in der letzten Woche noch schlimmer geworden war. Vielleicht weil Tate so lange keinen Sex mehr hatte.

»Also gut. Warum?«, fragte ich Bishop halb flüsternd und sah ihm forschend ins Gesicht. Er beobachtete mich seinerseits, wohl um herauszufinden, wie ich die Neuigkeiten aufnehmen würde.

»Ganz sicher sind wir noch nicht, aber wir sollten auf jeden Fall hinfliegen.«

Mir fiel ein, dass ich auf die Art Daemon wiedersehen würde, und meine Verwirrung verwandelte sich in Vorfreude. »Ich muss mir erst noch etwas anzuziehen holen.«

»Baby, mir wäre es echt lieber, wenn du nicht mitkommst.«

»Pech. Ich komme mit.«

»Mads …«

»Bishop …«, gab ich im gleichen Tonfall zurück. »Ich. Komme. Mit.«

Er biss sich auf die Unterlippe und runzelte ein wenig die Stirn, als würde er überlegen, was er sagen sollte. Oder mit sich kämpfen, was er tun sollte. Sein Problem. Ich würde nicht nachgeben. Notfalls würde ich mich heimlich ins Flugzeug schleichen.

»Also gut«, stimmte Bishop schließlich zu. Aufgeregt rutschte ich auf seinem Schoß umher. Sofort packte er mich an den Hüften und hielt mich fest. »Vorsicht.«

»Augenblick mal. Sie kann nicht mitkommen. Auf Perdita können wir keinen Ballast gebrauchen.«

Ich zeigte Hunter den Mittelfinger. »Ich bin kein Ballast!«

»Nee, sie hat recht. Sie hier zurückzulassen wäre zu gefährlich. Und wir können auch niemand zu ihrem Schutz abstellen, weil wir drüben unsere volle Einsatzstärke brauchen werden.«

Ich grinste Hunter breit an.

Seine Miene blieb unbewegt. »Kleine Schwestern sind nervig.«

»Du wirst dich schon noch für sie erwärmen.« Nate zwinkerte mir zu. Ich lächelte.

»Wie ist das denn gemeint?«, fuhr Hunter ihn an.

»Okay!« Ich stand auf. »Also, ich möchte, dass Tate auch mitkommt.«

»Wirklich?« Tate strahlte.

Nate blickte düster drein.

»Ja.«

»Äh ... ich glaube kaum ...«, fing Bishop an. Ich fiel ihm ins Wort.

»Sie kommt mit.«

»Hältst du es immer noch für eine gute Idee, sie mitzunehmen?«, fragte Hunter Bishop und wedelte mit der Hand in meine Richtung.

»Hm«, machte Bishop und stand auf.

»Sag bitte, dass das Ganze keine Party wird.«

Bishop schüttelte den Kopf. »Nein. Nur wir. Wenn ihr zwei noch Sachen zum Anziehen holen wollt, fahre ich euch. Ich muss sowieso zu Hause vorbei und noch kurz mit Dad reden.«

»Okay.« Ich nickte; dann deutete ich mit dem Daumen zu der Hütte in meinem Rücken. »Da drinnen gibt's wohl nichts zu essen?«

Bishops Blick verriet mir, dass ich recht hatte.

»Dann machen wir unterwegs Halt und kaufen was. Ich habe einen Riesenhunger. Außerdem muss ich duschen.«

Bishop legte mir eine Hand auf den Bauch und streifte mit den Lippen meine Schulter. »Duschen kannst du später. Komm jetzt.« Er gab mir einen Klaps auf den Hintern und ging zu seinem Wagen. Tatum wischte sich den Schmutz von der Hose, sah Nate vorwurfsvoll an und folgte Bishop.

»Nur so aus Neugier«, sagte ich leise zu Nate, während ich

langsam zu ihm ging. »Wieso ist sie so sauer auf dich? Was hast du angestellt?«

»Ich?« Er hob unschuldig beide Hände. »Warum soll immer ich derjenige sein, der etwas falsch gemacht hat?«

Ich hob eine Augenbraue. »Weil du Nate bist?«

Er tat so, als müsste er nachdenken. »Überzeugt.«

Ich verdrehte die Augen und wollte Bishop und Tate folgen. Aber als ich mich von Nate abwandte, sagte er: »Wegen dir.«

Ich drehte mich um und stemmte die Hände in die Hüften. »Wie bitte?«

Er zuckte die Achseln. »Sie ist wegen dir und mir sauer. Und wegen Brantley, nur dass sie mit ihm nicht geschlafen hat.«

»Moment mal. Auf mich ist sie auch sauer?«

Nate schüttelte den Kopf. »Nein. Sie war sauer, weil ich mich zwischen dich und Bishop gedrängt habe. Sie steht voll zum Team Madship.«

»Team wie bitte?«

Er schnaubte. »Mach einfach dein Ding, Mädchen.« Ich sah zu Jase und Hunter hinüber, die mich aufmerksam beobachtet hatten, dann wandte ich mich ab und ging zu Bishops Wagen. Ob Tate doch sauer auf mich war, weil ich mit Nate rumgemacht hatte? Ich hatte dabei kein einziges Mal daran gedacht, wie es ihr dabei gehen mochte. Verdammt. Ich war eine miserable Freundin.

»Alles in Ordnung?«, fragte Bishop, während er aus der Zufahrt bog, den dritten Gang einlegte und das Gaspedal durchtrat.

»Ja, glaub schon.« In Wirklichkeit war ich mir da nicht sicher. Ich wusste, dass ich mich beschissen verhalten hatte. Und dieses Mal hatte auch Tatum darunter leiden müssen. Dabei hatte sie mit der ganzen Sache gar nichts zu tun.

19. KAPITEL

Als Erstes hielten wir vor Tates Haus. Ich schob meinen Sitz nach vorn, damit sie aussteigen konnte.

»Ich komme gleich nach!«, rief ich ihr hinterher, während sie die Stufen zur Haustür hinaufrannte.

Dann wandte ich mich an Bishop. »Ich glaube, das mit Nate und mir macht ihr zu schaffen.«

Bishop sah Tate nach. »Nee, ich glaube nicht, dass sie auf dich sauer ist. Eher auf ihn.«

»Bin gleich wieder da.« Ich stieg aus, folgte Tate die Treppe hinauf, schloss die Haustür hinter mir und steuerte Tates Zimmer im ersten Stock an. Da sie Sonnenlicht nicht mochte, benutzte sie den Filmraum als Schlafzimmer. Meine beste Freundin war ein Vampir. Was für uns beide durchaus Vorteile hatte: Abhängen und Netflix fand bei Tate unter Luxusbedingungen statt. Ihre Eltern hätte das alles sowieso nicht interessiert. Sie schauten alle drei Monate mal vorbei und sorgten ansonsten dafür, dass immer Geld auf dem Treuhandkonto war. Weshalb sie sich so wenig aus Tate machten, wusste ich nicht genau; laut Tate war es jedenfalls nie anders gewesen. Im Haus wohnten noch eine Köchin und eine Putzfrau, ein bisschen wie Sammy und Jimmy bei uns. Aber Tates Eltern waren nie da. Manche Leute hätten sie deswegen vielleicht beneidet: ein Haus mit zwölf Schlafzimmern ganz für sie allein, dazu ein Bankkonto wie ein Manager. Aber von Tate wusste ich, dass sie sich nach mehr sehnte. Darum war sie auch so ein großzügiger Mensch. Und ich eine miserable Freundin.

Als ich ihr Schlafzimmer betrat, fing ich an zu kichern. »Du hast die Kinosessel zum Bett umgebaut?«

Sie hielt im Packen inne und blickte über die Schulter. »Na klar doch. Spring mal drauf. Es ist total bequem.« Ich ging hin und ließ mich aufs Bett sinken. Sie hatte recht. Es fühlte sich an, als würde mein Hintern von einem Marshmallow liebkost. »Hey, ich wollte was mit dir bereden.«

Sie packte weiter ein, hauptsächlich Bikinis und kurze Röcke. Ich war zu sehr mit meiner Entschuldigung beschäftigt, um etwas dagegen einzuwenden. »Bist du wegen dem, was passiert ist, sauer auf Nate?«

Sie hielt kurz inne. Dann stand sie auf und steuerte das Badezimmer an. »Irgendwie schon!«, rief sie mir aus dem Flur zu. Gleich darauf trat sie, mit der Zahnbürste in der Hand, wieder ins Zimmer. »Ich meine, ich bin nicht aus Eifersucht sauer, weil er mit dir rumgemacht hat. Ich war sauer, weil er genau gewusst hat, was er tut. Er wusste, dass er Bishop gegenüber loyal sein sollte, trotzdem hat er dir weiter nachgestellt.« Sie zog den Reißverschluss der Reisetasche zu.

»Ich war mindestens genauso aktiv daran beteiligt wie er, Tate.«

Sie hängte sich die Tasche über die Schulter und sah mich finster an. »Das weiß ich. Auf dich bin ich deswegen auch sauer – deshalb wollte ich ja dabei zusehen, wie du verprügelt wirst.« Sie lachte leise; dann merkte sie, dass ich das nicht komisch fand, und wurde wieder ernst. »Mads, ich liebe dich, das weißt du doch. Ich bin nicht mit allem einverstanden, was du tust, aber deswegen würde ich dich nie verurteilen.«

»So fühlt es sich aber an, Tate.«

Sie kam zu mir und legte mir die Hände auf die Schultern. »Es stimmt aber nicht. Ich liebe dich. Du bist meine beste Freundin. Ich finde nicht richtig, was du da gemacht hast, das ist aber auch alles. Und so etwas wird immer mal wieder vorkommen, Mads.« Ich wusste nicht, warum mich das so erschreckte. Vielleicht weil Tate selbst so ein leichtlebiger Mensch war. Ein freier Geist … und, ja, sexuell sehr aktiv. Tillie war ebenfalls ein freier Geist, ein wildes Mädchen, nur nicht so eigensinnig und scharfzüngig wie Tate. Nachgiebiger, umgänglicher.

»Inzwischen bin ich gar nicht mehr sauer auf dich«, beteuerte Tate. »Ich bin drüber weg.« Dann ließ sie die Hände sinken. »Vermutlich hat mich die Geschichte mit Nate doch ein bisschen umgehauen. Mein Gott!« Sie seufzte, ließ sich aufs Bett fallen und verbarg das Gesicht in den Händen. »Ich bin ja so blöd, Mads. Ich wusste doch, worauf ich mich einlasse, als ich mit ihm ins Bett gehüpft bin. Ich wusste genau, dass er mit jeder schläft, und ich habe es trotzdem getan.« Sie spreizte die Finger und spähte zwischen ihnen hindurch. »An diesem Punkt müsstest du eigentlich sagen, dass ich überhaupt nicht blöd bin und dass er nun mal gut im Bett ist und dass ich eines Tages auch meinen Bishop finden werde.«

Ich schnaubte, packte ihren Arm und versuchte sie hochzuziehen. »Dafür ist Bishop viel zu kompliziert. Eine gruselige Vorstellung, dass da draußen noch mehr solche Typen herumlaufen könnten. Oder hast du den ganzen Scheiß schon vergessen?« An ihrer Miene erkannte ich, dass sie kaum zugehört hatte. Ich verdrehte die Augen. »Egal. Jetzt steh schon auf!« Ich zog sie auf die Füße und legte ihr einen Arm um die Taille. Gemeinsam gingen wir zur Haustür.

»Ich liebe dich auch, Tate.«

Sie drückte mich. »Verrätst du mir irgendwann mal, was aus Tillie geworden ist?«

Ich lächelte traurig. »Sobald ich es selbst weiß.«

Wir luden Tates Kram in den Kofferraum und stiegen ein. Bishop musterte uns beide. »Alles in Ordnung?«

»Alles bestens«, antwortete ich und zeigte nach vorn. »Lass uns schnell meine Sachen holen, dann fahren wir zu dir, und danach besorgen wir uns was zu essen. Mir ist nicht nach Kochen. Vielleicht können wir auf dem Rückweg zur Hütte Pizza holen.«

Bishop lachte. »Du hast dir wohl alles genau überlegt, was?«

»Ach Scheiße, ihr Turteltäubchen. Ich find euch ja total süß, aber im Moment würde ich echt lieber Musik hören.«

Bishop schaltete die Anlage ein, und eine sanfte, eingängige Melodie setzte ein, gesungen von einer Frauenstimme. »Was ist das denn für Musik?«

»›Something I Don't Know‹ von Miras«, antwortete Tate an meiner Stelle. Dann drehte sie den Kopf und schaute aus dem kleinen Seitenfenster. Ihre Miene war traurig. Sie tat mir leid. Es war offensichtlich, dass sie viel für Nate empfand, aber er erwiderte ihre Gefühle nun mal nicht, und daran würde sich auch nie etwas ändern, weil sich für ihn alles um Tillie drehte. Ohne Tillie hätte aus ihm und Tatum vielleicht etwas werden können, aber es gab Tillie nun mal. Schlechte Aussichten für Tate.

Ich drehte mich ein Stück zu Bishop um. »Hey, wann verrätst du mir eigentlich, was mit Tillie ist?«

Er biss die Zähne zusammen und warf im Rückspiegel einen Blick auf Tate. Dann schaute er wieder nach vorn und schaltete zurück. »Bald.«

Was vermutlich ›Komm mir jetzt nicht damit‹ heißen sollte. Also ließ ich das Thema fallen. Wir bogen in die Zufahrt zu meinem Zuhause ein. Ich seufzte. Ich war nicht gerne hier.

»Allmählich entwickle ich eine richtige Abneigung gegen dieses Haus.«

»Soll ich mit reinkommen?«, fragte Bishop und strich mit dem Zeigefinger über seine Oberlippe.

Ich nickte. »Okay.« Dann drehte ich mich zu Tate um. »Können wir dich ein paar Minuten allein lassen?«

In gespieltem Entsetzen rang sie die Hände vor der Brust. »Oje, oh, ich weiß nicht …«

Bishop und ich lachten und stiegen aus. Der Schweiß vom Kampftraining war längst getrocknet, aber man roch ihn noch.

»Ich muss wirklich duschen. Vielleicht mache ich das noch schnell, bevor wir weiterfahren.«

Bishop zog sich die Sonnenbrille vor die Augen, legte mir einen Arm um die Taille und ging mit mir zur Haustür. »Nichts dagegen.«

Als wir das Haus betraten, kam Elena die Treppe herunter. »Ach, hallo, Liebes!« Sie schaute von mir zu Bishop, und ihr Lächeln wurde noch sanfter. Sie legte ihm eine Hand an die Wange. »Du hättest uns das mit Elizabeth sagen sollen.«

Er zuckte die Achseln. »Es hätte ja doch nichts geändert.«

Elena streckte den Rücken. Das braune Haar fiel offen über eine Schulter. »Oh doch, das hätte es, das versichere ich dir. Morgen treffe ich mich übrigens mit deiner Mutter zum Mittagessen. Weiß sie Bescheid?«

Bishop schüttelte den Kopf. »Nein. Hauptsächlich weil, na ja …«

Elena grinste. »Weil deine Mom zu den wenigen Frauen gehört, mit denen du es dir lieber nicht verdirbst.«

Bishop lachte leise. »Genau.«

»Also, falls das Thema zur Sprache kommt, ich werde sie nicht belügen. Und da sie diejenige war, die das Treffen vorgeschlagen hat, können wir uns alle ausrechnen, dass sie mich entweder um einen Gefallen bitten oder mir irgendeine Information entlocken will. Oder beides.« Sie setzte ihre riesige

Brille auf und gab Bishop einen Klaps auf die Schulter. »Pass gut auf unsere Kleine auf.« Dann stürmte sie davon, als wären Sommerwetter, warme Milch und Cookies ihre größte Sorge. Elena war die interessanteste Frau, der ich je begegnet war. Sie erinnerte mich stets an Blumen an einem heißen Sommertag oder an kalten Eistee, und doch musste sie hart im Nehmen sein, schließlich war auch sie tief in dieses Leben verstrickt. Und inzwischen hatte ich schon mehr als einmal erlebt, wie schnell sie sich von dem lieben Frauchen in das furchterregende Weib eines Mafiabosses verwandeln konnte.

Ich ging hinter Bishop die Treppe hinauf und steuerte mein Zimmer an. »Dann dusch ich jetzt schnell.«

Bishop ging zum Schrank. »Ich packe für dich.«

»Danke.« Als ich ihn anlächelte, kam er zu mir und küsste mich auf den Mund. Es kostete mich all meine Kraft, ihm wenigstens für den Moment zu widerstehen.

Bishop löste sich von mir und sah mir forschend in die Augen. »Wir haben seit heute Vormittag ein paar Informationen mehr über die Vorgänge auf der Insel.«

Ich schob meine Nervosität beiseite. »Etwas Gefährliches?«

Seine Kiefermuskeln arbeiteten. »Ja.«

»Und wie habt ihr davon erfahren?«

»Durch Daemon.«

»Ist ihm was passiert?«

Wie üblich, wenn von meinem Bruder die Rede war, breitete sich Panik in mir aus. Die Verbindung zwischen uns war unglaublich stark. Schon der Gedanke, dass ihm etwas zustoßen könnte, war unerträglich.

»Es geht ihm gut, Baby. Aber wir müssen ein paar Dinge überprüfen.«

»Warum?«, fragte ich leise, bevor ich mich zurückhalten konnte. »Ich meine, klar hat er mit den *Elite Kings* zu tun, aber noch vor kurzer Zeit konntet ihr ihn alle nicht ausstehen. Wieso wollt ihr ihm auf einmal helfen? Mal davon abgesehen, dass er mein Bruder ist.«

Bishop zögerte, dann seufzte er. »Es stimmt nicht, dass wir ihn nicht leiden können, Madison. Wir wissen einfach, wer er ist und wozu er fähig wäre. Aber er ist nun mal dein Bruder, und das heißt, dass er mir jetzt auch wichtig ist.«

»Danke.« Ich rieb mir seufzend die Stirn. »Danke, dass du dafür Verständnis hast. Warum wolltest du nicht, dass Tate mitkommt?«

Bishops Lächeln verblasste. »Ich mag sie ja. Was einiges heißen will, weil ich kaum jemand mag, aber …« Er sah mir in die Augen und schien kurz davor, noch etwas zu sagen; dann verzog er den Mund und schüttelte den Kopf. »Ach, nichts. Ich wollte nur nicht die ganze Zeit mit anhören müssen, wie Nate und sie sich streiten.«

»Hast ja recht«, murmelte ich und senkte den Blick.

»Hey.« Er hob mein Kinn, sodass ich ihn ansehen musste. »Sie ist dir gegenüber total loyal. Damit ist sie auch meine Freundin. Denn was immer ich tue, tue ich für dich. Vergiss das nicht, okay?«

Ich legte ihm eine Hand an die Wange und zog die Linie seines Kiefers bis zum Kinn nach. Bishop öffnete leicht die Lippen und atmete tief ein. Es geschah ganz unauffällig, aber es entging mir nicht.

»Ich liebe dich«, flüsterte ich, den Blick auf seinen Mund gerichtet. Seine Kiefermuskeln spannten sich. Ich ließ die Hand sinken und schüttelte meine Verzauberung ab. »Tut mir leid.« Ich wusste schließlich, dass er es nicht aussprechen würde. Das hatte ich auch nie von ihm erwartet. Und trotzdem, bei jeder Gelegenheit, die er verstreichen ließ, schmerzte es ein bisschen mehr. Anfangs hatte es mir gar nichts ausgemacht. Er brauchte eben Zeit, bis er spürte, was er empfand. Und die würde ich ihm ja wohl geben können, oder? Aber inzwischen hatte ich ihm schon zweimal gesagt, dass ich ihn liebte, und er hatte überhaupt nicht darauf reagiert. Ich stürmte zum Badezimmer.

»Madison …« Bevor er mich aufhalten konnte, knallte ich ihm die Tür vor der Nase zu und schloss ab.

Ich fühlte mich zurückgewiesen. Mein Herz wurde schwer, meine Augen füllten sich mit Tränen. Ehe ich es verhindern konnte, lief es nass über meine Wange. Schnell wischte ich die Tränen weg. Es ärgerte mich, dass mich etwas so Blödes so aus der Fassung brachte. Ich stellte das Wasser an, drehte es kochend heiß und stieg unter die Dusche. Nur richtig heißes Wasser konnte mich jetzt von dem ablenken, was eben passiert war. Es würde mich daran erinnern, dass seelische Schmerzen nicht real waren, sondern reine Einbildung. Von emotionalen Verletzungen blutete man nicht, und man starb auch nicht daran. Doch auch wenn ich mir das in Gedanken immer wieder vorsagte, mein Herz wusste, dass es gelogen war. Ich schluchzte, griff nach der Seife – da riss mich ein lauter Knall aus meinem Elend. Rasch zog ich den Vorhang beiseite, um festzustellen, was da umgefallen war. Vor mir stand Bishop. Atemlos. Die Tür zu meinem Zimmer war zertrümmert. Ich schaute auf seine Stiefel und entdeckte Holzsplitter auf dem Leder. Er musste die Tür eingetreten haben.

»Bishop!« Ich wischte mir über die Wangen und schniefte. »Du hättest auch durch Nates Zimmer reinkommen können!«

Ohne zu antworten, kam er auf die Dusche zu. Seine Schultern hoben und senkten sich, und er hatte die Zähne so fest zusammengebissen, dass ich Angst hatte, er könnte sich den Kiefer brechen.

»Du gibst mir ja gar keine Chance …«, fing er an, während er langsam näher kam. Ich wollte antworten, doch er hob eine

Hand und hielt mir den Mund zu. Seine Augen waren geweitet, seine Wangen gerötet. Oh Gott. Er war höllisch wütend auf mich. Was mich ein wenig ärgerte, schließlich war ausnahmsweise mal ich diejenige, die allen Grund hatte, sauer zu sein. Er entriss mir den Vorhang, sah mir aber weiter in die Augen. Kein verführerischer Blick auf meinen Körper. Seine Augen waren dunkel wie bei einem wilden Tier. Ich zuckte zurück. »Bishop …«

Er fasste mich am Kinn, die gespreizten Finger lagen auf meiner Wange. Voll angezogen und in Stiefeln stieg er unter die Dusche und drängte mich rückwärts gegen die Wand. Er beugte sich zu meinem Mund herab und strich sanft mit den Lippen darüber. Sofort kribbelte es zwischen meinen Beinen. »Ich soll also diese drei Wörter aussprechen? Damit du dich sicherer fühlst, Mads? Nein, verdammt!« Er stemmte die Fäuste rechts und links von meinem Kopf gegen die Wand, senkte den Kopf und sah mir fest in die Augen. »Ist dir eigentlich klar, wie viele Arschlöcher es da draußen gibt, die ihren Partnern sagen, sie würden sie lieben, und dann hinter deren Rücken irgendwelche miesen Sachen machen? Willst du hören, was ich von der ›Liebe‹ halte, Kätzchen? Es ist Blödsinn. Das Wort selbst ist Blödsinn, und die Gründe, weshalb die Leute es aussprechen, sind erst recht Mist.« Er schob das Becken vor, sodass ich unter dem Jeansstoff seinen Schwanz spüren konnte. Meine Augen schlossen sich wie von selbst. Ich spürte seine Nasenspitze an meinem Ohr. »Das Ganze ist ein gottverdammter Wunschtraum. Solche Gefühle in Worte zu fassen bringt gar nichts. Ich brauch doch keine Worte, um zu wissen, was los ist!« Er hielt inne und biss mir in den Nacken, dann fasste er mir unter die Oberschenkel und hob mich hoch. Ich schlang ihm die Beine um die Taille. Er stieß mich erneut gegen die Wand. Das Duschwasser prasselte auf uns herab. »Ich fühle es doch.«

»Mach die Augen auf«, forderte er rau, die Lippen dicht an meinem Mund. Scheiße. Vor Angst verkrampften sich meine Bauchmuskeln. »Sofort, Kätzchen«, befahl er, und ich spürte das Vibrieren seines Brustkorbs in den Brustspitzen. Ich öffnete die Augen, ohne darauf zu achten, dass immer wieder Wassertropfen durch meine Wimpern sickerten. Bishop sah mich an. Sein Haar war tropfnass, das dunkle T-Shirt klebte ihm am Oberkörper, sodass man die Kontur jedes einzelnen Muskels erkannte. »Ich *empfinde* etwas für dich, Madison. Etwas, das ich noch nie empfunden habe. Niemals. Aber das Wort ›Liebe‹ ist nicht stark genug, um dieses verdammte Gefühl zu beschreiben. Dazu wird dieses Scheißwort viel zu oft missbraucht. Ich habe es noch *nie* verwendet. Nicht mal gegenüber meiner Mutter.« Er unterbrach sich, holte tief Luft und fuhr mit einem Finger über meine Lippen. »Aber scheiß drauf, Mads. Wenn es doch Liebe ist, dann liebe ich dich seit dem Tag, als ich dich in der Cafeteria zum ersten Mal gesehen habe.« Mein Herz wurde so weit, als wollte es meine Brust sprengen. Ich schaute auf seine Lippen, obwohl ich dafür fast schielen musste. Dann küsste er mich. Ich öffnete ein wenig den Mund, und seine Zunge glitt hinein. Im nächsten Moment löste er sich von mir und sah mir in die Augen. »Ich liebe dich auch.«

Meine Knie begannen zu zittern. Bishop umfasste meine Oberschenkel noch fester. Ich lehnte den Kopf an seine Halsbeuge. Dann schluchzte ich.

»Fang jetzt bloß nicht an zu heulen, Madison. Ich warne dich.«

Ich musste lachen, hob den Kopf und sah ihn an. Dann legte ich ihm beide Hände an die Wangen, und obwohl sich meine Kehle rau und eng anfühlte, schüttelte ich den Kopf. »Küss mich.« Es war die einzige Antwort, die mir einfiel. Mit der einen Hand hob er mich noch etwas höher, mit der anderen zerrte er sich das T-Shirt vom Leib und warf es aus der Dusche. Dann presste er mir die Lippen auf den Mund. Ich schlang die Arme um seinen Nacken, schmiegte mich an ihn und rieb mich an seinem Gürtel. Bishop fasste nach unten, öffnete die Schnalle und zog die Jeans auf. Seine Hand streifte meinen Venushügel; ich stöhnte auf und biss mir auf die Lippe. Bishop lachte leise und stellte mich wieder auf die Füße.

»Was machst du?«, fragte ich, denn sofort vermisste ich seine Berührungen. Er kniete sich vor mich hin, seine Bauchmuskeln spannten sich, und legte eines meiner Beine über seine Schulter. Grinsend sah er zu mir auf. Bei dem Anblick stöhnte ich erneut auf. Im Geist machte ich ein Foto von ihm, für zukünftige Gelegenheiten. Dann richtete er den Blick auf mein Zentrum, leckte sich die Lippen und presste seinen Mund zwischen meine Beine. Ich keuchte und drückte den Kopf gegen die Wand. »Oh mein Gott …« Mit der Zungenspitze zog er Kreise um meine Klitoris. Zugleich schob er einen Finger in mich hinein, bewegte ihn ein wenig und fand mühelos den empfindlichsten Punkt. Ohne jede Scham ritt ich auf ihm; in rasendem Tempo baute sich ein Orgasmus in mir auf. Als Bishop die Zunge in mich hineinschob, verlor ich die Kontrolle. Meine Muskeln strafften sich, Wellen der Lust liefen durch meinen Körper. Bishop stand auf und leckte sich wie nach einer leckeren Mahlzeit die Finger.

»Komm her.« Er packte wieder meine Beine und legte sie sich um die Taille. Dann küsste er mich auf den Mund und drang tief in mich ein. Mein Körper umschloss ihn, und obwohl mein Orgasmus noch nicht ganz verebbt war, baute sich in mir schon der nächste auf.

»Sieh mich an, Baby«, sagte Bishop rau, zog sich langsam zurück und glitt wieder in mich hinein. »Das alles gehört mir.

Hast du das verstanden?« Seine Bewegungen wurden schneller. »Kätzchen«, sagte er warnend und legte mir eine Hand an die Kehle. »Auch wenn ich dich liebe, ich werde dich ficken, bis du grün und blau bist. Treib keine Spielchen mit mir, Madison.« Er drückte mir die Kehle zu, bis ich kaum noch atmen konnte.

»Ich gehöre dir, Bishop. Für immer.«

»Das hier fasst niemand sonst an. Niemals.« Gnadenlos stieß er in mich hinein, so brutal, dass ich bestimmt ein paar Prellungen davontragen würde. Unsere Körper klatschten gegeneinander. Schweiß drang aus allen Poren. Bishop legte mir die freie Hand um den Oberschenkel und drückte hart zu; immer schneller und wilder stieß er in mich hinein. Meine Oberschenkel waren so weit gespreizt, dass die Innenseiten bei jedem Stoß schmerzten.

Dann küsste er mich aufs Schlüsselbein, und das genügte, um den zweiten Orgasmus in mir auszulösen. Mein Körper bebte. Bishop biss mir in den Hals und stöhnte leise; sein Schwanz zuckte in mir. Ein paar Herzschläge lang blieben wir so stehen, bis wir allmählich wieder zu Atem kamen. Dann lachte er, küsste mich leicht auf den Mund und löste sich von mir. »Ich werde mir ein paar Anziehsachen aus Nates Zimmer holen müssen.«

»Okay«, sagte ich lächelnd. Meine Wangen glühten, und mir tat alles weh. Ich hatte einen Fick an der Grenze zum Wahnsinn erlebt.

In Bishops Augen blitzte es, und sein Grinsen wurde breiter. »Alles okay?«

Ich verdrehte die Augen – der reine Bluff. »Na klar. Das war schließlich nicht unser erster Ritt.«

Er lachte, stieg aus der Dusche und verschwand in Nates Zimmer. Ich zog den Vorhang zu und biss mir auf die Lippen, doch das Lächeln ließ sich einfach nicht unterdrücken. Er liebte mich. Bishop Vincent Hayes hatte gesagt, dass er mich liebte. Vor Aufregung kribbelte es in meiner Brust, und es kostete mich Überwindung, nicht vor Glück laut zu schreien. Es war, als hätte ich endlich das Puzzleteil gefunden, das zu dem Bild von ihm und mir noch gefehlt hatte. Von Anfang an hatte sich unsere Beziehung im Kreis gedreht, und nie hatten wir diesen Punkt erreicht. Jetzt machte ich mir Hoffnungen, was unsere Zukunft betraf. Rasch seifte ich mich erneut ein und wusch mich, obwohl ich den Duft, den Bishops Rasierwasser auf meiner Haut hinterlassen hatte, nur ungern abspülte. Dann drehte ich das Wasser ab, stieg aus der Dusche und wickelte mich in ein Handtuch.

»Oh, was zum Teufel habe ich verpasst?«, fragte Tate von meinem Zimmer aus. Sie musste die Badezimmertür bemerkt haben. Ich spähte durch den offenen Rahmen. Offenbar war Tate eben ins Zimmer gekommen.

Sie blickte mich besorgt an. Dann wurde ihr Blick weich. »Mädel! Ich will *alles* hören.« Offenbar grinste ich von einem Ohr zum andern.

»Sollst du auch, aber jetzt muss ich erst mal schnell packen und mir was anziehen.«

»Und wo steckt unser *GQ*-Neandertaler?«

Ich deutete mit dem Daumen hinter mich. »Er holt sich ein paar Klamotten aus Nates Zimmer.«

Lachend schüttelte sie den Kopf. »Klingt nach einer tollen Geschichte.«

Sie hatte ja keine Ahnung.

20. KAPITEL

»Okay, für morgen früh haben wir genug zu essen. Und auch für den Fall, dass die Jungs später noch Hunger kriegen. Also müssen wir nur noch Pizza holen!« Der kleine Schwatz mit meinem Vater konnte warten. Die Mädchen sahen müde aus, und mir fehlte dafür im Moment auch die Energie.

Während ich vor einer roten Ampel bremste, überlegte ich, wo wir ohne größeren Umweg anständige Pizza bekamen. Dann grinste ich. »Ich hab eine Idee.« Ich griff nach meinem Handy und tippte eine Gruppennachricht:

Wir treffen uns bei CK.

Dann legte ich mir das Handy in den Schoß, gab Gas und fuhr zu dem Pizzaladen. Die Mädchen waren deutlich stiller als vorhin. Sicher, Madison hatte allen Grund, müde zu sein, aber was Tate anging, war ich mir nicht so sicher. Allmählich reichte es mir, ständig mit ansehen zu müssen, wie ihr Gehirn vor lauter Nachdenken heiß lief. Sie war mir nicht gleichgültig, denn schließlich wusste ich, wie viel sie Madison bedeutete. Kurz und gut, ich wollte nicht, dass ihr jemand wehtat.

Ich lenkte den Wagen in eine Parklücke vor *Gengy's Pizza.* Das ›G‹ hing nur noch an einem alten Stromkabel und ging ständig an und aus, sodass man manchmal *engy's Pizza* las. Ich war seit meiner Kindheit mit Gengy befreundet. Damals hatte mich meine Mom ständig hierher mitgenommen, um Pizza zu holen. Es gehörte zu meinen wenigen echten Kindheitserinnerungen an sie.

»Dauert nicht lange.« Mein Telefon steckte wieder in der Hosentasche; ich konnte spüren, wie es vibrierte. Zugleich hörte ich Gengy mit starkem puerto-ricanischen Akzent schimpfen.

»Scheiße, nein, Mann, so läuft das nicht. McGregor macht sie alle fertig!«

Lachend schüttelte ich den Kopf und betrat den Laden. »Wie schön, dass du immer noch so viel Scheiße redest!«, rief ich und zog das Handy aus der Gesäßtasche.

Gengy hörte auf, Blödsinn zu reden, wandte sich mir zu und grinste breit. »Oh! B! Mann!« Er beugte sich über den Tresen und drückte mich. »Junge, wo bist du denn immer? Ich hau dir noch eine rein, weil du nie kommst!«

»Ich weiß, Kumpel, echt schlimm. Dein Schild ist aber immer noch kaputt …«

»Hey!« Er wedelte mit dem Zeigefinger. »Komm du ja nicht in deinem hübschen schnellen Reiche-Jungs-Auto und den tollen Klamotten und drück mir Geld in die Hand wie 'ner Stripperin für 'nen Lapdance. Ich kümmere mich drum.«

»Das sagst du, seit ich zehn bin. Was würde mich so ein Lapdance denn kosten? Ich hab gerade ein paar Dollar dabei …«

»Klugscheißer!« Er lachte und warf einen Wischlappen hinter sich. Gengy war sechzig, ein Gras rauchender, fluchender, dickköpfiger Mistkerl mit Bierbauch. Er und ich hatten uns vom ersten Tag an verstanden. Der Rest war Geschichte.

»Was willst'n, B?«

Ich ratterte meine Pizzabestellung herunter. Während er sich an die Arbeit machte, schaute ich aufs Telefon und las die Nachrichten der Blödmänner.

Nate: *Wieso?*
Jase: *Da waren wir aber lange nicht mehr, B.*
Eli: *Hast du Blunts dabei?*
Cash: *Kann ich Cindy mitbringen?*
Hunter: *Wer zum Teufel ist Cindy?*
Cash: *Die Kleine, mit der ich ficke.*
Eli: *Wie, jetzt im Moment?*
Cash: *Kann mal jemand das Kind zur Schule bringen?*
Eli: *Wen nennst du hier Kind? Letzte Woche habe ichs mit deiner Mom getrieben.*
Brantley: *Ich sammle die lieben Kleinen ein und fahr mit ihnen hin.*

Ich schüttelte den Kopf. Verdammte Idioten, einer wie der andere. Ich schob das Handy in die Tasche zurück, schwatzte mit Gengy über den Blödsinn früherer Jahre, bezahlte für die Pizzen und kehrte zum Auto zurück.

»Nur so nebenbei«, meinte Tate gähnend. »Wenn ich mir eine Salmonellenvergiftung einfange, bist du schuld, B.«

Ich schnaubte. »Lass dich bloß nicht von dem Äußeren täuschen. Drinnen geht es so sauber zu wie in kaum einem von den Tausend-Dollar-Läden, in denen wir sonst essen.«

»Hui, strange«, sagte Tatum kichernd, eher zu sich als zu mir. Ich hörte es trotzdem. Ich war nervös, weil ich nicht wusste, wie sich die Dinge morgen entwickeln würden. Es gab ein paar verdammt große Brocken, die ich bisher vor allen geheim gehalten hatte. Und aus solchen Brocken entstanden irgendwann ganze Gebirge. Gut bewässerte Scheiße ergab nun mal erstklassigen Dünger. Ich hatte so eine Ahnung, dass Nate ausrasten würde. Und auch wenn ich nicht wusste, was genau zwischen Nate und Tatum lief, war nicht zu übersehen, dass es sie aus der Spur warf. Nate wiederum hatte bisher immer versucht, seine Gefühle für Tillie herunterzuspielen. Allerdings hatten wir ihm das nie wirklich abgekauft.

Zu behaupten, dass man jemand nicht liebte, war leicht – solange die betreffende Person nicht dieselbe Luft atmete wie man selbst, man also nicht ständig mit den eigenen Gefühlen konfrontiert war. Deshalb gingen Fernbeziehungen so oft zu Bruch. Hat man die andere Person lange genug nicht mehr gesehen, beschleicht einen irgendwann die Vorstellung, die eigenen Gefühle hätten sich in Luft aufgelöst. Plötzlich fragt man sich, ob man überhaupt je etwas empfunden hat. Ob es sein kann, dass man sich erst so schnell und so heftig verliebt, und dann, *puff*, ist davon nichts mehr übrig. Also macht man weiter, als wäre nie etwas gewesen, sagt sich, es wären eben schöne Erinnerungen, und ist glücklich. Bis man die Frau wiedersieht. Dann ist die Luft auf einmal elektrisch geladen, die Blicke treffen sich, und die ganze gottverdammte Welt steht kopf. Man verliert den Boden unter den Füßen und fliegt erneut auf sie. Mit dem Gerede von Seelenverwandtschaft und all diesem Mist, den manche Leute als Erklärung vorbringen, kann ich nicht viel anfangen, aber von Verbindungen verstehe ich etwas, und das Gefühl dafür täuscht einen nie. Da kann es dann noch so lange dauern, bis man sich das nächste Mal sieht, und, ja, vielleicht baut man in der Zeit unbewusst einen Schutzschild auf, weil man sich sicherer fühlt, wenn man sich einreden kann, man hätte nie etwas für die andere Person empfunden. Wenn man sich nicht täglich sieht, ist das sehr einfach. Weil man dann nicht den Magnetismus spürt, dem man es verdankt, dass man die andere Person überhaupt gefunden hat. Zwei Seelen können sich sekundenschnell miteinander verbinden, und auf solche Verbindungen ist immer Verlass. Weshalb ich verdammt sicher war, dass Tate dumm dastehen würde, sobald die zwei sich nach all der Zeit wieder zu Gesicht bekamen.

Ich steuerte den Wagen aus der Parklücke und fuhr zu *CK*. Bei der Ankunft bemerkte ich, wie Madison entsetzt das Gesicht verzog.

»Bishop. Wenn ich jetzt gleich eine Rätselbotschaft kriege, bringe ich dich um, das schwöre ich dir. Ich habe keine Lust mehr auf solche Spielchen.«

Ich lachte leise. Ihre Paranoia war berechtigt. »Steig aus.« Ich öffnete die Fahrertür und streckte mich. Der Wind trieb Heuballen über den alten Parkplatz, unsere Ankunft hatte Staubwolken aufgewirbelt.

Madison stieg mit den Pizzakartons aus. »Wow. Wie kommt es, dass ich diesen Ort noch nicht kenne?«

Ich ging zu ihr und nahm ihr die Kartons ab. »Hier haben wir als Jugendliche rumgehangen. Die Anlage ist schon vor Jahren geschlossen worden. Warum, weiß niemand so genau, denn eigentlich lief das Geschäft gut.« Tate stieg ebenfalls aus und strich sich den Rock glatt.

»Ich war seit Jahren nicht mehr hier.« Sie öffnete einen Karton und biss von der Pizza ab.

Madison schaute noch immer zu dem alten Vergnügungspark hinüber. Ich folgte ihrem Blick. Den Eingang bildete ein Torbogen in Regenbogenfarben, auf dem in Zirkusschrift *Cranky Klanksy's Fun Park* stand. Von einem Pfosten zum anderen lief eine Kette, daran ein Schild mit der Aufschrift ›Betreten verboten‹.

»Komm mit.« Ich fasste Madison an der Hand. Während wir auf den Eingang zugingen, hielten hinter uns mehrere Autos. Türen schlugen, und Hunter und Eli kamen im Laufschritt auf uns zu, schnappten sich einen Pizzakarton und verschwanden in den Tiefen des Vergnügungsparks. Die anderen lachten. Ich verdrehte die Augen.

Madison blickte über die Schulter, um nach Tatum zu sehen.

Nate hatte ihr bereits einen Arm um die Schultern gelegt. Ich schüttelte seufzend den Kopf. Er begab sich auf gefährliches Terrain. Es sei denn, er war über Tillie hinweg.

»Kann hier auch nichts passieren?«, fragte Madison mich, während ich sie weiter in die verlassene Anlage hineinführte. Es war Vollmond, also nicht allzu dunkel, und die Jungs hatten Taschenlampen dabei. Sie rannten umher wie eine Horde heißer Hyänen.

»Nee.« Ich legte den Arm um sie und küsste sie aufs Haar. Dann stellte ich alle Pizzakartons bis auf einen auf einem kleinen Tisch ab und deutete mit einem Nicken auf das alte Riesenrad.

»Oh nein.« Sie schüttelte den Kopf. »Nein, Bishop. Ich steh da nicht drauf.«

Ich grinste. »Vertraust du mir?«

»Nein. Doch. Ja und nein.«

Ich machte einen Schritt auf sie zu, sodass ich trotz der muffigen Gerüche im Vergnügungspark ihr süßes Parfüm wahrnahm. »Was denn nun, Kätzchen? Vertraust du mir, oder vertraust du mir nicht?« Ich neigte den Kopf, und als sie sich über die Unterlippe leckte und dann darauf herumkaute, glitt mein Blick wie von selbst zu ihrem Mund. Mein Schwanz schwoll an. »Verdammt«, fluchte ich kaum hörbar, ging weiter und zerrte Madison mit mir zum Riesenrad.

»Versprich mir, dass wir unten bleiben.«

»Versprochen.« Für heute. Bei unserem nächsten Besuch würde es bis ganz oben gehen. Madison entspannte sich endlich und hörte auf, sich zu sträuben. Ich duckte mich unter den Ketten hindurch. Sie folgte mir.

»Bishop …«, sagte sie warnend, als wir uns den schwebenden Gondeln näherten.

»Steig ein, Kätzchen.«

Ich setzte mich als Erster in die Gondel. Sie begann unter meinem Gewicht zu pendeln; trotzdem war ich zu vierzig Prozent sicher, dass nichts passieren würde. Madison betrat den dicken Plastikboden nur zögernd. Als er sich unter ihr bewegte, schrie sie auf und hüpfte mir auf den Schoß.

»Du bist so süß.« Ich strich ihr das Haar aus dem Gesicht. Sie wurde rot, rutschte von meinem Schoß hinunter und setzte sich neben mich. Nach ein paar Sekunden konnte ich spüren, wie sie sich in meinem Arm entspannte.

»Gar nicht so schlimm, was?«, fragte ich und hob die Augenbrauen.

Sie blickte über die Schulter und betrachtete die Metallstreben und Gelenke – die garantiert verrostet waren. »Stimmt schon.«

»Nächstes Mal fahren wir bis ganz nach oben.«

Sie zuckte zusammen. »Klar doch.«

Ich musste lachen, doch ich wurde schnell wieder ernst. »Das könnte morgen ziemlich hässlich werden, Mads.« Ich wandte mich ihr zu. Im Mondlicht zeichneten sich deutlich die Konturen ihres Gesichts ab. Die geschwollenen Lippen, die leicht eingesunkenen Wangen, das spitze Kinn, die dichten Wimpern. Ihre Stirn wölbte sich an zwei Stellen ein wenig vor. Madison war das schönste Mädchen, das mir je begegnet war. Nichts an ihr hatte auch nur den geringsten Makel. Aber am meisten liebte ich an ihr, dass ihr diese Schönheit gar nicht bewusst war. Sie kehrte sie nie heraus, wie Tatum es tat, versuchte sie aber auch nie zu verbergen, wie Tillie. Sie war einfach Madison. Sie blieb immer sie selbst. Ich fand es eindrucksvoll und inspirierend, wie sicher sie sich in ihrer eigenen Haut fühlte.

Sie blickte geradeaus und griff nach ein paar Haarsträhnen, die ihr der Wind ins Gesicht geweht hatte. »Ist das nicht immer so?« Sie lächelte flüchtig, dann sah sie mich an. »Dir darf auf keinen Fall etwas zustoßen. Daemon auch nicht oder Tate oder Nate oder …« Lachend schüttelte sie den Kopf. »Oder irgendeinem anderen King. Oh Gott, Bishop.« Sie wandte sich wieder mir zu. »Die Liste der Leute, an denen mir etwas liegt, ist inzwischen extrem lang.«

Das brachte mich zum Lächeln. Die Jungs waren meine Brüder; es nahm mir eine Riesenlast von den Schultern, dass Madison sie gernhatte. Im Grunde hatte ich nie daran gezweifelt. So war sie eben. Andererseits hatten wir einigen Mist mit ihr angestellt. Und ich hatte keine Ahnung, ob wir damit womöglich bleibende seelische Schäden verursacht hatten. Nun, früher oder später würde sich schon zeigen, wie tief die Wunden waren. Vor allem die meiner Initialen in ihrer Haut.

Ich drückte sie an mich. »Ich weiß.«

Sie lehnte den Kopf an meine Brust und schmiegte sich an mich. Auch wenn sie nicht eben klein war, wirkte sie im Vergleich zu mir geradezu winzig. »Was ist deine Lieblingsfarbe?« Gähnend verschränkte sie die Finger mit meinen.

»Schwarz. Und deine?«

Sie kicherte. »Blau. Also, eher Petrol. Eine Mischung aus Blau und Grün, aber eher grün. Und zwar pastellfarben.«

»So was wie Rot ist dir wohl zu einfach.« Auch das trug zu ihrem Zauber bei.

An meine Brust gelehnt, schüttelte sie den Kopf. »Nein, bei mir ist nichts einfach. Du solltest lieber die Beine in die Hand nehmen.«

»Tut mir leid, Baby, aber Laufschuhe hätten nicht zu meinem Outfit gepasst.«

Sie kicherte erneut; die hohen Laute hallten von den stillgelegten Karussells wider. Ihr Lachen hätte Tote zum Leben erwecken können. Mit dem verlassenen Vergnügungspark hatte sie jedenfalls leichtes Spiel.

Ihr Lachen erstarb; sie legte den Kopf in den Nacken und sah zu mir auf. Wir blickten uns in die Augen, bis ich Druck auf der Brust spürte. »Was ist?«, flüsterte ich und schaute auf ihren Mund.

»Ist das hier real?«

»Wenn nicht, bring ich das Arschloch um, das es erfunden hat.«

»Ich kann nicht ohne dich leben, Bishop.«

»Pst.« Ich zog sie an mich. Ich konnte nicht behaupten, dass sie sich deswegen keine Sorgen machen musste. Jedenfalls nicht, bevor wir von Perdita zurück waren.

Später fuhren wir zur Hütte zurück. Die anderen folgten uns in ihren Wagen. Tate war zu Nate ins Auto gestiegen. Hunter hatte versucht, bei uns einzusteigen, aber ich hatte ihn und alle anderen abgewiesen. Je mehr Zeit ich mit Madison allein verbrachte, desto häufiger wünschte ich mir solche Gelegenheiten. Die Jungs würden lernen müssen, uns ein bisschen Privatsphäre zu gönnen.

»Ich liebe dieses Stück.« Madison drehte die Musik lauter und nickte im Takt.

»Was ist das?« Normalerweise war diese Art von Musik nicht mein Fall, aber Stimme, Text und Rhythmus gingen gut ins Ohr.

»›I'm Ready‹ von Niykee Heaton.« Sie sah mich aus den Augenwinkeln an und lächelte. »Ihre Lieder handeln meist von Liebe und Sex. Vor allem von Sex.«

»Der Text passt jedenfalls.«

»Genau! Darum mag ich das Stück auch so.«

Sie stellte es noch etwas lauter, und als es zu Ende war, drückte sie auf *Repeat*. Bis wir in die Privatstraße zur Hütte einbogen, kannte ich den Text so ziemlich auswendig.

Wir stiegen aus. Während wir die Türen schlossen, trafen

auch die übrigen Autos ein. Es war fast Mitternacht, darum zeigte ich den Jungs nur kurz das Siegeszeichen und ging mit Madison zum Hauptschlafzimmer hinauf. Die Hütte befand sich schon seit Generationen im Besitz unserer Familie. Sie war aus dunkel gebeizten Holzstämmen erbaut und auf allen Seiten von einer Terrasse umgeben. Im ersten Stock gab es fünf Schlafzimmer. Das Hauptschlafzimmer nahm den gesamten zweiten Stock ein und war rundum verglast, sodass man das Gelände überblicken konnte. Diesen Ausbau verdankte die Hütte meinem Vater, ihm und seiner Paranoia. Das Gebäude selbst war viel älter. Ich hätte schwören können, dass in den Korridoren die Geister meiner Vorfahren spukten. Kein anheimelndes Gefühl.

»Wow.« Madison strich über einen Pfosten des alten Himmelbetts. Das Holz war mit komplizierten Schnitzereien verziert. »Mich überrascht so schnell nichts mehr, das schwöre ich dir.« Sie gähnte und streckte sich; dann zuckte sie zusammen.

Ich zog Nates Sachen aus, warf sie in eine Zimmerecke und schlug die Bettdecke zurück. »Alles in Ordnung?«

Sie wurde rot. »Ja, klar.« Dann zog sie sich ebenfalls aus und ließ ihre Kleidung auf den Fußboden fallen. Ich erstarrte. Sie hatte blaue Flecken an den Oberschenkeln, an den Armen und sogar an der Kehle.

»Scheiße.« Ich sprang auf und lief zu ihr.

»Was ist?«, fragte sie erschrocken. Dann schaute sie auf ihre Oberschenkel und entspannte sich. »Ach so.« Sie schlüpfte unter die Decke.

»Nein, Mads. Nicht ›Ach so‹.«

»Was ist denn daran so schlimm?« Sie gähnte erneut. Da sie derartig müde war, wollte ich jetzt nicht mit ihr streiten. Also ließ ich mich aufs Bett sinken und zog sie an mich.

»Ich werde versuchen, sanfter zu sein. Aber garantieren kann ich es nicht.«

Sofort schoss sie in die Höhe – als hätte sie nicht eben noch gegähnt wie jemand, der wochenlang nicht geschlafen hatte. »Nein. Bitte nicht. Mir gefällt es so.«

Ich zögerte und suchte nach Hinweisen darauf, dass sie log. Schließlich seufzte ich. »Na, Gott sei Dank. Denn ehrlich gesagt, ich kann gar nicht anders. Und jetzt komm wieder her. Heute Abend lass ich dich in Ruhe, aber morgen früh gehört dein Hintern mir.«

21. KAPITEL

»Kommt mir vor wie das letzte Abendmahl«, murmelte Tate, während sie an einem Bissen Pfannkuchen kaute.

Ich verdrehte die Augen.

Nate grinste höhnisch – als wenn er ihr letzte Nacht nicht die Zunge in den Hals gesteckt hätte.

Bishop lachte. »Gut möglich …« Alle sahen ihn an. Er winkte ab. Ich hätte ihn zu gern gefragt, was heute passieren würde. Andererseits wollte ich es gar nicht so genau wissen.

»Das Mädchen kann kochen!« Hunter war beim vierten Pfannkuchen. Ich hatte an diesem Morgen bestimmt hundert Stück gebacken. Rechnete man noch kiloweise Speck und etwa vierundzwanzig Eier (in Form von Rührei) sowie eine unglaubliche Menge Brot dazu, erhielt man unter dem Strich ein normales Kings-Frühstück. Tate und ich hatten Stunden in der Küche verbracht. Darauf hatte ich bestanden, denn diese Jungs waren meine Familie. Sie standen mir näher als manche Blutsverwandten. Als ich in die Gesichter am Tisch blickte, begriff ich zum ersten Mal, weshalb manche Menschen sagten: *Was zählt, ist nicht das Blut, sondern die Loyalität.* Denn wenn mir jemand seine Loyalität bewiesen hatte, dann diese Jungs. Klar, sie hatten mich auch in Gefahr gebracht. Sie hatten mich fast überfahren, in dunkelster Nacht durch den Wald gejagt, Spielchen mit mir getrieben und vermutlich noch einiges mehr, das mir gerade nicht einfiel. Aber sie waren meine Familie.

»Alles okay?« Bishop schlang einen Arm um meinen Nacken und zog mich an seine Brust. Er trug einen dunklen Kapuzenpulli, lässig sitzende Jeans und weiße knöchelhohe Sneakers – einen weißen Armani-Slip, wie ich wusste. Schlagartig standen wieder die Eindrücke unserer Privatorgie um vier Uhr morgens vor meinem geistigen Auge. Meine Oberschenkel spannten, meine Wangen glühten, und ich biss mir auf die Unterlippe. Bishop drückte mir die Schulter. »Kätzchen …«, sagte er warnend, aber es war zu spät, in meiner Vorstellung unternahm ich einen Zeitsprung …

Etwas Warmes umschloss meine Brustspitze. Ich stöhnte auf und wurde zögernd wach. Mein Körper war bereits schweißnass, und meine Vagina pulsierte.

»Hm … Wie viel Uhr ist es?«, fragte ich schläfrig. Als Bishop nicht antwortete, öffnete ich langsam die Augen, aber ich sah nur Dunkelheit und über mir seinen schattenhaften Umriss. Bishop küsste mich auf den Mund, ich öffnete die Lippen und spreizte die Beine. Er legte sich zwischen sie, und ich spürte seine nackte Haut an meiner. Langsam ließ er den Schwanz in mich hineingleiten. Sein Atem streifte mein Gesicht. Ebenso langsam zog er sich wieder zurück und drang erneut in mich ein. Ich schlang die Arme um seinen Nacken. Er leckte mir über die Lippen, dann den Hals hinunter zum Schlüsselbein, dann saugte er an meiner Haut; und während der ganzen Zeit stieß er immer wieder langsam in mich hinein. Schweißtropfen rannen ihm über die Stirn und fielen mir ins Gesicht, wo sie sich mit meinen vermischten. Bishop schob mir einen Arm unter den Nacken. Noch näher konnte man einem anderen Menschen nicht sein. Er umfing mich, er füllte mich aus. Dabei ritt er mich, langsam, ohne ein Wort. Jetzt küsste er mich wieder auf den

Mund, als wollte er mich verschlingen. Dann, als sein Verlangen wuchs, wurde sein Kuss ruhiger, sinnlicher, forschender. Langsam, aber von erschreckender Tiefe. Hinter meinen Augenlidern flackerten Blitze. Meine Gedanken zogen sich zusammen, während alles in mir weit wurde. Bishop liebte mich, und ich wollte, dass er nie mehr damit aufhörte. Unsere Körper klatschten aneinander, im perfekten Rhythmus vollkommener Leidenschaft. Bishops Mund gab meinen keine Sekunde lang frei, seine Zunge hörte nicht auf, mich zu liebkosen. Mein Körper spannte sich an, als wollte er die Empfindungen unverlierbar speichern, bis das innere Feuer mich verbrannte. Und dann überflutete mich mein Orgasmus; Bishop stöhnte in meinen Mund, und sein Schwanz pulsierte in mir. Schwer atmend und schweißüberströmt ließ er sich auf mich sinken, drehte sich mit mir in die Löffelchenstellung und küsste mein Haar. »Schlaf jetzt.«

Meine Handflächen waren schweißnass, meine Haut war fiebrig heiß.

»Tut mir leid«, erwiderte ich und sah ihm in die Augen. Ich lächelte neckend, räusperte mich und wandte mich dringlicheren Themen zu. Zum Beispiel der Tatsache, dass Nate und Tate schon wieder stritten.

»Leute«, fuhr ich sie an, »bitte haltet endlich die Klappe. Ich habe keine Lust, mir im Flieger zwei Stunden lang diesen Mist anzuhören.«

»Wie wahr«, murmelte Cash, während er aufstand, um sich eine Zigarette zu holen. Er steckte sie in den Mund und wollte sie anzünden.

»Äh, und du kannst draußen rauchen.«

Ich spürte Bishops Körper erbeben und fuhr zu ihm herum. Er lachte hinter vorgehaltener Hand. »Was gibt's da zu lachen?«

Bishop hustete, schüttelte den Kopf und räusperte sich. »Gar nichts, Baby. Du kommst mir ein bisschen reizbar vor, das ist alles.«

Als ich begriff, was er meinte, entspannte ich mich ein wenig. »Oh.« Dann bekam ich ein schlechtes Gewissen. Meine Wangen glühten. »Tut mir leid.«

»Entweder sie hat Hunger, oder sie braucht Schlaf.« Nate deutete mit einem aufgegabelten Pfannkuchen auf mich.

Ich schaute auf das Ding, das ich gebacken hatte; dann sah ich ihm in die Augen. »Also, ich habe letzte Nacht gut geschlafen, Nate«, sagte ich bissig und stand auf. »Und zu essen hatte ich auch genug.«

»Das kannst du uns nicht erzählen, kleines Mädchen. Wir haben dich heute früh alle stöhnen gehört.«

Ich verdrehte die Augen und ging zur Vordertür. Draußen saugte Cash mit gegen den Qualm zusammengekniffenen Augen an seinem Sargnagel. Bis auf Nate und Jase rauchten sie alle. Nate hatte ich bisher nur einmal mit einer Zigarette gesehen, und zwar in der Nacht, als er von meiner Vorgeschichte erfahren hatte. Ansonsten bevorzugte er Joints.

Die Tür fiel hinter mir zu. Cash grinste und blies Rauch in die Luft.

»Tut mir leid«, murmelte ich und verschränkte die Arme vor der Brust. »Ich hätte dich eben nicht so angiften sollen.«

Er zuckte die Schultern und schnippte Asche von der Zigarette. »Macht nichts, Baby.« Ich betrachtete ihn genauer. Mit Cash hatte ich noch nicht so viel Zeit verbringen können wie mit einigen anderen Kings. Das Gleiche galt für Eli, Ace und Saint. Aber auch wenn die Verbindung zu ihnen nicht so stark sein mochte wie die zu Nate, Bishop, Brantley, Hunter und Jase, bedeuteten sie mir deshalb kaum weniger. Das unsichtbare Band zwischen uns hielt mich gefangen. Als hätte ich eine

Schlinge um den Hals. Cash trug dunkle Jeans, die obligatorischen Kampfstiefel und ein dunkles T-Shirt. Er hatte immer einen Bartschatten, und seine Augen waren so dunkel wie die von Brantley, blickten aber nicht so gequält. Das glatte, dunkle Haar trug er an den Seiten kurz rasiert und unter dem rechten Auge hatte er ein Muttermal. Er erinnerte mich an einen der Jungs von One Direction; keine Ahnung, wie er hieß – der heißeste von allen. Er blickte vor sich hin, nur seine langen Wimpern zuckten. »Warum genau siehst du mich so an, als könnte man mich essen?«

Ich schnaubte und setzte mich auf die Stufe vor uns. Cash blieb stehen, die Beine gekreuzt, die Schultern gegen die Wand der Hütte gelehnt. »Tue ich gar nicht. Es ist einfach so, dass ich …«

»Dass du Angst hast?«, beendete er den Satz für mich. Dann setzte er sich neben mich. Sein Knie streifte meins.

»Ja. Ich glaub schon.« Ich strich mir das Haar hinters Ohr. Jetzt wünschte ich, ich hätte es hochgebunden. Ich hatte mich für schwarze Leggings, meine weißen *Converse*-Sneakers und ein weites T-Shirt entschieden, das mir bis über den Hintern reichte. Kleidung, die zu mir passte und in der ich notfalls rennen konnte.

»Du hast auch allen Grund, dich zu fürchten, Mads. Perdita ist kein Kinderspiel. Ehrlich gesagt, haben wir uns alle gewundert, dass Bishop dich mitkommen lässt.«

Ich schaute ihn stirnrunzelnd an. »Wirklich? Ich meine, deswegen habe ich gar keine Angst.«

Er sah mir forschend in die Augen. »Wegen Daemon?«

Ich nickte. »Genau. Es ist einfach …« Ich schaute ins Weite. »Ich könnte nicht ohne ihn leben. Und es ist nun mal erschreckend, wenn dein Glück von einem anderen Menschen abhängt, stimmt's?«

Cash verzog keine Miene. »Keine Ahnung, Baby, aber wenn du es sagst, wird es schon stimmen.«

Ich schnaubte und schüttelte den Kopf. »Hat sich denn von euch wirklich noch nie jemand verliebt?« Ich zog mir meine Ray-Ban-Sonnenbrille aus den Haaren und setzte sie mir auf.

»Das habe ich nicht behauptet …«

»Aha.« Ich strich mir das Haar aus dem Gesicht, stützte mich auf die Ellbogen und streckte die Beine aus. »Dann will ich den ganzen Klatsch hören.«

Cash blickte weiter stur geradeaus, doch ich konnte sehen, wie sich seine Wangen spannten, weil er grinste. Er zog an der Zigarette. »Von welchem King würdest du am wenigsten erwarten, dass er sich verliebt?«

Darüber musste ich nicht lange nachdenken. »Brantley.«

Sein Grinsen wurde breiter. Er wandte sich mir zu. »Da hast du die Antwort.«

Ich war verwirrt. Brantley sollte schon mal jemand geliebt haben? Unmöglich. Offenbar sah man mir die Verblüffung an; ich hatte auch gar nicht versucht, sie zu verbergen. »Du solltest nicht so voreilige Schlüsse ziehen, kleines Mädchen.«

»Wow. Hab ich gar nicht, ich meine, ich bin halt einfach überrascht.«

Cash schnippte die Zigarette zum Fuß der Treppe. »Es ist lange her, und es ist nicht gut ausgegangen, deshalb reden wir nicht darüber. Sie sucht ihn immer noch in seinen Träumen heim.«

»Seinen Albträumen«, ergänzte ich leise, mehr für mich selbst als für Cash. Mir war einiges klar geworden. Also deshalb hatte Brantley Albträume? Ich hatte immer geglaubt, es hätte mit seinem perversen Vater zu tun.

»Und das …«, unterbrach Cash meine Gedanken.

»… sind echte Abgründe …«

»Die Abgründe in Brantley Vitiosus sind eine einzige Lavagrube. Lass lieber die Finger davon, kleines Mädchen. Es gibt nur eine Person, die Brantley retten könnte. Und die ist nicht hier.«

Weiter wollte ich mich lieber nicht vorwagen, darum wechselte ich das Thema. »Ich hoffe echt, dass Nate und Tate nicht die ganze Zeit streiten.«

»Tun sie garantiert.« Cash lachte, stand auf und reichte mir eine Hand, um mir ebenfalls aufzuhelfen. Ich bürstete mir den Schmutz von der Hose.

»Danke für das nette Gespräch.« Er zwinkerte mir zu und ging wieder hinein, als Bishop ins Freie trat.

»Vertragt ihr euch jetzt?«, fragte er grinsend. Er hatte unsere Reisetaschen dabei.

Ich lächelte ihn an. »Weißt du, es ist schon verrückt, was man alles herausfindet, wenn man mit einem King allein ist.«

»Vorsicht, Kätzchen …« Er kam zu mir, legte mir einen Arm um die Taille, zog mich an sich und biss mir in die Unterlippe. Dann löste er sich von mir, schaute auf meinen Mund und dann wieder in die Augen. »Du willst doch nicht die Nächste sein, die im Bermudadreieck verschwindet, oder?« Das sagte er so ernst, dass mir das Lachen im Hals stecken blieb. Ich sah zu, wie er die Taschen zum Maserati trug.

»Das ist nicht komisch!«, rief ich ihm nach.

Er legte den Kopf in den Nacken und lachte.

Arschloch.

Dann lächelte ich. Ja, er war ein Arschloch, aber ich liebte ihn so, wie er war. Ich hätte mir Bishop nie anders gewünscht. Auch wenn wir jetzt offiziell ein Paar waren und er mir gehörte und ich ihm, würde sich Bishop nie ändern. Er würde sich nicht in eine blassere Version seiner selbst verwandeln, nur weil es jetzt mich gab.

Etwas klatschte laut, und im selben Moment spürte ich meinen Hintern brennen. Ich schrie auf, fasste mir an die Pobacke und fuhr herum, um herauszufinden, wer da um Prügel bettelte.

»Jetzt komm schon, Mädchen. Ich bin so weit!«

»Tate!«, schimpfte ich, während sie an mir vorbei auf den Maserati zusteuerte. Nicht etwa auf Nates Audi. »Äh, warum fährst du nicht bei Nate mit? Ihr könntet euch ja darüber unterhalten, wie ihr es schafft, nicht den ganzen Flug über zu streiten!«, rief ich ihr nach, doch sie lud ihre Tasche bereits in Bishops Kofferraum.

»Danke, nein! Sonst hast du nachher noch einen Bruder weniger.«

Himmel. Als Nächstes kam Nate vorbei. Er biss in einen Apfel. »Was hast du angestellt?«, fragte ich ihn, ohne den Blick von Tate abzuwenden.

»Was *ich* angestellt habe?« Kauend drehte er sich zu mir um. Jetzt sah ich ihn doch an. »Ich war ehrlich zu ihr. *Das* habe ich angestellt. Es ist nicht meine Schuld, wenn sie damit nicht klarkommt.«

»Aber du warst doch nett, oder?« Ich hob die Augenbrauen.

Zerstreut blickte er an mir vorbei. »Ich bin immer nett.«

»Nate!« Ich boxte ihm gegen die Schulter.

»Autsch!« Er rieb sich die Stelle. »Das war jetzt aber nicht nett, Schwesterlein.«

»Wer im Glashaus sitzt …«

Er verdrehte die Augen und stieg die Treppe hinunter. »Ich habe ihr von Anfang an gesagt, dass ich nicht der Typ für feste Beziehungen bin. Sie kommt halt nicht damit zurecht.« Irgendwie hatte ich den Eindruck, dass er mir etwas verschwieg. Falls das stimmte, wäre ich ziemlich enttäuscht, denn eigentlich hatte ich gedacht, dass wir über dieses Stadium hinaus waren. Ich folgte Nate die Treppe hinunter, stieg auf der Beifahrerseite ins Auto und schloss die Tür. Da Bishop sich noch mit Saint und Chase unterhielt, drehte ich mich zu Tate um. Sie blickte geistesabwesend aus dem Fenster.

»Was läuft da zwischen euch? Und lüg mich nicht an, T.«

Sie seufzte. »Er macht mich an, weckt alle möglichen Gefühle in mir, liefert mir unglaublichen Sex und sagt all die Dinge, die ich hören möchte. Aber sobald die ganze Aufregung vorbei ist, heißt es wieder, er hätte nur ein bisschen Spaß haben wollen und aus uns beiden könnte nie etwas werden.«

»Herzlichen Glückwunsch. Offenbar hast du mit einem Mann geschlafen.«

Das brachte sie ein wenig zum Lachen, woraufhin mir etwas leichter ums Herz wurde. Dann sah sie mir in die Augen. »Im Ernst, Mads. Es macht mich total fertig; trotzdem bin ich so blöd, mich immer wieder mit ihm einzulassen. Ich bin eine dumme Kuh, genau wie die Mädchen, über die ich mich ständig lustig mache.«

»Also gut, ja, dass du dich über sie lustig gemacht hast, war gemein, aber – sei nicht so streng mit dir, Tate. Nate ist schließlich nicht nur …«

»… total heiß, gefährlich, voller Tattoos und Piercings und geiler Muskeln?«, beendete sie den Satz.

»Ja, also das auch, aber was ich außerdem sagen wollte: Du bist ein Mädchen, Tate. So was passiert uns allen. Du bist nicht allein. Falls du einen Rat hören willst, würde ich sagen: Geh auf Abstand, bis du deine Gefühle in den Griff kriegst. Du machst es ihm sonst zu leicht. Außerdem versinkst du mit jedem Mal tiefer im Gefühlssumpf. Und das bringt nichts.«

»Weil er Tillie liebt.« Ihr Lächeln erstarb, und sie schaute erneut aus dem Fenster. »Weißt du was?« Jetzt wirkte sie wütend. Ich hoffte nur, dass Bishop erst zu uns einstieg, wenn ich sie etwas beruhigt hatte. »Ich kapier das einfach nicht. Sie ist ja gar nicht da! Sie ist weggerannt und wollte nichts mehr von uns wissen! Und davor war er ein einziges Mal mit ihr zusammen! Sie haben nicht mal so viele gemeinsame Erinnerungen wie er und ich.« Vermutlich hätte ich mir auf die Zunge beißen sollen, aber jetzt redete sie wirklich Unsinn.

»Tate, das alles spielt doch überhaupt keine Rolle. Nicht wenn es um den *einen* Menschen geht. Ich weiß, für dich ist das hart, aber wenn du diesen einen Menschen selbst erst gefunden hast, wirst du es verstehen. Und wenn du eine Million Erinnerungen an schöne Momente mit jemand teilst, solange dieser Jemand eine andere liebt, sind all eure Erinnerungen *nichts* im Vergleich zu der *einen* Erinnerung an sie.« Allmählich bekam ich einen Krampf im Hals, deshalb wandte ich mich ab und schaute wieder nach vorn. »Du weißt, ich liebe dich. Und ich glaube wirklich, dass Nate auch etwas für dich empfindet, aber ich habe ihn auch mit Tillie erlebt. Und das sage ich bestimmt nicht, um dir wehzutun. Sondern damit du dich für den Tag wappnen kannst, an dem sie vielleicht wieder auftaucht. Okay?« Ich schaute in den Seitenspiegel. Tatum wischte sich eine Träne von der Wange; vermutlich ahnte sie nicht, dass ich sie sehen konnte.

Dann räusperte sie sich. »Ja, du hast recht. Ich lasse mich nicht noch mal darauf ein. Und ich hoffe doch auch, dass sie heil zurückkommt. Allmählich mache ich mir wirklich Sorgen um sie.« Etwas an ihrem Tonfall verriet mir, dass sie es diesmal ernst meinte. Sie würde nicht noch mal mit Nate schlafen.

»Ich auch.«

22. KAPITEL

»Haben wir auch was zum Naschen dabei?«, fragte Tate auf dem Sitzplatz vor Bishop und mir, während sie sich anschnallte. Neben ihr saß Cash, während Nate sich ganz hinten im Jet niedergelassen hatte. Da gehörte er auch hin. Ich war nicht wirklich wütend auf ihn. Offenbar war er Tate gegenüber ehrlich gewesen. Falls er ihr aber doch falsche Hoffnungen gemacht hatte, würde ich ein Wörtchen mit ihm reden, sobald wir wieder zu Hause waren. Dieses Arschloch.

»Du brauchst nichts zum Naschen. Wir haben eben erst gefrühstückt. Schließlich fliegen wir nicht nach Europa.«

»Na, das ist ja mal eine Idee«, murmelte sie, so leise, dass ich es fast überhört hätte. »Oh!« Sie beugte sich um die Sitzlehne herum und sah mich an. »Wir sollten deinen Geburtstag in Europa feiern, Mads! Oh, mein Gott!«

Ich schüttelte den Kopf und sah sie finster an, auf die Art, die überall auf der Welt ›Halt die Klappe!‹ bedeutete.

Ihre Antwort war ein nicht weniger dreister Blick. »Ach, komm schon. Er weiß doch längst, dass du in zwei Wochen Geburtstag hast. Dumme Kuh.«

»Ist das neuerdings dein Lieblingswort?«, fragte ich höflich, während sie sich wieder aufrichtete.

»Sieht so aus. Aber mal im Ernst. Wir sollten nach Griechenland fliegen.«

»Erst mal will ich diesen Scheiß hier hinter mich bringen.« Ich sah Bishop an. Offenbar hatte er mich die ganze Zeit beobachtet.

»Wie süß. Hast du wirklich geglaubt, ich wüsste nicht, wann dein Geburtstag ist?«

»Ach, ich weiß auch nicht. Ich habe meinen Geburtstag nie groß gefeiert. Ich hab gar nicht daran gedacht, ihn dir gegenüber zu erwähnen.«

»Wie, hast du noch nie eine Geburtstagsparty geschmissen?«

Ich schüttelte verlegen den Kopf. »Nein. Ob du es glaubst oder nicht, ich stehe nicht gern im Mittelpunkt.«

Er legte mir einen Arm um die Schultern. Das Signal zum Anschnallen leuchtete auf, und der Pilot sagte durch, dass sich alle auf den Start vorbereiten sollten. In dem Moment beugte Bishop sich zu meinem Ohr herab. »Eigentlich weiß ich ziemlich genau, was du magst, Kätzchen.« Er biss mir ins Ohrläppchen, und ich musste mich an der Armlehne festkrallen, damit ich ihm nicht auf den Schoß kletterte. Ich betrachtete seine Hüften in der lässig sitzenden zerrissenen Jeans. Bishop legte die freie Hand in den Schoß und drückte seine Kronjuwelen. Ich atmete scharf ein und schloss die Augen.

»Gefällt dir der Anblick, Kätzchen?« Ich spürte das Vibrieren seiner Stimme auf der Haut.

»Bishop …«, keuchte ich.

Er lachte leise, löste sich von mir und lehnte sich im Sessel zurück. »Ich werde dich jetzt nicht in der Kabine im Stehen ficken – schließlich sollst du dich nachher konzentrieren können. Aber auf dem Rückflug …«

Um mich von Bishops Andeutungen abzulenken, nahm ich Zuflucht zu meinem Handy und rief *Spotify* auf. Dann fischte ich meine Kopfhörer aus der Hosentasche, entwirrte sie und setzte sie ein. Das Flugzeug raste die Startbahn entlang. Ich schaute zu, wie der Asphalt unter uns zurückblieb, bis man nur noch Wolken und die kleiner werdenden Gebäude der Stadt sah. Ich erwachte erst aus meinen Träumereien, als jemand mir einen Kopfhörer aus dem Ohr zog. Bishop nahm mir das Handy weg.

»Hör dir mal diesen Song an …« Das hätte bei jedem anderen Typen schnulzig geklungen, nicht so bei Bishop. Er war kein liebeskranker Idiot. Er war einfach Bishop. Wenn man ihn erst einmal kannte, dachte man bei seinem Namen an einen Schluck cremiger heißer Schokolade an einem verschneiten Wintertag. Mit einem Schuss Whiskey.

»Klar.« Ich lächelte ihn an. Er ging meine Musiksammlung durch und wählte ein Stück aus, das mit E-Gitarre begann. Dann ertönte eine geschmeidige Männerstimme. Als der eingängige Refrain erklang, bekam ich eine Gänsehaut. Der Text. Der Sound der E-Gitarre. Und dass dieses Lied für Bishop etwas Besonderes war. Fast wäre ich an dem Kloß in meinem Hals erstickt.

»Wie heißt der Song?«, brachte ich hervor.

Er sah mir in die Augen. »›Torn to Pieces‹. Von Pop Evil.«

»Der ist toll.« Ich lächelte ein wenig, nahm ihm das Telefon ab und eröffnete eine neue Playlist bei *Spotify*. Einen Moment musste ich nachdenken, dann tippte ich lächelnd *Madships Playlist* ein und fügte alle Stücke hinzu, die wir schon gemeinsam gehört hatten. Bei einem Titel stutzte ich.

»Das ist eines meiner Lieblingslieder.« Ich startete ›I'm Ready‹ von Niykee Heaton.

Bishop lachte leise. »Ja, das Stück gefällt dir, was?« Er nahm mir das Handy weg und ging die Titel durch.

Ich nickte. »Und wie. Es spricht etwas tief in mir an. Etwas, das mit uns zu tun hat.«

Er hielt kurz inne und warf mir einen Blick zu. Dann machte er weiter.

Das Stück ging zu Ende, und ›Your Betrayal‹ von Bullet for My Valentine setzte ein. Als ich es hörte, musste ich kichern, dann schnaubte ich los.

»Der Tag am See?« Grinsend sah ich ihn an.

»Das weißt du also noch?«

»Du hattest dein Gesicht zwischen meinen Oberschenkeln, und fünfzig Meter entfernt, auf den Felsen im Wasser, übten unsere Freunde Backflips. Klar weiß ich das noch. Nates Sounddock spielte damals genau dieses Stück.« Bei der Erinnerung bekam ich glasige Augen. »Gott, ist das lange her. Setz das auch auf unsere Playlist.« Er machte irgendetwas mit meinem Handy, holte dann sein eigenes hervor, hantierte eine Weile mit beiden Geräten herum und steckte seins schließlich wieder ein.

»Ich habe unsere Playlist mit deinem und meinem Konto verknüpft. Jetzt können wir beide Titel hinzufügen, und der andere kann sie sich anhören.«

Den meisten wäre diese Geste vermutlich ganz normal vorgekommen, aber, wie gesagt, lernte ich Bishops liebevolle Seite gerade erst allmählich kennen. Dieser Liebesbeweis von jemandem, der mich lange gehasst hatte, machte mich derart high, dass keine Droge es damit aufnehmen konnte. Berauschend. Tödlich. Suchtgefährdend. Da Bishop sein eigenes Handy benutzen konnte, nahm ich ihm meins wieder weg und startete ›Stupid Love‹ von Jason Derulo.

»Echt jetzt?«, fragte Bishop.

Ich zuckte die Schultern und setzte den Song auf unsere Playlist. »Das lief auf dem Weg zum Flughafen, als wir nach Neuseeland geflogen sind. Damals hat es mir viel gesagt. Also kommt es auch auf die Liste.«

Wir blickten einander an.

»Hat dir das Spaß gemacht? Willst du noch mehr?«

»Und du bist Tony Montana?«, spöttelte ich und sah zu, wie er mit dem Daumen weitere Titel durchging. ›Killpop‹ von Slipknot setzte ein.

Obwohl ich das Stück kannte, versuchte ich diesmal, auf den Text zu achten.

»Geht's darin nicht um einen Drogendealer, der sich in ein Junkie-Mädchen verliebt?« Ich hob die Augenbrauen.

Ein Moment verging, dann hob er ebenfalls langsam die Brauen. Er begriff schnell; kein Wunder, da ich fast an meinen Worten erstickt wäre. »Passt.«

»Hey.« Er hob meinen Kopf an. »Das zwischen uns ist schon immer chaotisch und kaputt gewesen, aber so sind wir nun mal. Fang nicht an, dich darüber zu ärgern, Baby.«

»Niemals.« Ich schüttelte den Kopf. Als Nächstes lief ›I'm no Angel‹ von Halestorm. Ich lehnte den Kopf an Bishops Schulter. Er legte erneut den Arm um mich und zog mich an sich. Ich liebte seinen Duft; am liebsten hätte ich ihn in Flaschen abgefüllt und überall mit hingenommen. Leder, Seife, Mann, Pfefferminz. »Ich habe ja schon einige traumatische Dinge erlebt, wie du weißt, und bevor ich dir begegnet bin, hätte ich alles darum gegeben, meine Vergangenheit ändern zu können. Aber wenn das alles nötig war, um schließlich dir zu begegnen, dann will ich nichts mehr ändern. Denn du bist es wert, Bishop.«

Er blieb still, weshalb ich annahm, dass er meine Worte nicht gehört hatte. Ich schloss die Augen und versank in tiefem Schlaf.

23. KAPITEL

»Wach auf, Baby.«

Ich riss die Augen auf und streckte beide Arme weit von mir. »Sind wir schon da?«

»Ja.« Bishop stand auf und zog mich ebenfalls hoch. Nate hielt Tate im Arm, ihr Kopf lag in seiner Halsbeuge. Wie bitte? Die beiden irritierten mich ohne Ende. Bishop schien zu merken, wie überrascht ich war.

»Sie hat geschlafen. Interpretier da nichts rein.« Die beiden verschwanden nach draußen. Ich trat einen Schritt zur Seite und ließ Jase und Saint vorbei.

»Willst du mir ernsthaft einreden, dass er sich nichts aus ihr macht?«

Bishop nahm meine Hand und zog mich den Gang entlang. »Ich hab nicht behauptet, dass er sich nichts aus ihr macht. Nur eben nicht genug …«

Ich rieb mir die Augen. Das war mir zu hoch. »Jungs.«

»Lass mich da raus. Bei *dir* habe ich immer Bescheid gewusst. Die anderen auch. Aber auf Tatum trifft das nun mal nicht zu. Nate weiß es, du und ich wissen es, und die anderen wissen es auch.«

Seufzend machte ich mich auf den Weg zum Ausgang. »Stimmt ja. Ich wünschte nur, ich könnte verhindern, dass Tatum verletzt wird.« Als wir den Ausgang erreichten, hielt ich überrascht die Luft an. »Wo sind wir denn hier gelandet?« Die Landebahn war von dunklen Büschen gesäumt, zwischen denen hohe, markante Statuen standen. Sie hatten seltsame Gesichter und waren mit eingravierten Mustern überzogen; in den Ritzen wuchs Moos. Es roch nach tropischem Wald, vermischt mit einem Hauch Seeluft. Ich drehte den Kopf in alle Richtungen und suchte nach Lebenszeichen.

»Wo ist denn der Flughafen?«

Bishop schnaubte, ergriff erneut meine Hand und stieg mit mir die Treppe hinunter. »Hier gibt es keinen Flughafen, Kätzchen.« Ich wusste nicht, was ich sagen sollte, darum blieb ich still. Was immer ich erwartet hatte, das hier jedenfalls nicht. Vor allem hatte ich mit mehr Betrieb gerechnet. Auf uns warteten drei weiße Mercedes-Pick-ups, eckige Modelle, die mich an gepanzerte Armeefahrzeuge erinnerten. Ich blieb unsicher stehen. Tatum stieg bereits in einen der Wagen; Nates Hand lag auf ihrem Rücken. Sie sah zu mir herüber und zwinkerte mir zu. Ich lächelte beruhigend. Aber da ich große Zweifel hatte, kam mir mein Lächeln reichlich verlogen vor. Andererseits konnte man anderen Leuten auch nicht ständig helfen wollen. Das machte einen nur fertig. Bishop führte mich zu dem vordersten der drei Pick-ups und deutete auf die Beifahrerseite.

»Steig ein, und schnall dich an.«

Ich öffnete gehorsam die Tür, setzte mich und legte den Sicherheitsgurt an. Ein Gefühl von Dringlichkeit erfasste mich. Als bliebe uns nicht mehr viel Zeit. Die hinteren Wagentüren wurden geöffnet, und Nate, Hunter und Jase glitten auf die Rückbank. Bishop setzte sich ans Steuer.

»Das wirkt alles nicht gerade entspannt.« Ich warf einen Blick aus dem Fenster. Mir wurde immer unbehaglicher zumute.

»Ist es auch nicht«, sagte Nate hinter mir leise. Bishop warf ihm im Rückspiegel einen Blick zu, dann legte er den ersten Gang ein und gab Gas. Im Auto herrschte Schweigen, was ich indes nicht als beklemmend empfand. Es war mir sogar recht, weil ich meine Umgebung betrachten konnte, ohne mich nebenher unterhalten zu müssen. Das dichte Buschwerk ging allmählich in üppigen Urwald über, und die Asphaltstraße wich einer unbefestigten Fahrspur. Die wild wuchernden Bäume und hohen Gräser reichten so nah an das Auto heran, dass man fast den Eindruck bekam, querfeldein zu fahren. Meine Angst ließ etwas nach. Ich drehte mich um. Die beiden anderen Pick-ups folgten uns. Dann fiel mein Blick auf Jase' Schoß, und auf Hunters, und auf Nates. Alle drei waren damit beschäftigt, Kalaschnikows zu laden.

»Wieso habe ich das Gefühl, dass wir in ein Kriegsgebiet fahren?« Als ich mich wieder nach vorn umdrehte, streifte meine Hand die Metalltür. Wenn ich dieses Mercedes-Modell gegoogelt hätte, hätte sich garantiert herausgestellt, dass es kugelsicher war.

»Weil es so ist«, erwiderte Bishop gelassen und trat das Gaspedal durch. Wir schossen so schnell die Fahrspur entlang, dass ich den Ausblick nicht mehr genießen konnte. Alles sah nun so aus wie dilettantisch verschmierte Ölfarben.

»Nate, was läuft zwischen dir und Tate?«

»Mads, das ist echt nicht der Zeitpunkt, mich so was zu fragen.«

»Okay. Warum lässt du sie bei Eli und Saint mitfahren?«

»Weil wir in deiner Nähe sein wollten. Du hast für mich Priorität.«

Ich seufzte und lehnte den Kopf an das kühle Fenster. »Warum machst du ihr immer noch Hoffnungen?«

Er grinste böse.

»Tue ich gar nicht. Das ist wirklich nicht der richtige Zeitpunkt, Schwesterlein, aber eines kann ich dir sagen: Sie weiß genau, woran sie mit mir ist und immer war. Ich habe ihr nie was vorgelogen. Es ist nicht meine Schuld, wenn sie sich nur von ihren Gefühlen leiten lässt.«

»Nate? Bitte halt dich einfach von ihr fern, ja?«

Schweigen.

»Ich muss dir noch was sagen«, meldete Bishop sich zu Wort. »Und das tue ich erst jetzt, weil ich nicht wollte, dass du während der ganzen Reise unter Hochspannung stehst.« Er sah mich kurz an. »Okay?«

»Okay?«, gab ich zurück.

»Der Grund, weshalb wir hergeflogen sind, ist, dass Daemon mich gestern angerufen hat. Er klang … irgendwie merkwürdig.«

Ich erstarrte. Mein Herzschlag verlangsamte sich und wurde dröhnend laut. »Was?« Im nächsten Moment lief alles wieder in normalem Tempo. »Was!«, schrie ich und blickte wild um mich. »Was soll das heißen? Merkwürdig?« Vor Angst verknotete sich mein Magen.

»Da hast du's.« Bishop verdrehte die Augen. »Die Entscheidung war richtig.« Er warf jemand im Rückspiegel einen Blick zu.

»Ihr macht besser den Mund auf …«, drohte ich.

Bishop rutschte ein wenig auf seinem Hosenboden herum und bog scharf nach links ab, auf eine Fahrspur, die kaum als Fahrweg zu erkennen war. Zweige klatschten laut gegen die Windschutzscheibe, der Wagen rumpelte über Buckel und durch Pfützen. »Er hat angerufen. Und plötzlich war die Verbindung tot. Danach habe ich ihn nicht wieder erreicht. Aber nach allem, was er mir erzählt hat, sieht es hier gerade nicht so gut aus.«

Ich massierte mir die Schläfen. »Bishop, bitte hör auf, um den heißen Brei herumzureden.«

»Wegen der schlechten Verbindung habe ich nur ›Silberschwan‹ und ›Madison‹ verstanden. Danach war Schluss. Aber es reichte, um uns alle in Alarmbereitschaft zu versetzen. Ich habe Dad angerufen, und er hat uns hergeschickt, um die Lage zu checken. Falls nötig, können wir Verstärkung anfordern. Bisher haben wir die aber nie gebraucht. Die Insel ist in vier Sektionen unterteilt, die alle zu derselben bewachten Siedlung gehören. Es gibt *Nihil* (Nichts), *Regiis* (Königlich), *Secundus* (Zweiter) und *Tertium* (Dritter). Zu welcher Sektion man gehört, hängt davon ab, aus welcher Familie man stammt und wie wichtig man ist. Alle hier sprechen fließend Latein, kaum jemand spricht Englisch. Du musst die ganze Zeit dicht bei mir bleiben.«

»Bestimmt geht alles glatt«, murmelte Nate. Nach der Lautstärke zu urteilen, redete er mit sich selbst.

»Es sind Menschen, Nate. Einfach nur Menschen.«

»Also deswegen sind wir hier? Weil ich in Gefahr bin? Daemon hat mich erwähnt und noch was von einem Silberschwan gesagt?«

Bishop nickte zögernd. »Ich glaube. Außerdem will ich wissen, wie es Daemon geht.«

Bei dem Eingeständnis wurde mir warm ums Herz. Im Moment war mir sogar egal, ob es wirklich stimmte.

»Okay.« Ich schob alle anderen Gefühle beiseite und richtete mich auf. »Was ist das Schlimmste, was passiert sein könnte?«

Bishop räusperte sich. »Im schlimmsten Fall ist Daemon tot, Katsia hat rebelliert, und die Verlorenen haben die Insel übernommen. Das würde zu Aufruhr und Zerstörung führen, wäre also am wenigsten erfreulich.«

Ich spürte eine Last auf der Brust und schloss die Augen. »Nein. Kommt nicht infrage.«

»Die andere Möglichkeit ist, dass meine Instinkte nichts mehr taugen und ich mich irre.«

»Scheiße«, sagte ich seufzend; die Last auf der Brust wurde noch schwerer. »Das kann auch nicht sein. Aber Daemon darf nichts passiert sein.«

Bishop nickte. »Richtig. Vermutlich geht es ihm gut, schließlich ist er klug und stark. Aber, verdammt, eigentlich hoffe ich, dass ich total danebenliege.« Die Fahrspur wurde immer holpriger. Mein Kopf knallte fast gegen das Wagendach.

24. KAPITEL

»Bishop! Es ist verflucht unheimlich hier!« Khales rannte hinter mir her, während sie sich das Haar zum Pferdeschwanz hochband. »Kommst du oft her? Ist das dein geheimer Spielplatz? Gibt es hier Kuchen?«

Ich lachte leise. »Sei still. Nein, ich komme nicht oft her. Ich soll hier was für meinen Dad erledigen.«

Zweifelnd musterte sie die kleine Siedlung. »Hier hast du was zu erledigen?«

Ich zuckte die Schultern und deutete auf eins der kleinen Geschäfte. »Da kriegst du Kuchen.«

Khales' Miene erhellte sich. Sie fasste mich an der Hand und zog mich zu dem Konditorladen. Als wir eintraten, läutete eine Glocke. Ich schüttelte den Kopf. »Weißt du, dich könnte man mühelos entführen. Man müsste nur mit Kuchen winken, schon hätte man dich.«

»Oh, aber würden sie mich auch dabehalten? Das ist doch die Frage …« Sie zwinkerte mir zu und hüpfte zum Verkaufstresen. In einer Glasvitrine waren die unterschiedlichsten Torten ausgestellt – kleine Stücke auf winzigen Tellern. Auf einmal fröstelte ich, drehte mich um und schaute ins Freie. Doch ich sah nichts außer den Menschen auf der dunklen Straße. Die einzige Beleuchtung waren die Lichter, die vor ihnen baumelten. Manche Leute trugen Sportkleidung, andere Rüstungen. Perdita war ein seltsamer Ort. Diese Menschen kannten jedoch nichts anderes, und an der Oberfläche sah alles auch

recht hübsch aus. Die wenigsten von ihnen wussten, was sich unter ihren Füßen abspielte. Sie verbrachten ihr Leben in dem Glauben, in der besten aller möglichen Welten zu leben. Vor Generationen hatte jemand eine Menge Blödsinn erfunden, um ihnen einzureden, die gesamte übrige Menschheit sei in einer gewaltigen Katastrophe vernichtet worden. Seitdem waren sie hier ahnungslos eingesperrt. Dabei war alles nur eine erfundene Geschichte. Und wozu das Ganze? Wegen der Macht. Macht, Geld, Respekt, Ordnung.

»Hier!« Khales reichte mir ein Stück Vanilletorte. Ich schüttelte den Kopf.

»Nein, danke.«

»Ach, komm schon, B. Höchste Zeit, dass du etwas lockerer wirst. Du stehst immer viel zu sehr unter Spannung. Wobei ich das verstehen kann, ich meine, was …« Ihre Stimme blieb hinter mir zurück. Während sie sprach, hatte ich den Laden verlassen. Wo immer ich hinging, teilte sich die Menge vor mir wie das Rote Meer. Die Leute wussten, wer ich war. Woher ich kam, wussten sie allerdings nicht. Im Grunde wussten sie nur sehr wenig über Perdita. Alle sprachen fließend Latein. Niemand konnte Englisch. Sie hielten Englisch für eine tote Sprache. Ich ging weiter die Hauptstraße entlang. Khales hielt sich neben mir und schwatzte immer weiter. Einmal fauchte ich eine Passantin an und schnappte grinsend mit den Zähnen nach ihr. Sie rannte schreiend weg und zerrte ihr Kind hinter sich her. Für sie war ich das Ungeheuer, das im Dunkeln unter ihrem Bett lauerte.

»B! Das war gemein«, sagte Khales halb kichernd, halb schnaubend und fasste nach meiner Hand.

Ich zog die Hand weg.

Khales verdrehte die Augen. »Also, was denn jetzt? Vögeln dürfen wir, aber Händchen halten nicht?«

»Wir ficken nur, Khales. Wir sind Fick-Freunde, kein Pärchen, das Händchen hält.«

Sie murmelte etwas, das wie ›Arschloch‹ klang. Im selben Moment erreichten wir den Zugang zur Hölle. Auch Regiis *genannt.*

Dies war mit Sicherheit das letzte Mal, dass ich Madison irgendwohin mitnahm. Verdammt, konnte sie nerven. Ich riss die Beifahrertür auf und gab Madison mit einer Geste zu verstehen, dass sie aussteigen sollte. Doch sie blieb wie festgeklebt sitzen und starrte das Gebäude vor uns an. Gut, das konnte ich ihr nicht verübeln. Bei meinem ersten Besuch auf Perdita war ich fünf Jahre alt gewesen, und alles wirkte noch genauso unheimlich wie damals.

»Komm schon, Baby.«

Allmählich kam sie wieder zu sich und stieg aus. Ich war überhaupt nicht sicher, was wir hier vorfinden würden, aber solange auf der Insel nicht alles aus dem Ruder gelaufen war, sollte uns nichts passieren. Die Kings waren nun mal Könige. Die Verlorenen waren nur der Dreck unter unseren Schuhsohlen. Doch das, worauf unsere Unangreifbarkeit beruhte, machte mir jetzt Sorgen. Die Verlorenen hatten allen Grund, uns zu hassen. Und noch etwas ging mir im Kopf herum: *Tillie.*

Ich legte Madison einen Arm um die Schultern, und wir gesellten uns zu den übrigen Jungs in der Platzmitte. Von dort aus betrachtete ich das wichtigste Bauwerk auf Perdita. Die Insel war natürlichen Ursprungs. Sie war mit Buschwald bewachsen, es gab wilde Blumen und Tiere, die man sonst nirgendwo fand. Es war ein fremdartiger, exotischer, gut geschützter Ort, verborgen hinter einem Nebel von Falschinformationen, was unser Land und die Welt betraf. Die Siedlung lag genau in der Mitte der Insel. Direkt vor uns befand sich das Eingangsgebäude, durch das man die Siedlung betrat. Hier gab es bewaffnete Wachen. Die übrige Insel war auch deshalb praktisch unberührt, weil sich die Verlorenen und Katsias Armee nur innerhalb der Siedlung aufhielten, umgeben von einer dreißig Meter hohen Mauer. Der Zugang war aus dem gleichen Stein gebaut wie die Mauer, milchig weißem Marmor mit schwarzer Äderung, die ein kompliziertes Muster bildete. Dieser Stein wurde *de regno diabolis* genannt, was auf Englisch ›Königreich des Teufels‹ bedeutete.

»Wo zur Hölle sind wir hier?«, flüsterte Tatum, die auf der anderen Seite neben Madison ging.

»In der Hölle«, erwiderte Nate halblaut, drehte den Schirm seines Basecaps nach hinten und steckte sich einen Joint in den Mund.

Ich stieg die breite, hohe Treppe hinauf, die zu einer schweren zweiflügeligen Metalltür führte, und drückte auf den weißen Knopf, der seltsamerweise in der Mitte der Tür angebracht war. Dann wartete ich.

Und wartete.

Warten lag mir nicht.

Ich blickte mich um. Madison kam, gefolgt von den anderen, ebenfalls die Treppe herauf. Seufzend lehnte ich den Kopf an die Tür und wartete weiter. Auf einmal vibrierte mein Kopf. Auf der anderen Seite der Tür wurde ein Riegel zurückgeschoben. Ich richtete mich auf und fuhr herum. Die Tür wurde geöffnet.

»Hallo, Jungs.«

Madison atmete scharf ein. »Mrs Winters?«

Tinker grinste. Dann sah sie mich an. »Wie ich höre, ist meine Nichte von den Toten auferstanden?« Sie wölbte die Brauen. Diese verdammte Khales.

»Deine Nichte ist eine Nutte.« Ich stieß die Tür weit auf und marschierte auf Tinker zu. Ihr Wächter trat zwischen uns; er trug eine Stahlrüstung (als hätte er eben noch in ›Game of Thrones‹ mitgespielt).

»Oh.« Ich legte den Kopf schief und sah ihn an. Auf seiner Stirn, genau zwischen den Augenbrauen, war eine Schweißperle zu erkennen. »Tinker, warum sagst du deinem Arschloch nicht, er soll mir aus dem Weg gehen. Sonst breche ich ihm nämlich den Hals.« Ich lächelte ein wenig und zwinkerte dem Mann zu.

Sie verdrehte die Augen und schob ihn beiseite. »Das ist nicht *mein* Arschloch. Wir wissen beide, wem er gehört.« Auf einen Wink von ihr wurde die Tür noch weiter geöffnet. »Na dann, kommt herein. Wir haben mit eurer Ankunft gerechnet. Nur der Zeitpunkt war uns nicht klar.«

Ich ging weiter hinein. Zugleich streckte ich einen Arm nach hinten aus, ohne mich umzudrehen, fasste Madison an der Hand und zog sie fürsorglich hinter mich. Tinker sah mich an. »B, du weißt …«

»Halt bloß die Klappe, Tinker«, fuhr Jase sie höhnisch an. Sofort machte sie den Mund wieder zu, schob die Brille nach oben und streckte den Rücken. Gut zu wissen, dass Jase es noch draufhatte.

Ich lachte leise und schüttelte den Kopf. »Manche Dinge ändern sich wohl nie.«

»Das musst du gerade …«, fing sie an. Ich fuhr zu ihr herum und hob die Augenbrauen.

»Was hast du gesagt?«

Beleidigt schloss sie die Tür, dann deutete sie auf den Ausgang. »Na, dann kommt mit.« Wir durchquerten das alte Bauwerk und betraten die Siedlung.

Madison schaute sich unaufhörlich um. »Wow. Ist ja richtig schön hier.«

»Lass dich bloß nicht täuschen«, sagte Hunter rau, während er an uns vorbeiging und hinter Tinker die Führung übernahm.

»Er hat recht.« Wir folgten Tinker die Treppe hinunter in die Siedlung. Die Hauptstraße war auf beiden Seiten von kleinen Läden gesäumt, vor denen lila Margeriten und schwarze Rosen wuchsen. Vor jedem Geschäft war ein Ladenschild angebracht. Auf dem einen stand ›Waffen‹, auf dem nächsten ›Nahrungsmittel‹, dahinter kamen wir an ›Medizinischer Bedarf‹, ›Hospital‹ und ›Sportstudio‹ vorbei. Allmählich fiel Madison auf, dass kaum Leute unterwegs waren.

Aus dem Augenwinkel nahm ich wahr, wie sie den Kopf in meine Richtung drehte. »Es ist noch hell. Hier läuft alles andersherum. Das Leben findet nachts statt. Tagsüber schlafen alle, nachts arbeiten sie, gehen einkaufen, erledigen den normalen Alltagskram.«

»Sehr seltsam.« Je weiter wir kamen, desto interessierter wirkte sie. Die lila Blumen verloren gegenüber den schwarzen Rosen an Boden, bis es nirgendwo mehr Farben gab. Am Ende der Hauptstraße erwartete uns wieder der vertraute Stein. Eine Treppe führte zu einer zweiflügeligen schweren Metalltür hinauf.

Madison drehte sich um, und Tatum folgte ihrem Beispiel. »Was? Das war schon alles?«

Tinker drückte auf den Knopf an der Tür. »Nein. Und Mädels, wenn ihr lebend hier herauskommen wollt, solltet ihr jenseits dieser Tür lieber aufpassen, was ihr sagt.«

Ich sah Tinker an. »Wenn du sie noch einmal bedrohst, schneide ich dir die verdammte Kehle durch. Genau wie deiner Mutter. Und jetzt mach die Tür auf. Ich habe keine Lust mehr auf diese Spielchen, Tinker.«

Madison erstarrte und umklammerte augenblicklich meine Hand. Süß von ihr, aber ich war gar nicht wütend oder kurz vor dem Ausrasten. Mich brachte selten etwas aus der Ruhe. Nur deshalb hatte ich es bis hierher geschafft.

Tinker wurde rot. »Tut mir leid.« Sie zog die Tür auf. Dahinter lag eine Halle mit Steinboden, die aussah wie der Eingangsbereich eines normalen, villenartigen Wohnhauses. Nur dass es kein normales Wohnhaus war. Leise Klaviermusik klang uns entgegen. Ich schob Madison hinter mich und betrat die Halle als Erster. Mir folgten erst Nate, dann Jase, Hunter, Saint und schließlich die anderen. Madison war die Vorletzte. Rechts und links von ihr gingen Eli und Cash.

»Hallo, hallo, welchem Umstand verdanke ich das Vergnügen, die Elite in meinem Zuhause begrüßen zu dürfen?« Katsia kam nur mit einem Morgenmantel aus weißer Seide bekleidet die Wendeltreppe herunter. Der Morgenmantel gewährte freien Blick auf Höschen und BH aus schwarzer Spitze. In der einen Hand hielt sie ein Glas Scotch, mit der anderen strich sie sich das Haar aus dem Gesicht. Dabei betrachtete sie mich von Kopf bis Fuß.

»Du hast dich gut gemacht, B.« Sie befeuchtete sich die Lippen und krümmte einen Finger. »Komm mit. Wir können uns im Wohnzimmer unterhalten. Ihr habt mich geweckt.«

»Dich geweckt?« Ich hob eine Augenbraue.

Sie biss sich auf die Lippe und lächelte mir über die Schulter zu. »Nun ja, so etwas Ähnliches.« Katsias Vorgeschichte war kompliziert. *Katsia Stuprum*. Auf Englisch hieß das ›Verführung‹, und tatsächlich strahlte sie, selbst wenn sie es gar nicht darauf anlegte, Sex aus. Gerüchten zufolge stellte sie mit den Verlorenen so manches an. Ich hatte keine Ahnung, wie viel davon zutraf, aber bei jemand wie Katsia prügelten sich die Jungen vermutlich darum, mit ihr ins Bett gehen zu dürfen.

In unserer Generation hatte sie mit jedem einzelnen King gevögelt, in der Generation von Jase und Saint ebenfalls – mit einer Ausnahme. Mit mir hatte sie es nicht getrieben. Nicht weil sie es nicht versucht hätte. Aber sie war nicht mein Typ. Was nichts mit ihrem Alter zu tun hatte. Sondern damit, dass sie war, wie sie war.

Sie stieß eine Doppeltür am Ende des Gangs auf, und vor uns öffnete sich ein Wohnzimmer von der Größe eines Basketballplatzes. In der Mitte brannte ein großes Gasfeuer, und überall lümmelten junge Männer herum. Vor einem gigantischen zimmerhohen Fenster stand ein großes u-förmiges Sofa, von dem aus man weißen Sandstrand und kristallklares Meerwasser sah, das gegen unberührte Felsen krachte.

»Himmel«, sagte Tate leise und stieß Madison an.

Ich setzte mich auf das Sofa und zog Madison neben mich. Uns gegenüber stand ein großer handgefertigter weißer Ledersessel. Dort nahm Katsia Platz. Rechts und links von ihr bezogen zwei Wachen in Rüstung Position. Katsia schlug die Beine übereinander, grinste und nahm einen Schluck von ihrem Drink. »Nett, dich wiederzusehen, Madison. Es überrascht mich nicht, dass du immer noch lebst. Aber es enttäuscht mich ein bisschen.«

Madison antwortete nicht, sondern blieb unbewegt neben mir sitzen. Ihr Arm berührte meinen. Ich lehnte mich zurück und gestattete mir, den Arm auszustrecken und sie ein wenig näher an mich heranzuziehen.

»Was ist hier los, Katsia? Warum zum Teufel kriege ich plötzlich Anrufe?«

Sie räusperte sich und stützte das Glas aufs Knie. »Wen soll ich ficken, um mir die Antwort zu ersparen?«

»Ficken hilft dir jetzt nicht weiter. Du hast jemand hier, der zu uns gehört.«

Sie sah mir in die Augen, und ich bemerkte Verärgerung hinter dem verführerischen Getue. Sehr gut. Sie sollte wütend werden. Nur so bekam man die Wahrheit aus Katsia heraus.

»Er gehört nicht zu *euch*, sondern zu *mir.*« Jetzt endlich sah sie Madison voll an. Ihr Blick wurde eisig. »Täusche dich bloß nicht. Blutsverwandt oder nicht, er gehört mir.«

Madison verlagerte das Gewicht. »Äh, jetzt bin ich aber verwirrt. Redest du etwa von meinem Bruder? Wenn das so ist, darfst du ihn behalten. Ich will mich nur vergewissern, dass er in Sicherheit ist.«

Katsia verdrehte die Augen. Sie lächelte wieder. »Soweit das möglich ist.« Dann sah sie mich an. »Das gilt allerdings nicht für alle.«

Verdammt.

25. KAPITEL

Als Katsia ›Das gilt nicht für alle‹ sagte, spürte ich, wie Bishops Arm zuckte. Ich wandte mich ihm zu. »Was meint sie damit?«

Katsias Grinsen wurde noch breiter und selbstgefälliger. »Ach, das hat er dir nicht erzählt …«

»Was hat er nicht erzählt?«, fragte Nate dazwischen und beugte sich vor, die Ellbogen auf die Knie gestützt.

Katsia legte den Kopf in den Nacken und lachte; zugleich ließ sie den Whiskey in ihrem Glas kreisen. »Einfach großartig.« Sie sah Bishop an. »Offenbar hältst du so einiges geheim, King.«

»Verdammt, wovon redet sie?«, fragte ich flüsternd.

Nate drehte den Kopf und warf Bishop einen Blick zu.

»Sie hätten sich nur Sorgen gemacht. Also habe ich es ihnen nicht erzählt.«

»Außerdem hattest du ihr dein Wort gegeben …« Katsia hob vielsagend die Augenbrauen.

»Mein Wort kümmert mich einen Scheißdreck. Außer wenn es um einen King oder Madison geht. Ich würde es notfalls jederzeit brechen. Das war aber nicht nötig«, sagte er herausfordernd zu Katsia.

Unbehaglich verlagerte ich das Gewicht. »Auch wenn ich mich echt daran gewöhnt habe, dass du Geheimnisse hast, irgendwas sagt mir, dass ich das hier wissen sollte.«

»Volle Zustimmung«, murmelte Nate und lehnte sich wieder zurück. Tatum blickte von einem zum andern.

»Na gut.« Kichernd beugte Katsia sich vor und stellte das Glas vor sich auf dem kleinen Tisch ab. »Auch wenn ich wirklich meine Freude an dieser Szene habe, läuft mir ein bisschen die Zeit davon. Also ...« Sie drehte sich zu einem der Wächter um, sah ihm voll ins Gesicht und nickte. Der Wächter wandte sich ab und verließ den Raum. Die Stille, die sich nun ausbreitete, war ohrenbetäubend. Mir wurde immer unbehaglicher zumute. Katsia grinste unaufhörlich weiter.

Schließlich ertönten schwere Schritte. Ich schaute zur Tür. Der Wächter machte einen Schritt zur Seite, und ... »Tillie!« Ich sprang auf. Es verschlug mir fast den Atem. Ich konnte nicht fassen, dass dort wirklich Tillie stand! Aber sie war es doch, oder? Ich streckte eine Hand nach ihr aus.

Katsia kicherte und stand auf. »Sie war die ganze Zeit hier.«

Ich merkte, wie Nate hinter mir ebenfalls aufstand, und warf ihm rasch einen Blick zu. Er sah Tillie unverwandt an. Sie ihn auch. »Hast du das etwa die ganze Zeit gewusst?«, fragte er.

»Ich?« Unwillkürlich legte ich eine Hand auf die Brust. »Nein!«

»Nicht du.« Er sah Bishop an. »Du.«

An Bishops Kiefer zuckte ein Muskel. Er sah zu Katsia hinüber und verzog den Mund. »Ja.«

Ich seufzte und rieb mir die Schläfen. »Was zum Teufel geht hier vor?« Ich machte einen Schritt auf Tillie zu. Der Wächter stellte sich vor sie und versperrte mir den Weg. »Mach Platz, verdammt!«

»Kätzchen«, mahnte Bishop rau.

»Und du halt den Mund«, erwiderte ich leise, ohne Bishop anzusehen. Es machte mich wütend, dass ihn Tillies Anwesenheit nicht überraschte, dass er längst davon gewusst hatte –

vermutlich sogar von Anfang an. »Tillie?« Ich legte den Kopf schräg, um sie trotz des Mannes aus Stahl, der zwischen uns stand, besser sehen zu können. Zögernd trat er beiseite, sodass ich sie endlich genauer betrachten konnte. Sie trug eine Art weißes Nachthemd, das ihr bis zu den Knien reichte. Es hatte breite Träger, ließ aber die Arme frei. Tillie hatte kein Make-up aufgelegt, und ihre Augen blitzten wie ein Gewitter bei blauem Himmel. Sie wirkte niedergeschlagen. Ihr Haar war glatt gekämmt und fiel ihr bis über die Schultern; das Pink war zu einem leichten Pastellton verblasst, und die Haare wuchsen in ihrer natürlichen Farbe nach.

»Tillie?« Ich trat einen weiteren Schritt auf sie zu. Sie senkte den Kopf. »Geht es dir gut?«

Sie blickte auf und sah mir ins Gesicht. In ihren Augen standen Tränen. »Ich … ich bin, ich meine, ich war …«

»Das genügt!«, fuhr Katsia dazwischen. Gleich darauf hatte sie sich wieder in der Gewalt. »Setz dich zu Nate, Tillie.« Sie verdrehte die Augen. »Bevor er mich umbringt.«

Tillie kam zu uns herüber. Sobald sie in Reichweite war, streckte Nate einen Arm aus, zog sie an sich und sank mit ihr auf das Sofa. Ich setzte mich auf ihre andere Seite. Sie roch nach Bleiche und Desinfektionsmittel. Hier ging irgendetwas vor, das ich nicht verstand – mal wieder –, und ich hatte keine Ahnung, wie sich das auf mein Verhältnis zu Bishop auswirken würde. Mal wieder. Erst musste ich wissen, was er mir diesmal verheimlicht hatte. Ja, ich liebte ihn, aber man sollte die Liebe nicht als Fußabtreter benutzen. Nahm dieser Mist denn nie ein Ende?

Im Augenblick brauchte mehr als jeder andere Nate meinen Beistand. Als er den Arm auf der Rückenlehne des Sofas ausstreckte und meine Schulter umfasste, verschränkte ich meine Finger mit seinen. Als wir uns berührten, überschwemmte mich eine Welle der Kraft und Wut. Wut vor allem deshalb, weil man Nate etwas verheimlicht hatte, was Tillie betraf. Obwohl er zu den Kings gehörte. *Warum?*

»Warum?«, fragte ich scharf. Auf einmal hatte ich genug von dem ganzen Theater. Ich wollte mir nur Tillie und Daemon schnappen, sie ins Flugzeug packen und diesen verdammten Ort hinter mir lassen.

»Warum was?« Katsia hob eine Augenbraue. Sie verstand es bestens, einem das Gefühl zu vermitteln, dass man ihr unterlegen war. Diesmal war ich jedoch zu wütend, um mich von ihr so einschüchtern zu lassen wie früher.

»Du weißt genau, was ich meine, Katsia. Spar dir diesen Unsinn. Warum ist Tillie hier?«

»Ach so.« Katsia wedelte nachlässig mit der Hand. »Na, weil sie schwanger war natürlich.«

Ich atmete scharf ein. In meinem Kopf hämmerte es, vor meinen Augen tanzten bunte Pünktchen. Nate entzog mir seine Hand, beugte sich vor und stützte die Ellbogen auf die Knie. *»Was?«* Seine tiefe Stimme allein hätte genügt, um den Teufel das Fürchten zu lehren.

Aus dem Augenwinkel sah ich, wie Tate aufstand und zum Fenster hinüberging. Bishop drückte sein Bein gegen meines. Hinter mir traten ein paar Kings von einem Fuß auf den anderen.

»Plötzlich fügt sich eins zum anderen«, murmelte Jase und rieb sich das raue Kinn.

Tillie wischte sich Tränen von den Wangen. »Die Betonung liegt auf ›war‹.«

Ich erstarrte.

Bishops Bein hielt schlagartig still. Nate schoss in die Höhe. Einer der Wächter in Rüstung machte einen Schritt auf ihn zu und packte ihn am Arm. »Was soll das heißen?«

Katsia warf erst Tillie einen Blick zu, dann Nate. Ausnahmsweise lag Furcht in ihren Augen. »Du kennst die Regeln, Nathan.«

»Scheiß drauf! Du sagst mir jetzt sofort, was hier los ist, oder ich breche deinen Wächtern der Reihe nach den Hals und stopfe sie dir anschließend in den Rachen!«

Katsia schluckte, leerte das Glas und stand auf. »Es durfte sie nicht geben.«

Als ich begriff, verbarg ich das Gesicht in den Händen. »Was?«, flüsterte ich. Dann fasste ich nach Tillies Hand. Ich würde für sie stark sein. Ich hatte keine Ahnung, was sie durchgemacht hatte, und verstand auch nicht, warum, aber das war mir egal. Sie war meine beste Freundin. Ich würde immer zu ihr halten. Tillie schniefte, sah mich an und drückte meine Hand.

»Ich gehe hier erst wieder weg, wenn ich ein paar Antworten habe«, flüsterte ich und erwiderte den Druck.

»Hast du mein Kind umgebracht, Katsia?«, fragte Nate und machte einen Schritt auf sie zu.

Katsia lachte. »Oh, Moment mal, wie kommst du denn darauf, dass es *dein* Kind war?«

»Das wird ja immer komplizierter«, murrte Hunter und stand auf, um nach Tatum zu sehen.

»Weil ich es weiß. Lass die verdammten Spielchen, Katsia. Ich gebe dir noch zehn Sekunden.«

Katsia kicherte. »Du hast eine zu hohe Meinung von ihr.«

»Neun.«

Bishop stand ebenfalls auf und stellte sich neben Nate. Dann neigte er den Kopf und zündete sich eine Zigarette an. »Acht.« Er blies eine Rauchwolke aus.

»Herr im Himmel«, flüsterte ich. »Das gibt Krieg.« Ich konnte schon das vergossene Blut riechen.

Tillie drückte mir die Hand. Ich sah sie an. Sie schüttelte den Kopf.

»Was ist? Stimmt was nicht?«

»Nate! Wir mussten uns um das Mädchen kümmern. Du kennst doch die Regeln! Wir können schließlich nicht noch so einen …« Katsia zögerte, und ich merkte, wie sie mich anfunkelte. »… Fehler frei herumlaufen lassen!«

»Fick dich.« Ich zeigte ihr den Mittelfinger.

Bishop zog erneut an der Zigarette und biss in den Filter. »Sechs.«

»Wie bitte?« Katsia sah von ihm zu Nate. »Ich habe eure Frage beantwortet!«

»Tja, aber wir hatten eine Abmachung, oder?«, sagte Bishop.

»Die hatte sich in dem Moment erledigt, als sie einen *Schwan* zur Welt gebracht hat!«, erwiderte Katsia.

Bishop schüttelte den Kopf und nahm die Zigarette aus dem Mund. »Wir hatten abgemacht, dass ich entscheide, was nach der Geburt mit dem Kind passiert. Nicht du. Du glaubst wohl, du könntest hier rumlaufen und den Boss spielen, was, Katsia? Aber eins hast du vergessen.« Bishop warf die Zigarette auf den schönen Marmorfußboden und trat sie mit dem schmutzigen Stiefel aus. »Der Boss bin ich.« Dann versetzte er dem Wächter neben sich einen Stoß mit dem Ellbogen, dass der Mann zu Boden ging. Nate packte den anderen Wächter am Kopf und rammte sich seinen Schädel gegen das Knie. Schlagartig war eine wüste Prügelei im Gange.

»Wir müssen hier weg!« Tillie zog mich auf die Füße, doch ich riss sie an der Hand zurück.

»Nein! Ich kann die Jungs doch nicht im Stich lassen!«

»Die kommen schon klar. *Wir müssen hier weg, Mads*. Sofort.« Sie sah mich flehend an, als wollte sie mir wortlos etwas mitteilen. *Sofort, Madison.*

Tatum gesellte sich zu uns. »Los, gehen wir mit. Das hier erledigen die Jungs schon allein.«

Ich sah zu Bishop hinüber. Eben rammte er einem der Wächter die Finger in die Augen und riss die Augäpfel heraus. Oh Gott. Fasziniert sah ich zu, wie Bishop anschließend das *Blackout*-Klappmesser aus der Gesäßtasche zog und dem Mann die Kehle durchschnitt. Blut spritzte in alle Richtungen.

Ich kniff die Augen zu und nickte.

»Madison! Geh mit Tillie weg!«, befahl Bishop. »Sofort!«

»Okay!«, gab ich scharf zurück, und als hätte mich jemand wach gerüttelt, trugen mich meine Beine von allein aus dem Schlachthaus, das einmal ein Wohnzimmer gewesen war. Tatum folgte mir auf den Fersen.

Draußen im Gang blickte Tillie wachsam nach rechts und links, dann packte sie mich am Arm. »Schnell. Wir haben nicht viel Zeit.«

»Zeit wofür, Tillie?«

Doch sie schwieg und eilte den Gang entlang. Wir kamen an mehreren Gemälden vorbei: breite, verschlungene Pinselstriche auf leeren Leinwänden. Bei der Geburt waren wir alle unberührte, leere Leinwände. Dann hinterließ das Leben seine Spuren, und je älter man wurde, desto mehr Farbe verbrauchte man. Einige von uns mochten ihr Lebensende erreichen, ohne moralischen Schaden zu nehmen; sie hinterließen schöne, übersichtliche Gemälde. Andere, so wie ich, würden schließlich mit einem derartigen Gewirr von Pinselstrichen dastehen, dass man uns garantiert nicht durch die goldene Pforte ins Jenseits einließ – was immer einen dahinter erwarten mochte. Doch egal, wie unschön unsere Leinwände am Ende aussehen würden, letztlich kam es nur darauf an, ob es jemanden gab, der den Anblick zu schätzen wusste.

Mein Blick fiel auf einen Hängeschrank an einer der Wände. Ich öffnete ihn und betrachtete lächelnd die vielen Gewehre darin. Ich griff nach einer AR-15, prüfte, ob sie geladen war, und ging schnell weiter, bis ich Tatum eingeholt hatte. Am Ende des Gangs stieß Tillie eine Tür auf und verschwand in dem Raum dahinter. Ich folgte Tatum und ihr hinein. Was Tatum anging, konnte ich vorerst nur hoffen, dass sie nicht allzu tief erschüttert war – weder darüber, dass wir Tillie hier vorgefunden hatten, noch darüber, dass Tillie und Nate ein Kind gezeugt hatten. Mir selbst drehte sich der Kopf von all den Dingen, die ich innerhalb der letzten paar Minuten erfahren hatte. Noch hatte ich kaum Zeit gehabt, darüber nachzudenken – mitten im Krieg grübelte man nicht über Gefühle nach. Jedenfalls war ich überhaupt nicht sicher, was ich von all dem halten sollte. Im Moment war mir nur klar, dass ich Tillie folgen musste. Offenbar wollte sie mir etwas Wichtiges mitteilen oder zeigen. Sie schaltete das Licht ein. Von der plötzlichen Helligkeit geblendet, kniff ich die Augen zusammen, dann schirmte ich die Lampe mit der Hand ab und sah mich in dem Raum um. Er war sehr klein. Kein Bett, nur ein Stapel Kisten an der einen Wand. Es roch, als wäre in dem engen, stickigen Raum eine Schar Wollmäuse jämmerlich erstickt. In diesem Moment sah ich, wie jemand von außen den Rahmen des offenen Fensters packte.

»Daemon!«, flüsterte ich, während er hereinstieg. Er lächelte mir zu und drehte sich wieder zum Fenster um.

»Was ist denn hier los?«, fragte ich verwirrt.

Tillie rannte zu ihm, legte ihm einen Arm um die Taille und beugte sich über das Fensterbrett. Während ich langsam zu ihnen ging, schaute ich mich suchend im Zimmer um. Der Rundblick endete bei Tatum. Sie schien genauso verwirrt wie ich.

»Daemon.« Ein Baby schrie. Ich verstummte und spähte aus dem Fenster.

Tillie nahm einen Säugling in einer flauschigen rosa Decke auf den Arm und drückte ihn an sich. Als ich erneut zum Fenster schaute, um herauszufinden, wer ihr das Baby gereicht hatte, sah ich Tinker davongehen.

»Wer sonst«, murmelte ich und blickte ihr mit leisem Lachen nach.

»Sie gehört zu den Guten, Mads. Versprochen.«

Ich tat ihre Worte mit einer Geste ab. Dabei hatte ich eigentlich keinen Grund dazu. Schließlich hatte Tinker Tatum und mir tatsächlich geholfen, den Kings zu entkommen, und auch sonst hatte sie sich immer hilfsbereit gezeigt. Trotzdem hatte ich, was sie betraf, stets ein flaues Gefühl im Magen. Vielleicht steckte nur Verwirrung dahinter. Vielleicht auch mehr. Ich war mir noch nicht sicher.

»Okay.« Seufzend lehnte ich mich ans Fensterbrett. »Okay.«

»Dir geht's nicht gut«, murmelte Tatum halblaut.

Ich spürte Druck auf der Brust und umklammerte das Fensterbrett. Kalter Schweiß trat mir auf die Stirn, mein Atem kam in flachen, unregelmäßigen Stößen. Dann spürte ich eine kühle, vertraute Hand auf dem Arm, atmete tief durch und sah Daemon an. »Was soll ich denn davon halten, D?«

Ich sah, wie sich sein Adamsapfel bewegte, als er schluckte. Er runzelte die Stirn. »Ich weiß nicht …« Er zögerte und fuhr dann fort: »Nur gute Dinge, Madison.«

»Wenn wir wieder zu Hause sind, müssen wir unbedingt an deinem Englisch arbeiten«, brummte ich halblaut.

Das Baby schrie erneut. Ich drehte mich um und betrachtete das kleine, eingemummte Bündel, das Tillie auf dem Arm hielt. Das Gesicht der Kleinen konnte ich nicht erkennen, und ich wusste auch nicht, ob ich dem Anblick schon gewachsen gewesen wäre. Etwas riet mir, noch zu warten – bis Nate einen Blick auf seine Tochter geworfen hatte. Ich hatte das Gefühl, ihm etwas wegzunehmen, wenn ich mir sein Kind vor ihm anschaute.

»Es tut mir leid, Mads. Es ist alles so kompliziert, und ich …«

»Du musst es uns ja nicht gleich erklären.« Ich lächelte schwach. »Wir haben einen zweistündigen Flug vor uns, Zeit genug, um mir alles zu erzählen. Jetzt müssen wir erst mal nachsehen, was aus den Jungs geworden ist.« Kaum hatte ich es ausgesprochen, wurde die Tür aufgestoßen, und Bishop stand auf der Schwelle. Schwer atmend, ohne T-Shirt, den Oberkörper blutbespritzt. Seine Schultern hoben und senkten sich bei jedem Atemzug. Ich wollte zu ihm rennen und nachschauen, ob ihm etwas passiert war, doch als ich seinem Blick begegnete, zuckte ich zurück. Seine Augen waren so dunkel wie die Tore der Hölle. In diesem Moment erkannte ich ihn kaum wieder. Ich blieb stehen und ballte die Fäuste.

»Bishop …«

Er schüttelte den Kopf und trat die Tür weiter auf. Hinter ihm kamen Nate, Jase, Hunter und Saint herein. Sie sahen aus wie Heimkehrer aus dem Dritten Weltkrieg.

»Scheiße«, keuchte Nate und wich einen Schritt zurück, um sein Gleichgewicht wiederzufinden.

Es blieb lange still. Schließlich durchbrach Tillie das Schweigen. »Möchtest du sie mal halten?«

Nate schloss die Augen und gab ein Zischen von sich. Dann sank er auf die Knie. Sein Schweigen erschreckte mich.

Obwohl es mich immer noch zu Bishop zog, ging ich langsam zu Nate hinüber. »Nate?«, flüsterte ich. Es klang ein wenig zittrig. »Nimm sie doch auf den Arm.«

»Ich kann nicht«, stieß er erstickt hervor, schüttelte den

Kopf und stand wieder auf. »Nicht jetzt. Wir müssen abhauen. Sofort!«

»Er hat recht«, stimmte Bishop zu. »Wir haben nur die Wachen erledigt, die zufällig anwesend waren, und in dem Chaos hat Katsia sich aus dem Staub gemacht.«

»Was auch sonst.« Ich verdrehte die Augen. Ich hasste diese Frau.

»Sie weiß nicht, dass Micaela noch lebt. Wir müssen verschwinden, bevor sie es herausfindet.«

Nate fuhr zu Tillie herum. »Und wie kommst du auf die Idee, dass *du* weiterleben darfst?«, fragte er wütend. Sofort kippte die Stimmung. Ich fühlte mich unbehaglich.

»Nate!«, fuhr ich ihn an. »Sie ist die Mutter deiner Tochter! Und meine beste Freundin, verdammt noch mal!«

»Sie war nur eine wandelnde Fruchtblase. Es ist nicht *nötig*, dass sie am Leben bleibt. Sie hat ihre Aufgabe erfüllt. Ach ja …« Jetzt sah er mich an. »… außerdem traue ich ihr nicht.«

»Du traust ihr nicht?«, rief ich, offenbar ein wenig zu laut, denn Bishop trat einen Schritt auf mich zu. »Du hast sie *geliebt*!«

Nate lachte auf. »Pass du lieber auf, wofür du das Wort alles benutzt, Schwesterlein. Wenn ich sie geliebt hätte, wäre ich wohl kaum an jedem Tag der Woche über Tatum hergefallen. Das weißt du so gut wie ich.« Er sah mich scharf an, und ich gab den Blick ebenso böse zurück. Nate war nicht einfach nur grob unhöflich, er wollte Tillie wehtun. Vorhin, als wir nur zu viert hier gestanden und davon gesprochen hatten, die Jungs suchen zu gehen, hatte ich zwar mit einer heftigen Reaktion von Nate gerechnet, aber nicht damit, dass er derart wild um sich schlagen würde. Vor allem hatte ich nicht erwartet, dass sich sein Zorn gegen Tillie richten würde. Inzwischen war mir jedoch einiges klar geworden. Sein Verhalten hatte sich von

Grund auf verändert. Unter seinem coolen Gehabe hatte schon immer ein Monster gelauert, und das lief nun mit Schaum vor dem Mund frei herum. Die ungeheure Wut, die er ausstrahlte, machte auch mich zornig.

»Das war ein ganz mieser Tiefschlag, Nate«, sagte ich leise und schüttelte missbilligend den Kopf. Bishop zog sich ein T-Shirt über; erst da wurde mir klar, warum er vorher keins getragen hatte. Damit es keine Blutflecken abbekam. Offensichtlich hatte er zu viel Übung in solchen Dingen.

»Wir müssen sofort von hier verschwinden«, sagte Tillie, ohne Nate zu antworten. »Es gibt da einen unterirdischen Gang, der bis zur Landebahn führt. Wir müssen hier aus dem Fenster steigen.«

»Einverstanden.« Bishop ging zum Fenster. Als er an mir vorbeikam, packte er meine Hand.

»Nee, du.« Eli schüttelte den Kopf. »Mir geht es wie Nate. Ich trau der Kleinen nicht.«

»Ob ihr mir traut oder nicht«, sagte Tillie, während sie das Baby Daemon übergab, »ihr habt gar keine andere Wahl.«

Eli sah Nate an; der den Blick wiederum auf Saint und Jase richtete. Ich schenkte Jase einen bösen Blick, woraufhin dieser nickte. Hunter schloss sich ihm an.

»Mädel, wenn das eine Falle ist, zeige ich dir, warum du dich besser vor mir fürchten solltest. Hast du gehört?«, sagte Nate, während er zögernd zum Fenster ging.

Tillie nickte, schaute nach unten und sprang aus dem Fenster. Daemon reichte ihr das Baby hinaus und folgte. Als Nate hinausspringen wollte, legte ich ihm eine Hand auf die Brust. »Hey! Ich kann ja verstehen, dass du wütend und durcheinander bist, aber, bitte, reiß dich ein bisschen zusammen. Schließlich wissen wir nicht, was sie alles durchgemacht hat, Nate. Also benimm dich nicht wie ein Arschloch.«

Er zwinkerte mir zu und packte den Fensterrahmen. »Ich *bin* ein Arschloch, Schwesterlein.« Damit sprang er aus dem Fenster.

»Das war's. Es reicht mir. Der Typ ist irre.«

»Jetzt du.« Bishop zeigte zum Fenster hinaus.

»Bishop«, flüsterte ich. »Sieh mich an.«

Er tat es nicht, sondern blickte weiter nach draußen. »Steig aus dem verdammten Fenster, Madison.«

»Was habe ich jetzt wieder falsch gemacht?«

»Mein Gott, Mädchen! Tu bitte ausnahmsweise mal, was man dir sagt!« Hunter packte mich am Arm und schubste mich zum Fenster. »Raus da. Sofort!« Ich riss mich los und sprang ins Freie. Meine Füße landeten mit dumpfem Knall auf staubiger Erde, dass ich die Erschütterung im ganzen Körper spürte. Nate fasste mich an der Hand und zog mich an sich heran.

»Was habe ich falsch gemacht?«, fragte ich ihn und sah zu ihm auf. Auf meiner anderen Seite stand Daemon und fasste mich ebenfalls an der Hand.

»Die Realität hat ihm in der letzten halben Stunde einen kräftigen Tritt in die Eier verpasst.«

»Was soll das jetzt heißen?« Meine Frage klang wie ein Klagelaut.

»Dass du nicht so gottverdammt viel fragen sollst. Nicht bevor wir wieder auf heimischem Boden sind.«

Dann stieß Nate mich in Richtung Daemon und rieb sich mit einem Handballen die Augen. Bis heute hatte er mich noch nie auf eine Art behandelt, die ich als bedrohlich empfand, aber inzwischen war die Stimmung auf den Kopf gestellt. Die Dynamik innerhalb der Gruppe hatte sich geändert, und ich hatte keine Ahnung, was das zu bedeuten hatte. Aber es machte mir Angst.

Bishop stieg als Letzter aus dem Fenster. Seine Füße hatten kaum den Boden berührt, da rannten wir los, immer hinter Tillie und Daemon her. Daemon hielt jetzt wieder das Baby. Es war seltsam. Bestimmt hatte es damit eine Bewandtnis. Schließlich hatten die Verlorenen vor allem die Aufgabe, sämtliche Schwäne beiseitezuschaffen, wie sie es selbst ausgedrückt hätten. Wie ich mit Sicherheit wusste, hatte Daemon das auch schon mindestens einmal getan. Warum hatte er diesmal gezögert?

Wir rannten, ohne zu sprechen; nur unsere Schritte waren zu hören. Erst als Tillie stehen blieb, blickte ich mich um und nahm meine Umgebung wahr. Wir waren quer über eine Wiese gelaufen und befanden uns unter freiem Himmel, was mir zunächst seltsam vorkam. Ich vermutete jedoch, dass wir uns hinter dem Haus befanden, in einer Art Garten, der allerdings so groß wie ein Fußballfeld war. Tillie deutete auf eine Scheune mit Metallwänden, die verborgen hinter dem Haus stand. »Da drinnen. Im Fußboden ist eine Luke, die zu einem unterirdischen Gang führt. Auf dem Weg werden Sachen nach draußen geschafft, von denen niemand etwas erfahren soll.«

»Was willst du damit sagen?«, fragte Bishop hinter mir. »Dass das Ganze hinter dem Rücken der Kings passiert? Oder dass mein Dad Bescheid weiß, aber der Kreis nicht eingeweiht ist?« Er war die ganze Zeit dicht hinter mir geblieben, hatte mich aber, seit er von dem Gemetzel zurückgekehrt war, kaum berührt. Wäre die Lage nicht so angespannt gewesen, hätte mir das sicher viel Stoff zum Grübeln geliefert.

»Letzteres und noch einiges mehr«, gestand Tillie. Dann eilte sie auf die Scheune zu, und wir folgten ihr. Daemon öffnete das schwere Wellblechtor; es knirschte so laut, dass es über die menschenleere Wiese hallte. Als es offen stand, rannten wir hinein. Tillie stieß mit dem Fuß die Abdeckung der Luke beiseite und sprang als Erste hinunter. Daemon reichte ihr das Baby und folgte ihr. Wir anderen hielten die gleiche Reihenfolge ein wie vorhin beim Fenster. Wenig später marschierten wir durch geheime unterirdische Gänge. Die Wände bestanden aus befestigter Erde, auf dem lehmigen Boden waren Gleise verlegt. Schmaler als für einen Eisenbahnzug, aber breit genug für eine kleine Karre.

»Von hier führen Tunnel zu allen vier Sektionen von Perdita und zu allen Unterabteilungen.«

»Allen in *diesem* Bereich von Perdita?«, fragte Bishop.

Tillie schüttelte den Kopf und rückte ihr Baby auf dem Arm zurecht. »Nein. Überall auf der Insel.«

»Scheiße. Was geht hier vor?«

Wir gingen weiter und drangen immer tiefer in die Tunnel vor. Zwanzig Minuten später war die Luft stickig, und ich schwitzte mit jedem Schritt mehr.

»Tillie«, rief ich und wischte mir einen Erdbrocken aus dem Gesicht, der von der Decke heruntergefallen war. Die Erde vermischte sich mit dem Schweiß und verwandelte sich in weichen Lehm. »Geht's der Kleinen gut?«

Tillie blickte über die Schulter zurück und lächelte schwach. »Sobald das hier vorbei ist, wird es ihr bestens gehen.« Dann beschleunigte sie ihre Schritte. »Da ist es!« Wir eilten zu einem Durchgang auf der linken Seite der Gleise. Als ich nach oben blickte, entdeckte ich über dem Türbogen ein kleines Metallschild mit der Inschrift ›Flugplatz‹. Ich seufzte erleichtert. Tillie öffnete die Tür und ging hindurch. Der Raum dahinter war so eng, dass wir nicht alle gleichzeitig hineinpassten. Tillie schlug drei Mal gegen die Abdeckung über ihrem Kopf. Ein Schloss wurde geöffnet. Tageslicht fiel in den kleinen Raum.

»Alles okay bei euch?«, fragte Tinker, offensichtlich besorgt. »Kommt schon, ihr habt nicht mehr viel Zeit.« Sie streckte die

Hand aus und zog erst Tillie nach oben, dann Daemon, wobei die beiden wieder abwechselnd das Baby hielten. Die Kleine hatte die ganze Zeit keinen Laut von sich gegeben. Ich war beeindruckt. Das musste sie von ihrer Mutter geerbt haben. Ich reichte Tillie die Hand, und sie zog mich nach oben. Endlich atmete ich wieder frische Luft. Mein Brustkorb entspannte sich. Ich drehte mich zu der Luke um und half Tatum ins Freie, dann streckte jede von uns Nate eine Hand hin. Während die übrigen Jungs aus der Luke stiegen, wandte ich mich Tinker zu.

»Was hast du davon?«

»Was ich davon habe?« Tinker lächelte. »Wir haben nicht alle das Glück, unseren Weg frei wählen zu können, Madison.« Sie spähte kurz an mir vorbei, dann sah sie mich wieder an. »Also überleg dir gut, für welchen Weg du dich entscheidest.«

Ich sah über die Schulter, um herauszufinden, wer hinter mir stand. Bishop.

»Danke für den Rat, aber wie es aussieht, habe ich keine Wahl.«

»Hast du wirklich nicht.« Bishop drängte sich an mir vorbei. »Ich schon.«

Ich versuchte den Schmerz hinunterzuschlucken, der sich in meiner Brust und meiner Kehle festsetzen wollte. Traurigkeit ergriff mich. Das konnte er doch unmöglich ernst meinen.

26. KAPITEL

Auf dem Rückflug blieb ich ganz hinten. Die Hände tief in den Taschen des Kapuzenpullovers, die Augen fest geschlossen. Ich ließ mir die Ereignisse des Tages durch den Kopf gehen. Es kam mir vor, als wäre ich zwischen zwei Mauern eingeklemmt. Auf der einen Seite das Leben, das für mich vorgesehen war, auf der anderen meine eigenen egoistischen Wünsche. Allerdings würde ich nicht behaupten, dass ich tatsächlich um eine Entscheidung ringen musste. So war es nicht. Ich liebte Madison, was bedeutete, dass ich um jeden Preis mit ihr zusammen sein wollte, aber wenn der Preis zu achtzig Prozent darin bestand, sie in Lebensgefahr zu bringen, dann nicht mit mir. Mein Mund war wie ausgetrocknet, meine Hände schweißnass. Das T-Shirt klebte mir am Körper, die Blutflecken wirkten wie Leim.

Scheiße. Ich rief meine Playlist auf. Das war nicht die feine Art, denn eigentlich hätte ich Tillie fragen müssen, wie es ihr ging. Aber ich brauchte Zeit, um meine Gedanken zu ordnen. ›I Was Never There‹ von The Weeknd setzte ein, und ich trommelte im Takt der Musik mit den Fingern. Dazu zog ich mir die Kapuze bis über die Augenbrauen und kaute stoisch auf meinem Kaugummi herum. Die Musik rief Gedanken in mir wach. *Madison.* Ohne sie würde das alles jede Bedeutung verlieren. Unruhig rutschte ich auf dem Sitz umher.

Ich packte sie an den Knöcheln, zog sie zum Fußende des Betts und drehte sie auf den Bauch. Dann fasste ich sie an den Hüften. Ihr Hintern wölbte sich nach oben, ihre Beine waren gespreizt. »Das alles hier gehört mir allein, Madison.« Sie drückte den nackten Hintern gegen meinen Schwanz, und ich stöhnte auf und biss mir auf die Unterlippe. Dann kniete ich mich hin und drehte mich andersherum. Als ich mit der Nasenspitze langsam ihren Oberschenkel hinaufstrich, spürte ich, wie sich ihre Muskeln spannten. Sie war verwirrt. Das wäre ich auch. Inzwischen war sie daran gewöhnt, mit verbundenen Augen meinen Anordnungen zu folgen, aber etwas in ihr gab den Widerstand nie völlig auf. Vermutlich ihr Selbsterhaltungstrieb. Der irrte sich bekanntlich nie. Bei dem Gedanken musste ich grinsen. Ich hämmerte ihr ständig ein, dass ihre Instinkte bezogen auf mich einfach Scheiße waren; dabei wollte ich ihr nur Sand in die Augen streuen. Meine Nasenspitze erreichte die Wölbung ihrer Pobacke. Ich atmete ein, und ihr süßer Duft rief alles wach, was ich an Herrschsucht in mir trug. Ich öffnete die Augen, streckte die Zunge heraus und leckte ihr von der Klitoris bis zu ihrem Po. Ich konnte schmecken, wie erregt sie war. Ich stöhnte auf und leckte mir über die Lippen, dann schob ich die Zunge wieder in sie hinein. Ich spreizte ihre Beine noch weiter, streckte mich neben ihr auf dem Rücken aus und schlang ihr die Arme um die Oberschenkel. Meine Hände lagen auf ihren Pobacken. Ich hob sie an und drückte sie mir aufs Gesicht.

Ich kaute immer heftiger, wippte in olympiareifem Tempo mit dem Knie und klopfte mit den Fingern den Takt mit. Inzwischen lief ›It's a Vibe‹ von Ty Dolla Sign. Scheiße. Ich rutschte erneut auf dem Sitz umher, reckte den Hals, aber hielt die Augen geschlossen und zog die Kapuze noch weiter herunter, bis sie auch meine Augen verbarg. Dann lehnte ich den Kopf an die Lehne und schaute zur Decke. Mit der anderen Hand drückte ich durch den Jeansstoff meinen Schwanz. Er war auf dem besten Weg, den Reißverschluss zu sprengen.

»Reit auf meinem Gesicht, Baby.« Madison fing an, sich an meinen Lippen zu reiben. Ihre Hände waren noch hinter dem Rücken gefesselt, ihre Augen mit einem roten Seidentuch verbunden. Ihr Haar war zu einem unordentlichen Knoten hochgesteckt; lose Strähnen umrahmten ihr Gesicht. Ihr schlanker Körper war schweißbedeckt. Ihre Bauchmuskeln spannten sich; mit den Oberschenkeln umklammerte sie mein Gesicht. Sie war gleich so weit. Ich erkannte es an dem Zittern in ihren Beinen und an der Art, wie sich ihre Muskeln um meine Zunge schlossen. Ich schob die Zunge tiefer hinein. Zugleich legte ich Madison eine Hand auf den Hintern und massierte von hinten ihre Klitoris. Ich leckte und saugte an ihr, als wäre sie mein Lieblingsnachtisch. Was sie auch war.

»Bishop!«, stieß sie keuchend hervor. Sie ritt mich immer schneller und heftiger; ihre Schamlippen rieben sich an meinem Mund. Ich schob ihr einen Finger in den Hintern. Ihr Körper spannte sich an, doch sie machte weiter. »Ich … ich …« Ich zog den Finger wieder heraus und hielt inne.

»Was denn?«, fragte ich rau.

»Bishop!«, schrie sie frustriert.

»Genau. Du gehörst Bishop. Du gehörst mir, Madison. Wenn du noch ein einziges Mal solchen Scheiß baust wie neulich mit Nate, wird dir diese Bestrafung wie ein Kinderspiel vorkommen. Hast du das kapiert, Baby? Mach bloß keinen Fehler. Ein einziger falscher Blick aus deinen hübschen Augen in Richtung von jemand, der einen Schwanz hat, und ich fick dir den Verstand aus dem Leib.« Ich klatschte ihr auf den Arsch. Sie quiekte erschrocken. »Haben wir uns verstanden?«

Sie zögerte und bewegte in der Luft langsam die Hüften hin und her.

»Madison …«

»Ja! Scheiße. Wir haben uns verstanden.«

»Jetzt sag mir, was du willst.« Mit den Handflächen strich ich ihr langsam über die Oberschenkel und beobachtete sie gierig.

»Ich will kommen.«

»Und wo?« Ich grinste, obwohl sie es nicht sehen konnte.

»Auf deinem Mund«, fuhr sie mich an. Mein Mädchen. Frech wie immer. Ich knetete ihr die Pobacken, bis sie sich wie Pudding anfühlten, zog ihr Geschlecht auf meinen Mund und saugte an ihr wie halb verhungert. Ich leckte jeden Fingerbreit ab, und mit jeder Sekunde lief mir noch mehr Wasser im Mund zusammen. Madison war für mich geschaffen. Nicht nur im üblichen romantischen Sinn; sie war wie ein Gift, das dafür entwickelt worden war, eine bestimmte Person zu töten. Nein, die Beute jagende Schlange war ich, und sie war mein Gegengift. Ich war schlecht. Sie dagegen war durch und durch rein.

Unwillkürlich stöhnte ich leise auf. In meinen Jeans pulsierte mein Schwanz. Ich brauchte dringend Sex, aber da das einzige Mädchen, das ich haben wollte, derzeit nicht infrage kam, würde ich irgendwie zurechtkommen müssen. Ich riss mir die Kopfhörer heraus und sprang auf. Ohne jemand anzusehen, marschierte ich zu der engen Toilette, verriegelte die Tür und schaute auf meinen Schritt. Mein Schwanz drückte von innen gegen die Jeans und bettelte darum, geleckt oder gestreichelt zu werden. Ich zerrte den Reißverschluss auf, holte meinen Schwanz hervor. Sofort sah ich nichts mehr außer Erinnerungsbildern. *Madison.*

Ihr schweißnasser, schimmernder Körper, als sie auf meinem Schwanz ritt. Mein Schwanz, der hart in sie hineinstieß. Der unterdrückte Schrei, den sie jedes Mal ausstieß, wenn ich sie bis an die Grenze trieb. Ich atmete schwer und rieb immer schneller. Schweiß nässte meine Schläfen. *»Ich gehöre dir, Bishop. Für immer.«* Meine Eier wurden hart, mein Schwanz zuckte, ich kam heftig. Mein rasender Herzschlag beruhigte sich. Ich machte rasch sauber, wusch mir die Hände und kehrte an meinen Platz zurück, deutlich weniger angespannt als noch vor wenigen Minuten.

»Alles okay, B?«, fragte Hunter über die Rückenlehne seines Sitzes. Die anderen saßen überall verstreut. Nate hatte sich neben Madison gesetzt, die wiederum nah bei Tillie saß, mit ihr schwatzte und sich das Baby anschaute. An diesem Tag war so viel passiert, dass ich es noch nicht verdaut bekam. Nicht solange die anderen in der Nähe waren. Aber das Wichtigste zuerst. Ich musste Madisons Vater eine Nachricht schicken.

»Ja, klar«, antwortete ich Hunter, griff nach dem Telefon und setzte die Ohrstöpsel ein. Ich setzte das Stück von The Weeknd auf ›Madships Playlist‹, dann klickte ich sein neuestes Album an und tippte rasch eine Textnachricht an Joseph.

Du hattest recht. Ich werde sie gehen lassen.

Nach dem Absenden öffnete ich erneut *Spotify*, ohne auf das leise Ping zu achten, das eine neue Nachricht ankündigte. WLAN im Flieger hatte nicht nur Vorteile. Ich wählte ›Hurt You‹ von The Weeknd, und als die Musik einsetzte, schloss ich die Augen.

»Mann, ich weiß echt nicht, was ich machen soll«, sagte Nate seufzend und vergrub das Gesicht in den Händen. Alle anderen hatten wir irgendwo abgesetzt. Mit Madison hatte ich kein Wort mehr gewechselt; aber ich hatte heimlich einen Blick auf Micaela geworfen. Genau wie Nate. Und auch wenn er vielleicht gar nicht gemerkt hatte, was mit ihm passiert war, als er seine Tochter zum ersten Mal richtig angeschaut hatte, war es für mich offensichtlich gewesen. Liebe auf den ersten Blick. Weshalb ich auch genau wusste, was ihn jetzt beschäftigte.

»Wovon redest du? Davon, was du mit Tillie machen sollst? Oder mit Micaela? Übrigens muss ich dir dazu noch was sagen.«

Nate schüttelte den Kopf, stemmte einen Fuß gegen das Armaturenbrett und strich sich mit dem Zeigefinger über die Oberlippe. »Du musst mir nichts erklären, B. So chaotisch deine Aktionen manchmal auch sind, haben sie doch immer einen Grund.« Das sagte er, als würde er sich den letzten Wetterumschwung erklären. Mühelos.

»Okay. Aber nur damit du Bescheid weißt: Was heute passiert ist, war von Anfang an geplant. Daemon hat Tillie seit der Geburt beigestanden. Anscheinend war er sogar bei der Geburt dabei, zusammen mit Tinker und einer Pflegerin. Danach hat er mich angerufen und mir alles erzählt.« Ich unterbrach mich und warf schnell einen Blick aus dem Seitenfenster; dann bog ich in die Zufahrt zu einem neuen Highway ein. Ich musste eine Weile weg von allem. Nach Hause zu fahren kam im Moment nicht infrage. Für mich gab es unter den Kings ganz klar eine Nummer eins, was er sich oft genug verdient hatte. Wenn ich also überhaupt jemand ertragen konnte, während mir so viel Mist durch den Kopf ging, dann Nate.

Er wartete, bis ich weitersprach. »Bis dahin hatte ich nicht die leiseste Ahnung, dass sie schwanger war, Kumpel. Bei meinem Leben. Nachdem ich es von Daemon erfahren hatte, habe ich ein Abkommen mit Katsia geschlossen. Nur hat dieses Miststück trotzdem versucht, Micaela umbringen zu lassen.« Ich sah ihn kurz von der Seite an. Sein Blick war glasig geworden.

»Ich glaube dir.« Seine Miene verschloss sich.

Ich richtete die Aufmerksamkeit wieder auf die Fahrbahn.

»Na, jedenfalls, eigentlich hätte ich viel früher was davon merken müssen. Damals vor ein paar Monaten, als diese Scheiße mit Madison und Daemon passiert ist und Madison im Krankenhaus lag, habe ich Tillie dabei erwischt, wie sie sich in ihr Krankenzimmer schleichen wollte.«

Aus dem Augenwinkel nahm ich wahr, dass Nate mich anschaute. »Natürlich habe ich sie gefragt, was sie da macht, aber sie hat nur gesagt, darüber könnte sie nicht reden, aber sie hätte gehört, dass es einen Zwischenfall gegeben hatte, bei dem Madison verletzt worden war. Ich bin gar nicht auf die Idee gekommen, einen Blick auf ihren Bauch zu werfen – sie ist ja so verdammt klein, und sie trug einen Kapuzenpulli in Übergröße. Im Nachhinein würde ich sagen, das hätte mir komisch vorkommen müssen, aber sie war halt insgesamt etwas seltsam. Irgendwie anders. Noch mehr als sonst. Da ich wusste, dass sie Madison gernhatte, habe ich sie zu ihr gelassen. Vorher hat sie mir aber noch erzählt, dass Katsia sie nach der Nacht in der Hütte entführt hat.« Ich riskierte erneut einen Blick in seine Richtung. »Zu dem Zeitpunkt kann Katsia noch gar nicht gewusst haben, dass Tillie schwanger war.« Ich schaute wieder nach vorn. »Na, jedenfalls habe ich Tillie zu Madison gelassen und ihr gesagt, ich würde mich gegebenenfalls wieder bei ihr melden.«

»Diese ganze Scheiße ergibt keinen Sinn mehr. Die Grenzlinien verschwimmen. Ich weiß auch nicht, Mann, aber irgendwas sagt mir, dass uns ein Krieg bevorsteht.«

Ich nickte. »Da stimme ich dir zu. Und daraus folgt«, erklärte ich und atmete tief durch, »dass die Mädels auf Abstand zu uns gehen müssen.«

27. KAPITEL

»Das ist ganz schlecht, Madison. Schon ihre Anwesenheit, und die des Babys, bringt uns alle in Gefahr.«

»Dad!«, fuhr ich auf und stemmte die Hände in die Hüften. »Es muss aber sein.«

Er runzelte die Stirn, und sein Blick wurde starr. Mir wurde schwer ums Herz. Mein Dad machte sich offensichtlich Sorgen, und ich nahm darauf keine Rücksicht.

»Ich wüsste ja eine Lösung, aber die wird dir nicht gefallen.«

»Welche denn?«, fragte ich bedrückt. »Inzwischen wäre ich mit allem einverstanden.«

»Genauer gesagt, *wir* wissen eine Lösung.«

Beim Klang von Bishops Stimme spürte ich ein Flattern in der Brust. Ich drehte mich zur Haustür um. »Und wie sieht die aus?« Bishop und Nate betraten gemeinsam das Haus, kamen in die Küche und setzten sich auf zwei Barhocker. Ich lehnte mich an die Kücheninsel.

»Bishop?«, drängte ich.

»Ihr müsst abhauen. Alle drei. Mit dem Kind.«

»Nein.«

»Madison …« Bishop wirkte erschöpft. Frustriert strich er sich mit beiden Händen über den Kopf. »Hör zu. Es ist ja nicht für lange. Nur bis wir diesen Krieg hinter uns haben. Bisher haben wir uns nie über Opfer in den eigenen Reihen Gedanken machen müssen, aber jetzt seid ihr mit im Spiel. Du und Tillie und Tatum – und ein neugeborenes Kind, verdammt noch mal. Eines, auf dessen Kopf ein Preis ausgesetzt ist. Denk doch mal nach, Madison. Sei klug. Es muss sein. Das weißt du genauso gut wie wir alle.«

Tränen traten in meine Augen, liefen mir über die Wangen, aber ich versuchte gar nicht erst, sie wegzuwischen. Ich war zu keiner Bewegung fähig. Meine Arme hingen schwer herab, als wären Gewichte daran befestigt. Meine Beine fühlten sich an wie Pudding.

»Warum? Was geht hier vor? Wenn du willst, dass aus diesem Plan etwas wird, musst du mir erst einmal genau erzählen, was eigentlich los ist.«

Bishop nickte, das Kinn in die Hand gestützt, und sah mir eindringlich in die Augen. Ich erwiderte den Blick, unverwandt, als wäre außer uns beiden niemand im Raum. »Katsia hat rebelliert. Sie lehnt sich gegen die Kings auf. Wir haben Grund zu der Annahme, dass sie eine eigene Armee aufzustellen versucht. Entweder sie will uns verraten, oder sie will gegen uns kämpfen. Oder beides.« Er beugte sich vor. Sein Blick verdunkelte sich. »Wenn uns diese Scheiße um die Ohren fliegt, kann ich dich hier nicht gebrauchen, verstehst du das? Denn Katsia würde als Allererstes auf *dich* losgehen. Und als Zweites? Erfährt sie von Micaela.«

Was er beschrieb, klang so realistisch, dass es mich erdrückte. Die Beine gaben nun unter mir nach. Ich ließ mich auf den kühlen Küchenfußboden sinken, kauerte mich zusammen und zog die Knie an die Brust.

»Madison«, meldete sich mein Vater wieder zu Wort. »Es muss sein. Du bist einfach zu wichtig.«

Bishops Stiefel bewegten sich in mein Gesichtsfeld. Ich blickte nicht auf. Er kniete sich neben mich, legte mir den gekrümmten Zeigefinger unters Kinn, hob meinen Kopf an und sah mir forschend in die Augen. »Begreifst du jetzt, wie wichtig das ist, Baby? Ich hätte es dir auch auf anderem Weg einbläuen können. Deshalb hoffe ich, dass du meine Anordnungen befolgst.«

»Du hattest beschlossen, dich von mir zu trennen, oder?«, flüsterte ich. Wieder kamen mir die Tränen.

Er lächelte ein wenig. »Fast.«

»Ich würde dich umbringen«, erklärte ich sachlich.

Er lachte, dass seine Zähne blitzten. Ich lachte nicht. Ich lächelte nicht einmal. Denn ich meinte es völlig ernst. »Lach du nur. Das war kein Scherz. Ich kann nicht …« Ich hielt kopfschüttelnd inne. Schon bei der Vorstellung, dass Bishop nicht mehr mir gehören könnte, packte mich das Entsetzen.

»Hey!«, rief er gedämpft und riss mich damit aus meiner Gedankenspirale. Dann presste er mir den Daumen auf die Unterlippe. »Ja, genau das hatte ich vor.«

»Und warum hast du deine Meinung geändert?«, fragte ich und wischte mir mit dem Handrücken die Tränen von den Wangen.

Er verzog die Lippen zu einem Grinsen. »Mir ist wieder eingefallen, dass ich dich liebe. Und dass ich versprochen habe, einiges zu verändern. Soweit mir das möglich ist. Darum.«

Mir wurde warm ums Herz, der Drang, laut aufzuschluchzen, ließ nach. »Okay.« Ich nickte und stand auf. »Wir hauen ab. Aber wohin? Ins Ausland gehe ich nicht.«

Bishop schüttelte den Kopf. »Nein, aber ihr müsst verdammt weit weg. An einen Ort, auf den niemand je käme … Und ich habe auch schon eine Idee …«

Ich sah ihn scharf an. Nate konnte sich nicht mehr beherrschen und fing an zu lachen, so laut, dass es von den Wänden widerhallte.

»Schön zu sehen, dass du, was die Inneneinrichtung angeht, immer noch denselben miesen Geschmack hast, Joseph.«

Ich fuhr herum; da stand Bishops Mom und schob die Sonnenbrille ins kurze dunkle Haar hinauf. Dann sah sie mich an. »Hi, Liebes.«

»Oh«, machte ich halblaut. Dann wurde mir klar, was ihre Anwesenheit zu bedeuten hatte, und ich riss die Augen auf. *»Oh!«*

»Genau! Oh!« Sie lächelte mir zu, dann kam sie zu Bishop herüber, beugte sich zu ihm hinunter und gab ihm einen Kuss auf den Kopf. »Was Frauen angeht, hat sich dein Geschmack zum Glück gebessert, Joseph.«

Mein Dad verdrehte die Augen. »Immer wieder eine Freude, dich zu sehen, Scarlet.«

Sie grinste. »Weiß ich doch.«

Manchmal vergaß ich, dass sich zwischen den Kings und ihren Verbündeten auch in der Generation meines Vaters so manches Drama abgespielt haben musste. Stoff für zahllose Geschichten.

In dem Moment betrat Tillie die Küche. Ich sah Nate an.

»Oh, wer ist das denn!« Scarlet ging lächelnd auf Tillie zu.

»Mom …«, sagte Bishop in warnendem Tonfall. Sie zog einen Schmollmund, blieb aber stehen.

Ohne Tillie aus den Augen zu lassen, ging Nate langsam auf sie zu. Erst als Bishop sagte: »Weiteratmen, du bist schon ganz lila«, wurde mir bewusst, dass ich nervös die Luft anhielt.

Ich atmete tief durch.

»Ich hasse dich«, fing Nate an. »Ich werde dich immer hassen. Du hättest mir erzählen müssen, was los war, aber du hast nicht mal versucht, mich zu erreichen.« Tillie wollte den Mund öffnen. Doch er hob gebieterisch die Hand, um sie zum Schweigen zu bringen. Dabei bemerkte ich, wie Tate und Daemon dazukamen. Sie hielten sich jedoch im Hintergrund. »Ich bin noch nicht fertig. Verdammt, ich *hasse* dich, Tillie. Mehr als ich je einen anderen Menschen gehasst habe. Ich werde dir das Leben zur Hölle machen, bis ans Ende deiner Tage.« Er blickte kurz zu Micaela, dann sah er wieder Tillie an, ein sadistisches Grinsen im Gesicht. »In den nächsten achtzehn Jahren dürftest du mich kaum loswerden.« Tillie wirkte erschüttert; ihr kamen die Tränen. Nate nahm ihr das Baby ab, und als er seine Tochter auf dem Arm hielt, gab er gurrende liebevolle Geräusche von sich. Als hätte er ihre Mutter nicht eben erst mit Worten vernichtet. Ich konnte ja verstehen, dass er wütend war, aber wie er meine beste Freundin behandelte, brachte mich trotzdem auf die Palme.

»Nate!«, fuhr ich ihn an.

»Pst«, machte er kaum hörbar und sah lächelnd zu, wie Micaela mit ihrer kleinen Hand seinen Finger umfasste. »Was ist denn, Schwesterlein?«

Ich sah ihn an. Dann öffnete ich den Mund, um ihn zu beschimpfen, doch es fiel mir nichts Passendes ein. Seufzend schüttelte ich den Kopf. »Ich bin echt enttäuscht.«

»Das ist mir egal«, erwiderte er und ging mit Micaela hinaus.

Ich sah Bishop an. Er hatte mich aufmerksam beobachtet. »Lass ihm Zeit, Baby. Das ist alles nicht so leicht zu verdauen. Erst recht nicht unter diesen Umständen.«

Ich lehnte den Kopf an seine Schulter. Er küsste mich auf den Scheitel. »Mom fährt mit euch an einen Ort, wo euch nichts passieren kann. Sie dreht gerade einen Film. Dort seid ihr so sicher, wie ihr nur sein könnt, denn damit wird Katsia nicht rechnen.«

»Warum sollte sie damit nicht rechnen?«, fragte ich undeutlich, die Lippen an seinem T-Shirt.

»Weil ich Bishops Mädchen allesamt nicht ausstehen kann«,

erwiderte Bishops Mutter achselzuckend und nahm sich eine Weintraube. Königin von Kopf bis Fuß.

Ich kicherte.

Dann löste ich mich von Bishop. »Versprichst du mir zwei Dinge?«

Bishop strich mir das Haar aus dem Gesicht.

»Erstens: Bleib am Leben.«

Er legte den Kopf in den Nacken und lachte. Ich boxte ihm gegen die Schulter. »Das meine ich ernst.«

»Au.« Sein Lachen erstarb, und er rieb sich die Stelle, wo ich ihn geschlagen hatte. »Okay. Und was ist das zweite?«

»Bitte pass auf Daemon auf ...« Das Herz wurde mir schwer, als ich es aussprach. Bei dem Gedanken an die Gefahr, in die Daemon geraten konnte, wurde mir übel. Einen Moment lang drehte sich alles um mich, und ich spürte einen bitteren Geschmack im Mund.

Bishop war jetzt ernst geworden. »Abgemacht. Sonst noch was?«

»Gib Nate einen Tritt in den Arsch, und sorg dafür, dass er zur Vernunft kommt.«

Das brachte ihn erneut zum Lachen. »Kann ich nicht garantieren. Aber ich werde es versuchen.«

»Hunter und Jase ...«

»Baby, unter meinem Kommando wird überhaupt niemand sterben. Das *kann* ich dir versprechen ...«

Ich ließ die Schultern sinken und entspannte mich etwas. »Okay. Jetzt geht es mir schon besser.«

»Sehr gut. Der Wagen, der euch abholen soll, ist schon da. Pass auf, dass dir kein Anruf und keine Nachricht von mir entgeht. Außerdem musst du jeden Tag, den du weg bist, einen neuen Song auf unsere Playlist setzen. Einverstanden?« Er wölbte die Brauen.

Ich lächelte. Dann legte ich ihm die Arme um den Nacken, sprang hoch und schlang ihm die Beine um die Taille. »Versprochen.« Ich küsste ihn. Und küsste ihn noch hundertmal.

»Madison, Süße, sosehr ich dich liebe, das ist ja nicht mit anzusehen …« Scarlet eilte hinaus. Ich hörte nicht mal auf, Bishop zu küssen, als er mich schon zur Haustür trug.

»Kätzchen, vielleicht sollten wir dich in Koala umtaufen.«

Ich zeigte Nate den Mittelfinger und schmiegte mich noch enger an Bishop. Erst vor der Haustür sprang ich zu Boden. Bishop deutete mit dem Daumen über die Schulter. »Bevor ihr losfahrt, muss ich dir noch dein Geburtstagsgeschenk zeigen. Bin gleich wieder da.«

Ich nickte und sah ihm nach. Dann trat Daemon in mein Blickfeld. Mein Lächeln erstarb. Ich ging zu ihm und verschränkte die Finger beider Hände mit seinen. »Daemon?«

»Ja?«

»Bitte pass auf dich auf.«

Er lächelte traurig und drückte mich fest an sich. »Immer.«

Ich war den Tränen nah. Es war furchtbar, dass wir nie wirklich Zeit hatten, uns kennenzulernen. Andererseits hatte die Verbindung zwischen uns immer auf einem sicheren Instinkt beruht. »Ich liebe dich.«

»Ich liebe dich auch, Madison.« Es schnürte mir die Kehle zu, und meine Augen füllten sich erneut mit Tränen. Dass Daemon so etwas zu mir sagte, bedeutete mir ungeheuer viel. Denn eigentlich besaß er keine Gefühle. Nicht nur das, angeblich litt er an einer dämonischen Form der Schizophrenie.

»Also gut, Baby. Dann komm mal mit.« Bishop war in die Eingangshalle zurückgekehrt. Sofort sah ich ihn an.

»Du hättest mir doch nichts schenken müssen.«

Er lachte leise. »Du bist echt süß.« Er legte mir einen Arm um die Schultern. »Wir sehen uns bestimmt an deinem Geburtstag, aber ich wollte dir dein Geschenk trotzdem jetzt schon geben.«

»Wieso?«, fragte ich und schmiegte mich in seine Armbeuge, während wir gemeinsam nach draußen gingen.

»Weil es völlig durchgeknallt ist«, murmelte Nate. Er folgte uns ins Freie und ging zu Tillie. Bishop und ich steuerten auf die Garage zu, in der unsere Wagen parkten. Sie erinnerte ein bisschen an ein Autohaus. Die gesamte Vorderfront – einschließlich Tor – bestand aus Glas, und die Autos standen stets sehr ordentlich an ihren Plätzen. Mein Vater wollte es so. Er liebte Autos. Bishop öffnete das Tor, als wäre dies sein Zuhause. Ich fröstelte.

»Bishop, wieso …« Als das Tor offen war, blitzte vor mir ein Lamborghini in hellem Petrolgrün. Ich schnappte nach Luft. »Ach du Scheiße!« Unwillkürlich schlug ich mir die Hand vor den Mund. Meine Beine trugen mich von selbst zu dem Wagen. »Ist der etwa für mich?«, fragte ich mit schriller Stimme. »Bishop! Der ist wunderschön. Ich liebe dich, aber das hier ist einfach zu viel! Die meisten Mädchen kriegen eine Rose oder so was …«

Er gesellte sich zu mir, legte die Arme um mich und küsste mich sanft aufs Haar. »Du bist aber nicht wie die meisten Mädchen. Du bist meine Madison.«

Ich sah zu ihm auf und schlang die Arme um seine Taille. »Danke. Das ist so ein tolles Geschenk.«

Bishop reichte mir die Schlüssel. »Schau ihn dir schnell an, bevor ihr losfahren müsst. Es ist eine Sonderanfertigung, Lack und Innenausstattung nach meinen Angaben.« Ich ging zur Fahrerseite herum. Der Wagen war so schön, dass mir die Worte fehlten. Er hatte schwarz getönte Fenster und schwarze Magnesiumfelgen und lag unglaublich tief. Ein Fahrzeug, das man ernst nehmen musste – in einer ausgesprochen frechen Farbe. Helles Petrol. Meine Lieblingsfarbe. Ich ließ die Tür aufgleiten und schaute ins Innere. Schwarze Ledersitze, aber in den Ecken und Winkeln petrolfarbene Akzente. Auch das Lenkrad war petrolfarben. Der Innenraum duftete intensiv nach Leder und Gummi, ein sicherer Hinweis darauf, dass der Wagen nagelneu war.

»Ich bin sprachlos.« Kopfschüttelnd schloss ich die Fahrertür wieder und drehte mich zu Bishop um.

»Mads, deine Schwiegermutter knallt schon mit der Peitsche …« Tate kam um die Ecke der Garage. Als sie das Auto sah, blieb sie stehen.

»Oh ja!« Sie schnipste mit den Fingern. »Oh Scheiße! Der ist ja super! Mädchenausflüge …« Sie hüpfte auf der Stelle.

Bishop verdrehte die Augen, dirigierte uns aus der Garage und auf die wartende Limousine zu.

»Mom …«, sagte er warnend durch das geöffnete Fenster, während ich in seinem Rücken einstieg. Nate schloss den Kofferraum und klopfte auf den Deckel.

»Ich hab dir ein paar hübsche Höschen eingepackt, Schwesterlein.«

Bishop funkelte ihn an, dann wandte er sich mir zu. »Benimm dich, Baby.«

Ich lächelte ihn an. »Das werde ich.«

»Wird sie nicht.« Scarlet war auf dem besten Weg, zu einem meiner Lieblingsmenschen zu werden.

»Mom …«

»Ach, nun reg dich ab, Bishop. Ich passe schon gut auf sie auf.«

Er beugte sich ins Innere und küsste mich auf den Mund. »Bis bald.« Dann schloss er die Tür und trat einen Schritt zurück. Die Limousine fuhr an.

»Ja.« Ich räusperte mich. »Bis bald.«

»Alles wird gut, Liebes.« Scarlet tätschelte mir das Bein.

Ich lächelte und schaute aus dem Fenster. Tief im Innern war ich mir überhaupt nicht sicher, dass alles gut werden würde. Ich ließ hier einen Haufen Jungs zurück, die ich liebte und die demnächst in die Schlacht ziehen würden, während ich davonlief und mich versteckte. Das fühlte sich falsch an. Es verstieß gegen meine Prinzipien. Alles in mir schrie danach, aus dem Wagen zu springen und zu den Kings zurückzukehren. Ich wollte nicht davonlaufen. Dass Tillie und Tatum sich versteckten, fand ich in Ordnung. Aber ich doch nicht. Wenn Bishop nun etwas zustieß. Ich spürte einen Stich in der Brust, und mir brach der Schweiß aus. Ich durfte auf keinen Fall daran denken, in welche Gefahr er sich begab. Er und alle anderen.

»Also«, sagte ich seufzend, um diese Gedanken zum Schweigen zu bringen. »Wo geht es hin?«

Scarlet blickte vom Telefon auf. »Nur nach L.A. Glaub mir, wenn die Kleine Papiere hätte, würde ich mit euch weiter wegfliegen.« Sie tippte weiter auf dem Handy herum. Die Limousine brachte uns zum Flugplatz. Mit jedem Kilometer hatte ich mehr das Gefühl, dass mir das Herz aus der Brust gerissen wurde.

Ich lehnte den Kopf an die Lehne und sah Tillie an. Sie saß mir mit dem Baby auf dem Arm gegenüber. Wir waren immer noch nicht dazu gekommen, richtig miteinander zu reden. Ich würde wohl einfach den richtigen Zeitpunkt abwarten müssen. Mit etwas Glück fand sich eine Gelegenheit, wenn wir erst in L.A. angekommen waren. Als die Motoren des Privatjets ansprangen, holte ich die Kopfhörer hervor, setzte die Stöpsel ein und schrieb eine Textnachricht.

Wir fliegen gleich los. Du fehlst mir.

Sekunden vergingen, ohne dass eine Antwort kam. Schließlich schaltete ich das Handy in den Flugmodus und öffnete *Spotify*, wählte ›The Other‹ von Lauv und versenkte mich ganz in die Melodie und den Text. Herzzerreißende Worte zu schönen Klängen. Ich schaute aufs Handy und setzte den Song rasch auf unsere Playlist. Täglich ein neuer Titel. Nummer eins. Dann tippte ich auf *Repeat* und ließ mich von der Musik in den Schlaf wiegen.

28. KAPITEL

Ich fuhr mit Nate auf dem Beifahrersitz und Daemon hinten im Maserati nach Hause. In letzter Zeit hatte ich diesen Ort gemieden, weil ich wusste, dass Khales dort war, aber jetzt musste ich mit Dad reden, um herauszufinden, was gerade mit den Kings passierte.

»Echt, ja? Du musstest ihr unbedingt einen Lambo schenken?« Seit wir sein Zuhause verlassen hatten, redete Nate nur noch von meinem Geschenk für Madison.

»Ja, genau«, erwiderte ich ungerührt.

»Musst du uns dermaßen vorführen? Mein Geschenk wird dagegen total scheiße aussehen. Von Hunter und Jase ganz zu schweigen. Und wie ich höre, haben Saint, Eli, Chase, Brantley und Cash auch alle was für sie.«

»Das ist doch kein Wettbewerb, Nate.«

»Doch, ist es! Ich muss immer der Beste sein, das weißt du doch.«

Seufzend setzte ich den Blinker und bog in unsere Straße ein. Dann warf ich einen Blick in den Rückspiegel. *»Bonum est tibi?«* Zu fragen, ob es Daemon gut ging, war wohl das Mindeste, was ich tun musste – schließlich würde uns der Typ noch lange erhalten bleiben. Ich war mir immer noch nicht darüber im Klaren, was für ein Mensch er war. Wäre er kein Blutsverwandter von Madison gewesen, hätte ich ihn eigenhändig umgebracht, weil er auf sie geschossen hatte. Aber das konnte ich nicht machen. Es gab nur eine Sache, die meine Wut besiegen konnte. *Sie*. Trotzdem, ich traute ihm nicht. Auf keinen Fall. Ich traute niemand, der nicht zu meinem engsten Kreis gehörte.

Er nickte und schaute weiter mit finsterer Miene aus dem Fenster. *»Ne putes illa erunt discedite?«* Kein Wunder, dass er fragte, ob Madison wirklich wegbleiben würde. Man musste sie nicht lange kennen, um zu erkennen, dass dieses Mädchen zu ihren Leuten hielt. Ich öffnete den Mund, um zu antworten, aber Nate schnaubte und kam mir zuvor.

»Nein!«

Er sprach ebenso flüssig Latein wie wir alle. Er war nur bockig, wie üblich.

Ich zuckte die Schultern und bog in die Zufahrt zu meinem Zuhause ein. *»Nos autem non scire nisi runs.«* Denn davon würde ich sofort erfahren. Meine Mutter würde mich mit Fragen löchern. Ich sprang aus dem Wagen. Kaum berührten meine Füße den Asphalt, hörte ich Khales' Stimme.

»B?«

»Oh, zum Teufel noch mal!« Nate knallte die Beifahrertür zu. Daemon war schon ausgestiegen. Ich drehte mich zu Khales um und bemerkte, wie sie die Augen aufriss, als sie Daemon entdeckte.

»Ach du Scheiße. Ist das etwa …« Die beiden gingen einfach an ihr und seitlich am Haus vorbei. Khales schaute ihnen nach.

Ich schloss die Fahrertür. »Daemon? Ja.«

»Ich habe so viel von ihm gehört. Er wird Sechs genannt.«

»Von wem?« Ich sah sie scharf an.

Sie verschränkte die Arme vor der Brust und wandte sich endlich mir zu. »Von allen im Kreis.«

»Im Kreis wird eine Menge dummes Zeug geredet. Was willst du von mir?«

»Ich wollte nur Hallo sagen und mich davon überzeugen, dass dir nichts passiert ist. Du warst nicht mehr zu Hause, seit …«

»Wann reist du ab?« Ich hob die Augenbrauen.

»Äh, na ja …«

»Gar nicht«, mischte Dad sich ein. Er kam die Vortreppe herunter, die Hände in den Hosentaschen.

»Gar nicht? Was zum Teufel soll das heißen?« Ich legte den Kopf in den Nacken.

Er zog Khales an sich und legte einen Arm um ihre Schulter. »Dass sie bleibt, Junge.«

»Oh Gott, das kann nicht dein Ernst sein«, sagte ich ruhig. Dann grinste ich. »Wirst du etwa senil? Du fällst doch nicht auf ihr Theater herein, oder? Und was ist mit Mom?«

»Junge, im Grunde weißt du längst, dass deine Mutter und ich schon seit einiger Zeit nicht mehr *zusammen* sind. Du bist jetzt erwachsen. Schluck die Pille endlich, damit wir das Thema abhaken können.«

Ich warf zuerst Khales einen Blick zu, dann meinem Dad. »Bah.« Einen Moment lang starrte ich vor mich hin, dann grinste ich Khales an. »Wie schmecke ich denn so? Immerhin hat sie mir mehr als einmal die Eier geleckt …«

Dad lachte leise, nahm sich eine Zigarre und zündete sie an. »Offenbar nicht viel anders als ich.«

Ich schüttelte angewidert den Kopf.

Dad stieß eine Rauchwolke aus. »Zurück zum Geschäft. Komm mit in mein Arbeitszimmer. Wir müssen uns unterhalten.«

Ich warf Khales einen letzten Blick zu. Sie beobachtete mich ein wenig besorgt, doch ihre Schulter wirkte ganz entspannt unter Dads Griff. Das war nicht gespielt. Ich kannte dieses Mädchen in- und auswendig, und sie schien meinen Dad tatsächlich zu lieben. Mein Blick wanderte zu ihm, aber es war sinnlos, meinen Vater durchschauen zu wollen. Er verbarg seine Gefühle noch besser als ich. Allen anderen Menschen konnte ich ansehen, was in ihnen vorging. Ihm nicht. So hatte er mich erzogen. Vermutlich durchschaute ihn nur eine einzige Person: meine Mom.

Ich schenkte Khales noch einen bösen Blick und schob mich dann an ihr vorbei. Dass sie sich mit meinem Dad eingelassen hatte, ließ mich kalt; was mich ärgerte, war die Tatsache, dass ich sie von jetzt an vermutlich häufiger um mich haben würde, als mir lieb war. Dass ich Khales vor Jahren verschont hatte, lag daran, dass wir damals Freunde gewesen waren. Das ließ sich nicht leugnen. Ich hatte sie nicht geliebt, aber ich hatte sie auch nicht gehasst. Sie war einfach immer da gewesen, und ich hatte mich um sie gekümmert. Folglich hatte ich sie verschont. Jetzt wünschte ich, ich hätte es gelassen. Andererseits gab es, nach dem zu urteilen, was jetzt zwischen ihm und Khales lief, offenbar noch einiges, das Dad mir nicht erzählt hatte.

Ich ließ mich in einen der Ledersessel in Dads Arbeitszimmer sinken. Dad beobachtete mich über seinen schweren Mahagonischreibtisch hinweg. »Was ist passiert?«

Ich lehnte mich zurück. »Na ja, eine Menge. Aber verrat mir erst mal, ob du von den unterirdischen Gängen auf Perdita gewusst hast.«

»Ja.« Er nickte, beugte sich vor und klopfte Asche in den Aschenbecher. »Natürlich.«

»Und hast du sie auch benutzt?«, setzte ich nach, wobei ich ihn genau beobachtete.

Er kniff die Augen zusammen, um sie vor dem Rauch zu schützen. »Ja.«

»Wofür?«

»Was soll das Verhör?« Er hob eine Augenbraue.

»Was soll die Geheimniskrämerei?«

Dad seufzte und strich sich das nach hinten gekämmte, grau melierte dunkle Haar zurück. »Es ist nichts Geheimnisvolles dabei.« Er streifte erneut die Asche ab; dabei rutschte der Ärmel seines Jacketts ein wenig nach oben, und sein Tattoo wurde sichtbar. Für sein Alter machte er eine eindrucksvolle Figur, das musste man ihm lassen. Frauen jeden Alters fühlten sich zu ihm hingezogen. Die Klugen unter ihnen legten es nur auf Sex an. Die Dummen, wie Khales, blieben an ihm kleben und bildeten sich ein, sie könnten ihn zähmen. Aber er würde sich nie zähmen lassen. Vor ihm hatte mein Opa das Sagen gehabt. Er war bis zu seinem Tod Harley gefahren. Er hatte genauso über die Unterwelt geherrscht, wie mein Vater es tat und wie ich es nach seinem Tod tun würde. Manchmal fehlte Opa mir. Er hatte als Einziger wirklich begriffen, was in mir vorging. Er war so hart gewesen wie mein Dad, allerdings nicht so kalt und gnadenlos. Seiner Familie gegenüber hatte er Herz bewiesen. Mein Dad war anders. Er war *immer* gnadenlos. Zum Teufel mit der Familie.

»Diese unterirdischen Gänge dienen unterschiedlichen Zwecken. Dort werden Waffen, Leichen und was sonst noch anfällt, transportiert.«

»Drogen?«, fragte ich geradeheraus, denn darauf benötigte ich eine Antwort. Meines Wissens hatten die Kings nie mit Drogen gehandelt – Großvater hätte sich im Grab umgedreht –, aber bei meinem Dad konnte man nie sicher sein.

»Nein. Das weißt du doch.« Also Geld, Frauen, andere ›Dinge‹, dachte ich. Da ich nicht weiterbohren wollte, kehrte ich zum eigentlichen Thema zurück. »Katsia ist uns entwischt.«

»Das habe ich schon begriffen, aber warum ist sie überhaupt vor euch weggerannt?« Er legte den Kopf schief. »Sie ist heilig,

Junge. Du kannst nicht einfach jeden umbringen, der eine Gefahr für Madison darstellt.«

»Eigentlich ging es mehr um Nate.«

Dad sog Rauch ein. »Was ist mit Nathaniel?«

»Er hat ein Kind.«

Das schien ihn ein wenig zu verunsichern. »Und?«

»Es ist ein Mädchen.«

Er schloss die Augen; seine Nasenflügel vibrierten. »Mein Gott. Wer ist die Mutter?«

»Tillie.«

Dad seufzte und beugte sich vor. »Ich kann nicht noch einen Schwan verstecken, Junge. Das erweckt den Anschein von Schwäche. Jemand wird nachgeben müssen. Aber im Moment steht uns ein Krieg ins Haus. Katsia will sich an dir und deinen Jungs rächen. Sie will die Kings und den Kreis verraten. Die harte Arbeit vieler Generationen steht auf dem Spiel.«

Ich lehnte mich zurück. »Bring sie vorher um.«

»Das geht nicht, Junge. Sie ist heilig.«

»Wem heilig? Für mich ist sie nicht mehr als der Dreck unter meinen Schuhsohlen.«

Dad rieb sich die Schläfen, dann drückte er die Zigarre aus. »Bishop, es gibt nicht nur Schwarz und Weiß. Wir dürfen sie nicht anrühren. Wegen ihrer Herkunft. Wenn wir sie töten, ist ihre Familie ausgelöscht. Das können wir nicht verantworten.«

»Aber sie fordert sowohl die Kings als auch den Kreis heraus, verdammt noch mal.«

»Um den Kreis müssen wir uns nicht kümmern, Junge. Der wird sich nach eigenem Gutdünken mit ihr befassen. Genau wie wir.«

»Also schön.« Ich zündete mir eine Zigarette an. Dad sah mich scharf an, und ich grinste. Ich hätte zu gern gehört, wie er mir befahl, die Zigarette wegzuwerfen. Aber er tat es nicht.

Sein Gesicht entspannte sich. Ich stieß eine Rauchwolke aus. »Was hast du dann vor? Du hast doch einen Plan, das weiß ich.«

»Habe ich.« Er nickte. »Aber wo sind Madison und Tillie?«

Ich lachte leise und klopfte Asche von der Zigarette. »Rate mal.«

Er zuckte die Schultern und blickte zerstreut zur Seite, als wäre ihm die Antwort egal. »Keine Ahnung. Irgendwo in einem Hotel?«

Ich grinste noch breiter. »Falsch. Zweiter Versuch?«

»Bishop, Rätselraten ist deine Vorliebe, nicht meine. Also lass den Blödsinn.«

»Noch ein Mal. Na komm, tu mir den Gefallen …«

»Wenn du einen Gefallen willst, kann ich dir ein paar Stripperinnen besorgen. Hauptsache, du kommst zum Punkt.«

Ich warf den Kopf in den Nacken und lachte laut auf. »Also gut.« Grinsend schloss ich die Lippen um den Filter meiner Zigarette. »Bei Mom.«

»Was!«, fuhr er auf und sah mich unverwandt an. »Bei deiner Mom? Was meinst du damit?«

»Dass die beiden bei ihr sind. Und Tatum. Und das Kind.«

Darüber schien Dad erst einmal nachdenken zu müssen. Schließlich begriff er, und seine Gesichtszüge entspannten sich. »Scheiße, ja. Das hätte ich nie erraten. Es ist allgemein bekannt, dass deine Mutter deine Mädchen immer gehasst hat. Sie erwähnt es in jedem Zeitungsinterview.«

Ich lachte in mich hinein. »Genau deshalb sind sie jetzt bei ihr. Übrigens hat sie damit noch kein Mädchen abgeschreckt.«

Er schnaubte. »Weil du mein Sohn bist. Das ist der Grund.«

Dad und ich hatten uns schon lange kein Wortgefecht mehr geliefert. Es tat gut, endlich mal wieder die verbalen Boxhandschuhe auszupacken. »Khales …«, fing ich an. Sofort wurde er ernst. »Ich wollte nur sagen, sie ist noch sehr jung.«

»Fang deshalb lieber keinen Streit mit ihr an.«

Ich zuckte die Schultern. »Solange du weißt, was du tust … Ich werde, wenn der Krieg vorbei ist, meine Zeit einfach in der Stadt verbringen.«

»Du kannst wohnen, wo du willst. Aber jetzt zurück zu meinem Plan.« Mir fiel auf, dass er das College gar nicht erwähnte. Weil er nicht wollte, dass ich aufs College ging. Er wollte, dass ich ihm zur Verfügung stand und mir von ihm beibringen ließ, die Familiengeschäfte zu führen. Meine Mom dagegen war für das College. Sie hatte nie gewollt, dass ich ein solches Leben führte, aber wie sehr sie das alles verabscheute, war ihr wohl erst bewusst geworden, als ich älter wurde. Aber sie hatten beide keine Ahnung. Ich hatte mich längst für meinen Weg entschieden. Das hier war mein Leben. Ich würde die Rolle meines Vaters übernehmen.

Auch wenn ich das Kräfteverhältnis zwischen meiner Mom und meinem Dad nicht genau kannte, war ich mir ziemlich sicher, dass sie es kaum einfach so hinnehmen würde, wenn Khales in ihrem Haus mit ihrem Ehemann vögelte.

»Wie sieht dein Plan aus?«

»Katsia hält sich nach wie vor auf Perdita auf. Das ist gut so, dann muss das Drama nicht auf unser Terrain übergreifen. Wir können hinfliegen – *alle* Kings, soweit sie dazu bereit sind – und die Sache dort bereinigen.«

»Und wenn nicht?«, fragte ich und überging fürs Erste, dass er die Kings auf einer Insel zusammenziehen wollte.

»Damit befassen wir uns, wenn es so weit ist.« Er stand auf. »Wir werden die Abreise für Freitag ansetzen. Dann bleiben uns zwei Tage, um alle zu mobilisieren.« Zu den Kings aus der Generation vor mir gehörten mein Cousin Spyder, Jase sowie Saints Truppe. Ein paar von den anderen lebten überall verstreut. Zwar hielt Jase den Kontakt zu ihnen, aber sie hatten ihr Soll erfüllt und führten nun mehr oder weniger ihr eigenes Leben.

»Rede du mit Jase, und sorg dafür, dass er seine Kings zusammenruft. Um alles andere kümmere ich mich.«

Ich stand ebenfalls auf. »Dad …«, rief ich ihm nach, als er hinausgehen wollte. »Weiß Mom über dich und Khales Bescheid?«

»Schon seit langer Zeit, Junge.« Damit verließ er das Zimmer. Er verschwand stets ebenso schnell, wie er auftauchte.

Ich streckte die Nackenmuskeln. Im Augenblick war ich auf beide Eltern sauer; aber wenn es darauf ankam, war ich auf Moms Seite. Diese Sache musste sie zumindest ein bisschen verletzt haben. Trotz allem hatte Dad sie irgendwann einmal geliebt. Damals hatte sie ihm alles bedeutet. Das wusste ich, schließlich hatte ich die Fotos gesehen und die Geschichten gehört. Zu ihrer Zeit waren sie eine moderne Version von Bonnie und Clyde gewesen. Die Mafiaversion. Was immer zwischen ihm und Khales vorgehen mochte – er musste sich irgendetwas davon versprechen.

Ich machte mich auf den Weg zum Poolhaus, um Nate und Daemon zu informieren. Zum Glück war dieses Haus so groß, dass ich kaum riskierte, unterwegs Khales zu begegnen. Ich betrat das Poolhaus und schloss die Tür hinter mir. Daemon und Nate saßen auf dem Sofa und unterhielten sich auf Lateinisch.

»Wir müssen was bereden.« Dann sah ich Daemon an, und mir fiel wieder ein, dass ich Latein sprechen musste.

29. KAPITEL

Frauen. Manche denken an Schönheit, wenn sie dieses Wort lesen. Arschlöcher denken an Sandwiches. Aber kluge Köpfe denken an Kraft. So unterschiedlich unsere Körper auch sind, ihre Kraft ist ihnen gemeinsam. Ohne uns gäbe es die Menschheit nicht. Aus unseren Körpern gehen neue Menschen hervor, die wir nähren und versorgen. Darum fiel auch mir neuerdings ›Kraft‹ ein, wenn ich das Wort ›Frauen‹ las. Trotz des schwierigen Verhältnisses zu meiner Mutter und obwohl ich meine leibliche Mutter gar nicht kannte, machte ich mir diese Geisteshaltung mit jedem Tag ein Stück mehr zu eigen. Ein wichtiger Grund dafür war Bishops Mom.

»Hi, Liebes.« Scarlet betrat den Raum, ohne die Tür ganz hinter sich zu schließen, und zog sich den locker gewebten Umhang enger um die schlanke Taille. »Kann ich reinkommen?«

»Natürlich!« Ich strich mir ein paar Haarsträhnen hinter die Ohren und schloss das Fläschchen Nagellack. Dann glitt ich zur Bettkante, schob die Hände unter die Oberschenkel und fragte mich ein wenig nervös, worauf dieses Gespräch hinauslaufen würde.

Scarlet setzte sich ans Ende des Betts und drehte sich so, dass sie mir voll ins Gesicht schauen konnte. »Ich weiß, wir haben noch nicht viel miteinander geredet, aber mir ist es wichtig, dir gegenüber immer offen zu sein.« Sie räusperte sich und drehte das kurze Haar im Nacken zu einem kleinen Knoten zusammen. »Als ich Hector begegnet bin, war ich ungefähr in deinem Alter. Ich war neu in der Stadt, und er war von seiner Herkunft und Erziehung her *der* Rockstar der Hamptons.« Sie unterbrach sich und zwinkerte mir zu. »Wie der Vater, so der Sohn. Na, jedenfalls habe ich praktisch sofort seine Aufmerksamkeit erregt. Was genau wie bei Bishop gar nicht so einfach war. Bis dahin hatte er sich immer nur auf Frauen eingelassen, die etwas älter waren als er – wieder wie Bishop –, Models, Schauspielerinnen, Sängerinnen. Das liegt daran, dass solche Leute wissen, wie man seine Privatsphäre schützt. Die Hayes-Männer lernen schon sehr früh, jedes Drama zu meiden, deshalb machen sie nie mit Highschool- oder College-Mädchen herum.« Sie verstummte kurz und kaute auf ihrer Unterlippe. »Ich dachte, er liebt mich. Er gab mir das Gefühl, gewollt zu werden, gejagt zu werden. Ich meine …« Auf einmal strahlte sie wie ein Feuerwerk. »… jemanden Unerreichbaren für sich zu gewinnen setzt mehr Endorphine frei als jeder Zehnkilometerlauf. Also haben wir uns ineinander verliebt. Und meine Eltern haben sich alle Mühe gegeben, ihn zu mögen. Sie spürten deutlich, dass er etwas zu verbergen hatte, aber ich habe alle Warnungen ignoriert. Dann habe ich seine Familie kennengelernt und mich auf Anhieb mit seinem Vater verstanden. Er hatte alles, was Hector nicht hatte.«

Unwillkürlich hob ich die Augenbrauen. Scarlet machte ein entsetztes Gesicht und schüttelte den Kopf.

»Oh! Nein! Lieber Gott, nein. Ich hatte einfach Hochachtung vor ihm. Wenn er noch lebte, hätte er dich sofort ins Herz geschlossen.« Sie schaute auf ihre Hände, dann sah sie mir wieder ins Gesicht. »Na, jedenfalls bekam ich dann meine erste Rolle in einer unbedeutenden Fernsehserie. Hector hat mich damals sehr unterstützt. Er war die ganze Zeit für mich da. Wir haben viel Schönes miteinander erlebt.« Ihr Lächeln erstarb. Auf einmal fühlte sich das Zimmer sehr viel kleiner an. »Zwei Jahre später hat er mich zum ersten Mal betrogen. Ich erzähle dir das nicht, weil ich denke, mein Sohn wäre genauso. Bishop ähnelt seinem Großvater. Mehr, als er ahnt. Ich danke Gott jeden Tag, dass Bishop zwölf gute Jahre mit seinem Opa erleben durfte, denn dadurch wurde die Saat des Guten in sein Herz gepflanzt. Sicher, Bishop kann so kalt und berechnend sein wie sein Vater, aber ich sehe, wie er dich anschaut, und so hat mich Hector damals nicht angeschaut. Aber Bishops Opa hat seine Oma so angeschaut.« Sie wischte sich eine verirrte Träne von der Wange und griff nach meiner Hand. Ich wusste nicht, was ich sagen sollte. Es hatte mir die Sprache verschlagen.

»Die Saat des Guten hat sein Großvater ihm ins Herz gepflanzt, aber du bist diejenige, die dieser Pflanze in jeder Sekunde Wasser gibt. Seit du Teil seines Lebens bist. Aus diesem Grund werde ich immer zu dir halten, Madison.«

Ich spürte einen Kloß im Hals, und mir wurde vor Rührung flau. »Danke«, krächzte ich.

»Dafür musst du mir doch nicht danken!« Sie gab mir spielerisch einen Klaps.

»Doch«, antwortete ich, den Tränen nah. »Bevor du reinkamst, war ich innerlich mit mir zerstritten. Ich habe meine Mom wirklich geliebt, und als ich dachte, sie wäre tot, habe ich jeden Tag um sie getrauert. Ich fand es unvorstellbar, ohne sie auszukommen, aber ich habe mich weitergeschleppt, in der Hoffnung, dass der Schmerz irgendwann nachlässt. Na, jedenfalls …« Ich schob die trüben Gedanken beiseite. »Als ich dann erfahren habe, dass ich adoptiert war, dass sie noch lebte und dass sie mit Bishop geschlafen hatte, da war alles vorbei. Meine Gefühle für sie waren schlagartig tot. Jetzt ertrage ich es nicht mal mehr, mit ihr im selben Zimmer zu sein, geschweige denn, sie anzusehen. Deswegen habe ich auch über das Wort ›Frauen‹ nachgedacht, als du reinkamst. Darüber, was man alles mit dem Wort verbindet. Ich denke dabei jetzt immer an Kraft, und bis eben wusste ich nicht, warum, weil die einzige Mutter, die ich je hatte, sich als Nutte und Lügnerin entpuppt hat. Aber dann habe ich dich angeschaut, und da wusste ich es auf einmal.«

Sie lächelte. »Vielen Dank, aber so stark bin ich gar nicht.«

Ich schnaubte. »Du bist mit Hector verheiratet …«

»Stimmt!« Sie nickte. »Was deine Mutter angeht, deine Adoptivmutter, meine ich – wenn du mehr über deine leibliche Mutter erfahren willst, frag mich –, aber deine Adoptivmutter ist ein Fall für sich.«

Ich zog die Füße unter den Hintern. »Erzähl mir mehr.«

Scarlet lachte und machte es sich bequem. »Echte Skandalgeschichten habe ich nicht anzubieten. In der Schule war sie eine von den Fiesen. Alle hatten Angst vor ihr – nur ich nicht. Darum war ich auch ihre Feindin. Elena ebenso. Elena war meine beste Freundin. Wild, verrückt …« Sie unterbrach sich und dachte nach. »Elena war meine Tate.«

Ich lachte leise und schlug die Hand vor den Mund. »Hattest du auch eine Tillie?«

Ihr Lächeln erstarb. »Hatte ich mal, ja.«

»Hattest du mal?«

Sie blickte zu Boden. »Sagen wir einfach, es ist nicht gut ausgegangen. Es läuft immer noch nicht gut.«

»Das klingt wirklich sehr nach Tillie«, meinte ich lächelnd. »Bei ihr weiß ich auch nicht, was ich machen soll.«

Scarlet stand auf und tätschelte mir das Bein. »Du wirst bald alles erfahren. Versprochen. Aber eines kann ich dir jetzt schon sagen: Tillie *liebt* dich, Madison. Sie ist dir immer eine gute Freundin gewesen. Ganz anders als meine Tillie. Vielleicht verbringst du mal ein bisschen Zeit mit ihr, während wir hier sind? Und lässt dir erzählen, was passiert ist?«

»Bin ich so leicht zu durchschauen, ja?«

Sie hielt Daumen und Zeigefinger aneinander. »Ein kleines bisschen.«

Ich seufzte. »Okay. Ich nehme es mir für morgen vor.« Sie beugte sich zu mir herab und gab mir einen Kuss, wie eine Mutter, die ihrem Kind gute Nacht sagte.

»Träum was Schönes.« Dann ging sie hinaus und überließ mich meinen Gedanken. Ich hatte nicht geahnt, dass man mir meine Vorbehalte gegenüber Tillie so deutlich anmerkte. Der Grund war nicht mal, dass ich sauer auf sie war, obwohl, gut, vielleicht war ich auch sauer. So ganz genau durchschaute ich den Grund selbst nicht. Vermutlich war ich verletzt, weil Tillie sich damals nicht an mich gewandt hatte. Sie hätte doch wissen müssen, dass ich alles für sie tun würde. Andererseits galt das Gleiche wohl auch für sie. Wenn ich an ihrer Stelle gewesen wäre und gewusst hätte, dass ich meine Freundin in Gefahr bringen würde, wenn ich ihr etwas Bestimmtes erzähle, hätte ich es dann trotzdem getan? Nein. Ganz bestimmt nicht. Und mit diesem Gedanken schlüpfte ich unter die Decke und schaltete das Licht aus.

Dann schaute ich nach neuen Nachrichten: (0) Bishop hatte immer noch nicht auf meine Nachricht reagiert. Trotzdem schrieb ich ihm noch einmal.

Gute Nacht x

Dann schob ich das Handy unters Kopfkissen und überließ mich dem Schlaf.

30. KAPITEL

»Das *Airbnb*-Quartier ist echt nett. Wieso habe ich bloß immer geglaubt, die Dinger wären alt und heruntergekommen?«, fragte Tate, den Mund voller Crunchys.

Tillie wippte Micaela auf dem Schoß und schob das Obst in ihrer Müslischale hin und her.

»Alles okay?«, fragte ich und nahm einen kleinen Bissen von meinem Pfannkuchen. Scarlet hatte heute früh zur Arbeit gemusst, deshalb hatten wir uns unser Frühstück online bestellt. Buttermilch-Pfannkuchen, frisches Obst, Crème fraîche und warmen Kakao. Mit einem Schuss Whiskey. Allmählich machte es mir Sorgen, wie viel Alkohol Tate zu sich nahm.

Tillie sah mich an. »Eigentlich nicht. Wir haben ja kaum miteinander geredet …«

»Ich weiß, und es tut mir leid. Es ist einfach so viel passiert.« Ich stand auf und ging zu ihr. »Gott, sie sieht Nate dermaßen ähnlich …«

Tillie lachte leise, und zum ersten Mal wurde wieder ihr tiefes Grübchen sichtbar. »Tut sie wirklich, oder?«

»Darf ich sie mal halten?«

»Natürlich!« Tillie drehte sich zu mir um und reichte sie mir.

»Wow! Sie ist schwerer, als man denkt.«

»Also, das hat sie von der Mutter«, erwiderte Tillie lachend.

»Alles gelogen«, flüsterte ich, die Lippen an Micaelas Köpfchen. Sie duftete nach Milch und Seife.

Ich kehrte an meinen Platz zurück und wiegte sie behutsam auf dem Arm, während ich mit der freien Hand Stücke von meinem Pfannkuchen abriss. »Jedenfalls, wann immer du mir was erzählen willst, tu's einfach, Tillie. Wir sind schließlich Freundinnen. Okay?«

Tate stimmte zu. »Genau, wir sind deine Freundinnen. Aber da wir gerade beim Thema Freundschaft sind, äh, das mit Nate ...«

Tillie fiel ihr kopfschüttelnd ins Wort. »Nicht. Das ist völlig in Ordnung, Tate. Du kannst ihn gerne haben. Ich hoffe einfach nur, dass er mich nicht Micaelas ganzes Leben lang hasst, falls du verstehst, was ich meine.«

»Der kriegt sich schon wieder ein.« Ich sah zu ihr hinüber. »Ich kenne ihn doch. Er kriegt sich wieder ein.« Dass sie Tate wegen Nate grünes Licht gab, kommentierte ich lieber nicht, denn ich wollte Tate nicht verletzen.

»Oh nein. Von dem lasse ich in Zukunft die Finger«, sagte Tate.

»Na, jedenfalls ...« Tillie rutschte auf dem Stuhl hin und her. »Ich kann euch gern alles verraten. Also, in der Nacht in der Hütte, nachdem Nate und ich, na, ihr wisst schon, ist er nach unten gegangen, um uns was zu essen zu machen, und ich bin aufgestanden und im Zimmer umhergeschlendert, um mir die Zeit zu vertreiben. Irgendwann habe ich auch in den Schrank geschaut, und darin stand eine kleine Kassette. Ich habe sie geöffnet, und es waren lauter Fotos darin ... die ich übrigens behalten habe. Auf einem davon war eine Frau, jung, zierlich, schön. Sie hatte langes blondes Haar und sanfte Augen, aber irgendwie auch frech. Sie war noch ganz jung. Neben ihr stand ein Mann, ungefähr doppelt so groß. Er hatte ihr einen Arm um die Schultern gelegt. Irgendetwas an der Frau hat mich stark angezogen. Sie kam mir so … vertraut vor. Auf dem Bild war sie unverkennbar schwanger. Ich habe das Foto umgedreht, um nachzuschauen, ob irgendwas auf der Rückseite stand, und tatsächlich.« Sie holte tief Luft. »Da stand *Katsia Stuprum – schwanger – errechneter Termin: 18. November*. Ich weiß noch, ich war … wie vom Donner gerührt. Ich konnte mich nicht bewegen und nicht denken, ich begriff nicht mal, warum. Was hatte es schon zu sagen, wenn der errechnete Termin auf meinen Geburtstag fiel? Ich meine, wie viele Kinder kommen schon auf den Tag genau zur Welt?«

»Oh Gott …«, flüsterte ich. Es lief mir kalt über den Rücken. »Erzähl weiter.«

»Also habe ich alle anderen Fotos in die Gesäßtasche meiner Hose gesteckt, und dann habe ich im Bett auf Nate gewartet, um ihn nach diesem einen Foto zu fragen. Schließlich kam er rein, in jeder Hand einen Teller mit Essen. Er warf einen Blick auf das Foto in meiner Hand, sah zur Zimmerdecke hinauf und fing an zu fluchen …«

»Scheiße.« Nate kam vollends herein und trat die Tür hinter sich zu, so kräftig, dass ein gerahmtes Foto von der Wand fiel und zerbrach.

»Ist das hier … Hat das hier was mit mir zu tun?«, fragte ich ihn und hielt das Foto in die Höhe.

Er stellte die Teller auf den Nachttisch und setzte sich neben mir auf die Bettkante. Die Decken waren noch zerwühlt, weil wir zwei Stunden lang heftig gefeiert hatten. Ich hatte nichts an außer einem T-Shirt von Nate, und meine Haare standen in alle Richtungen ab. Aber die Gefühle von vorhin waren auf einmal unwichtig. Ich musste unbedingt herausfinden, was es mit dem Foto auf sich hatte. Warum es mich so stark ansprach.

Nate blickte sich zu mir um und leckte sich die Unterlippe. »Ja.«

»Was ja?«

»Ja, das da bist du. Dieses Weib ist deine Mutter.«

»Was?« Ich sprang vom Bett und warf das Foto weg, als hätte es plötzlich Feuer gefangen. »Oh nein. Unmöglich!«

Nate stand auf und rückte durch den Stoff der grauen Trainingshose seine Eier zurecht. »Oh doch, und können wir vielleicht morgen darüber reden?«

»Und klar, am nächsten Morgen haben wir natürlich nicht darüber geredet. Und als ich ihn trotzdem mit Fragen bedrängt habe, gab es schließlich einen Riesenstreit …«

»An den kann ich mich erinnern. Ich habe euch bis in den obersten Stock gehört.«

Tillie nickte. »Genau. Als Nächstes habe ich Peyton eine Nachricht geschickt, um herauszufinden, ob sie Bescheid wusste – was natürlich der Fall war.« Tillie wischte sich die Tränen von den Wangen. »Wie sich herausstellte, waren wir beide Katsias Kinder, und sie hatte uns beide derselben Familie übergeben. Warum? Keine Ahnung. Meine Adoptivmutter war ein Junkie, und mein Vater hat mich geschlagen. Peyton auch. Natürlich kenne ich die Hintergründe nicht, und über Katsia weiß ich auch nichts, aber …«

»Oh Scheiße. Katsia ist deine Mutter. Wie alt war sie denn bei Peytons Geburt? Und bei deiner?«

Tillie lachte. »Puh, verdammt jung. Bei Peytons Geburt muss sie dreizehn gewesen sein, bei meiner ungefähr siebzehn oder sechzehn. Ich weiß nicht genau, wie groß der Altersunterschied zwischen Peyton und Jase ist. Nur dass sie nicht im selben Jahr geboren wurden.«

»Was ist mit dem Mann auf dem Foto? Weißt du, wer das war?«, fragte ich und schob meinen Teller weg. Der Appetit war mir vergangen.

Tillie schüttelte den Kopf. »Noch so ein Punkt, über den ich bisher nichts herausgefunden habe!«

»Also, das ist schon ein ziemliches Chaos. Wie ging es denn weiter? Wie bist du auf Perdita gelandet?«

Tillie lehnte sich zurück und strich sich eine nur noch schwach rosa gefärbte Haarsträhne hinters Ohr.

»Sie hat mich einfach entführt. Warum, weiß ich nicht. Immer noch nicht. Ich war fast schon zu Hause, da hielt ein weißer Lieferwagen neben mir, jemand zerrte mich hinein, und als ich aufwachte, war ich auf Perdita. Zu der Zeit wusste Katsia ja noch gar nicht, dass ich schwanger war. Als sich das herausstellte, war sie erst recht an mir interessiert.« Tillie zögerte. »Nur fürs Protokoll: die schlimmste Mutter aller Zeiten.«

»Ich wette, meine könnte locker mithalten.«

»Meine auch«, sagte Tate halblaut und trank einen Schluck Orangensaft.

»Wo steckt Peyton eigentlich?«, überlegte ich laut.

»Beim Kreis«, gestand Tillie bitter.

»Den Ausdruck habe ich in letzter Zeit ziemlich häufig gehört, aber ich weiß immer noch nicht, was der Kreis eigentlich ist.«

»Also, es gibt die Kings – von denen weißt du, was sie machen und warum –, aber natürlich muss auch jemand im Pentagon und im Weißen Haus sitzen und sämtliche Entwicklungen im Auge behalten. Ich meine, diese Leute herrschen schließlich über eine ganze Insel. Jedenfalls, genau das ist der Kreis. Eine Gruppe von Menschen, von der kaum jemand weiß, über die ganze Welt verteilt und immer in Machtpositionen, sodass sie dafür sorgen können, dass alle Aktivitäten der Kings unbemerkt bleiben. Ein bisschen wie die CIA, könnte man sagen, nur sehr viel dreckiger.« Interessant, wie viele Verbündete die Kings hatten. Aber auch erschreckend. Ich fragte mich, weshalb Bishop mir nie davon erzählt hatte. Vermutlich aus dem gleichen Grund, aus dem er auch sonst ständig Dinge vor mir geheim hielt.

»Was zum Teufel hat Peyton denn mit diesen Leuten zu tun?«, fragte Tatum entsetzt.

Tillie zuckte die Schultern. »Sie wollte schon immer in die Politik. Dass sie überhaupt so lange hiergeblieben ist, lag nur an Jase.«

Ich räusperte mich. »Da wir gerade beim Thema sind … Keine Ahnung, ob dir schon jemand davon erzählt hat, aber bei uns ist auch so einiges passiert, während du weg warst.« Ich atmete tief durch. »Hunter und Jase sind meine Brüder, und Daemon auch, mein Zwillingsbruder sogar, aber das weißt du bestimmt längst.«

Tillie sog scharf die Luft ein. »Moment mal. Hunter und Jase? Deine leiblichen Brüder?«

Ich nickte. »Genau. Wie sich herausgestellt hat, haben meine Eltern – also Joseph und Elizabeth – mich damals adoptiert. In Wirklichkeit bin ich eine Venari. Während Daemon die Arschkarte gezogen hat und zu Katsia und den Verlorenen abgeschoben wurde.«

»Ich sage euch, manchmal frage ich mich, was ich mir nur dabei gedacht habe, die Kleine in eine solche Welt zu setzen.« Dabei schaute sie Micaela an.

»Na ja, jetzt ist sie hier und geht auch nicht so bald wieder weg.«

Auf dem Tisch vibrierte mein Handy. Sofort griff ich danach. Es war Bishop.

»Hi, alles okay bei dir?«

»Ja, alles bestens. Tut mir leid, dass ich gestern nicht auf deine Nachricht geantwortet habe. Es gab eine Menge zu organisieren.«

Ich schaute Tillie an, und sie stand auf, kam zu mir und nahm mir Micaela ab. »Was denn?«

»Ich rufe alle früheren Kings zusammen, die ich erreichen kann. Am Freitag fliegen wir alle nach Perdita und klären das Ganze.«

»Ich möchte mitkommen.«

»Nein.«

»Bishop …«, beschwerte ich mich. Obwohl ich genau wusste, dass ich auf die Art nie etwas bei ihm erreichen würde, musste ich es versuchen.

»Nein, Madison. Auf gar keinen Fall. Du bleibst, wo du bist. Du bleibst am Leben.«

»Und was ist mit dir?«, flüsterte ich. Die Angst um ihn drückte mir die Kehle zu, sodass ich kaum noch atmen konnte. Ich hätte nie gedacht, dass ich einmal zu den Frauen gehören würde, deren Gefühle ausschließlich um einen Mann kreisten, aber Bishop hatte mich eines Besseren belehrt. Schon bei der Vorstellung, dass ihm etwas zustoßen könnte, blieb mir fast das Herz stehen.

»Mir passiert nichts, Baby«, antwortete er ruhig. »Ich muss jetzt Schluss machen. Hör zu, ich müsste mal kurz mit meiner Mom reden …«

»Ach ja?« Ich setzte mich auf. »Sie ist bei der Arbeit.«

»Es geht um meinen Dad. Er und Khales, also …«

»Igitt!« Angewidert verzog ich das Gesicht. »Das kann er doch nicht machen!«

»Doch, kann er. Und hat er auch …«

»Das ist ja widerlich.« Ich schüttelte den Kopf.

»Stimmt. Aber sag ihr noch nichts davon. Ich sage es ihr selbst, wenn wir uns das nächste Mal sehen. Ich wollte dich nur vorwarnen. Sieht ganz so aus, als würde Khales sehr viel länger hier herumhängen, als mir lieb ist.«

»Das nervt.« Ein Piepen zeigte mir an, dass noch jemand anrief. Ich warf einen Blick aufs Display. »Carter ruft an …«

»Mathers?«, fragte Bishop verblüfft. »Weshalb das denn?«

»Keine Ahnung. Rufst du später noch mal an?«

»Gut, mach ich.«

Nachdem ich die Verbindung zu Bishop getrennt hatte, meldete ich mich bei Carter; zugleich warf ich Tate einen verwirrten Blick zu. »Hallo?«

»Madison?« Er klang gehetzt.

»Carter? Alles in Ordnung?«

»Bist du zu Hause?«

»Was? Nein. Ich bin verreist. Warum?«

Er seufzte. »Schickst du mir eine Nachricht, wenn du zurückkommst? Ich muss mit dir reden.« Er legte auf.

»Das war ja komisch.« Ich legte das Handy auf den Tisch und schubste es zur Mitte. »Erst lässt er monatelang nichts von sich hören, und jetzt ruft er plötzlich an.«

Tillie schüttelte Micaelas Fläschchen und schaute von Tatum zu mir. »Was war denn mit ihm?«

»Gar nichts«, erwiderte ich, stand auf und trug meinen Teller zur Spüle. Ich ließ Wasser darüber laufen, dann drehte ich mich um und lehnte mich gegen die Arbeitsfläche.

»Ich weiß nicht, was ich machen soll«, flüsterte Tillie kaum hörbar, während sie Micaela das Fläschchen gab.

»Warum denn?«, fragte Tatum und legte den Kopf schief.

Tillie zuckte die Schultern. »Ich gehe besser weg von hier.«

»Weg? Wohin denn?« Mein Tonfall war vorwurfsvoll, obwohl ich mir alle Mühe gab, genau das zu vermeiden. »Elena weiß ja nicht mal, dass Micaela ihr Enkelkind ist. Und dann Nate …«

»Na, eben! Ich glaube, es wäre ihm sehr viel lieber, wenn ich nicht in seiner Heimatstadt herumhängen würde. Falls du verstehst, was ich meine.«

»Nein, tue ich nicht, und, bitte, sag jetzt nicht, dass du daran denkst, einfach abzuhauen. Denn, ganz ehrlich, Tillie, wenn du ihm seine Tochter wegnimmst, bringt er dich um.«

»Er bringt mich doch auf jeden Fall um, Mads!«

»Wieso!« Ich hob entnervt beide Hände. Ich hatte Tillie wirklich gern, aber manchmal waren wir echt unterschiedlicher Meinung.

»Weil ich … Weil ich eventuell jemand anders kennengelernt habe, und, ich weiß nicht, irgendwas sagt mir, dass Nate verdammt viel dagegen hätte, wenn ein anderer Mann eine Rolle in Micaelas Leben spielt. Verstehst du?«

»Ich brauche Urlaub.« Ich rieb mir mit den Fingerspitzen die Schläfen. »Okay, wir machen Folgendes.« Ich richtete mich auf und kehrte zu meinem Stuhl zurück. »Sobald diese Geschichte vorbei ist, setzen wir uns alle zusammen an einen Tisch und reden offen darüber, wie es mit der kleinen Prinzessin weitergeht. Tillie.« Ich durchbohrte sie mit meinem Blick. »Du darfst auf gar keinen Fall vor Nate weglaufen. Er findet dich ja doch, und so merkwürdig, wie er sich benimmt, seit er herausgefunden hat, dass er Vater ist, würde ich mich lieber nicht darauf verlassen, dass er dann anständig mit dir umgeht. Deshalb finde ich, ganz ehrlich, dass du auf mich hören solltest und ein…«

»Also gut!«, fiel sie mir ins Wort, doch sie lächelte dabei. »Du kannst immer noch ziemlich hartnäckig sein.«

»Manche Dinge ändern sich eben nie«, murmelte Tate, stand auf und trug ihren Teller zur Spüle.

»Und jetzt …« Ich grinste. »Wen hast du denn neu kennengelernt?«

Tillies Lächeln erstarb.

»Was ist?«

Sie schüttelte den Kopf. »Ehrlich gesagt, kann daraus nichts werden. Ich weiß auch nicht … irgendwie glaube ich, es wäre keine gute Idee.«

»Na, wer ist es denn überhaupt? Kenne ich ihn? Sag jetzt bitte nicht, es ist einer von den merkwürdigen Wächtern auf Perdita.«

Sie schüttelte den Kopf. »Nein. Das Ganze ist reine Zeitverschwendung. Es kann nichts daraus werden. Er ist viel zu eng an Katsia gebunden, um mich auch nur ein zweites Mal anzusehen. Gut, es gab so ein oder zwei Momente zwischen uns, aber danach hat er mich wieder links liegengelassen. Wirklich, es ist reine Zeitverschwendung, dass ich ihn überhaupt erwähnt habe. Es ist nur so, durch ihn ist mir erst klar geworden, dass ich nie etwas mit einem anderen Mann haben könnte, weil Nate es nicht zulassen würde.«

»Na schön. Ich habe einen Plan«, sagte ich.

»Oh, gut!« Tatum biss in einen Apfel. »Lass mich raten. Du willst in diesem Krieg mitmischen.«

Ich grinste.

»Und wie sollen wir der bösen Hexe entkommen?«, fragte Tatum kauend.

Ich hüpfte auf sie zu. »Tja, die böse Hexe ist gar nicht so böse.«

Wir beendeten das Frühstück und wuschen ab. Unsere Unterkunft war ein zweistöckiges Loft, das wir über *Airbnb* gemietet hatten. Es gab zwei Schlafzimmer im oberen Stock und eines unten. Tillie und ihr Baby schliefen im Erdgeschoss, Tatum und ich teilten uns eines der oberen Zimmer. Ich ließ mich aufs Bett fallen, hielt mir das Handy vors Gesicht und schickte Bishop eine Nachricht.

Komisches Gespräch mit Carter.
Was hat er gewollt?

Ich drehte mich auf den Bauch.

Keine Ahnung. Er hat gesagt, er will mit mir reden, wenn ich zurück bin.

Nichts geschah. Nach zwei Minuten beschloss ich, Bishop noch eine Nachricht zu schicken. Ich wollte unbedingt von ihm hören.

Wie kommst du mit deinen Plänen voran?
Gut. Heute kommen tagsüber und am Abend eine Menge Leute hier an. Morgen Abend fliegen wir los. Und du? Wie geht's Mom?

Okay, sie wollten am Freitag also erst abends aufbrechen, nicht schon morgens. Das biss sich ein wenig mit meinen eigenen Plänen. Ich hatte gehofft, sie würden morgens fliegen; dann hätten wir ihnen später am Tag folgen können.

Deine Mom ist toll. Lass uns tauschen. Deine gegen meine.

Kaum hatte ich die Nachricht abgeschickt, wurde mir bewusst, was für ein blöder Witz das war. Ich zuckte innerlich zusammen. Während ich noch das Gesicht verzog und meine Wangen glühten, kam Tillie herein.

»Hey! Hast du …« Dann bemerkte sie meinen Gesichtsausdruck und verstummte. »Alles in Ordnung?«

»Nein. Ich habe Bishop gerade eine dämliche Textnachricht geschickt. Egal! Was gibt's?«

Sie kam herein und blieb am Fußende meines Betts stehen. »Hast du irgendwann mal von Ridge gehört?«

Ich stützte mich auf die Ellbogen. »Habe ich, ja. Ich bin ihm vor ein paar Monaten in einer Bank über den Weg gelaufen, kurz bevor Tate und ich nach Neuseeland abgehauen sind. Warum?«

Sie zögerte, ihre Miene wurde ausdruckslos. »Okay, über eure Erlebnisse in der Zeit muss ich unbedingt alles erfahren, aber erst einmal … Ich weiß auch nicht, ich hatte einfach gedacht, dass er gründlicher nach mir sucht.«

»Hat er vermutlich auch, genau wie ich, nur hat das nirgendwo hingeführt. Inzwischen ergibt das natürlich Sinn. Wenn Katsia dich versteckt hat …«

Sie legte einen Finger an die Lippen. »Kann ich dich was fragen?«

»Natürlich.« Ich rutschte zum Kopfende und zog die Beine unter mich.

»Wie war Nate so, nachdem ich verschwunden war?« Ich hatte mit allen möglichen Fragen gerechnet, aber nicht mit dieser.

»Ehrlich gesagt, er war ziemlich seltsam.«

»Seltsam?«

Ich nickte und biss mir auf die Unterlippe. »Er hat nur ganz selten von dir gesprochen, aber … Okay, in solchen Dingen bin ich echt nicht gut. Er hat wirklich was für dich empfunden, Tillie. Sehr viel sogar. So wie bei dir habe ich ihn noch bei keinem anderen Mädchen erlebt, und in den Monaten, als du weg warst, habe ich eine Menge Nate-Groupies zu sehen bekommen.«

Tillie lächelte traurig. »Danke. Während ich weg war, habe ich ziemlich viel an ihn denken müssen. An uns. Im Geist habe ich mir jede Erinnerung, die mit uns zu tun hatte, immer und immer wieder vergegenwärtigt.«

»Ich weiß.« Ich beugte mich vor und tätschelte ihr die Hand. »So sind wir nun mal. Wir rufen solche Bilder ständig in uns wach, weil wir uns dem anderen dann näher fühlen. Wir möchten jedes Fitzelchen festhalten, das uns mit ihm verbindet. Weil wir Angst haben, er könnte sonst für immer verschwinden.«

Sie seufzte und stand auf. »Findest du es merkwürdig, dass mir die Sache mit ihm und Tate nichts ausmacht?«

»Und ob …«, erwiderte ich scherzhaft. »Weil ich nämlich weiß, dass du lügst. Auch wenn du jetzt vielleicht nichts dabei empfindest, wenn du die beiden zusammen erleben müsstest, würde es dir wehtun, Tils. Nicht weil du ein Mädchen, sondern weil du ein Mensch bist.«

»Ich habe dich überhaupt nicht verdient.« Sie wischte sich eine verirrte Träne von der Wange.

»Wenn du das noch ein einziges Mal sagst, benutze ich deinen Hintern als Zielscheibe.«

Das brachte sie zum Lachen, und sie ging hinaus. Im selben Moment klingelte mein Handy. Ich griff danach, ohne hinzuschauen, entsperrte es und hielt es mir ans Ohr.

»Hallo?«

»Hi, Liebes! Ich bin heute schon früher fertig. Seid ihr alle zu Hause?«, fragte Scarlet. An der Art, wie ihre Stimme hallte, erkannte ich, dass sie im Auto saß.

»Ja! Wir sind zu Hause. Das passt ja super! Ich möchte nämlich etwas mit dir bereden.«

»Ich bin gleich da!« Sie legte auf. Ich glitt vom Bett und rannte nach unten.

»Scarlet kommt gleich. Wir brauchen einen Plan!«

Die Tür ging auf. »Ich habe eine Idee!« Scarlet schloss die Tür hinter sich, nahm die Sonnenbrille ab und kam zu mir herüber. »Es gefällt mir gar nicht, dass Bishop diese Sache allein durchziehen will, und wie ich gestern Abend schon erwähnt habe, Hector und ich sind …«

Ich grinste. »Du willst in ihrem Krieg mitmischen.«

Sie sah mir verblüfft ins Gesicht. »Woher weißt du das?«

Ich schnaubte. »Ich wollte gerade das Gleiche vorschlagen.« Ob Khales auch dort sein würde? Ich hoffte es. Vielleicht konnte ich sie rein zufällig vor einen Pistolenlauf schubsen. Ich fand es furchtbar, was sie und Hector Scarlet antaten.

»Seht ihr? Deshalb sind die Hayes-Männer so gefährlich. Man muss sich nur die Frauen anschauen, die sie sich aussuchen«, spöttelte Tate und deutete auf Scarlet und mich.

»So ganz falsch liegt sie gar nicht«, brummte ich.

»Okay, also wir machen Folgendes. Du …« Scarlet zeigte auf Tillie. »… und die Prinzessin bleiben natürlich hier. Wir drei fliegen, ein paar Stunden nachdem alle aufgebrochen sind, ebenfalls hin.«

»Und wie?«, fragte ich. Meine Beine kribbelten bereits vor Aufregung.

Bishop würde mich umbringen.

»Ich kenne jemanden«, verkündete Scarlet. »Er ist Besitzer einer Airline und hat einen Privatjet. Den können wir benutzen.«

»Oh«, warf ich ein. »Klar kennst du so jemanden.«

Sie lächelte mir zerstreut zu, dann sah sie Tate an. »Du musst nicht mitkommen, wenn du nicht willst.«

»Seid ihr verrückt geworden? Jemand muss doch dafür sorgen, dass unser Batgirl hier …« Sie deutete mit dem Daumen auf mich. »… sich nicht mit dem Joker anlegt.«

Ich kicherte. »Da könntest du recht haben. Also. Wann brechen wir auf?«

31. KAPITEL

»Das war der längste Flug, den ich je erlebt habe!«, rief ich aus, während ich vom Rücksitz der Limousine glitt. Es fühlte sich nicht gut an, nach Hause zu kommen. Vielleicht lag es daran, dass ich diesen Ort nicht mehr als mein Heim betrachtete.

»Weil du vor Aufregung die ganze Zeit rumgezappelt hast.« Tate stieg aus und half Tillie.

»Das musst du gerade sagen!«, gab ich zurück. Erst als das leise Motorengeräusch hinter uns erstarb, wurde mir klar, dass noch ein Auto angekommen war. Scheiße. Erwischt.

Ich biss mir auf die Lippe und drehte mich in der Hoffnung, uns durch irgendeine Ausrede aus der Affäre ziehen zu können, langsam um. Im nächsten Moment verzog ich angewidert das Gesicht. »Was zum Teufel willst du denn noch hier?«, fuhr ich Elizabeth an. Sie war in einem perlweißen Lexus mit verchromten Felgen vorgefahren. Der Mann am Steuer war etwa halb so alt wie sie.

»Hast jemand Neues zum Spielen gefunden, wie ich sehe.«

Sie zuckte zusammen, dann streckte sie den Rücken. »Ich kann ja verstehen, dass du wütend auf mich bist, Madison. Ich wollte dich einfach vor der Abreise noch mal sehen. Herausfinden, ob sich unser Verhältnis nicht doch irgendwie retten lässt.«

»Nein.« Ich deutete auf das Auto, mit dem sie gekommen war. »Du kannst wieder fahren.«

Dann wandte ich mich Scarlet zu. Sie schien Elizabeth mit Blicken durchbohren zu wollen. Sie glitt auf sie zu wie ein Schmetterling mit Giftzähnen und senkte die Stimme zu einem drohenden Flüstern. »Ich würde an deiner Stelle auf Madison hören, Liza, denn wenn ich jemals bis auf Armeslänge an dich herankomme, erwürge ich dich und verscharre dich hinter dem Haus.« Scarlet grinste. »Und wir wissen ja beide, wer dort deine Nachbarn wären.«

Elizabeth verzog gequält das Gesicht und sah wieder mich an. »Trotz allem liebe ich dich, Madison. Ich habe dich immer geliebt. Wann immer du so weit bist, dass du mir verzeihen kannst – ich warte auf dich.« Sie neigte den Kopf und stieg ins Auto. Ich spürte einen Anflug von schlechtem Gewissen; schließlich war ich auch nur ein Mensch, und den größten Teil meines Lebens hatte ich sie geliebt. Jetzt würde ich sie vermutlich für den Rest meines Lebens hassen.

»Okay, wir müssen in zwei Stunden am Flugplatz sein, deshalb wäre es gut, wenn wir uns schnell organisieren«, befahl Tate und marschierte zum Haus. Als sie hineingehen wollte, wurde die Haustür aufgerissen, und Elena stand vor uns. Sie trug eine Schürze und hatte Mehl in den Haaren und im Gesicht.

Ich öffnete den Mund, aber bevor ich sie mit Ausreden überschütten konnte, sagte sie: »Kommt rein, ihr habt nicht viel Zeit!« Ich hob überrascht die Augenbrauen. Sie wusste Bescheid? Dann fiel mir mein Gespräch mit Scarlet wieder ein. Ihre Tate.

»Na komm, du Schwan.« Scarlet gab mir im Vorbeigehen einen Klaps auf den Hintern. Als ich die Vortreppe hinaufsteigen wollte, merkte ich, dass Tillie uns nicht folgte. Ich drehte mich zu ihr um. »Kommst du?« Dann begriff ich und fuhr zu Elena herum. Sie beobachtete Tillie mit großem Interesse, wobei ihr Blick ständig von Tillie zu dem Baby und wieder zurück flog. Als ich dachte, die Situation könnte nicht peinlicher werden, winkte Elena einladend.

»Ich würde so gern mein Enkelkind kennenlernen.«

Ich atmete hörbar auf, schüttelte den Kopf und ging hinein. »Diese Art zu leben ist nichts für mich.« Da ich das Gepäck gleich wieder brauchen würde, stellte ich es neben der Haustür ab und ging ins Wohnzimmer. Tate saß zusammengekauert auf dem Ecksofa, und Scarlet bediente sich am Scotch meines Vaters.

»Prost, Joseph, du Mistkerl.« Sie hob das Glas und leerte es in einem Zug. Während ich zuschaute, hatte ich fast den Eindruck, den Drink in der Kehle zu spüren.

»Magst du Madisons Dad denn nicht?«, fragte Tillie, während sie Micaela zögernd Elena übergab.

Elena lächelte Micaela liebevoll an. »Ach, sie hat Joseph noch nie leiden können.« Sie zwinkerte mir zu, dann richtete sie ihre ganze Aufmerksamkeit auf das Baby. »Ich hab Kuchen gebacken.«

»Echt jetzt?« Scarlet hob eine Augenbraue und schnaubte. »Da wäre ich nie drauf gekommen, bei dem ganzen Mehl, das du mit dir rumträgst.«

»Hör nicht hin, die ist immer so schnippisch«, sagte Elena im Babytonfall zu Micaela. Dann sah sie mich an. »Bevor du nach Perdita fliegst, Liebes, solltest du wissen, dass deine leiblichen Eltern auch da sein werden. Fühlst du dich der Begegnung gewachsen?«

Im Wohnzimmer wurde es still. Ich ließ mir die Frage durch den Kopf gehen. Die beiden hatten mich weggegeben. Das war vermutlich der Punkt, der mir zu schaffen machen würde. *Die Jungs fehlen mir. Mein Mann fehlt mir.* Zwei Menschen, die Teil meines Lebens hätten sein müssen, hatten mich nicht gewollt.

Gott musste auf Drogen gewesen sein. Doch, das würde mir zu schaffen machen. Früher hatte ich mich in meinem Elternhaus geborgen gefühlt: Einzelkind, in liebevoller Ehe verbundene Eltern. Jetzt stellte sich heraus, dass die beiden sich keineswegs liebten, dass sie mich nur adoptiert hatten und dass ich drei leibliche Brüder hatte, darunter ein Schizophrener, in dessen Kopf Dämonen flüsterten.

Ich schluckte. »Was anderes bleibt mir gar nicht übrig.«

Elena sah Scarlet an; die beiden schienen sich stumm zu verständigen. Scarlet stand auf, setzte sich neben mich und nahm meine Hand. Sie schob sich das kinnlange Haar hinters Ohr und sagte: »Liebes, du kannst jederzeit über alles mit mir reden. Wann immer du so weit bist.«

»Mit uns beiden«, ergänzte Elena, und da begriff ich, dass es völlig egal war, ob Gott auf Drogen gewesen war und mich in der falschen Familie abgeladen hatte. Denn das Tolle an diesen Menschen war, dass sie mir gegenüber zu nichts verpflichtet waren. Wenn sie zu mir hielten, dann nicht weil sie mir das wegen unserer Blutsverwandtschaft schuldig waren, sondern aus den besten aller Gründe: aus Freundschaft und Liebe.

Dankbar lächelte ich die beiden an. »Vielen, vielen Dank, ihr zwei.«

»Kraft.« Scarlet zwinkerte mir zu; dann sprang sie auf. »Sehr gut. Also …« Sie blickte finster auf ihre Uhr. »In einer Stunde sind wir mit Miller verabredet. Tillie? Du bist hier bei Elena gut aufgehoben, okay?«

Tillie schaute von einem zum andern. »Okay.«

»Du kannst mit Micaela in meinem Zimmer schlafen«, sagte ich, »und meine Klamotten benutzen und alles, was du sonst noch brauchst. Wenn wir zurück sind, reden wir über alles, was wir neulich besprochen haben, okay?« Eigentlich hoffte ich ja, dass Elena irgendeinen Großmutterzauber wirkte und Tillie das Gefühl nahm, allein zu sein. Denn schließlich hatte sie Elena und mich – und Nate, auch wenn ihm das noch nicht bewusst war. Als Micaelas Vater war er ebenfalls für sie zuständig. Alles andere war im Augenblick nicht so wichtig.

Tillie biss sich auf die Unterlippe. »Okay.« Doch als ich hinausgehen wollte, um noch ein paar allerletzte Dinge zu erledigen, sprang sie auf. »Es tut mir so leid!«

Verwirrt blieb ich stehen. »Was tut dir leid?«

Tillie schob die Hände in die Taschen ihrer Jeans, blickte zu Boden und strich sich das Haar glatt. Ihre Silberarmbänder klirrten. Mir fiel auf, dass sie trotz allem die Traumfänger-Halskette mit den Diamanten trug. »Dass ich Nate so aus der Bahn geworfen habe.«

»Tillie …«, fing ich an. Elena kam mir zu Hilfe.

»Du bist doch keine Last, liebes Mädchen.« Sie hob Tillies Gesicht an. »Micaela und du, ihr gehört jetzt zur Familie. Genau wie Madison und Tate und die anderen Kings. Oder Scarlet und ich. Und egal, wie sehr wir uns manchmal hassen mögen, du wirst feststellen, dass wir uns *immer* umeinander kümmern.« Sie holte tief Luft. »Außerdem glaube ich, dass mein Sohn dich liebt.«

Es verschlug mir den Atem. Obwohl ich wusste, dass sie recht hatte.

Scarlet grinste.

Tate rutschte auf dem Sofa umher.

Inzwischen fragte ich mich, ob Scarlet nicht eher wie Tate war und Elena wie ich.

»Im Augenblick«, fuhr Elena fort, »ist er aber derart wütend und verwirrt, dass er andere Gefühle gar nicht zulassen kann. Lass ihm einfach Zeit. Bitte.«

Als ich mich zur Seite lehnte, um den Sicherheitsgurt anzulegen, bemerkte ich, wie Scarlet mich ansah. »Hey. Was meinst du, wie viele Verbündete der Kings werden da sein?« Ich setzte mich bequem hin und schaute mich im Flugzeug um. Es war ganz anders als der Jet der Familie Hayes. Ihrer schien das bessere Modell zu sein.

»Alle.«

Ich erstarrte. »Scheiße.«

32. KAPITEL

»Sobald wir drinnen sind, müsst ihr meine Körpersprache im Auge behalten. Niemand bewegt sich, wenn ich es nicht sage. Haben das alle verstanden?«, rief ich den Leuten zu, die vor mir standen. Der Flug hatte nicht lange gedauert. Wir waren in zwei Jets gekommen, mit ungefähr vierzig Mann an Bord.

»Ja, Boss«, spöttelte Spyder und reckte frech den Kopf. Wichser.

»Es wird schon alles gut gehen, Junge.« Dad trat neben mich.

»Ich weiß.« Ich blickte unauffällig über die Schulter. »Aber wir dürfen keine Fehler machen. Ich will niemanden verlieren.«

»Wirst du auch nicht. Hey, ich bin stolz auf dich, Junge.«

Ich lächelte ein wenig. Es bedeutete viel, wenn mein Vater so etwas sagte. Trotzdem hatte ich keine Zeit, es auszukosten.

»Denkt daran«, fuhr ich fort und ließ meinen Blick von Gesicht zu Gesicht wandern. Einige von denen, die einsatzbereit vor mir standen, hatte ich nicht mehr gesehen, seit ich ein Kind war, anderen war ich noch nie begegnet, doch wir alle hatten eines gemeinsam: unsere Loyalität. »Die Verlorenen stehen nicht auf Katsias Seite. Erstens weil sie klug sind und zweitens weil es für sie nur Schwarz und Weiß gibt. Sie wissen genau, wer hier der Anführer ist und wer nur so tut, als ob. Katsia hat natürlich ihre Wächter, aber das sind nicht allzu viele.

Deshalb mache ich mir auch keine großen Sorgen, was passieren wird, wenn wir durch dieses Tor treten. Trotzdem möchte ich noch einmal betonen, dass ihr auf keinen Fall unüberlegt handeln dürft. Wir wollen Katsia nicht töten. Jedenfalls noch nicht.«

Alle murmelten zustimmend. Ich drehte mich zum Tor um, holte die Codekarte hervor, die mir mein Dad übergeben hatte und die Zutritt zu sämtlichen Bereichen gewährte. Ich strich damit über das Lesegerät.

Daemon

Eins, zwei, drei, vier, fünf, sechs … sechs … sechs …

Still!, befahl ich in der Hoffnung, alle zum Verstummen zu bringen. *Hinterlist, Krieg, Wut, Falschheit, Bosheit …* Die sechs Dämonen tobten in mir. Sie hatten Namen, weil jeder mit seiner eigenen Stimme sprach. Das hatte ich schon als kleines Kind bemerkt. Liebe war nicht darunter, ich trug keine Liebe in mir. Nur wenn Madison bei mir war, konnte ich etwas empfinden, das Ähnlichkeit mit Liebe hatte. Madison hatte mich überwältigt. Durch sie war ich zu einem vollständigen Menschen geworden. Bevor ich ihr begegnet war, hatte ich weder Freude noch Glück gekannt. Das Band zwischen uns war unzerstörbar. Es würde nie reißen. Es war so stark wie eine Strömung im Ozean. Ich wäre für Madison gestorben. Und dann würde ich von den Toten auferstehen und jeden umbringen, der ihr wehzutun versuchte, und erneut für sie sterben. An den Tag im Wald konnte ich mich nach wie vor nur undeutlich erinnern, doch ich hatte schnell erkannt, dass damals *Falschheit* von mir Besitz ergriffen hatte. Noch Stunden nach seinem Rückzug hatte ich ihre Gegenwart auf der Zunge gespürt. Ich hatte mich dafür gehasst, ich hasste mich immer noch dafür.

Diesen Tag würde ich mir nie verzeihen. Aber wie tötet man etwas, das man im eigenen Kopf mit sich herumträgt? Wie erwürgt man etwas, das sich einfach in Rauch auflöst, sobald man es im Geist an der Kehle zu packen versucht? Wie bringt man ein Wesen um, das man selbst ist? Ich war krank. Sehr krank. Ich hatte es nicht verdient, dass in mir das gleiche Blut floss wie in Madison. Dass ich neun Monate im selben Schoß gewohnt hatte wie sie.

»Meinst du nicht auch, Daemon?«, fragte Bishop. Er lehnte an einem der Schilder vor den Läden in der einzigen Straße von Perdita. Der Krieg köchelte nicht länger vor sich hin; er würde gleich heiß aufgetischt werden.

Ich schob die Hände in die Hosentaschen und ging auf Bishop zu. Neben ihm stand Hector, ihm gegenüber hatten sich Katsia und ihre kleine Armee aufgebaut. Wir waren zwar nicht in der Überzahl, aber bestens für anstehende Kampfhandlungen gerüstet. »Was denn?«

»Dass Katsia viel besser aussähe, wenn sie blutüberströmt am Boden läge.«

Noch bevor ich ihre Ankunft bemerkte, spürte ich eine Veränderung der Energie. Es wurde still. Ich drehte mich um, und es drehte mir den Magen um. Scarlet, Tatum und Madison kamen auf uns zu. Sie drängten sich durch die dichte Menschenmenge. *Oh, da ist sie ja. Bringen wir sie um. Und diesmal machen wir es richtig*. Doch ich hörte nicht auf *Falschheit*.

»Madison!«, rief Bishop so laut, dass es die Stille zerriss. Madison zuckte zusammen. Unwillkürlich ballte ich die Fäuste. »Was zum Teufel machst du denn hier?«

»Oh!«, spottete Katsia. »Das ist ja großartig. Alle drei Elite-Damen auf einmal …« Sie machte einen Schritt auf die Frauen zu. Ich sprang vor und baute mich schützend vor Madison auf.

Katsia schnaubte. »Der verirrte Verlorene. Aus dem Weg, Daemon.« Sosehr sie sich bemühte, laut und gebieterisch zu sprechen, war bei jeder Silbe, die ihr über die Zunge kam, ein leises Zittern zu vernehmen. Sie wusste, wozu ich fähig war. Sie war dabei gewesen, als die Therapeuten mich untersucht und ihre Diagnose gestellt hatten. Und dann hatte sie mich zu ihrer Waffe gemacht. Ich hatte ihr loyal gedient. Bis Madison wieder in mein Leben getreten war. Durch sie hatte sich alles verändert.

»Nein.«

Madison legte mir eine Hand auf den Arm. »Ist schon in Ordnung, Daemon.«

Bishop warf Madison einen Blick zu und zog sie hinter sich. »Dafür versohle ich dir den Hintern.«

Madison lächelte. »Ich verlass mich drauf.«

Ich wandte mich erneut Katsia zu. Scarlet trat neben mich und verschränkte die Arme. »Ich habe ein Hühnchen mit dir zu rupfen, du heiliges Wesen.« Sie legte den Kopf schräg. »Wie es aussieht, bist du doch nicht die Letzte deiner Blutslinie. Herzlichen Glückwunsch. Du bist nicht länger unverzichtbar.«

Katsia erstarrte.

Ich lächelte.

Hector zog Scarlet an sich. Sie stieß ihn weg. »Fass mich nicht an.« Dabei schaute sie Khales an. »Nie wieder.«

»Sosehr wir dieses Theater auch genießen«, verkündete Spyder und drängte sich durch die Menge, »will ich doch zu meiner Party zurück. Möglichst weit weg von euch allen!« Er war ein älterer Cousin von Bishop, ein wilder Junge, der die vorherige Generation der Kings angeführt hatte. Außer ihm hatten Jase, Saint, Ace und Ollie dazugehört. In jenem Jahr waren es nur fünf gewesen, nicht sieben, wie in dieser Generation.

»Deine Orgie kann warten«, fuhr Bishop ihn über die Schulter an.

»Nein, kann es nicht …«

»Ich weiß nicht, wovon du redest, Scarlet.« Katsia stellte sich dumm. Sie kam einen Schritt näher.

Allmählich wird es langweilig. Bringen wir doch mal jemanden um. Sie zuerst. Katsia. Die habe ich sowieso nie leiden können. Und dann geht das Blutvergießen los! Ja, los, kommt!

Still!, brüllte ich in Gedanken, doch sie drängelten weiter.

Doch. Jetzt gleich. Tun wir es jetzt. Jetzt, Daemon, erzwing es, sorg dafür, dass es losgeht. Spürst du nicht, wie die Kraft bis in deine Fingerspitzen dringt? Dann nutze sie auch. Ich kniff die Augen zu und presste die Lippen aufeinander. Haltet den Mund! In meinem Kopf begann es zu kichern, eine Woge schriller Töne, die in meiner leeren, wunden Seele widerhallten.

Sie gehört mir.

»So gern ich diese Plauderei fortsetzen würde …« Meine Umgebung verdüsterte sich, unwillkürlich verzog ich den Mund. »… möchte ich jetzt Rot sehen.« Langsam ließ ich das Messer aus dem Ärmel gleiten. Dann umfasste ich den schweren Metallgriff, sprang auf Katsia zu und durchschnitt ihr die Kehle. Ihr Blut spritzte über meine Kleidung. Ihr Tod tanzte zu einer metallischen Melodie auf meiner Zunge. Mein Blick wurde vor Euphorie unscharf. Es war wie nach dem ersten Schuss Heroin, als würden sich meine Knochen in Wolken verwandeln. Ein Energiestoß durchfuhr mich; zugleich konnte ich fühlen, wie sich alles in mir entspannte.

»Oh, mein Gott!«, schrie Madison, und dann brach die Hölle los. Grinsend sah ich zu, wie einer von Katsias Wächtern Nate die Faust ins Gesicht drosch. Man hörte ein lautes Krachen, und Nate ging zu Boden. Der Wächter stürzte sich auf ihn, zückte das Messer und rammte es Nate in den Bauch.

Im Hintergrund begann Madison wieder zu schreien. Scarlet sprang in die Bahn einer Kugel, die eigentlich für Madison gedacht war. Der Schuss traf sie mit einem lauten Klatschen am Hals. Sie fiel. Hector streckte einen Arm aus und fing sie auf. »Scarlet!«

Ich sprang vor, packte den Wächter, der Nate erstochen hatte, und drehte ihm mühelos den Hals um, bis ich ein Schnappen spürte. Rasch sah ich zu Bishop hinüber. Er kämpfte gegen zwei von Katsias Männern. Der eine hatte ein Messer, der andere nur seine bloßen Hände. Als ich zu ihnen wollte, spürte ich einen scharfen Schmerz im Bein. Ich hielt inne und drehte mich langsam um. Einen Moment lang betrachtete ich die Machete, die in meinem Bein steckte, dann grinste ich und sah Katsias Wächter ins Gesicht. Ich zog die Machete heraus und schlug damit nach seinem Hals. Er wurde sauber durchtrennt. Wo eben noch der Kopf war, sprudelte Blut hervor; dann sackte der Körper in sich zusammen. Ich entdeckte Tatum. Sie lag schwer atmend auf dem Boden, aus ihrem Mund quoll Blut, in ihrem Oberschenkel steckte ein Messer.

»Mir geht's gut!«, fuhr sie mich an. »Hilf Madison!«

Spyder nahm Tatum in die Arme und wedelte mit der Hand in Richtung Bishop. »Verdammt, mach schon, Dämonenjunge!« Ich fuhr herum. Madison hockte neben Scarlet, hielt ihre Hand und weinte.

»Mom!«, brüllte Bishop und stieß die zwei Wächter weg, mit denen er gekämpft hatte. Mehrere Kings eilten zu ihm und kümmerten sich um die Männer. Die meisten von Katsias Anhängern waren inzwischen besiegt.

Ein Schuss fiel.

Stille.

Bishop blieb stehen und senkte den Kopf. Seine Miene war unergründlich. Madison hörte augenblicklich auf zu weinen und wischte sich mit blutigen Fingern die Tränen von den Wangen. *Rot.*

»Bishop?«, fragte sie leise und stand vorsichtig auf. Bishop senkte den Kopf noch mehr. Ich schaute ebenfalls hin und bemerkte den roten Blutfleck, der sich langsam auf seinem weißen T-Shirt ausbreitete. Bishop presste eine Hand auf den Bauch, dann fiel er hin.

»Bishop!«, schrie Madison so schrill, dass die Gebäude entlang der Straße erbebten. Wer noch in Kämpfe verwickelt war, hielt mitten in der Bewegung inne. Katsias wenige verbliebene Gefolgsleute nutzten die Gelegenheit zur Flucht und verschwanden eiligst im Gebüsch. Madison rannte zu Bishop und kniete sich neben ihn. Hector folgte ihr. Nate versuchte, sich, auf die Arme gestützt, über das Pflaster zu ihm zu schleppen.

Bishops Brustkorb hob und senkte sich. Man hörte nur noch das laute Gurgeln, das von dem Blut in seiner Kehle herrührte. Von seinen entsetzlichen, verzweifelten Versuchen, weiterzuatmen. Der hoffnungslosen Anstrengung, am Leben zu bleiben.

Madison schrie. »Du darfst nicht sterben!« *Rot.*

Ich lief zu ihnen.

Madisons Schreie wurden zu einem verzweifelten Flehen. Hector schob Bishops T-Shirt nach oben, um die Wunde zu untersuchen, aber ich erkannte sofort, dass nichts mehr zu machen war. Das Blut sprudelte nur so hervor. Auch aus Bishops Mund rann Blut. Bishop strengte sich an, etwas zu sagen; zugleich packte er Madison an der Hand, zog sie zu sich herab und verbarg das Gesicht in ihrem langen Haar.

»Bishop! Verdammt, du darfst nicht sterben!«, rief sie immer wieder, die Lippen an seinem Hals. Ich legte den Kopf schief.

»Junge, du musst durchhalten, hast du gehört? Die Sanitäter sind gleich da. Wag es ja nicht, dich davonzustehlen, Junge! Ich habe eben erst deine Mutter verloren, dich kann ich nicht auch noch verlieren!«, rief Hector, während er Bishops andere Hand umklammert hielt.

Allmählich wich die Schwärze aus meinem Gesichtsfeld, und leuchtende, Furcht einflößende Farben kehrten zurück.

Sofort verging mir das selbstzufriedene Grinsen, das ich in meinem Stolz zur Schau getragen hatte. »Es ist meine Schuld.« Madisons Trauer erschütterte mich bis ins Mark und löste furchtbare Gewissensbisse aus.

»Nein!«, schrie sie. »Nein, nein, nein!« Sie schlug Bishop auf die Brust. *So viel Rot.*

Nate versuchte sie von ihm wegzuziehen. Tate hockte sich neben sie. »Madison. Liebes. Bitte, komm her.«

»Nein! Lasst mich in Ruhe! Nein, er ist nicht tot. Er ist … Er ist … Bishop!«, schrie sie so laut, dass es die Vögel in den Bäumen aufscheuchte. Ihre Trauer griff auf die anderen über; selbst den erwachsenen Männern, die Bishop umstanden, kamen die Tränen.

Mir brach es das Herz. *Te amo, soror mea.*

»Es ist meine Schuld.« Ich hob die Hand mit dem breiten, schweren Messer und rammte es mir in den Hals. Schmerz schoss durch meinen Körper. Blut strömte über meine Hände; es fühlte sich an wie Schleim.

»Daemon!«, schrie Tate irgendwo. Ich stürzte zu Boden.

»Daemon?« Madison fing erneut an zu schreien, doch ihre Stimme wurde leiser.

»Es … es tut mir leid«, stieß ich gurgelnd hervor, die Kehle voller Blut. Ich konnte nicht mehr klar sehen. Am grenzenlosen hellblauen Himmel über mir drehten sich die Wolken. Meine Lider wurden schwer. Ich schnappte nach Luft, doch ich ertrank in meinem eigenen Blut. Das hatte ich verdient. *Rot.*

»Daemon!« Madisons Stimme kam rasch näher. Ihr Gesicht schwebte über mir. Alles war jetzt farbig, nichts mehr düster.

In meinem Kopf hallte, schrill wie das Heulen einer Hyäne, Gelächter von den toten Mauern wider.

Verwirrt runzelte ich die Stirn.

Wir haben gewonnen.

»*Hinterlist!*«, rief ich und wölbte den Rücken. Dann griff der Tod nach mir.

33. KAPITEL

»Ach du Scheiße!« Nate wich einen Schritt zurück und raufte sich die Haare.

»Daemon?« Ich wischte mir über die Wangen. Sie waren nass von Tränen. Ich bettete seinen Kopf auf meinen Arm und küsste ihn auf die Stirn. »Nein, nein«, flüsterte ich weinend und wiegte ihn. Etwas zersprang in mir, Schmerz durchflutete mich. Mein Herz fühlte sich tot an, meine Finger taub, meine Beine taten weh. Daemons Blick brach. »Nein!«

Ich drückte eine Hand auf die Wunde in seinem Hals. Das Messer wollte ich nicht herausziehen. »Nein. Es wird alles gut. Alles wird gut. Ich kriege dich wieder hin. Ich werde dich immer wieder hinkriegen«, murmelte ich vor mich hin, während ich wieder und wieder die Wunde berührte, wie es auch eine Katze getan hätte.

»Madison …« Jemand legte mir eine Hand auf den Arm.

Ich fuhr zurück. »Nein. Er ist nicht tot.«

Schwere Kampfstiefel traten in mein Blickfeld. »Baby …«

Ich sah zu Bishop auf. »Nein! Er ist nicht tot!«

Bishop schaute mich aufmerksam an. »Ich werde dir jetzt von einem Dämon namens *Hinterlist* erzählen. Es war einer der sechs in seinem Kopf …«

Ich schüttelte den Kopf und wischte mir mit blutigen Fingern die Tränen von den Wangen. »Nein. Ich will nichts hören.

Ich will nicht …« Mein Blick fiel auf Katsia. »Du …« Behutsam ließ ich Daemons Kopf auf den Boden gleiten. Dann griff ich nach dem Messer in seinem Hals, zog es heraus und rannte auf Katsia zu. »Du Miststück!« Ich sprang sie an wie ein Tiger eine Gazelle und schlang ihr die Beine um die Taille.

Sie riss entsetzt die Augen auf. »Madison …« Ich hob die Hand mit dem Messer und rammte es ihr in die Halsschlagader.

Ihre Wächter wussten, dass sie in der Unterzahl waren, und sie wussten auch, dass Katsia falsch gehandelt hatte. Im Kampf mit uns wären sie alle ums Leben gekommen. Außerdem waren sie nur Ordnungshüter, wie ich allmählich begriff.

Blut spritzte mir ins Gesicht, und ich spürte den süßen Geschmack der Rache im Mund. Katsia gab raue, erstickte Laute von sich und hob eine Hand an den Hals. Jemand schlang von hinten die Arme um mich und zog mich von ihr weg.

»Pst, Baby. Alles wird gut.«

Ich schluchzte auf und schob Bishop fort.

Während Hector auf Katsias Männer einredete, rannte ich zu Daemon zurück, bettete seinen Kopf wieder auf meinen Schoß und schlug nach den Fliegen, die ihn inzwischen umkreisten.

»Alles okay. Ich hab sie erwischt«, stieß ich keuchend hervor. »Sie ist weg, du kannst jetzt aufwachen. Ich habe mich um sie gekümmert. Ich … ich …« Die Brust wurde mir eng. Meine Kehle war wie ausgedörrt, eine Folge des heftigen Atmens und des Adrenalins. Auf einmal entfuhr mir ein lauter Schrei, ich legte den Kopf auf Daemons Brust und weinte um meinen Bruder. Meine andere Hälfte, meinen ständigen Begleiter. »Ich liebe dich. Ich liebe dich, ich liebe dich, ich liebe dich, verdammt noch mal, Daemon! Warum?« Ich konnte nicht aufhören zu schluchzen. »Ich hatte dich doch eben erst wiedergefunden«, flüsterte ich. »*Te amo, frater*.« Sein Hemdstoff rieb rau an meinen geschwollenen Lidern.

»Baby?« Bishop setzte sich neben mich. Irgendwo hörte ich Tate schluchzen. Sie hatte Daemon ebenfalls geliebt, auch wenn sie es nie sehr deutlich gezeigt hatte.

Ich antwortete Bishop nicht. Ich brachte kein Wort hervor. Ich wollte mich nicht bewegen und nicht mit Bishop sprechen. Ich wollte nur für immer hierbleiben und die Zeit zurückdrehen. Ich wollte ihn niemals loslassen. Niemals. *Te amo, frater.*

»Ich werde dir von *Hinterlist* erzählen. 2014. Daemons größtes Massaker.« Aus Bishops Stimme klang etwas Neues. Hätte man Angst und Stolz in einem Mörser miteinander vermischt, wäre so etwas dabei herausgekommen. »*Hinterlist* war einer seiner Dämonen. Im April 2014 hat Daemon einen großen Auftrag für den Kreis übernommen. Er sollte etwas Bestimmtes erledigen, ein paar Leute aufspüren, fertig. Sie einschüchtern, aber nicht verletzen. Es waren zwölf erwachsene Männer, und nicht *einer* von ihnen hat überlebt. Bis du Daemon zu dir geholt hast, dachten wir alle, er wäre ausgerastet und völlig schizophren geworden, aber so war es nicht. Als ich mich damals mit ihm unterhalten habe, erzählte er mir, was tatsächlich passiert war. Weshalb er zwölf Männer, von denen jeder dreimal so groß war wie er, brutal zerhackt und die Einzelteile in Hutschachteln an den Kreis geschickt hat …« Bishop holte tief Luft. Auch wenn ich unfähig war, auf seine Worte zu reagieren, wollte ich unbedingt hören, wie es weiterging. »Ein poetischer Einfall, das muss man ihm lassen. Na jedenfalls, wir haben uns also unterhalten – mir war nicht ganz wohl dabei, ihn in deiner Nähe zu wissen, wie du dich vermutlich erinnerst. Da hat er mir von seinen Dämonen erzählt. *Hinterlist*, *Falschheit*, *Krieg*, *Bosheit*, *Wut* und *Tod*. Er hatte ihnen Nummern gegeben. *Hinterlist* hatte von allen die lauteste Stimme. Vermutlich hat der auch von Daemon Besitz ergriffen, als er auf dich geschossen hat …«

Ich zuckte nicht zusammen. Ich rührte mich überhaupt

nicht. Ich hätte jederzeit mit Daemon getauscht, und ein Teil von mir wünschte sich, ich wäre damals tatsächlich gestorben, dann wäre Daemon heute vielleicht nicht hier gewesen. Es war meine Schuld.

»2014 hatte *Hinterlist* auch übernommen. Als Daemon den Männern damals ins Gesicht blickte, sah er in jedem den Mann, der ihn als kleinen Jungen vergewaltigt hatte. Daraufhin hat er sie alle vernichtet. *Hinterlist* gab ihn erst wieder frei, als sie tot waren, aber da war es zu spät.«

Ich gab keine Antwort.

»Heute ist das Gleiche passiert. Der schlimmste Krieg fand in ihm selbst statt, Baby. Jetzt hat er Frieden gefunden.«

Es war, als würde er Salz in eine Wunde reiben. Mir kamen erneut die Tränen.

»Mads?« Tate kam näher. Ich hob den Blick. Sie wischte sich die Tränen von den Wangen. Neben ihr stand ein Typ mit einer großen spinnenförmigen Narbe. Die Narbe war das Erste, was mir an ihm auffiel. Das Zweite waren die vielen Tattoos. Und die Ähnlichkeit mit Bishop, nur dass er dunkles Haar und leuchtend blaue Augen hatte. »Bitte, steh auf. Wir müssen ihn nach Hause bringen.«

Ich schüttelte den Kopf und umklammerte Daemon noch fester. Tatum wandte sich an jemand anders, vermutlich an Bishop. Sie nickte, und er zog mich von Daemon weg. Ich fing sofort an zu schreien. Tränen nässten mein T-Shirt. »Komm her.« Bishop nahm mich in die Arme.

»Bishop, bring sie zu Miller. Der Jet ist startklar. Geht mit, alle.« Als ich merkte, dass Gegenwehr zwecklos war, hörte ich zu kämpfen auf. Meine Muskeln schmerzten. Alles tat mir weh. Ich schlang Bishop die Arme um den Hals und klammerte mich an ihn. Wieder wurde ich von Schluchzern erschüttert, und schließlich ließ ich den Tränen freien Lauf. *Te amo, frater.*

34. KAPITEL

»Ich glaube ja nicht, dass sie sich so bald wieder erholt«, sagte Nate, als das Signal zum Anschnallen erlosch. Madison war lange vor dem Start eingeschlafen. Wir hatten warten müssen, bis Spyder und Ollie endlich auch an Bord kamen. Die beiden hatten irgendwo herumgetrödelt.

»Wieso zum Teufel habt ihr so lange gebraucht?«, fragte ich Spyder. Dann sah ich Ollie an. Er wirkte schuldbewusst. »Ich schwöre euch, wenn ihr ein Mädchen angemacht habt, haue ich euch aufs Maul.«

»Ach was.« Spyder zwinkerte mir grinsend zu. »Wir wissen doch beide, dass ich härter zuschlagen kann, Kleiner.«

»Bei unserer letzten Prügelei war ich fünf …«

Er nickte. »Genau.«

»Du redest dummes Zeug.«

Er tat so, als müsste er über meine Worte nachdenken. Dann fing er an zu grinsen. »Genau.«

Blödmann.

Ich wandte mich wieder Nate zu. »Sie packt das schon. Es wird eine Weile dauern, aber sie kommt drüber hinweg. Wenn jemand es schaffen kann, dann sie.«

Nate kniff die Augen zu. »Ich will nie wieder erleben, dass sie so was durchmachen muss. Was bedeutet, dass du nicht sterben darfst.«

»Du aber auch nicht«, antwortete ich halblaut. Da meldete sich Spyder zu Wort.

»Wir haben deinem Vater geholfen.« Er legte den Kopf in den Nacken und sah mich an. »Da dein Mädchen ausgerastet ist und die Letzte der Stuprums getötet hat, hat er jetzt einiges an Aufräumarbeiten vor der Brust.«

»Sie war nicht die Letzte.« Nate schüttelte den Kopf und strich mit dem Zeigefinger über seine Oberlippe. »Scarlet hatte recht. Katsia hat gelogen. Tillie ist ihre Tochter, also auch eine Stuprum. Was bedeutet, dass meine Tochter eine halbe Stuprum ist.« Er schloss erneut die Augen. Man merkte ihm an, wie sehr er innerlich noch mit alldem, was er in den letzten paar Tagen erfahren hatte, zu kämpfen hatte.

»Ach, Scheiße«, murrte Spyder und schloss ebenfalls die Augen. »Ich hätte wohl doch in der Gegend bleiben sollen. Bei euch geht es deutlich dramatischer zu.«

»Bleib du mal schön in New Orleans«, widersprach ich. Dieses Geplänkel zwischen uns lief, seit wir Kinder gewesen waren. Doch eigentlich standen wir uns sehr nahe.

»Ich weiß nicht.« Er setzte langsam, ohne die Augen zu öffnen, ein Grinsen auf. »Kann sein, dass ich vorhin jemand kennengelernt habe, wegen der sich das Bleiben lohnt.« Ollie schaute mit einem wissenden Ausdruck im Gesicht zu Tate hinüber.

»Scheiße. Natürlich.« Ich schnaubte.

Brantley setzte sich auf den Platz vor uns. »Sie kommt schon klar, Mann. So stark wie sie ist so schnell niemand.«

»Das beschäftigt mich ja gerade.« Nate deutete auf Madison, die weiter hinten zusammengerollt unter einer Decke lag. »Es ist nicht *richtig*, dass sie mit solchem Mist fertigwerden muss. Sie hat Daemon geliebt, Mann. Sie hat ihn wirklich geliebt. So eine Geschwisterbindung wie zwischen den beiden habe ich noch nie erlebt. Und jetzt ist er tot? Ich weiß nicht.« Nate schüttelte den Kopf. »Ich weiß echt nicht, ob sie das jemals überwinden wird. Sie hat gerade erst eine Flucht um die halbe Welt hinter sich. Für sie ist das ein riesiger Verlust. Wirklich mörderisch. Nichts Oberflächliches, sondern etwas, das einem die ganze verdammte Welt vermiesen kann. So was überlebt nicht jeder.«

Brantley sah mich an. »Die Scheiße mit meinem Vater hat sie auch überlebt. Sie hat es überlebt, als sie als kleines Mädchen vergewaltigt wurde, Nate. Du irrst dich. Klar wurde sie nicht mit der Fähigkeit geboren, mit dieser Art von Verlust fertigzuwerden, aber deshalb hat sie ja auch diese Mauer um sich errichtet. Und weißt du auch, wie?« Jetzt sah er Nate an, der ihm gespannt zuhörte. »Indem sie jeden Stein aufgehoben hat, den ihr dieses beschissene Leben in den Weg gelegt hat.«

Nate schluckte schwer. Ich ebenfalls. Spyder riss die Augen auf. »Das ist echt hart.«

Brantleys Blick wurde glasig. »Du hast ja keine Ahnung.«

Jetzt beobachteten wir ihn alle, und es war, als würde man dabei zusehen, wie sich jemand noch einmal seine schrecklichsten Erinnerungen vergegenwärtigte. Alles, was sein Vater ihm und Madison angetan hatte, verfolgte ihn bis auf den heutigen Tag. Was genau damals geschehen war, wusste keiner von uns. Aber bestimmt Schlimmeres, als wir ahnten. Brantley hatte sich immer geweigert, uns mehr zu verraten, doch er selbst lebte Tag um Tag mit den Schatten von damals.

Ollie räusperte sich. »Also, ich muss sagen, auch wenn die Begleitumstände beschissen waren, war es nett, mal wieder hier zu sein.«

»Ollie?«, sagte Nate halblaut. »Halt einfach die Klappe.« Diese zwei Cousins konnten sich echt nicht ausstehen. Warum, war mir nicht ganz klar, denn eigentlich schien Ollie ein unkomplizierter Typ zu sein. So unkompliziert, wie man bei uns nur sein konnte. Er verbrachte sein ganzes Leben mit Surfen und hatte die dazu passenden kinnlangen blonden Locken. Außerdem blaue Augen und jede Menge Tattoos. Er sah aus, als käme er gerade von den Dreharbeiten für ›O.C., California‹.

Ich stemmte mich aus dem Sitz hoch und ging nach hinten zu Madison. Ich zog ihre Decke höher und bettete Madisons Kopf in meinen Schoß, strich ihr das Haar aus dem Gesicht und malte mit dem Daumen kleine Kreise um ihre Wangenknochen. Zugleich fragte ich mich, was wohl gerade zwischen meinem Dad und meiner Mom passierte und warum sie beide auf der Insel geblieben waren. Gut, eigentlich waren alle Älteren dageblieben. Ich hielt in der Bewegung inne und sah mich im Flugzeug um. Von meiner und Spyders Generation waren alle an Bord. Die anderen waren auf Perdita geblieben. *Merkwürdig*. Aber bei ihrer Heimkehr würde ich erfahren, was der Grund dafür gewesen war.

»B? Kann ich mal mit dir reden?«

Ich biss die Zähne zusammen.

»Bitte?«

Ich schaute Madison an. Dann stand ich vorsichtig auf, bettete ihren Kopf auf den Sitz und dirigierte Khales ans Ende des Flugzeugs, wo uns niemand hören konnte – nur für den Fall, dass die Sache mit ihr und meinem Dad noch nicht die Runde gemacht hatte. »Was ist?«, fuhr ich sie an und biss unwillkürlich erneut die Zähne zusammen.

»Es tut mir echt leid, was passiert ist. Ich habe Madison unrecht getan und dir auch, und ich glaube …« Sie unterbrach sich und schaute auf ihre Finger. »Es tut mir leid, Bishop. Bei meiner Rückkehr war ich erst einmal nur wütend, weil du eine Neue hattest. Ich habe Madison wirklich gehasst.« Sie holte tief Luft, und das gab mir Zeit, in Ruhe ihr Gesicht zu betrachten. Ich kannte Khales in- und auswendig. Ich wusste, wann sie log, wann sie glücklich war, wann traurig und wann beides. Ich merkte es auch, wenn sie Gefühle vor mir zu verbergen versuchte. Sie war durchsichtig für mich. Anders als Madison. Madison war wie ein Buch mit sieben Siegeln.

»Deshalb war ich eine Weile auch neben der Spur. Aber du kennst mich ja. Ich bin nicht nachtragend. Und inzwischen habe ich es begriffen.«

»Was hast du begriffen?« Ich neigte den Kopf.

»Ich habe gesehen, wie du bist, wenn du mit ihr zusammen bist.«

Ich lehnte mich an die Wand. »Sie kann dich nicht leiden.«

»Ich weiß.«

»Weshalb wir nie mehr so gute Freunde sein werden wie früher.«

Ihre Miene verdüsterte sich. »Ich weiß.«

»Na, dann alles Gute für dich und Dad.« Ich löste mich von der Wand und kehrte zu Madison zurück. Als ich mich setzte, musste ich lachen. »Ach ja, und viel Glück mit Mom.«

Khales zuckte zusammen, kehrte aber wortlos an ihren Platz zurück. Früher einmal hatte ich sie sehr gern …

Ich fuhr gerne Rad. Ganz besonders, wenn ich mich dabei von meinem Zuhause entfernte. Dort war es kaum auszuhalten. Also saß ich mal wieder auf meinem mattschwarzen BMX mit den verchromten Griffen und fuhr zum anderen Ende der Stadt. Mit der Kapuze über dem Kopf, in Jeans, die niedrig auf den Hüften saßen, und einer Skater-Kette an der Gürtelschlaufe. Ich fuhr dorthin, wo es mich immer hinzog, wenn mir zu Hause alles zu viel wurde. Wenn sich die Luft dort kaum noch atmen ließ und die Spannung stieg, bis etwas zerspringen musste. Die meisten Eltern liebten einander, aber meine hielten es kaum miteinander aus. Auf der an-

deren Straßenseite hupte ein Auto. Ich trat rückwärts in die Pedale, um zu bremsen, und kam schlitternd zum Stehen. Dann blickte ich mich nach dem Auto um, und meine Augen wurden schmal. Ich hätte besser nicht angehalten. Ich war noch ein Kind. Gerade mal acht Jahre alt. Dem Gesetz nach war es mir verboten, ganz allein quer durch die Stadt zu radeln. Ohne einen zweiten Blick auf das Auto zu werfen, fuhr ich weiter, Richtung Newton Beach. Für die Strecke brauchte ich meist etwa zwanzig Minuten, und der heutige Tag war keine Ausnahme. Ich hielt an, kickte den Fahrradständer herunter und betrachtete die Wohnwagensiedlung.

Insgesamt standen dort, ordentlich aufgereiht, etwa zwanzig Wohnmobile. Jedes war anders, und natürlich sah man sofort, wer von den Bewohnern noch so etwas wie Stolz besaß. Die Skala reichte von dem geblümten, zwanghaft sauberen Wohnwagen der Oma mit den Katzen bis zu umgekippten alten Mülltonnen vor dem Eingang und rostigen Kinderschaukeln, die schon viel zu lange unbenutzt bei Sonne und Regen im Freien standen. Meine Aufmerksamkeit galt einem metallgrauen Wohnwagen, den ich inzwischen schon ziemlich gut kannte. Die Beulen und Schrammen waren selbst bei flüchtigem Hinschauen kaum zu übersehen. Der Wohnwagen war so vernachlässigt wie das Kind, das darin lebte. Um die üblichen Klischees über solche Siedlungen zu vermeiden: Es gab hier auch Leute, die auf ihrem Vorplatz Blumen zogen und Tische und Gartenstühle aufstellten. Aber dieser Wohnwagen ließ nicht den geringsten Stolz erkennen. Wie üblich steuerte ich geradewegs darauf zu. Als ich eben das Stück Kunstrasen betreten wollte, das längst von Plastikgrün zu schäbigem Gelb ausgeblichen war, schwang die Metalltür auf und knallte gegen die Außenwand des verbeulten Dreckstalls, und Khales stürmte ins Freie. Das lange braune Haar klebte an ihrem herzförmigen Gesicht.

Unsere Blicke trafen sich. Sofort schaute sie weniger finster drein. »Bishop?« Sie rieb sich die Tränen von den Wangen und schnüffel-

te, dann hob sie den Kopf. Ihr Selbstbewusstsein würde sie noch das Leben kosten. »Du hättest nicht herkommen dürfen, Bishop. Er ist ziemlich wütend heute. Also, ganz besonders wütend.«

Es versetzte mir einen Stich. Sicher, meine Eltern waren schwer zu ertragen, aber was Khales' Vater mit ihr machte, würden sie niemals tun. Und sosehr ich den Palast verabscheute, der mein Zuhause war, war es wenigstens kein schäbiges, verbeultes, schmuddeliges Dreckloch auf Rädern, in dem es selbst an guten Tagen nach kaltem Zigarettenrauch, Schweiß und Bier roch. An schlechten Tagen roch es nach kaltem Zigarettenrauch, Schweiß und Whiskey – und nach Khales' Tränen und nach Khales' Blut. Ich konnte förmlich sehen, wie mein Zorn neben mir auf die Knie fiel und mich anflehte, ihm freie Hand zu lassen. Es kribbelte mir in den Fingerspitzen.

»Was hat er gemacht?«, fragte ich Khales, während ich die Hände in der Tasche des Kapuzenpullis vergrub, damit sie nicht sah, wie sich meine Fingernägel in die Handflächen bohrten. Ich wollte Khales beschützen. Abgesehen von den Kings war sie die erste Person, mit der ich mich je angefreundet hatte. Ich kannte sie seit der Vorschulzeit; und seit damals saß ich in der ersten Reihe, wann immer die ewig gleiche beschissene Vorstellung lief. Allmählich war ich kurz davor, die Show ein für alle Mal zu beenden.

»Er ist einfach nur betrunken, Bishop.« Sie lächelte, so schwach, so sanft. »Können wir zu dir fahren? Oder hast du die Pegs an deinem Rad abgeschraubt?«

Mein Ärger legte sich etwas, und ich ließ die Schultern sinken. »Habe ich nicht, nein. Werde ich auch nicht. Nicht solange du sie brauchst.« Sie fasste ihre Haare mit einem Band in Neonpink zu einem Pferdeschwanz zusammen. Dann zeigte sie auf das Fahrrad. »Na, dann los.«

»Und dein Dad?«, fragte ich, während sie zu meinem Fahrrad hüpfte und sich dort ungeduldig umdrehte.

»Der kann mich mal.«

»Er wird dir nur wieder wehtun, Lees. Das weißt du genau. Ich will aber nicht, dass er dir noch mal wehtut.« Ich ging zu ihr, packte den Lenker und stieg auf den Sitz. Khales stellte sich auf die Pegs und legte mir die Hände auf die Schultern.

»Ich kann ihn nicht davon abhalten, B.«

Sie vielleicht nicht. Ich schon.

Ein paar Jahre später tat ich es wieder. Er war mein erster Toter. Ich weiß noch, wie ich anschließend Dad anrief, so in Panik, dass mir fast die Waffe aus der Hand fiel. Dad kam und brachte meinen Onkel und Johan mit. Ich dachte, ich würde Schwierigkeiten bekommen, schließlich hatte ich mit dreizehn einen Mord begangen. Man sollte meinen, dass die Erwachsenen sich darüber aufregen würden. Taten sie aber nicht. Für sie war es Teil meiner Initiation. Ich war der Erste, der in so jungen Jahren anfing. Mein Dad war stolz auf mich. Alle Kings waren stolz auf mich.

Nachdem ich Madisons Kopf wieder in meinen Schoß gebettet hatte, griff ich nach meinem Handy und den Ohrstöpseln. Ich startete ›Whoring Streets‹ von Scars on Broadway und setzte den Titel auf unsere Playlist, dann schloss ich die Augen und tauchte in meine Erinnerungen an sie ein.

»Was willst du hier?«, fragte Madison wachsam, nachdem sie die Haustür hinter sich geschlossen hatte. Es war klug von ihr, sich vor mir in Acht zu nehmen. Ich setzte mich auf eine der Marmorstufen und sah Madison an. Ihr Blick war auf mein Auto gerichtet.

»Das habe ich dir doch schon gesagt«, antwortete ich sachlich. »Wir müssen uns unterhalten.« Ich versuchte gar nicht zu verbergen, dass ich sie mit meinen Blicken auszog. Sie trug niedliche kleine Shorts und ein enges Tanktop, das viel von ihrem Bauch freigab,

wenn es hochrutschte. Dann fiel mein Blick auf ihre Socken. Verblüfft hob ich die Augenbrauen. »Ist das ein Banksy-Design?«

»Jetzt bin ich aber schockiert«, spöttelte sie. Ich musste mich zusammenreißen, um ihr nicht die Kleider vom Leib zu reißen und sie vor der Haustür ihrer Eltern zu vernaschen. Es juckte mir mächtig in den Fingern. Doch als ich meinen Vorsatz, nur mit ihr zu reden, über Bord werfen wollte, kam sie mir mit einer Beleidigung. »Du hast schon mal von Banksy gehört?«

»Ich kenne seine Werke«, gab ich zurück.

Man konnte merken, wie sehr sie sich anstrengte, mich nicht anzuschauen. Stattdessen hielt sie mir die offene Pralinenschachtel hin. »Du kannst gern welche abhaben.«

Dann sah sie mich doch an, und ich stützte mich auf einen Arm, sodass meine Schulter meinen Mund verdeckte. Dabei ließ ich sie nicht aus den Augen. Ich betrachtete ihr Gesicht; ich versuchte jede einzelne verschlossene Tür in ihrem Innern zu knacken. Verdammt, was hatte sie nur an sich? Ich wollte sie.

»Und?«

Ich schüttelte den Kopf und blickte starr geradeaus. »Du bist anders.«

»Das bekomme ich schon mein ganzes Leben lang zu hören.« Ich biss die Zähne zusammen. Offensichtlich hatte Madison meine Bemerkung als Beleidigung aufgefasst, aber so hatte ich sie gar nicht gemeint. Es war etwas Gutes. Verdammt gefährlich, aber trotzdem etwas Gutes.

»Wolltest du wirklich darüber mit mir reden?«

»Du und Carter?« Das sollte sie ablenken.

»Das geht dich nichts an.«

»Ach nein?« Ich verzog spöttisch den Mund. »Seit du meinen Namen geschrien und mir den Rücken zerkratzt hast, geht es mich sehr wohl etwas an.«

Ich verkniff mir das Grinsen, das sich auf meinem Gesicht breitmachen wollte, und lehnte mich tiefer in den Sessel. Bei dem Gedanken an diesen Abend kriegte ich einen Steifen.

Mieses Karma, könnte man sagen. Aber auch unglaublich schön.

35. KAPITEL

»Ich spüre den Verlust. Was ich erlebt habe, schmerzt so sehr, als würde mir das Herz aus der Brust gerissen. Der Tod ist etwas Brutales. Er kann wild und ungehemmt zuschlagen, und manchmal trifft er jemand, der es nicht verdient hat. Der Tod bricht dir das Herz, denn er nimmt dir einen geliebten Menschen und lässt dir nur die stillen Erinnerungen an ihn. Diese Erinnerungen werden dann zu deinem größten Trost.«

– Amo Jones
(nach dem Tod des wichtigsten Vaters in ihrem Leben)

Die Heimreise kam mir lang vor, die Stunden schienen sich zu Tagen zu dehnen. Als wir endlich in die Zufahrt zu unserem Haus einbogen, war ich schon wieder müde und hatte Mühe, trotz meiner Erschütterung die Augen offen zu halten. Bishop hielt mich die ganze Zeit im Arm, und als der Wagen hielt, schmiegte ich mich noch etwas enger an ihn und verbarg das Gesicht an seiner Brust. Er beugte sich zu mir herab und küsste mich aufs Haar.

»Nun komm.«

Ich öffnete den Mund, und endlich kamen Worte über meine Lippen. »Ich liebe dich.«

»Ich liebe dich auch.« Er sah mir in die Augen. »Du wirst damit fertig.«

Ich nickte, obwohl ich ihm nicht glaubte.

»Ach, äh …« Ich sah schnell zu Nate hinüber. Er löste gerade den Sicherheitsgurt. »Wir setzen uns nachher alle zusammen. Mit Tillie.«

Nates Miene wurde weicher, was sein Gesicht völlig veränderte. »Warum?«, flüsterte er.

»Sie will weg.«

»Einen Scheiß will sie!«, brüllte er so laut, dass ich zusammenzuckte.

»Nate!«, schimpfte Bishop.

»Tut mir leid, Schwesterlein, aber sie kann nicht einfach abhauen. Eher bringe …« Er unterbrach sich, warf Bishop einen Blick zu und fuhr in verändertem Tonfall fort: »Es ist viel zu früh. Sie kann nicht einfach mein Kind nehmen und verschwinden.«

»Wird sie auch nicht, aber darüber wollen wir ja bei dem Treffen reden.« Ich wartete, bis Bishop ausgestiegen war, und folgte ihm. »Und dann muss ich die Beerdigung meines Bruders planen.«

Hinter uns hielt ein zweiter Wagen, mit Jase, Hunter, Eli, Chase und Brantley; dann ein dritter mit Spyder, Ollie, Tate und jemandem, den ich nicht erkannte. Tate wollte sich zu uns durchdrängen, aber Nate schob sie weg.

Ich ließ alle stehen, stieg die Vortreppe hinauf und öffnete die Haustür. »Tillie?«, rief ich, aber meine Stimme klang dünn. Sprechen tat mir körperlich weh. Je schneller dieser Tag vorbeiging, desto besser. Hinter mir kamen alle anderen ins Haus. Ich steuerte aufs Wohnzimmer zu.

Dort wandte ich mich an Elena. »Wo ist Tillie?«

Ich wollte nicht duschen. Ich wollte so bleiben, wie ich war, mit Daemons Spuren auf meiner Haut. Weshalb Elena zusammenzuckte, als ihr Blick auf meine Hände fiel.

»Daemon«, flüsterte ich. Meine Kehle war wie zugeschwollen.

»Und Katsia«, ergänzte Nate und setzte sich neben seiner Mutter aufs Sofa.

Dann hörte ich, wie er fragte: »Was ist los?«

Ich richtete den Blick wieder auf Elena. Sie sah mir in die Augen. »Mein herzliches Beileid, Liebling. Ich weiß, wie viel Daemon dir bedeutet hat.« Sie verstummte. Ich war zusammengezuckt, und meine Augen füllten sich erneut mit Tränen. Elena stand auf, strich sich über die Hose und straffte den Rücken. Obwohl sie ebenfalls Tränen in den Augen hatte, setzte sie ein angestrengtes Lächeln auf.

Dann wandte sie sich an Nate. »Sie ist weg.«

»Was!« Nate sprang auf. Mir schnürte es die Kehle zu. Ich schloss die Augen. »Wann?«

Ich schüttelte den Kopf. »Sie würde doch nicht einfach wegrennen, Elena. Sie fand es gut, wenn Micaelas Vater in der Nähe ist.«

»Nimm sie doch nicht ständig in Schutz, Schwesterlein. Es denkt eben nicht jeder so wie du.«

Elena warf mir einen Blick zu. »Nein, sie hat recht. Irgendetwas stimmt da nicht, Nate. Ich bin mit ihr und der Kleinen in den Ort gefahren, um Micaelas Geburt zu melden. Dort habe ich sie abgesetzt und gesagt, ich käme nach, sobald ich einen Parkplatz gefunden habe. Tillie hat sich in keiner Weise seltsam verhalten. Sie hat die Tasche mit den Windeln im Auto gelassen und mich gebeten, sie mitzubringen, weil sie schon die Papiere in der Hand hatte und nichts mehr tragen konnte.« Elena zögerte. »Ich bin eben erst nach Hause gekommen. Nachdem ich stundenlang nach ihnen gesucht habe. Ich habe auch verlangt, mir die Aufnahmen der Sicherheitskameras zu zeigen, aber ohne richterlichen Beschluss war da nichts zu machen.« Sie sah mich an. »Da stimmt etwas nicht, Madison.«

»Und wenn sie nun doch weggerannt ist?«, fragte Hunter und gesellte sich zu mir. Jase folgte ihm. Auf einmal hatte ich meine beiden Brüder im Rücken und Bishop an meiner Seite, während Tate ebenfalls näher kam und Nate direkt vor mir saß. Bebend holte ich tief Luft.

»Als Erstes muss ich meinen Bruder beerdigen …« Ich unterbrach mich und schaute Jase und Hunter über die Schulter an. »Unseren Bruder.«

Dann wandte ich mich an Nate. »Danach holen wir sie zurück.«

Er wippte mit dem Knie. »In dem Fall beerdigen wir ihn besser morgen schon, Schwesterlein, denn wenn Tillie nicht freiwillig verschwunden ist, könnte mein Kind in Gefahr sein.«

Er hatte recht.

Ich zog das Handy aus der Hosentasche und rief meinen Dad an. Er war nach wie vor auf Perdita.

»Madison? Geht es dir gut?«

Ich räusperte mich. »Ja. Wann kann Daemon hier sein? Ich würde ihn gern morgen beerdigen. Hier ist etwas passiert. Wie es aussieht, sind Tillie und das Baby verschwunden.«

Dad schwieg einen Moment. »Lieber Himmel. Okay. Ja, die Beerdigung kann morgen stattfinden. Ich kümmere mich darum. Hast du besondere Wünsche, was den Sarg betrifft?«

»Schwarz. Ach, Dad?«

»Ja, Baby?«

»Ich liebe dich.«

Jetzt blieb er länger still. »Ich liebe dich auch.«

Ich legte auf und massierte mir seufzend die Schläfen. »Dad sorgt dafür, dass die Beerdigung morgen stattfinden kann. In unserem Familiengrab, nehme ich an.« Bishop legte mir einen Arm um die Schultern.

»Wir finden sie, Nate. Das verspreche ich dir.«

Später am Abend stieg ich die Treppe hinauf und betrat mein Zimmer. Ich hatte lange heiß gebadet, und nun wären Bishop und ich gern allein gewesen, aber das sollte wohl nicht sein. In meinem Zimmer hockten nicht nur die zehn Kings, die ich schon länger kannte, sondern auch die anderen drei aus der Generation davor.

Und Tate natürlich.

Als ich die Tür öffnete, wandten alle den Blick vom Fernseher ab und sahen mich an. »Danke, dass ihr alle bei mir bleiben wollt, aber, ganz ehrlich, es ist wirklich nicht nötig.«

Tate stützte sich auf einen Ellbogen. »Schon okay, Mads. Lass uns bleiben.«

Während ich noch innerlich mit mir kämpfte, fiel mein Blick auf Bishop, und mein Kopf stellte die Arbeit ein. Er hatte gerade geduscht und trug eine graue Trainingshose, aber kein T-Shirt. Und er fiel förmlich mit Blicken über mich her. Ich wurde rot und ging rasch zum Bett. Ohne Daemon fühlte sich das Zimmer trotz allem leer an. Ich schlüpfte unter die Decke, und Bishop legte den Arm um mich und küsste mich.

Am nächsten Morgen war ich steif; meine Muskeln wollten sich nicht bewegen. Mühsam öffnete ich die Augen, setzte mich langsam auf und betrachtete die schnarchenden Gestalten auf dem Fußboden. Die Balkontür hatte die ganze Nacht offen gestanden, sodass eine sanfte, stille Brise durchs Zimmer strich.

»Alles okay?«, fragte Bishop und stützte sich auf die Ellbogen. Ich sah ihn über die Schulter an. Mein Blick fiel auf seine weichen Lippen.

»Demnächst. Denke ich.« Ich stand auf und arbeitete mich umsichtig zur Badezimmertür vor. Dann tat ich so, als wollte ich die Shorts ausziehen, und deutete mit einem Nicken auf die Badewanne. »Aber ich könnte ein Bad gebrauchen.«

Er biss sich auf die Lippe, um das Grinsen zu unterdrücken, folgte mir ins Bad und schloss die Tür. Dann legte er mir die flache Hand auf den Bauch und drückte von hinten seine Erektion an mich. »Bleib, wo du bist.«

Ich schloss die Augen und genoss jede Berührung, jedes Streicheln meiner Haut. Als ich den Kopf neigte, küsste Bishop mich in die Halsbeuge und saugte sanft an mir. Zugleich schob er die Hände in mein Höschen und beschrieb mit dem Daumen langsam Kreise um meine Klitoris. Ich öffnete den Mund und stöhnte; mein Brustkorb hob und senkte sich heftig. Bishops Küsse wurden drängender, und er schob den Zeigefinger in mich hinein, während er mit dem Daumen weiter meine Klitoris rieb. Die andere Hand ließ er von unten unter mein Tanktop gleiten und nahm eine Brustwarze zwischen Daumen und Zeigefinger. Er drehte daran, mit einiger Kraft; ich empfand eine innige Verbindung von Schmerz und Lust. Mein Orgasmus schlug über mir zusammen, vor meinen Augen tanzten Sterne. Allmählich beruhigte sich meine Atmung. Bishop zog den Finger aus mir heraus und steckte ihn mir in den Mund, sodass ich meinen Geschmack auf der Zunge spürte. Ich drehte mich zu ihm um und schlang die Arme um seinen Nacken, er fasste mir unter die Oberschenkel und hob mich hoch. Während ich mit den Beinen seine Taille umklammerte, machte er ein paar Schritte nach vorn, beugte sich vor und drehte das Wasser der Badewanne auf. Eine Weile erfüllte nur das Rauschen die Stille.

»Werde ich es überwinden?«, fragte ich und sah ihm forschend ins Gesicht.

Er antwortete nicht, sondern fing an, alle möglichen Badeöle und Salze in die Wanne zu gießen. Dann stellte er mich auf die Füße und zog mich aus. Ich stieg in die Wanne, wobei ich kurz zusammenzuckte, weil das Wasser kochend heiß war, und ließ mich langsam ins Wasser sinken. Allmählich ließ das Brennen nach. Dampf umhüllte mein Gesicht, getränkt mit süßem Lavendelduft und dem Geruch frisch geschnittenen Grases. Hinter mir glitt Bishop ins Wasser. Er spreizte die Beine und zog mich an seine nackte Brust.

»Das weiß ich nicht, Baby. Das weiß niemand.« Er räusperte sich und küsste mich auf den Scheitel. »Wenn du es überwindest, werde ich für dich da sein, aber auch wenn du es nicht überwindest. Ich werde immer für dich da sein, Madison. In den guten Zeiten, aber auch in den schlechten. Ich werde nie weggehen, und auch wenn ich dir nicht versprechen kann, zwischendurch nicht auch mal großen Scheiß zu bauen, sodass du stinksauer auf mich bist, ich werde dir immer treu sein. Vor dir hat es nie eine andere für mich gegeben, und nach dir wird es auch keine geben. Für mich bist du der Anfang und das Ende, Baby.« Er küsste mich auf die Schläfe. »Also, ob du es überwinden wirst, weiß ich nicht. Nur dass ich in jedem Fall für dich da sein werde.«

Mir liefen Tränen über die Wangen. Ich schniefte und räusperte mich. »Mehr brauche ich gar nicht.« Dann drehte ich mich zu ihm um. Er nahm die Arme zur Seite. Ich kletterte auf seinen Schoß, ließ mich auf seinen Schwanz sinken und sah zu, wie seine Züge weicher wurden. Sein Blick wurde glasig, er biss sich auf die Unterlippe und stöhnte leise. Ganz langsam hob ich das Becken ein wenig und ließ es kreisen; meine Muskeln umschlossen seinen Schwanz. Es fühlte sich völlig natürlich an, so als hätte ein Stück eines Puzzles den richtigen Platz gefunden. Ich war süchtig danach, Bishop in mir zu spüren, mich von ihm ausfüllen zu lassen. Er packte die Hüften, so hart, dass sich seine Finger über meinen Beckenknochen in die Haut gruben. Dann tippte er mir auf den Oberschenkel. »Steh auf.« Ich befolgte seine Anordnungen. Er drückte meinen Oberkörper nach unten und stützte ein Bein auf den Wannenrand der Badewanne, während ich mich Halt suchend ans Waschbecken klammerte. Bishop packte mich an den Hüften und drückte mich auf seinen Schwanz, griff mir mit einer Hand ins Haar und wickelte es sich um die Faust. Er zog sich zurück, drang in mich ein, stieß immer wieder in mich hinein. Wasser schwappte um unsere Beine und spritzte auf den Fußboden. Ich stöhnte auf, und sofort fasste er mich an der Kehle, drückte grob zu und hielt mich fest, während er mich weiter gnadenlos bearbeitete.

Plötzlich zog er sich zurück und legte sich wieder in die Wanne. Ich richtete mich auf und setzte mich auf ihn, diesmal mit dem Rücken zu ihm. Auf seine Beine gestützt, ritt ich auf ihm, schön langsam, bis ich schweißnass war und das Wasser kalt wurde. Bishops Oberschenkel spannten sich unter meinen Händen; mein ganzer Körper begann zu vibrieren; der nächste Orgasmus bahnte sich an. Als mir sein Schwanz das nächste Mal über die Klitoris strich, war es so weit. Mein Innerstes explodierte. Bishops Schwanz zuckte und entleerte sich in mir. Ich ließ mich auf Bishops Brust sinken, er zog mich an sich und küsste mich aufs Haar.

»Du wirst es überwinden, Baby.«

Ich konnte mich noch gut an den Tag erinnern, an dem ich dieses Kleid gekauft hatte. Ich hatte es im Schaufenster entdeckt. Schwarze Spitze, die den Oberkörper umhüllte, und so eng, dass sich unter dem Stoff jeder Knochen und jede Wölbung abzeichnete. Ober- und Unterteil waren durch Spitze miteinander verbunden, wobei in der Mitte ein Streifen fehlte, sodass der Ansatz der Bauchmuskeln erkennbar war – falls man Bauchmuskeln hatte, was auf mich nicht zutraf. Inzwischen sah man mir an, dass ich in letzter Zeit wenig gegessen hatte. Zum ersten Mal wurde mir bewusst, wie scharf meine Schlüsselbeine hervortraten. Ich betrachtete mich in dem ovalen Standspiegel, blickte mir tief in die Augen.

»*Te amo, frater.*« Wieder kamen mir die Tränen. Gerade als mir die erste über die Wange laufen wollte, klopfte es an der Tür. Ich wandte mich um.

»Hey, Mads, hier sind zwei, die dich gern kennenlernen würden«, sagte Jase, und sein Tonfall ließ mich ahnen, von wem er sprach. »Okay?«

Ich bezwang meine Gefühle, räusperte mich und strich über das Kleid. Schwarz. Die Farbe des Todes; und deshalb beschloss ich, Weiß zu tragen. Ich wollte einfach nicht glauben, dass mein Bruder tot war. Er verdiente etwas anderes, als ihm die Farbe Schwarz geben konnte.

Ich nickte und wischte mir über die Augen. Jase öffnete die Tür ganz, und vor mir standen ein Mann und eine Frau. Die Frau trug ein langes schwarzes Kleid und hielt einen großen Hut mit Spitzenschleier in der Hand. Sie war schön, mit honigbraunen Augen und einer Hautfarbe, die auch durch ausgiebiges Sonnenbaden nicht zu erreichen war; ein Hinweis auf ihre gemischte Abstammung. Als sie meinem Blick begegnete, runzelte sie die Stirn. Ich betrachtete den Mann neben ihr. Er trug einen dunklen Anzug und eine dunkle Krawatte und war so groß, dass er seine zierliche Frau weit überragte. Sein Haar war grau, und auch seine Haut verriet sein Alter. Er war mindestens Anfang fünfzig. Er wirkte bedrückt, und seine Schulterhaltung hatte etwas Nachgiebiges, was man bei den anderen Kings eher nicht sah.

»Madison«, begann die Frau, »ich bin Jamima. Deine …« Sie zögerte, ihre Finger umklammerten den Hut. »Deine leibliche Mutter.« Sie kam einen Schritt auf mich zu. In diesem Moment bemerkte ich Scarlet, die hinter den beiden an der Wand lehnte. Sie zwinkerte mir verstohlen zu. Die Botschaft war klar: Falls nötig, würde sie mir beistehen. Jase blieb ebenfalls in der Nähe; er öffnete die Zimmertür noch weiter. Ich war ihm dankbar dafür, denn so hatte ich nicht das Gefühl, mit meinen Eltern im Zimmer eingesperrt zu sein. Mit zwei Menschen, die ich nicht kannte. Die Daemon und mich weggegeben hatten.

»Warum?«, fragte ich.

Der Mann räusperte sich. »Ich bin Johan, Madison. Es tut mir sehr leid, dass wir uns unter solchen Umständen wiedersehen. Jamima und mir ist klar, dass du viele Fragen an uns hast, und wir wollen ganz offen zu dir sein und dir nichts verschweigen. Du hast ein Recht auf ehrliche Antworten.« Er unterbrach sich und blickte über die Schulter zu Scarlet. Ihr Gesichtsausdruck war schwer zu deuten. Ich musste an eine Bärenmutter denken, die auf ihre Jungen aufpasste. Sofort wurde mir warm ums Herz. Auf einmal wusste ich, dass ich mit allem, was diese zwei mir auftischten, fertigwerden konnte. Weil sie für mich nicht mehr wichtig waren. Wichtig war nur die Kraft, die Scarlet ausstrahlte. Sie war die einzige Mutter, die ich brauchte. Alle anderen spielten keine Rolle. Ich nickte. »Danke. Das weiß ich zu schätzen.«

Der Mann wandte sich wieder mir zu. »Inzwischen weißt du sicher, wie es in unserer Welt zugeht. Als deine … als Jamima feststellte, dass sie schwanger war, hat sie sich unglaublich gefreut, und als wir erfuhren, dass sie Zwillinge erwartete, war unsere Begeisterung noch größer. Zwillinge sind überall selten, und in unsere Welt waren noch nie Zwillinge hineingeboren worden. Dann stellte sich heraus, dass ein Zwilling ein Mädchen sein würde. Wir waren erschüttert, aber wir haben es für uns behalten – uns war klar, dass wir nicht riskieren durften, darüber zu sprechen. Du warst ein Silberschwan. Es hätte deinen sicheren Tod bedeutet.« Er vergrub die Hände in den Hosentaschen. An seiner Stelle berichtete Jamima weiter.

»Elizabeth und Joseph standen uns sehr nahe. Sie waren unsere Cousins. Sie haben sich bereit erklärt, dich aufzunehmen und mit dir unterzutauchen. Für immer. Zu deinem Bruder konnte Elizabeth nach der Geburt allerdings keine Beziehung aufbauen, deshalb hat sie ihn zu Katsias Mutter geschickt. Er ist auf Perdita aufgewachsen und hat nur Latein gelernt. Die Leute dort haben zwar versucht, ihm auch Englisch beizubringen, wie Katsia, doch er hat sich geweigert.« Sie räusperte sich. »Ich weiß, du hast viele liebevolle Menschen um dich, und wir haben überhaupt kein Recht, etwas von deiner Zeit in Anspruch zu nehmen, aber du solltest doch noch so vieles erfahren.«

Ich sah Scarlet an. »Wie geht es jetzt weiter? Nach Katsias Tod? Was geschieht jetzt mit den kleinen Mädchen?«

Scarlet lächelte mich an. »Von nun an werden sie willkommen sein.« Sie löste sich von der Wand und kam auf mich zu. »Deshalb sind wir noch länger auf Perdita geblieben. Wir hatten eine Besprechung mit dem Kreis. Dein Vater hat darauf gedrängt, und ich ebenfalls. Hector dagegen …« Sie verdrehte die Augen und fasste nach meiner Hand. »Wie auch immer, schließlich hat er sich umstimmen lassen. Und jetzt? Deinetwegen, liebes Mädchen …« Scarlet legte mir eine Hand an die Wange. »… muss kein King mehr Angst davor haben, eine Tochter zu bekommen. Ansonsten wird sich nichts ändern, aber Mädchen werden von nun an ebenfalls in die Familienbündnisse aufgenommen.«

»Gott steh uns bei«, sagte Nate irgendwo im Hintergrund.

Ich prustete los und schlug mir auf den Mund. »Danke, Scarlet. Du bist genauso, wie ich mir meine Mutter immer gewünscht habe.«

Sie legte den Arm um mich. »Du darfst gern Mom zu mir sagen.«

Dann wandte sie sich an Jamima und Johan. »Seid ihr fertig? Wir müssen nämlich noch zu einer Beerdigung.«

Die beiden nickten und verließen das Zimmer.

»Du kannst sie nicht leiden, oder?«, fragte ich, ohne sie anzusehen.

»Nein. Konnte ich noch nie. Ich finde, sie haben falsch gehandelt, und mit der Art, wie sie es angestellt haben, bin ich auch nicht einverstanden. Du hast sehr darunter gelitten, als Kind und auch noch als junge Erwachsene. Sie haben dich im Stich gelassen. Sie haben menschlich versagt.«

Ich schluckte. »Das kümmert mich nicht mehr. Das darf es auch nicht, sonst würde es mich innerlich zerfressen.«

Sie tätschelte mir die Hand. Im selben Moment kam Bishop herein. Mir fiel fast das Kinn herunter, und das Wasser lief mir im Mund zusammen. Er trug eine schwarze Hose und ein weißes Hemd; die Ärmel hatte er hochgekrempelt, sodass man die Tattoos sah. Sein Haar war perfekt gestylt. Seine Haut schimmerte.

»Alles okay?«, fragte er mich und legte den Kopf schief. Dann schaute er von mir zu seiner Mutter. »Muss ich mir jetzt Sorgen machen, weil ihr zwei euch so gut versteht? Werdet ihr euch gegen mich verbünden?«

Scarlet und ich sahen einander an. »So oft es geht«, antworteten wir wie aus einem Mund. Dann mussten wir lachen.

Sobald alle anderen gegangen waren und ich mit Bishop allein im Zimmer war, beugte er sich zu mir. »Ich weiß, im Moment magst du nicht darüber reden, aber du hast nächstes Wochenende Geburtstag.«

Ich schüttelte den Kopf. »Ich mag dieses Jahr nicht feiern. Bitte. Wirklich nicht. Vielleicht nächstes Jahr.«

Er nickte. »Okay, Baby. Ich werde mich daran halten.« Dann bückte er sich, griff unters Bett und holte das Buch hervor. »Das solltest du noch zu Ende lesen.«

Ich nahm es entgegen.

Bishop sah mir fest in die Augen. »Du hast Geschichte geschrieben, Baby. Du bist eine gottverdammte Heldin. Deinetwegen wird der letzte Wunsch dieser Katsia in Erfüllung gehen.«

Ich schlug das Buch beim letzten Kapitel auf.

16.

Vermächtnis

Heute schreibe ich zum letzten Mal in dieses Tagebuch. Der tödliche Schmerz, den Humphrey mir und meiner Familie tagtäglich zufügt, ist für mich nicht mehr zu ertragen. All meine Gedanken sind düster, als hätte er meinen Verstand mit einer Krankheit infiziert, die sich nun wie ein Krebsgeschwür in mir ausbreitet. Ich versinke immer tiefer in Depressionen. Es fällt mir zunehmend schwer, die Tage zu überstehen. Ich kann nicht länger mit dem erdrückenden Wissen leben, wie es in unserer Welt zugeht. Ich ertrage es nicht mehr, mit anzusehen, was mein Ehemann den neugeborenen Mädchen und ihren Familien antut. Und niemand wird sich ihm je widersetzen. Es wird noch viele Jahre so bleiben. Ich halte die Abscheulichkeit, die wir Leben nennen, nicht länger aus. Selbst die Verlorenen sind zu etwas Bösem geworden.

Niemand steht noch zu mir.
Maree, meine Dienerin, meine Freundin, meine Vertraute: Ich flehe dich an, entscheide dich für ein Leben voll Glück und Freiheit. Bitte, trenn dich von Philipp, denn wenn du erst eine Venari bist, wird dein Schicksal besiegelt sein. Dann wirst du in einem Käfig leben müssen. In seiner Gewalt wirst du nie wahres Glück erfahren.
Meine Söhne: Ich würde mir wünschen, dass ihr beide lernt, nicht nur mit Stärke, sondern auch mit Liebe zu herrschen. Lasst euch vom Licht leiten, denn die Dunkelheit weist euch keinen Weg. Dazu ist nur das Licht fähig.
Ich habe mir eine bessere Welt gewünscht. Eine, in der Silberschwäne nicht geopfert werden, sondern ungehindert durchs kristallklare Wasser schwimmen.
Gezeichnet: Katsia Hayes.
Katsia legte den Stift zum letzten Mal auf den Schreibtisch, stieg auf den Stuhl, auf dem sie im Lauf der Jahre so häufig gesessen hatte, legte sich die Schlinge um den Hals und sprang.

Ich atmete scharf ein und fasste mir an die Kehle.

Bishop trat zu mir und nahm mich in die Arme. »Dank dir ist Katsias letzter Wunsch in Erfüllung gegangen, Baby.« Ich wischte mir die Tränen von den Wangen und lehnte mich an ihn. Er wiegte mich behutsam hin und her. »Du bist meine Heldin.«

Wir gingen nach unten und traten ins Freie. Bishop entriegelte den Maserati. Plötzlich blieb ich wie angewurzelt stehen. »Warte mal!« Ich griff in die Handtasche. Meine Finger berührten die Autoschlüssel. Ich hielt sie in die Höhe.

Bishop grinste.

»Ich glaube, das würde Daemon gefallen.«

Wir stiegen in meinen Lamborghini. Bishop deutete auf die

Pedale. »Ich weiß, du kannst Auto fahren, aber sei erst mal vorsichtig. Nur so als Anmerkung …« Ich trat aufs Gas, und wir schossen aus der Zufahrt und überholten alle, die sonst noch zu Daemons Beerdigung unterwegs waren. »Oder auch nicht.«

Ich umklammerte das Lenkrad. Adrenalin durchflutete mich. Ich warf Bishop einen Blick zu. »Wir stehen das durch.«

Er grinste mich an. »Auf jeden Fall, Kätzchen.«

Mein Handy vibrierte. Ich fuhr langsamer und öffnete die neue Nachricht.

Bishop: *Hier kommt ein Rätsel, Kätzchen. Was ist rund und glatt und trägt einen funkelnden Stein in sich?*

Ich runzelte die Stirn.

Dann sah ich Bishop an. »Was denn?«

Er grinste noch breiter. »Zerbrich dir nicht den Kopf, Baby. Zerbrich dir bloß nicht deinen hübschen Kopf. Irgendwann kommst du schon noch darauf …«

Ich legte das Handy weg und gab Gas.

Wenn mir an meinem ersten Tag an der *Riverside Prep* jemand gesagt hätte, wie es mit mir weitergehen würde, hätte ich laut gelacht. Damals hatte ich Mühe, überhaupt Freunde zu finden; dass viele dieser Freunde später zu Familienmitgliedern werden sollten, hätte ich nie geglaubt. Und obwohl dieser Tag zu den traurigsten und schlimmsten gehörte, die ich je erlebt hatte, musste ich lächeln, weil ich spürte, wie viele Menschen mir heute beistanden. Ohne sie hätte ich Daemons Tod vielleicht nicht überlebt. Jetzt begriff ich endlich die Bedeutung der Bezeichnung ›Silberschwan‹. Ich war stark genug, um mit allem fertigzuwerden, was das Leben mir zumutete.

So anmutig wie ein Schwan, so tödlich wie eine silberne Gewehrkugel.

TILLIE

Auf dem Friedhof versammelten sich Menschen; genauso hatte ich es schon oft in Filmen gesehen. Eines zeigten die Filme allerdings nicht: dass die Welt beim Hinschauen stehen blieb. Mir brach der Anblick das Herz. Tränen liefen mir über die Wangen, Micaela wand sich in meinen Armen. Ich kämpfte darum, meine Gefühle in Schach zu halten.

»Da siehst du es, Schwesterchen.« Peyton beugte sich zu mir. Während meine Freunde und meine Verwandten um Daemon trauerten, waren wir nur Zuschauer. »Du gehörst nicht zu ihnen. Du gehörst zu *uns*.«

Sie lehnte sich zurück. Aber sie irrte sich. Ich hätte dort draußen bei den anderen sein müssen. Ich war Teil dieser Familie. *Daemon war Teil meiner Familie.*

Ich funkelte Peyton wütend an, quer durch den dunklen Innenraum der schwarzen Limousine.

»Es ist besser so, Tillie. Das da sind keine guten Menschen«, ergänzte Carter, während er zu mir herüberschaute.

»Was hast du überhaupt hier verloren, Carter? Du warst doch mit Madi befreundet. Wie kannst du nur so etwas tun?«

Er lachte. Es klang selbstzufrieden und spöttisch. »Ich bin nie ihr Freund gewesen. Sie hat Ally getötet.«

»Du und Ally?«, fragte ich verwirrt.

Er lehnte sich zurück. »Ganz genau. Das Video damals, das hat nicht Ally verschickt. Sondern ich.«

»Lasst mich gehen«, bat ich ruhig.

Peyton schüttelte lachend den Kopf. »Auf keinen Fall. Die kriegen schon noch, was ihnen zusteht. Mit Zugabe. Weißt du was?« Sie beugte sich erneut zu mir. »Der Kreis hat nicht die geringste Ahnung, dass ich die ganze Zeit mit Katsia zusammengearbeitet habe. Mit unserer *Mutter*. Höchste Zeit, dass du lernst, wem du Treue schuldest, *Schwesterchen*.«

Carter sah mich wieder an. »Sie kriegen nur, was ihnen zusteht.«

Ich war kurz davor, laut schreiend zu verlangen, dass sie mich und meine Tochter gehen ließen – da spürte ich einen heftigen Schmerz seitlich am Kopf, und alles wurde schwarz.

»Ich glaube, ich liebe dich, Daemon.«

Er legte den Kopf schräg, schaute aber weiter auf meine Lippen. Daemon betrachtete mich stets mit großem Ernst. Er gab mir das Gefühl, wichtig zu sein. Und geliebt zu werden.

»Te amo?« Dann wurde sein Blick leer. Langsam wiegte er Micaela. »Ich … ich bin nicht … nicht gut.«

Ich schüttelte den Kopf und legte die Hände auf seine Oberschenkel. »Aus uns kann etwas werden. Da bin ich mir sicher.«

Unsere Blicke begegneten sich, und ich sah, wie etwas in seinen Augen aufblitzte. Daemon war nicht mehr von meiner Seite gewichen, seit er damals den Raum betreten hatte, in dem ich mein Kind zur Welt brachte. Nicht einmal für einen Besuch daheim hatte er uns allein lassen wollen. Nicht einmal, um Madison wiederzusehen. Das durfte ich ihr nie verraten. Es wäre, als wollte ich ihr etwas wegnehmen. Ich wusste schließlich, wie sehr sie an ihm hing. Ich hatte einiges über die enge Verbindung zwischen ihnen gehört. Aber das Band zwischen uns war auch nichts Alltägliches. Es war eine spontane, mühelose Verbindung. Er bewegte sich – ich bewegte mich. Auch wenn wir uns wegen der Sprachbarriere meist nicht direkt verständigen konnten, sagten seine Augen mir mehr, als Worte es vermocht hätten.

Und seine Berührungen.

Er legte Micaela in das Kinderbettchen, das Tinker für uns gestohlen hatte, und deckte sie bis zum Kinn zu. Ich legte von hinten die Arme um ihn. Sein sonst so starrer und stoischer Körper entspannte sich.

»Ich liebe dich, Daemon.« Mein Herz schlug nur für ihn. Und seines für mich, das wusste ich.

Er legte seine Hand auf meine und drehte sich in meiner Umarmung um. Er sah forschend in meine Augen und legte mir einen Finger auf den Mund. Dann küsste er mich, langsam und so zärtlich, dass es mir den Atem verschlug. »Te amo, amans.«

DANKSAGUNG

Ich muss mich bei so vielen Leuten bedanken, trotzdem soll es nicht zu lang werden:

Bei meinen Kindern, weil sie mich täglich inspirieren.

Bei meinem Partner, weil er meine Verrücktheit erträgt, und meiner Mummy, weil sie mir den Rücken freihält.

Bei meinen Brüdern, die mir alles bedeuten, und bei meiner Schwester: Auch wenn wir nicht immer einer Meinung sind, ich werde immer für dich da sein.

Bei meiner Lieblingsschwägerin Chacha! Du fehlst mir, Mädchen.

Bei Isis, meiner besten Freundin, meinem besten Mädel. Für alles. Dafür, dass du mich erträgst, mich nie verurteilst, mich mitsamt meinen Warzen akzeptierst … obwohl du selbst so schöne Haut hast. Bitch.

Bei meinen Leserinnen, weil sie mich immer weiter unterstützen und zu mir halten.

Bei meinen Bloggern, weil sie sich die Zeit nehmen, meine Sachen zu lesen, zu besprechen und weiterzuempfehlen, und meinen drei besten Freundinnen, die meine Texte im Rohzustand lesen und mir erstklassiges Feedback geben.

Bei meiner Agentin Flavia! Ich danke dir dafür, dass du all meine Erwartungen noch übertriffst und meine Bücher so liebst, als wären es deine eigenen.

Bei Ellie! Dafür, dass du meine Texte lektorierst. Mädel, Driiiiiiiiiinks auf mich in Vegas. Entschuldige, ich meinte Drinks. Wetten, dass du jetzt sauer bist? Dein Pech, dass ich Screenshots davon habe, wie du mir sagst, dass du mich liebst. Screenshots lügen nicht.

Bei meiner Assistentin Caro! Sie braucht eine Gehaltserhöhung. Eine riesige.

Bei meinem Wunderwesen von PR-Frau und den Mädels von *Social Butterfly* (trinkt ihnen zu)!

Bei den Autorinnen, die sich alle gegenseitig inspirieren, unterstützen und ermutigen – meinem Stamm!

Bei Chantal – mich wirst du nicht mehr los!

Bei Ofa und Priscilla – den beiden Ersten!

Bei Jaci – die dafür sorgt, dass ich nicht zu oft durchdrehe.

Bei meinem Wolfsrudel – (heult).

Bei Jay Aheer – ich liebe dich. Danke für die schönen Cover. Dafür, dass du dich mit meiner Vision vertraut machst und sie jedes Mal genau triffst.

Und zu guter Letzt bei all den Leser*innen, die zum ersten Mal etwas von mir gelesen haben: Danke, dass ihr mir eine Chance gegeben habt.

Was weißt du über den Elite Kings Club?

Amo Jones
SILVER SWAN - ELITE KINGS CLUB
Aus dem amerikanischen Englisch von
Karla Stepenitz
336 Seiten
ISBN 978-3-7363-0822-0

Als Madison Montgomery nach einem schrecklichen Schicksalsschlag mit ihrem Vater in die Hamptons zieht, will sie nur eins: keine Aufmerksamkeit erregen. Doch bereits am ersten Tag an ihrer neuen Privatschule gerät sie ins Visier des Elite Kings Clubs – einer Gruppe gefährlicher Bad Boys. Bishop Vincent Hayes, der Anführer, zieht sie wie magisch in seinen Bann aus verbotenen Gefühlen, Macht und Geheimnissen. Geheimnisse, die Madisons Welt für immer aus den Angeln heben werden ...

»Süchtig machend wie *Paper Princess*, aber düster und mit viel mehr Twists!« DREAMY ADDICTIONS

LYX

Er ist nicht bei ihr, um sie zu beschützen.
Er ist bei ihr, um sie zu töten.

Vanessa Sangue
COLD PRINCESS
352 Seiten
ISBN 978-3-7363-0436-9

Als Erbin einer der mächtigsten Mafiafamilien der Welt darf sich Saphira De Angelis keine Schwäche erlauben. Seit sie mit ansehen musste, wie ihre Familie bei einem Attentat ums Leben kam, regiert sie stark, unnachgiebig und Furcht einflößend über ihre Heimatstadt Palermo. Einzig für Madox Caruso, neuestes Mitglied ihrer Leibwache, hegt sie tiefere Gefühle, als sie sich selbst eingesteht. Die zerstörerische Energie, die ihn umgibt, zieht Saphira mehr und mehr in seinen Bann – ohne zu ahnen, in welche Gefahr sie sich damit begibt …

»Düster, sexy und voller Intrigen: Vanessa Sangue weiß, wie man verbotene Liebesgeschichten schreibt!« MONA KASTEN

LYX

Die Erfolgsreihe aus den USA –

stürmisch, verboten, sexy

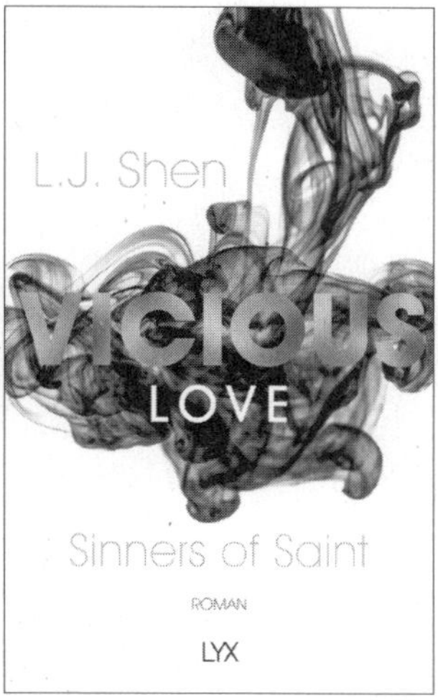

L.J. Shen
VICIOUS LOVE
Aus dem amerikanischen
Englisch von
Patricia Woitynek
448 Seiten
ISBN 978-3-7363-0686-8

Meine Großmutter sagte mir einmal, dass Liebe und Hass ein und dasselbe Gefühl seien, nur unter verschiedenen Vorzeichen erlebt. Bei beiden empfindet man Leidenschaft. Und Schmerz. Ich glaubte ihr nicht. Bis ich Baron Spencer traf. Er war auf unvollkommene Weise vollkommen. Makellos mit Makeln. Aber am allerwichtigsten – er war Vicious.

»Einfach. Süchtig. Machend.« Dirty Girl Romance

Verstörend und bewegend –
eine absolut einzigartige Liebesgeschichte

Leylah Attar
PAPER SWAN -
ICH WILL DICH
NICHT LIEBEN
Aus dem Englischen
von Patricia Woitynek
400 Seiten
ISBN 978-3-7363-0289-1

Skye Sedgewick wird entführt und verliert bald alle Hoffnung, befreit und gerettet zu werden. Sie kann an nichts anderes mehr denken als den Tod – bis sie erkennt, dass ihr Entführer sie nicht zufällig ausgewählt hat, sondern der Mann ist, den sie seit vielen Jahren schmerzlich vermisst ...

»Ein absolutes Muss für alle, die nach etwas ganz Besonderem suchen!« AESTAS BOOK BLOG

LYX